KNAUR

Im Knaur Taschenbuch Verlag sind bereits folgende Bücher des Autors erschienen:
Crime Machine
Gangland

Über den Autor:
Howard Linskey, geboren 1967 in der nordenglischen Grafschaft Durham, hat schon als Barkeeper, Catering Manager und Marketing Manager gearbeitet sowie als Journalist. Er schreibt für verschiedene britische Tageszeitungen, Zeitschriften und Websites. Mit seiner Familie lebt er in Hertfordshire nördlich von London. Sein Debüt, *Crime Machine*, wurde von der Kritik in Großbritannien, den USA und Deutschland hoch gelobt. Auch mit seinem zweiten Thriller, *Gangland* (»so düster und kalt wie eine Nacht in Newcastle«, 3Sat-Kulturzeit), stand er erneut auf der KrimiZeit-Bestenliste.
Weitere Informationen unter www.howardlinskey.com

Howard Linskey

Killer Instinct

Thriller

Aus dem Englischen von
Karl-Heinz Ebnet

KNAUR

Die englische Originalausgabe erschien 2013 unter dem Titel »The Dead«
bei No Exit Press, Harpenden, Großbritannien.

Besuchen Sie uns im Internet:
www.knaur.de

Deutsche Erstausgabe August 2015

Redaktion: Claudia Alt
Covergestaltung: ZERO Werbeagentur, München
Coverabbildung: FinePic®, München
Satz: Adobe InDesign im Verlag
Druck und Bindung: CPI books GmbH, Leck
ISBN 978-3-426-51618-8

2 4 5 3 1

Natürlich für Erin und Alison

»Wenn die Sorgen kommen,
kommen sie nicht wie einzelne Späher,
sondern in Geschwadern.«

William Shakespeare

1

Tote haben nichts mehr außer der Macht, das Leben der Hinterbliebenen zu zerstören. Das Mädchen lag auf der Böschung, ihr Kopf hing über das Flussufer. Die Augen standen offen, die langen, dunklen Haare trieben im Wasser, wo die einzelnen Strähnen von der gleichmäßigen Strömung langsam hin und her gefächelt wurden. Ihr linker Arm war ausgestreckt, und die Fingerspitzen der weißen, schmalen Hand hingen über dem Wasser, als wollten sie jeden Moment ins kalte Nass eintauchen. Auf den ersten Blick sah es so aus, als wäre sie noch am Leben, aber DS Fraser wusste es besser.

»Willst du ihn anrufen?«, fragte DC Thomas. »Solltest du wahrscheinlich …« Als Fraser die Stirn runzelte, fügte er ein »vielleicht« hinzu.

Sag mir nicht, was ich zu tun habe, brachte Frasers vernichtender Blick zum Ausdruck. Wortlos zog sich der Detective Constable an den Rand des Tatorts zurück.

Fraser sah zu den Leuten von der Spurensicherung, die sorgfältig den Bereich um die Leiche und den Weg absperrten, den sie von der Straße zu ihrem letzten Ruheplatz am Flussufer genommen hatte. Der Fluss durchquerte hier einen kleinen Wald am Rand eines Bauerngehöfts, etwa fünfundzwanzig Kilometer nördlich von Newcastle; eine Bodensenke, die landwirtschaftlich nicht nutzbar war und die man sich selbst überlassen hatte. Sträucher wucherten, die ausgreifenden Äste der hohen Bäume bildeten ein dichtes Laubdach, das das Mondlicht teilweise aussperrte.

Anscheinend war das Mädchen oben auf der Hauptstraße aus einem Wagen gezerrt worden, aber dann musste der Mörder in Panik geraten sein und die Leiche einfach über die Hecke geworfen haben. Fraser glaubte auch zu wissen, warum. Wahrscheinlich hatte der Täter das Mädchen irgendwo verscharren oder wenigstens mit irgendwas bedecken wollen, damit die Leiche nicht so schnell gefunden würde. Nur war er sich dann vermutlich oben auf der Hauptstraße, mitten in der Nacht, zu exponiert vorgekommen. Jeder, der zufällig vorbeifuhr, hätte ihn unweigerlich bemerkt und der Polizei eine Beschreibung des Wagens, vielleicht sogar das Kennzeichen liefern können.
Die Wahrscheinlichkeit, entdeckt zu werden, wuchs daher von Sekunde zu Sekunde; das musste ihm klargeworden sein, weshalb er sich des Mädchens so schnell wie möglich entledigte und davonbrauste. Den plattgedrückten Gräsern nach zu urteilen, war die Tote hinter der Hecke mit einiger Wucht aufgeschlagen und dann den Hügel bis zum flacheren Abschnitt am Ufer hinuntergerollt. Dort lag sie jetzt und starrte traurig zu den Sternen hinauf.
Ein Mann, der mit seinem Hund unterwegs war, hatte sie gefunden. War es nicht immer so?, dachte Fraser. Wenigstens hatte sie nicht allzu lange hier liegen müssen, die Natur hatte sich noch nicht über sie hergemacht: Mikroben, Bakterien, Insekten, die wilden, knabbernden Tiere. So ist das mit Mutter Natur. Ihr ist das alles gleichgültig. Liegt man frei in der Landschaft herum, dauert es nicht lange, bis einen noch nicht einmal mehr die nächsten und liebsten Angehörigen erkennen.
Sie war ein hübsches Ding gewesen; lange, dunkle Haare, braune Augen, klare Gesichtszüge, volle, rote Lippen. War

sie deshalb getötet worden?, fragte sich Fraser. Ein eifersüchtiger Freund, den sie in die Wüste geschickt hatte und der mit der vernichtenden Erkenntnis nicht umgehen konnte, dass ein anderer sie haben würde? Eifersucht war, nach Frasers Dafürhalten, ein starkes Motiv, so stark und so wahrscheinlich wie jedes andere, vor allem, wenn das Opfer jung war.

Würde er bald wieder einen durchgeknallten Ex-Freund zu verhören haben, oder hatten sie es mit einer Zufallstat zu tun? War das arme Mädel in ihrem knappen Rock und ihrem dünnen Fädchen von Bluse von jemandem aufgegabelt worden – einem Vergewaltiger, einem, dem das Töten Vergnügen machte? Vielleicht hätte sie bloß vergewaltigt werden sollen, aber dann hatte der Typ die Nerven verloren, weil er wusste, dass sie nicht einfach nach Hause gehen und die Sache vergessen würde. Also hatte er dafür gesorgt, dass sie für immer ihren hübschen Mund hielt. Vielleicht aber hatte auch das Töten dem Täter den eigentlichen Kick verschafft, und es war ihm gar nicht um den Sex gegangen. Jammerschade, dass sie nicht einfach das Opfer fragen konnten, in welches Gesicht es gestarrt hatte, als es seinen letzten Atemzug tat.

Einer von der Spurensicherung schaltete den aufgestellten Scheinwerfer an. »Rufen Sie ihn an?«, fragte er DS Fraser.

»Lassen Sie das mal meine Sorge sein«, erwiderte Fraser, griff aber schon zu seinem Handy.

Detective Inspector Robert Carlton hatte längst genug von der vornehmen Veranstaltung, als sein Handy in der Innentasche des Smokings zu vibrieren begann. Mit einem leisen Seufzen zog er es heraus. Carlton lag das Essen schwer im Magen; Enten-und-Armagnac-Terrine, Hühnerbrust mit neuen Kartoffeln und zum Nachtisch eine großzügige Portion klebrigen Karamellpudding.

»Carlton«, meldete er sich im Lärm der zweihundert Polizisten, die Unmengen an Bier und Wein intus hatten.

»Boss, ich bin's.« Fraser, so viel verstand er, alles andere wurde vom gellenden Gelächter am Nachbartisch übertönt, wo Superintendent Connor einen seiner grenzwertigen Rassistenwitze zum Besten gegeben hatte.

»Bleiben Sie dran«, sagte Carlton. »Ich verstehe Sie kaum.« Er erhob sich und quetschte sich seitwärts durch die Reihen der anderen Gäste, die wie immer bei solchen Anlässen viel zu eng aufeinanderhockten. So schlängelte er sich wie bei einem Hindernisrennen durch die Tische. Der Saal war gesteckt voll mit hochrangigen Polizeibeamten, die allesamt noch höher wollten und sich daher verpflichtet fühlten, Eintrittskarten für die Wohltätigkeitsveranstaltung zu erstehen, deren Preis in keinem Verhältnis zu dem Essen stand, das sie hier auftischten. Vor allem wurde erwartet, dass sie alle die gute Sache unterstützten, der sich die Northumbria Police Force diesmal verschrieben hatte und die als Rechtfertigung für das ekelhafte jährliche Gelage diente, das gut und gern bis in die frühen Morgenstunden andauern konnte. Schon jetzt hatten ein paar der üblichen Verdächtigen entschieden Schlagseite.

Carlton war froh, dem Lärm und der stickigen Hitze des Speisesaals zu entkommen. Er durchquerte die Halle des Royal Station Hotel und trat ins Freie. Erst als er draußen auf den Stufen die kühle Luft einsog, richtete er die Aufmerksamkeit wieder aufs Handy.

»So, jetzt kann ich Sie hören«, sagte er dem Detective Sergeant.

»Entschuldigen Sie die Störung, Boss. Ich weiß, Sie sind auf diesem Nobel-Event, ich dachte mir aber, das interessiert Sie vielleicht. Es geht um eine junge Frau.«
»Was?«
»Der Grund für meinen Anruf. Wir haben eine Tote gefunden, an einem Flussufer, mitten in der Pampa. Liegt einfach so da. Der Täter hat noch nicht mal versucht, die Leiche zu verstecken.«
Carltons Interesse war geweckt. Wenn er es jemals zum DCI schaffen wollte, dann brauchte er publicityträchtige Fälle, so viele wie möglich. Er hörte sich an, was ihm Fraser an Fakten lieferte: ungefähres Alter der Frau, »irgendwo zwischen fünfzehn und zwanzig«, war bei diesen Mädchen immer schwer zu sagen, vor allem, wenn sie sich das Gesicht mit Schminke zukleisterten; was sie am Leib trug, das übliche Club-Outfit, kurzer Rock, spärliches Top; die genaue Position der Leiche, ein Waldstück mit einem Fluss, ein paar Kilometer nördlich der Stadt. Der Tatort lag eine Viertelstunde Autofahrt von Carltons gegenwärtigem Standort entfernt. Und schließlich die vermutliche Todesursache. Nach den Abschürfungen und Schrammen am Hals und den blutunterlaufenen, hervorgequollenen Augen war sie anscheinend erwürgt worden.
»Kein Ausweis?«
»Keine Brief- oder Handtasche, keine Kreditkarten, noch nicht mal ein Handy, nur, was sie am Leib trägt. Soll ich einen Wagen schicken … oder einfach nur Meldung erstatten?« Er meinte, falls der DI was getrunken hatte. Keiner konnte sich einen hackedichten Polizisten am Tatort leisten, der alles versaute. Carlton hatte nur ein Pint vor dem Essen und zwei kleine Gläser säuerlichen Weins getrunken, die zählten kaum.

»Schicken Sie einen Wagen«, wies Carlton den Detective Sergeant an. »Sagen Sie ihm, er soll mich vor dem Bahnhof abholen.«

Es war richtig, dass Fraser ihm gleich Bescheid gegeben hatte. Während die hohen Tiere vor der Wohltätigkeitsauktion ihre Cognacs schlürften und »God Save the Queen« grölten, würde Carlton rausfahren und gleich seinen Claim abstecken. Hübschen jungen ermordeten Mädchen wurde in den örtlichen Zeitungen und landesweiten Boulevardblättern mehr Platz eingeräumt als so ziemlich jedem anderen Fall. Leute in den besten Jahren oder die Alten konnten erschossen, erstochen, erdrosselt, vergast, durch Stromschlag hingerichtet oder von einem Zug überrollt werden, ihre Geschichte ging irgendwo auf den hinteren Seiten der Zeitung unter. Aber ein hübsches junges Ding, das das ganze Leben noch vor sich gehabt hatte, war doch ganz was anderes. Wenn sie studierte und Anwältin oder Ärztin hatte werden oder auch einfach nur losziehen und die Welt bereisen wollen, bekam ihr Tod eine noch tragischere Note, und die Öffentlichkeit konnte gar nicht genug davon bekommen. Damit schaffte sie es vielleicht sogar auf die Titelseite, außer die Weltwirtschaft brach mal wieder ein oder David Beckham lief mit einem neuen Haarschnitt herum.

Carlton ließ sich vom Garderobenmädchen seinen Regenmantel geben und fischte die Zigarettenpackung heraus für den kurzen Spaziergang zum alten viktorianischen Bahnhof. Es war ein milder Herbstabend, er hatte seinen Mantel über dem Arm hängen, zündete sich eine Zigarette an und nahm einen langen Zug. Er war mit dem Anblick von Leichen vertraut, selbst wenn sie im Zustand fortgeschrittener Verwesung waren; an so was gewöhnte man sich im Lauf der Jahre.

Der Typ, der seinen Hund ausführte, hatte wahrscheinlich sein Leben lang noch keinen Toten gesehen, außer vielleicht einen Verwandten im Beerdigungsinstitut, wo man ihn ordentlich zurechtmachte, damit er schön friedlich aussah. Mordopfer sahen selten friedlich aus, der arme Teufel hatte sich wahrscheinlich die Seele aus dem Leib gekotzt, genau wie er selbst, als er vor fast dreißig Jahren seine erste Wasserleiche zu Gesicht bekommen hatte. Damals war er ein kleiner Streifenpolizist gewesen, einer der ersten am Tatort, als die ermordete Nutte aus dem Tyne gezogen wurde. Sie hatte da schon eine Weile im Wasser gelegen und wie eine in gärende Fäulnis übergegangene Wunde gerochen. Und als er schon meinte, er würde sein Mittagessen drin behalten, hatte sich etwas Schwarzes, Schleimiges aus der Augenhöhle geschlängelt, und er erbrach sich vor der versammelten Mannschaft.

Carlton musste nicht lange warten, bis neben ihm der Zivilwagen anhielt. Er nahm einen letzten Zug von der Zigarette, warf die Kippe auf den Boden und stieg ein. Der DI hatte immer viel um die Ohren, aber jetzt auf der kurzen Fahrt nach Norden konnte er in aller Ruhe seinen Gedanken nachhängen. Der Fahrer, ein DC um die vierzig, war einer von der schlichten Sorte und machte nur den Mund auf, wenn er selbst angesprochen wurde. Carlton war froh, dass er sich den Smalltalk sparen konnte. Seine Gedanken kehrten zurück zu dem Dinner und dem Gestöhne und Gemaule seiner Kollegen über die Arbeit, das Geld, die keifende Frau und die undankbaren Kinder. Im Vergleich zu ihnen konnte er sich glücklich schätzen. Finanziell hatten sie das Gröbste hinter sich. Die ersten Hypothekenjahre waren geschafft, sein Ältester hatte die Uni abgeschlossen und lag ihnen nicht mehr so sehr auf der Tasche. Gelegentlich würden sie John etwas zustecken müssen, keine Frage, aber das war nichts im Vergleich zu den Kosten eines Studiums in einer so weit entfernten Stadt wie Bristol. Nur schade, dass das mit der Freundin nicht geklappt hatte. Helen, die wäre es gewesen. Hatte John zumindest gedacht. Drei Jahre waren sie zusammen gewesen, fast die gesamte Studienzeit. Sie war sogar mit ihnen in den Urlaub gekommen, und Carlton hatte in ihr schon die zukünftige Schwiegertochter gesehen. Wie waren sie alle entsetzt, als sie plötzlich kommentarlos mit ihm Schluss machte. John war am Boden zerstört, und sein Dad wusste nicht, was er ihm sagen sollte. Der arme Kerl war fix und fertig, aber irgendwie würde er damit schon allein zurechtkommen müssen.

Wenigstens hatte sich Gemma dafür entschieden, in Newcastle zu studieren. Ihre Freundinnen waren ganz nett, es gab auch keinen festen Freund, der sie vom Studium ablenken könnte. Er hatte gehofft, dass sie zu Hause bleiben würde, aber Gemma wollte ihre Unabhängigkeit, irgendwann musste man sie eben ziehen lassen. Es gab ja auch Zeiten, musste er sich eingestehen, in denen sie das Haus gern für sich allein hatten.

Nach kaum einer Viertelstunde bog der Fahrer links auf einen unbefestigten Weg ein, der zu zwei weiter entfernt liegenden Bauernhäusern führte, der Wagen hielt aber schon früher in einer Senke an. Der Himmel war klar, hell leuchtete der volle Mond, trotzdem konnte Carlton von seinem Standort kaum mehr als die Baumspitzen erkennen. Fraser wartete, um ihn zum Tatort zu führen.

»Sie ruinieren sich hoffentlich nicht die Schuhe, Boss«, sagte er, als Carlton ausstieg.

»Machen Sie sich mal darum keine Sorgen«, antwortete Carlton, während er durch das nasse Gras an den Rand der Senke trat.

DI Carlton und DS Fraser blieben stehen und sahen sich um. Die Spurensicherung war beschäftigt, beleuchtet von auf Dreibeinen montierten Scheinwerfern, die den Leichnam des Mädchens in grelles Licht tauchten.

DS Fraser ging los, den Hang hinunter zum Tatort, DI Carlton aber rührte sich nicht. Fraser drehte sich um und sah zu seinem Boss, der wie angewurzelt dastand und zu dem toten Mädchen starrte.

»Was ist, Sir?«, fragte Fraser. Dann, als er keine Antwort bekam, noch einmal: »Sir?« Und dann sah er dem Inspector in die Augen: In Carltons Blick lag verständnisloses Entsetzen. Langsam öffnete der DI den Mund und gab einen Schrei von sich, bei dem allen Umstehenden das Blut gefror. Alle drehten sich zu ihm um.

»Gemma!«, schrie Carlton. »Gemma! Nein!« Zu Frasers Erstaunen stürzte sein Boss an ihm vorbei und rannte den Hang hinunter zu dem toten Mädchen. Fraser blieb, wo er war, während sich DI Carlton an den entgeisterten Mitarbeitern der Spurensicherung vorbeischob und sich auf die Ermordete warf, den Leichnam packte, ihn an sich drückte und in die Arme schloss. Panisch versuchten die Männer von der Spurensicherung, den offensichtlich irregewordenen Detective Inspector vom Mordopfer zu trennen, aber dieser presste sich mit einem Arm das tote Mädchen an die Brust, während er mit dem anderen die Kollegen abwehrte.

Drei von ihnen waren nötig, um Carlton von dem Mädchen zu lösen. Schließlich, nachdem sie im Handgemenge das Gleichgewicht verloren, stürzten sie alle kopfüber ins Wasser.

Selbst aus der Ferne erkannte Fraser den irren, verzweifelten Blick des DI, als er wieder auf die Füße kam und sich noch vor den anderen aus dem seichten Wasser kämpfte, zurück zum Leichnam. Und wieder riss er die Tote an sich, wobei ihr zierlicher Körper schlaff wie eine Puppe in seinen Armen hing. Zusammen kamen die drei anderen Männer aus dem Wasser. »Lasst mich!«, befahl Carlton. Er hatte jetzt völlig den Verstand verloren und klammerte sich noch mehr an den schlaffen Körper der Toten. »Das ist meine Tochter, es ist meine Gemma!« Er begann zu weinen. Die anderen Männer schienen es jetzt aufzugeben. Vielleicht war ihnen klargeworden, dass der Tatort mittlerweile sowieso hoffnungslos verwüstet war, vielleicht erging es ihnen auch wie Fraser, der es nicht ertragen konnte, dass der Detective Inspector wie ein kleines Kind vor sich hin heulte und den leblosen Körper seiner Tochter in den Armen wiegte.

2

Es gibt für mich nur einen Ausweg aus diesem Leben: in einer Kiefernkiste. Mir wäre es lieber, wenn ich das nicht wüsste, aber ich weiß es nun mal. Ich bin nicht blöd. Man kann aus einem Leben wie meinem nicht einfach aussteigen. Man geht nicht einfach in Rente und übergibt die Firma einem anderen oder verkauft sie als gutgehendes Unternehmen. Es gibt zu viele, die Anteile an der Firma halten; sollte einer von ihnen den Eindruck gewinnen, ich wolle mich vom Acker machen, würde er dafür sorgen, dass ich in den endgültigen Ruhestand versetzt würde. Sie sehen, ich kann nur so lange am Leben bleiben, solange meine Mitarbeiter und alle, die ich am Ende des Monats zu bezahlen habe, wissen, dass ich meinen Beitrag leiste. Sobald ich keine Rendite mehr erwirtschafte, werden sie sich fragen, ob ich nicht eher eine Belastung für ihre Ressourcen bin. In diesem Geschäft gibt es kein Mitleid. Solange ich mehr ranschaffe, als ich raushaue, sind alle glücklich. Sollte nur einer argwöhnen, dass ich mich auf Abwege begebe, werden sie alles vergessen, was vorher war, und mich umlegen. Und ich kann es ihnen noch nicht mal übelnehmen.

Ich kann also nicht aussteigen, niemals, das ist meine Strafe. Der Tag, an dem ich meinen Boss Bobby Mahoney erschoss, war der Tag, an dem mir meine lebenslängliche Strafe ausgestellt wurde. Nur war mir damals nicht klar gewesen, dass es für mich erst dann vorbei sein würde, wenn ich selbst tot bin. Mein Rückflug von Istanbul hatte Verspätung, daher hatte ich Zeit, über meine jetzige Situation nachzudenken.

Man entscheidet sich nicht einfach so, Gangster zu werden. Zumindest bei mir war das nicht der Fall. Ich bin kein Henry Hill, und der Weg, den ich zurückgelegt habe, war lang, mühsam und bestand aus unzähligen kleinen Schritten, zig Entscheidungen, die irgendwann, Jahre später, dorthin führten, wo ich jetzt war. Es gab nicht den einen Wendepunkt, die eine Gelegenheit, die mir erlaubt hätte, diesem Leben den Rücken zu kehren, bevor ich noch tiefer darin versank. Hin und wieder frage ich mich, wie mein Leben verlaufen wäre, wenn ich einfach alles hingeworfen hätte, lange bevor ich zu Bobby Mahoneys unentbehrlicher rechter Hand aufgestiegen war, zum Geordie-*Consigliere* des berüchtigtsten Verbrechers im Nordosten, eines Mannes, der mehr als drei Jahrzehnte lang die Stadt fest im Griff gehabt hatte.
Und dann, als Bobby tot war, trat ich in seine Fußstapfen, und siehe da, ich füllte sie voll und ganz aus. Kann ja gut sein, dass mir Bobby Mahoneys brutale Stärke, seine Furchtlosigkeit und rohe Gewalttätigkeit fehlen, aber diese Defizite mache ich mit der Fähigkeit wett, andere Menschen zu durchschauen und ihre Pläne zu durchkreuzen.
Solche Dinge gingen mir durch den Kopf, als ich darauf wartete, dass mein Koffer auf dem Gepäckförderband erschien. Ich flog erster Klasse, mein Koffer allerdings machte auf Diva und bestand darauf, mich warten zu lassen, bis sonst keiner mehr da war, außer Palmer, mein Sicherheitschef.
Die Gallowgate Leisure Group hat sich dem Zug zur Globalisierung nicht verschließen können. Mittlerweile sind wir ein Offshore-Unternehmen, das mehr Anwälte und Banker beschäftigt als Geldeintreiber oder Auftragskiller, und ich habe das alles zu beaufsichtigen. Ich bin bemüht, ein entsprechendes Bild abzugeben, David Blake, Chief Operating

Officer, aber abgesehen von einigen teuren Anzügen bin ich im Großen und Ganzen immer noch der, der ich immer war. In meinem Gewerbe muss man stetig wachsen und expandieren, um das Geld für die Leute heranzuschaffen, die dafür sorgen, dass man nicht ins Gefängnis wandert oder in die Grube fährt. Die bewaffneten Raubüberfälle und Schutzgeldzahlungen, die Glücksspielautomaten, Pornos und illegalen Wetten aus Bobbys Ära waren ein brutales und blutiges Geschäft gewesen, hatten aber nichts mit der Welt des internationalen Drogenschmuggels und der Geldwäsche zu tun, in die ich gezwungen war, unser Unternehmen zu führen.

Aber das Geschäft floriert, die Kohle fließt, und wir haben in den letzten zwei Jahren keinen mehr umgebracht, was ein gutes Barometer für die Gesundheit unserer Firma ist. Wie Kinane immer gern sagt: »Wir haben mehr Pferdchen am Laufen als der fleißigste Lude.« Er muss es wissen, denn er gehört zum engsten Kreis, er ist unser legendärer Vollstrecker, der Typ, mit dem Sie sich anlegen, wenn Sie sich mit mir anlegen. Da er ein Riese von Mann ist und aussieht, als wäre er aus Schlackensteinen gemauert, verfügt er über ein enormes Abschreckungspotenzial.

Zu meiner Erleichterung ließ sich mein Koffer dann doch noch blicken. Wir verließen Heathrow und nahmen die U-Bahn nach King's Cross für den Zug nach Norden. Ich stieg in York aus, während Palmer nach Edinburgh weiterfuhr, wo ein Treffen mit Fallon anstand, einem Glasgower Ganoven, der sich die Stadt mit uns teilte – wir sind stille Teilhaber seiner Glasgower Operationen. Ich ging zwar nicht davon aus, in den Straßen von York niedergeschossen zu werden, aber man konnte nie vorsichtig genug sein, des-

wegen hatte ich Joe Kinane angewiesen, sich dort mit mir zu treffen. Er holte mich mit seinem Lexus am Bahnhof ab und kutschierte mich zur Besichtigung eines alten georgianischen Hotels, auf das ich ein Auge geworfen hatte. Ich wollte es kaufen, renovieren und unserer Unternehmensgruppe einverleiben, um durch seine goldenen Pforten Geld zu waschen. Nach der Besichtigung stand nur noch die Fahrt in den Norden an, die er dazu nutzen konnte, mich über alles in Kenntnis zu setzen, was sich in meiner Abwesenheit ereignet hatte. Zum Glück war es nicht viel. Jedem gefällt das ruhige Leben, ich bin da keine Ausnahme.
»Amrein hat sich zweimal gemeldet«, erzählte er. »Es geht um ein Treffen. Er will, dass du ihn kontaktierst.«
Amrein, unser Gewährsmann, der Typ, der das Räderwerk und die eine oder andere Hand schmiert und uns aus allen Problemen raushält, theoretisch.
»Diese Treffen mit Amrein kenne ich schon«, antwortete ich. »Mal sehen, ob sich das vermeiden lässt. Ich rufe ihn morgen an.«
Die letzten Kilometer der Fahrt verbrachte ich relativ entspannt. Ich freute mich auf Sarah und meinen kleinen Sonnenschein. Ich hatte die beiden vermisst. Wir hatten fast die Stadt erreicht, es waren nur noch ein paar Kilometer, ich war müde, und das Letzte, was ich jetzt noch wollte, war irgendein Zwischenfall, aber genau der blieb mir natürlich nicht erspart. Wir fuhren auf der A1, als plötzlich ein Wagen aus der Einfahrt herausschoss, zwei Fahrspuren querte und uns dabei schnitt. »Verdammte Scheiße«, rief Kinane und stieg wütend in die Eisen.
»Komm runter«, sagte ich, als mir klarwurde, dass uns hier niemand ans Leder wollte. »Ist doch bloß ein kleiner Wich-

ser.« Der jugendliche Raser fuhr einen alten, aufgemotzten Kleinwagen und hatte viel Zeit darauf verwendet, Spoiler dranzuschrauben und das Gefährt nachtschwarz zu spritzen. Ich konnte noch nicht mal erkennen, um welches Modell es sich ursprünglich gehandelt hatte.

Kinane ignorierte mich völlig. Er presste eine Hand auf die Hupe, mit der anderen umfasste er das Lenkrad fester, gleichzeitig trat er aufs Gas und nahm die Verfolgung auf. Ich versuchte es mit einem Appell an seine Vernunft, obwohl ich wusste, dass es aussichtslos war. »Ich hab für so was keine Zeit, Joe«, sagte ich. Wir holten schnell auf. »Ich bin nicht scharf darauf, für dich Kaution stellen zu müssen, wenn du dem Burschen an die Gurgel gehst.«

Kinane setzte sich neben den Jungspund, so dass wir auf der inneren Spur parallel zu ihm fuhren. Sofort ging drüben die Seitenscheibe runter, und der Beifahrerkumpel des Rasers streckte den Arm raus und zeigte uns den Stinkefinger. Ich bezweifelte, dass er das getan hätte, wenn er uns hätte sehen können, aber aufgrund unserer getönten Scheiben hatte er nicht die geringste Ahnung, wen er gerade beleidigte. Deutlich erkannte ich seine dummdreiste Visage, sein boshaftes Zähneblecken. Für den waren wir nur zwei unterbelichtete Typen, die ihnen den Spaß vermiesen wollten.

»Dieser kleine Wichser«, murmelte Kinane, und seine Stimme ging dabei so hoch, wie ich es noch nie gehört hatte.

»Joe«, sagte ich ganz ruhig und zur Warnung, aber man zeigt Joe Kinane nicht ungestraft den Stinkefinger. Andernfalls wäre es ja auch witzlos, ihn zu beschäftigen.

Kinane machte schon Anstalten, das Seitenfenster zu öffnen und dem Typen den Schock seines jungen Lebens zu verpassen, in dem Moment aber, als er den Blick von der Straße nahm, sah ich vor uns das Heck eines Lastwagens mit so hoher Geschwindigkeit auf uns zurasen, als hätte der Lkw den Rückwärtsgang eingelegt.

»Joe!«, schrie ich, und er trat volle Kanne auf die Bremse und zog das Steuer gerade noch rechtzeitig nach rechts. »Großer Gott!« Das Heck des Lastwagens scherte an mir vorbei.

Kinane achtete gar nicht darauf. Er hatte zu tun, den Lexus durch den Verkehr zu manövrieren und den Kleinwagen zu verfolgen, für den die anderen Autos kaum mehr als Slalomstangen waren. Manchen der Fahrer stand die nackte Angst im Gesicht, als wir uns zwischen ihnen hindurchschlängelten, aber Kinane war alles egal. Eine solche Fahrweise war nichts Neues für ihn, und jetzt hatte er Blut geleckt.

Plötzlich querte der schwarze Kleinwagen erneut zwei Fahrspuren, diesmal von rechts nach links, und schoss in die Ausfahrt Richtung Innenstadt. Kinane hängte sich dran. Mir war völlig unbegreiflich, warum wir nicht den Wagen auf der linken Spur rammten, vor dem wir uns gerade noch in die Ausfahrt drängten. »Was verdammte Hacke machen wir hier?«, fragte ich.

»Zwei-klei-ne-Arsch-löcher-ver-folgen«, presste Kinane zwischen zusammengebissenen Zähnen heraus.

Ich hielt mich am Türgriff fest, als unser Wagen nach rechts abdrehte und über die Überführung jagte. Der Fahrer des Wagens, der links von uns einbiegen wollte, bekam vermutlich gleich mehrere Herzinfarkte, als wir uns plötzlich vor ihn schoben und ihn schnitten. Für Kinane stand völlig außer Frage, dass der andere bremste und uns den Weg freiräumte. Dankenswerterweise tat er das auch, und als der andere daraufhin seinen Wagen wieder unter Kontrolle gebracht hatte, als er wusste, dass er noch am Leben war, und sich schließlich sogar zu einem empörten Hupen aufraffen konnte, klang das schon sehr weit entfernt.

Auf dem nun folgenden geraden, relativ freien Straßenabschnitt hatten wir die übermütigen Jungrennfahrer schnell eingeholt. Kinane setzte sich neben sie, diesmal auf der anderen Seite, so dass ich links neben mir den Fahrer sehen konnte. Er hatte die Seitenscheibe unten und brüllte und fluchte. Im Motorenlärm war nicht zu verstehen, was er wirklich von sich gab, aber es sah aus wie: »Kommt doch! Los, kommt schon!«

Das musste man Kinane nicht zweimal sagen. Er riss den Wagen nach links. Sie konnten äußerst knapp gerade noch ausweichen. Der Fahrer musste sich dabei fast in die Hosen gemacht haben, so wie er mit aller Wucht auf die Bremse trat und in Richtung Straßenrand schlingerte. Kinane folgte, schlitternd kamen wir zum Halt und wirbelten Staub und Schotter auf. Kaum standen die beiden Autos, stiegen die Jungs auch schon aus und stiefelten wutschnaubend auf uns zu. Ihre größte Sorge schien zu sein, dass wir wieder losfahren und sie um ihr Vergnügen bringen könnten.

Ihre Aggression beunruhigte mich nicht sonderlich, ich war eher sauer auf Kinane. Sollte er sich doch selbst um die Scheiße kümmern, die er uns eingebrockt hatte. »Verdammt, Joe, du hättest uns umbringen können«, sagte ich.

»Quatsch«, wiegelte er ab, schenkte mir aber keineswegs seine ungeteilte Aufmerksamkeit, sondern hatte den Blick auf den Rückspiegel geheftet. »Kommt schon, kommt schon«, feuerte er sie an. Die anderen sollten erst zu sehen bekommen, mit wem sie es zu tun hatten, wenn es schon zu spät war.

Mit einem Seufzen legte ich die Hand auf den Türgriff und drückte ihn durch, so dass die Tür noch geschlossen, der Öffnungsmechanismus aber schon halb betätigt war. Der Typ auf meiner Seite war etwas schneller als der, der es auf Kinane abgesehen hatte. Ich beobachtete ihn im Außenspiegel. Als er sich zum Fenster runterbeugte, drückte ich erneut auf den Griff und stieß mit aller Kraft die Tür auf. Der Rahmen traf ihn genau im Gesicht, er wurde nach hinten geschleudert und fiel auf den unbefestigten Seitenstreifen.
Kinane öffnete die Tür und stieg aus. Auch ich rappelte mich hoch und bekam gerade noch den Blick des Fahrers mit, vor dem sich Kinane aufbaute. Ein Bild für die Götter. Im Normalfall hätte ich meine Freude daran gehabt, aber dafür war ich jetzt viel zu stinkig. Bevor der Kerl Fersengeld geben konnte, fuhr Kinane seine Pranke aus und packte ihn an der Fleecejacke. »Hiergeblieben«, rief er.
Jede Wette, dass sich der Typ jetzt zum zweiten Mal in zwei Minuten in die Hosen machte.
Kinane musste ihm links und rechts eine gelangt haben, denn er kreischte wie ein kleines Mädchen und jammerte, er solle ihn gehen lassen. Ich war unterdessen mit dem Kumpel des Jungen beschäftigt, der sich auf die Knie mühte. Er schüttelte den Kopf, blinzelte, fuhr sich mit der Hand über die Stirn und wischte frisches Blut weg. Als er seine Handfläche betrachtete, wurde er gleich wieder wütend, sah mich finster an und wollte aufstehen, aber ich hatte mir schon meine Stelle ausgesucht. Ich verpasste ihm einen Tritt, auf den Alan Shearer stolz gewesen wäre, genau gegen die Kinnspitze. Sein Kopf wurde nach hinten gerissen, federte anschließend nach vorn, bevor sich der arme Kerl der Schwerkraft ergab und mit dem Gesicht voran auf den Boden knallte. Sein Kinn

krachte auf den Asphalt, das begleitende Geräusch hörte sich an, als wären ein paar Zähne zu Bruch gegangen. So schnell würde er nicht mehr aufstehen.
Ich drehte mich um und stapfte los. Ich konnte von hier aus die Redheugh Bridge überqueren und mir auf der anderen Seite ein Taxi besorgen. Hinter mir hörte ich die lautliche Untermalung von Kinanes Abreibung, der, nach den Geräuschen zu schließen, eine Menge Kreativität an den Tag legen musste.
Ich ging weiter, bis die Schreie allmählich leiser wurden. Irgendwann ertönte unweigerlich ein Streifenwagen, der in Joes Richtung raste. Ich bezweifelte, ob sein jugendliches Opfer jemals glücklicher war als jetzt beim schrillen Heulen der Sirenen.

3

Meine kleine Tochter Emma schlief schon, als ich nach Hause kam. Sarah stand oben auf der Treppe und begrüßte mich freudestrahlend, legte aber sofort den Zeigefinger an die Lippen und bedeutete mir, leise zu sein. Dass ich meine Tochter verpasst hatte, als sie noch wach war, kreidete ich ebenfalls Joe Kinane an.

Wir wohnen in einem Haus in einem von der Firma erworbenen und erschlossenen Neubaugebiet am Stadtrand. An unserer hufeisenförmigen Straße – einer Sackgasse – liegen zwölf Grundstücke mit Einfamilienhäusern und Apartmentanlagen. Die Einfahrt ist durch eine Schranke gesichert, ansonsten ist alles mit hohen Zäunen und Überwachungskameras versehen. Von außen wirkt es wie eine ganz normale Wohngegend. In der Mitte liegt unser Haus, außer uns wohnt aber sonst niemand in der Straße, ausgenommen Mitarbeiter der Firma oder unsere Sicherheitsleute; das Tor ist rund um die Uhr bewacht. Die einzige wirkliche zivile Anwohnerin ist Sarahs beste Freundin Joanne. Sie hat eines der Apartments und hilft Sarah mit Emma. Etwas Sichereres ist in Newcastle vermutlich nicht zu bekommen.

Ich ging die Treppe hinauf. Sarah lehnte im Türrahmen und betrachtete unsere Tochter, die so tief schlief, wie nur Kleinkinder schlafen können. Emma war dick in ihrem Bett verpackt, hatte die Arme um ihren Lieblingsteddy geschlungen und atmete gleichmäßig in ihr Kissen. Wenn ich sie so sehe, denke ich mir immer, dass es nichts gibt, was ich nicht für sie tun würde, um sie sicher durch diese Welt zu bringen.

Sarah lächelte. »Ist sie nicht wunderbar? Ich weiß, ich bin ihre Mutter, trotzdem …«

»Ja, sie ist wunderbar«, antwortete ich. »Das sagen alle.«

Es stimmte. Allen, sogar den harten Jungs in unserer Firma, zauberte unsere kleine Tochter mit ihren blauen Kulleraugen und den von ihrer Mutter geerbten goldblonden Haaren ein Lächeln ins Gesicht. »Das hat sie von dir.«

»Von uns beiden«, erwiderte Sarah. »Sie ist so süß«, fügte sie versonnen hinzu. Genau wie ich konnte Sarah unser Glück kaum fassen. Nach allem, was wir beide gesehen und getan hatten, glaubte keiner von uns, dass wir Emma verdient hätten, und trotzdem war sie mittlerweile seit gut zwei Jahren in unserem Leben. Manchmal fiel es uns richtig schwer, um uns noch an eine Zeit ohne sie zu erinnern.

Als ich mich schon zu dem Gedanken verstieg, dass die Welt ganz herrlich und wunderbar wäre, sagte Sarah: »Weißt du, es vergeht kein Tag, an dem ich nicht an Dad und Emma denken muss. Wie sehr wünsche ich mir, er hätte sie noch erleben können. Er hätte sie bestimmt vergöttert.«

»Ja, sicher«, stimmte ich zu, dachte aber nicht unbedingt daran, wie sich der riesige, ruchlose Bobby Mahoney, Newcastles ehemaliger Obergangster, meine kleine Tochter auf die Knie setzte und mit ihr spielte. Eher, wie ich Bobby in einer aufgelassenen Fabrikhalle das Gehirn wegblies, und wenn ich mir vorstellte, dass ich Bobby Mahoney neben seinem Leben auch noch die Zeit mit seiner Enkelin geraubt hatte, wurde mir richtig schlecht. Aber ich hatte ja keine andere Wahl gehabt, ich hatte ihn umbringen müssen – nur wusste Sarah eben nicht, dass ich es war, der ihm die Kugel verpasst hatte, und so sollte es verdammt noch mal auch bleiben.

Mein Handy klingelte, und Sarah zuckte zusammen. Emma allerdings rührte sich nicht. Auf dem Weg nach unten meldete ich mich. Es war Vince, ein altgedientes Mitglied unserer Mannschaft, der ein Auge auf ein paar von unseren Pubs und Clubs in der Innenstadt und das Privado hatte, unserer Lapdance-Bar. »Weißt du schon, Kinane ist verhaftet worden?«, fragte er, ohne seine Überraschung zu verbergen. »Er hat zwei Assis gezeigt, wo der Hammer hängt.«

»Ja, weiß ich schon«, antwortete ich. Er zögerte, bevor er fortfuhr.

»Äh, gut. Wollte bloß wissen, ob wir ihn rausholen sollen«, sagte er vorsichtig. »Sollen wir der Anwältin Bescheid geben?«

»Nein, vergiss es. Der Arsch darf ruhig ein bisschen schmoren.«

»Äh, gut, das wusste ich nicht. Wollte es nur gesagt haben, 'tschuldige.«

»Schon gut, Vince, du konntest es ja nicht wissen. Kinane wird am Morgen draußen sein, aber er muss es endlich lernen.«

Sarah war mir nach unten gefolgt, und nachdem ich das Gespräch mit Vince beendet hatte, fragte sie: »Hast du Hunger? Willst du was zu trinken?«

»Ich hab Hunger«, sagte ich und küsste sie. Es war zwei Wochen her, dass wir uns das letzte Mal gesehen hatten. »Leider muss ich aber noch mal los.« Ihr Lächeln schwand. »Tut mir leid, ich hab's Danny versprochen.«

»Ach, ja«, antwortete sie. »Hab ganz vergessen, dass das heute ist.«

Ich küsste sie noch einmal und versprach, in zwei Stunden zurück zu sein. Als sie sich nicht von mir lösen wollte, drückte ich mich an sie und küsste sie ein weiteres Mal, heftiger, dringlicher, schob die Hand unter ihr T-Shirt und ließ sie langsam nach oben wandern, bis ich ihre Brust umfasste. Dann schilderte ich anschaulich, was ich alles mit ihr anstellen wollte, wenn ich zurückkam. Sie stöhnte. Ich fasste in ihren BH, und ihre Brustwarze wurde steif. Sie hob die Hand und strich neckend mit dem Finger über meinen sich in der Hose abzeichnenden Schwanz.

»Behalt das mal im Hinterkopf«, sagte sie, als sie sich von mir löste.

Den Anpfiff verpasste ich, aber das hatte er hoffentlich nicht bemerkt. Danny sah gut aus, er war voll konzentriert und schien den ganzen Trubel um sich herum, mich inklusive, kaum wahrzunehmen. Als ich Platz nahm, bekam er an der Seitenlinie gerade den Ball zugepasst, fing ihn locker auf, vernaschte daraufhin seinen direkten Gegenspieler, zog an ihm vorbei, als wäre der andere gar nicht anwesend, und passte den Ball zu einem Mitspieler, bevor er zum gegnerischen Korb spurtete. Seine Mannschaft schien den Gegner in Grund und Boden zu spielen, darauf ließ jedenfalls die elektronische Anzeigentafel schließen sowie der frenetische Jubel der nicht wenigen Heimfans und die lockere Art und Weise, wie er und seine Mitspieler den Basketball, wie an Schnüren gezogen, zwischen sich zirkulieren ließen. Die Gegenspieler schienen nur hilflos mit den Armen zu fuchteln. Es sah ganz danach aus, als wäre Dannys Mannschaft der Sieg sicher.

Unser Kleiner, wie ich ihn immer nannte, obwohl er ein gutes Stück älter war als ich, schob sich an den Wurfkreis und verlangte lautstark den Ball, wie ich trotz der Anfeuerungsrufe der Fans hören konnte. Klar, er bekam ihn auch, schnappte ihn sich, und sofort stürmte er wieder los und zog an seinem Gegenspieler vorbei, der ihn noch am Arm zu fassen versuchte. Mir gefiel die absolute Entschlossenheit, mit der unser Kleiner in den Wurfkreis eindrang. Er hatte verdammt noch mal seinen Spaß dabei. Sobald er auf Wurfdistanz war, schickte er den Ball in hohem Bogen in Richtung Korb, aber das nahm ich kaum mehr wahr, denn mein Blick war wie gebannt auf Danny und seinen Gegenspieler gerichtet, der sich exakt diesen Augenblick ausgesucht hatte, um unseren Kleinen volle Kanne zu rammen.

Wer schon mal erlebt hatte, wie zwei Rollstühle mit Höchstgeschwindigkeit kollidieren, wird wissen, dass das kein schöner Anblick ist. Als würde man einem Autounfall en miniature zusehen. Es gab einen lauten metallischen Knall, dann stellte sich der Rollstuhl unseres Kleinen auf, gerade in dem Augenblick, als die Menge den von ihm erzielten Korb bejubelte. Er selbst wurde aus dem Stuhl katapultiert und landete mit dem Gesicht voran auf dem Court. Ich zuckte zusammen und wandte mich ab. Als ich wieder hinschaute, zog er sich auf allen vieren über den Boden. Selbst von meinem Platz aus sah ich, wie es in ihm brodelte. Er packte sich den Typen, der ihn aus dem Rollstuhl befördert hatte, zerrte ihn aus seinem Gefährt, so dass schließlich beide auf dem Boden lagen, und dann verpasste er ihm einen harten Schlag gegen den Schädel.

Im nächsten Moment brach die Hölle los. Schiedsrichter, Trainer, Betreuer und sogar einige Fans stürmten auf den Platz, die Spieler in ihren Rollstühlen gingen aufeinander los, warfen sich erst Beleidigungen an den Kopf und prügelten dann aufeinander ein. Wie immer war Danny mittendrin.

Irgendwie schaffte er es, den Rollstuhl wieder aufzurichten und sich hineinzuhieven. Er mochte ja von der Hüfte abwärts gelähmt sein, seine Kraft in den Armen und im Oberkörper aber war erstaunlich. Und gerade, als der Schiedsrichter und andere den Tumult zu beruhigen versuchten, warf er sich lauthals lachend wieder ins Getümmel.

4

Na, reife Leistung«, sagte ich zu Danny, als er über den Teppich in der Bar des Sportzentrums auf mich zugerollt kam. Er grinste immer noch von einem Ohr zum anderen. »Wie lang hat es diesmal gedauert, bis du dir die rote Karte oder eine Strafzeit, oder wie man das bei euch nennt, abgeholt hast? Ich hab meinen Hintern noch nicht richtig auf der Tribüne geparkt, schon fliegen die Fetzen. Du solltest doch mitspielen, nicht aussetzen, weil du deine Gegenspieler verprügelst.«

»War doch bloß ein kleiner Klaps«, versicherte er mir. Nur ein ehemaliger Fallschirmjäger kann einen massiven Faustschlag als »kleinen Klaps« bezeichnen.

»War eigentlich gar nichts«, fuhr er fort. »Der Typ hat mich verarscht, also hab ich ihm eine verpasst, alles kaum der Rede wert. Wir sind quitt.« In meinem Blick lag eine gewisse Skepsis. »Okay, okay, ich spendier ihm ein Pint.«

»Dafür ist keine Zeit«, sagte ich ihm. »Ich muss mit dir reden.«

Während sich die anderen Spieler an der Bar versammelten, zogen wir uns in eine ruhige Ecke zurück, wo wir an unseren Pints nippten.

»Der Türke will sich also zur Ruhe setzen«, sagte Danny. »Und was hat dich so lange aufgehalten?«

»Es gab viel zu bereden.«

»Hat jemand schon mal von einem Drogenhändler gehört, der sich zur Ruhe setzt?«, fragte er. »Noch dazu einer, der solche Mengen verschiebt? Es müssen doch immer noch irgendwo Geschäfte offen sein, man kann sich nicht einfach so rausziehen. Das weißt du.«

»Ja.« Ich wusste es, weil ich selbst Drogenhändler war. Es war nicht unser einziger Geschäftsbereich, aber wir vertickten mittlerweile eine ganze Menge, und das meiste davon stammte vom Türken.

Remzi al Karayilan kam vor ein paar Jahren an Bord, als unsere vorherigen Lieferanten, die Haan-Brüder, lebenslänglich eingebuchtet wurden. Das erste Jahr mit Remzi war ziemlich mühsam, ich hasste die unregelmäßigen Flüge nach Istanbul, um über die nächste Warensendung zu verhandeln, aber dann spielte sich alles allmählich ein, und wir kamen gut miteinander aus. Wir wurden keine dicken Freunde, aber wir konnten unsere Geschäfte abwickeln, ohne dem anderen ständig auf die Finger schauen zu müssen. Er hatte seine Kontakte in Afghanistan, wo der Mohn angebaut und von wo das Pulver im großen Stil in die Türkei geschafft wurde. Die Transporte liefen gegen Gebühren über den Iran, mit Lastwagen wurde das Zeug quer durchs Land zur türkischen Westküste und von dort in die Balkanstaaten gekarrt, wo wir übernahmen und es nach Amsterdam brachten und schließlich zu den Häfen an der britischen Ostküste. Der Löwenanteil lief über Hull. Unsere Sendungen verschwanden in den abertausend Tonnen Fracht, die allein in diesem Hafen gelöscht werden. Wenn man die richtigen Leute fürs Wegschauen bezahlte, war es so gut wie unmöglich, erwischt zu werden.

Aber jetzt hatte Remzi genug. Er wollte raus und seinen Lebensabend genießen. Und deshalb wollte ich meinen Bruder um Rat fragen. Ich hatte ihn mittlerweile aus der Schusslinie genommen, sozusagen, immerhin war es meine Schuld, dass er jetzt im Rollstuhl saß. Er hatte sich drei Kugeln eingefangen und wäre fast abgekratzt. Meinetwegen wird Danny nie mehr laufen können; jetzt gehörte er zu den Zivilisten, aber ich schätzte nach wie vor seine Meinung.

»Ich krall mir das ganze Ding«, sagte ich. »Zahle ihm eine anständige Abfindung und hab dann alles unter einem Dach.«

»Was ist mit seinen Kontaktleuten?«

»Wir übernehmen einige, die mit dem Know-how. Die kümmern sich weiterhin um die Kontakte, und wir sorgen dafür, dass die Kohle fließt, aber ohne Remzis Anteil und ohne die sonstigen Abgaben. Mit diesen Einsparungen sollte ein hübsches Sümmchen für uns rausspringen.«

»Warum nicht? Der russischen Connection gehört die Zukunft.«

Danny hatte recht. Wir vertickten Stoff im Osten und belieferten Kontakte in der russischen Mafia, mit denen Remzi mich bekannt gemacht hatte.

»Hab ich mir auch schon gedacht. Es geht also nur noch darum, mit ihm die Abfindungssumme auszuhandeln, und er kann raus, der Glückspilz.«

Wir besprachen die praktischen Einzelheiten der Übernahme von Remzis Imperium, bis uns nichts mehr dazu einfiel. Es freute mich, dass Danny so am Ball blieb. Er hatte in den vergangenen zwei Jahren einiges durchgemacht und lange gebraucht, bis er sich halbwegs mit der Tatsache abfinden konnte, dass er nie mehr würde laufen können. Ein Großteil der Verbesserungen in letzter Zeit war dabei wahrscheinlich dem unbewaffneten Nahkampf namens Rollstuhlbasketball geschuldet.

»Ich hab jetzt festgelegt, wann diese Wohltätigkeitsgala in

unserem Hotel steigt, die, von der ich dir erzählt habe«, sagte ich.
»Toll.« Aber dann nannte ich das Datum, und sein Lächeln schwand.
»Was ist?«, fragte ich. »Ich dachte, du würdest dich freuen.«
»Ja, nur …«
»Was?«
»Na ja, das ist mein Geburtstag.« Er schien sich ein bisschen zu winden, so als wäre es unmännlich, sich in seinem Alter noch was aus seinem Geburtstag zu machen.
»Na, dann trinken wir an dem Abend eben ein Bier zusammen. Beim Dinner, meine ich.«
»Können wir machen«, antwortete er, aber es wurmte ihn sichtlich, dass mir sein Geburtstag anscheinend scheißegal war.
»Und, wie geht's so? In letzter Zeit?« Ich fragte aus zwei Gründen; zum einen, um von seinem Geburtstag abzulenken, zum anderen, weil ich es wirklich wissen wollte.
»Es gibt immer wieder mal schlechte Tage, ansonsten geht es besser. Besser als früher jedenfalls. Das weißt du.«
Das stimmte. Anfangs, kurz nachdem er angeschossen worden war, hatte ich eine Scheißangst, dass er mir wegsterben könnte. Aber sobald klar war, dass er überleben würde, hatte ich ein anderes Problem. Denn dann hielt er mir ständig vor, dass er lieber draufgegangen wäre, statt gelähmt im Rollstuhl zu sitzen, und ich wusste, dass er mir die Schuld gab. Hätte er nicht für die Firma gearbeitet, könnte er jetzt noch laufen. Erst ein von mir eingefädelter Besuch zweier ehemaliger Angehöriger des Fallschirmjägerregiments, denen durch Sprengfallen die Beine weggerissen worden waren, konnten meinen Bruder schließlich davon überzeugen, dass das Leben

noch nicht vorbei war. Aber das war erst der Anfang. Alles andere war ein täglicher Kampf, den er, so wie es aussah, gewinnen würde.
»Ich hab mich damit abgefunden, wer ich bin und wo ich bin«, sagte er. »Versteh mich nicht falsch. Wenn es möglich wäre, würde ich sofort meine Beine wiederhaben wollen.« Um die Aussage zu unterstreichen, schnalzte er mit den Fingern. »Aber ich hab viel nachgedacht, und wahrscheinlich bin ich jetzt ein besserer Mensch als vorher … du weißt schon … vor dem allen.«
»Du bist nicht mehr ganz so ein Riesenarschloch wie früher.«
»Besten Dank. Jedenfalls kann das Leben ganz nett sein.« Zögernd fügte er noch an: »Ich hab mich in letzter Zeit mit Linda getroffen.«
Bei dem Namen klingelte es nicht sofort bei mir. »Linda, die hinter der Theke?«
»Scheiße, nein«, lachte er. »Die hinter der Theke sieht aus wie Andy Murray im Drag-Fummel.«
Ich musste lachen. »Da hast du recht.«
»Also, gesteh mir etwas Geschmack zu. Nein, ich rede von der Linda, die für uns im Cachet tanzt.«
»Diese Linda? Schau unseren Kleinen an, wie hast du das angestellt?«
»Hab meinen Charme spielenlassen, Bruderherz, nur meinen Charme«, sagte er etwas selbstgefällig. Ich freute mich für ihn.
»Na ja, mit Rohypnol hättest du sie vermutlich nicht rumgekriegt. Aber … wie alt ist sie, neunzehn?«
»Vierundzwanzig.«
»Und du hast sie noch nicht abserviert? Normalerweise sor-

tierst du sie doch mit zwanzig aus. Dann ist sie ja nur halb so alt wie du? Soll das was auf Dauer sein?«

»Keine Ahnung, interessiert mich auch nicht, das Leben ist zu kurz, um sich über so was Gedanken zu machen. Wie viele Beziehungen kennst du, die ewig halten? Schau nur dich und Laura an.«

»Da hast du nicht unrecht.« Hatte es wirklich mal eine Zeit gegeben, in der ich gedacht hatte, die Beziehung zwischen mir und meiner durchgeknallten Ex wäre was auf Dauer? Wenn, dann musste es eine Ewigkeit her sein.

»Außerdem haben wir unseren Spaß zusammen, wir können immer noch Sachen machen, du weißt schon, im Bett und so. Du darfst mich gern danach fragen.«

»Dich fragen? Ich will dich nichts fragen und werde dich nichts fragen. Was ihr beide in den frühen Morgenstunden treibt, interessiert mich verdammt noch mal nicht.«

»Ich sag ja nur, dass da noch was geht. Ich weiß, einige von den Jungs meinen, da rührt sich nichts mehr, aber …«

Ich steckte mir die Finger in die Ohren und wollte nichts mehr hören.

Das Problem mit unserem Kleinen ist: Es gibt fast nichts, was ihm peinlich wäre, also hob er die Stimme. »Die hat immer einen Haufen Spielsachen dabei, und die kann damit eine Menge anstellen. Hab ich dir schon erzählt, wie sie das mit dem Finger hinkriegt …«

»O Gott, nein, halt den Mund, Mann, bevor ich kotze. Oder trink noch ein Pint, um Gottes willen.«

Er lachte. »Du bist zu prüde, das ist dein Problem. Nein, ich breche nach dem hier auf.«

»Danny, du hast dich wirklich verändert. Das muss dein junges Mädel sein.«

»Nicht nur«, sagte er etwas kleinlaut. »Es macht nicht so viel Spaß, wenn man sich verkatert in so einem Gefährt herumwuchten muss. Hattest du vor, noch zu bleiben? Wusste gar nicht, dass dieser Laden auch dir gehört.«
»Nein, schon okay. Ich muss ebenfalls los.«
»Nach Hause zu deinem Mädel?«
»Nicht nur.«
»Sie hat dich zwei Wochen nicht gesehen.«
»Ich weiß. Aber ich muss noch mit Sharp reden. Danach geht's nach Hause.«
Er verzog das Gesicht. »O Mann.«
»Was?«
»Du hast doch nicht …« Er beendete den Satz nicht, sah mich aber an, als wäre ich eine neue Idiotengattung, die er gerade erst entdeckt hatte.
»Was?«, wiederholte ich.
»Das weißt du ganz genau«, sagte er. »Du kennst meine Meinung, also weiß ich nicht, warum du wieder davon anfängst.«
»Ich kenn deine Meinung, aber vielleicht hat sich die ja seit unserem letzten Gespräch geändert.«
»Nein«, kam es entschieden von ihm. »Hat sie nicht. Da kann nichts Gutes dabei rauskommen.«
»Okay, wie immer, Kleiner, ich respektiere deine Meinung.«
»Ja, und wie immer wirst du einen Furz darauf geben«, sagte er, während ich mein Pint leerte.

Ich stand auf dem Dach des Cauldron und starrte in den nächtlichen Himmel, während ich auf Sharp wartete. Unter mir schimmerten die Lichter der Stadt. Detective Inspector Sharp war mein wichtigster Mann in der Northumbria Constabulary. Wir hatten ein paar auf der Gehaltsliste, Sharp aber war unser bestbezahlter Informant. Seine Tipps hatten mir mehr als einmal geholfen, mich aus der Affäre zu ziehen. Er traf sich gern mit mir hier oben, weil das Gebäude gleich am Rand von Chinatown lag und er über das große chinesische Restaurant nebenan leichten Zugang hatte. Er musste nur seinen Polizeiausweis zücken, schon konnte er über die Feuertreppe nach oben.

Er sah gestresst aus, als er endlich kam, trotzdem sparte ich es mir, mich nach seinem Befinden zu erkundigen; ich wollte so schnell wie möglich nach Hause zu Sarah. Wenn ich jemanden aufspüren wollte, war Sharp der Beste, den ich hatte, überraschenderweise hatte er diesmal nur Nieten gezogen.

»Tut mir leid«, sagte er am Ende seiner Ausführungen – oder waren es nur Ausflüchte?

»Ich dachte, Leute zu finden wäre deine Spezialität?«

»War es auch. Ist es auch.« Er zuckte mit den Schultern. »Aber vielleicht hättest du mit den Leuten aus der alten Crew mehr Glück.«

»Warum ich?«

»Ich hab nicht auf der faulen Haut gelegen, aber mit Bullen reden sie nicht gern. Du weißt doch, wie die Alten sind; meinen immer, man kassiert sie wegen irgendwas ein, was sie gar nicht verbrochen haben.«

»Wie kommen sie bloß auf diese Idee?«

»Na ja, so war es damals, so ist es heute. Bist du in den Siebzigern wegen irgendwas geschnappt worden, was du nicht ausgefressen hast, hieß das aller Wahrscheinlichkeit nach, dass du mit etwas davongekommen bist, das du sehr wohl ausgefressen hast.«

»Du hast also nichts herausgefunden?«

»Nur, was wir schon wissen. Dein Vater hat zwei Jahre vor deiner Geburt urplötzlich die Stadt verlassen. Nach allem, was man hört, ging es um irgendeinen Job im Süden. Er ist nie zurückgekommen, hatte aber noch jahrelang Kontakt zu deiner Ma. Es gibt Leute, die das bestätigen. Sie hat sich regelmäßig mit ihm getroffen und wohl angenommen, dass die Familie wieder zusammenkommt. Dann, erzählt man sich, haben die Anrufe und Briefe deines Vaters plötzlich aufgehört, und er ist endgültig verschwunden.«
»Zu dem Zeitpunkt war ich etwa zwei Jahre alt.«
»Sieht ganz danach aus, als hätte er deine Ma im Stich gelassen. Die konnte dann zusehen, wie sie mit ihren beiden Jungs zurechtkam. Sie wäre nicht die Erste gewesen, und er damit bestimmt auch nicht der Letzte. Aber es gibt keine Aufzeichnungen über ihn, nirgends.«
»Es wäre also möglich, dass ihm im Süden irgendwas zugestoßen ist?«, fragte ich.
»Möglich. Oder er hat seinen Namen geändert und ist nach Australien ausgewandert. Wir wissen es nicht.«
Mein Vater hatte mich nie interessiert. Bis jetzt. Er hatte sich vom Acker gemacht, als ich noch so klein gewesen war, dass ich keinerlei Erinnerungen an ihn hatte, daher kümmerte es mich einen Dreck, was aus ihm geworden war – hatte ich zumindest immer gedacht.
Aber dann kam Emma, und damit änderte sich meine Sicht auf die Dinge. Ich konnte mir zwar immer noch nicht vorstellen, dass ich mich mit dem Scheißkerl auf ein Bier zusammensetzte, aber ich war neugierig geworden. Ich wollte aus seinem Mund hören, warum er damals so gehandelt hatte – vorwiegend wegen Emma. Ich wollte ihr von ihm erzählen, ihr die Fragen über ihren Großvater beantworten können,

die sie vielleicht einmal stellen würde, wenn sie größer war. Also hatte ich Sharp gebeten, für mich nachzuforschen. Danny meinte, wir sollten die ganze Sache auf sich beruhen lassen, schließlich würde unser alter Herr keinem von uns beiden irgendwas mitteilen können, was wir wirklich hören wollten.

»Du meinst also, Leute aus der alten Crew könnten noch wissen, was wirklich passiert ist, bevor er sich aus der Stadt abgesetzt hat?«

»Keine Ahnung, vielleicht. Er hing immer in ihren Lokalen herum, und Bobbys Mannschaft hat doch immer gewusst, was hier los war.«

»Schon«, antwortete ich. »Aber von denen sind nicht mehr viele übrig. Vielleicht sind sie sogar schon alle tot …« Ich ging im Stillen die Liste der Namen durch: Geordie Cartwright, Jerry Lemon, Mark Miller, Hunter, Finney und der Boss selbst, Bobby Mahoney; allesamt im Jenseits, jeder Einzelne, und ich war für den Tod von mehr als nur einem verantwortlich.

»Es muss irgendeinen geben«, sagte er.

»Vielleicht. Überlass das mir. Ich werde mich weiter umhören.« Eine Weile betrachteten wir die Stadtsilhouette, dann sagte ich: »Rück schon raus damit!«

»Womit?«

»Du hast doch noch was auf dem Herzen, oder? Du bist noch hier, obwohl ich dachte, wir wären fertig.«

Er atmete schwer. »Ich glaube, es wird gegen mich ermittelt.«

»Das glaubst du immer.«

»Ja. Aber was, wenn es diesmal stimmt? Du ziehst immer noch eine Menge Interesse auf dich. Vielleicht ist dir jemand gefolgt und hat mich mit dir gesehen.«

»Dann lässt du dir eine Erklärung einfallen. Ich bin deine hochrangige Quelle, vergiss das nicht – der Spitzel, der alle verpfeift.«

»Die Story hätte vielleicht funktioniert, als du noch für Bobby Mahoney gearbeitet hast. Aber wer ist jetzt noch über dir? Keiner!«

»Du bist dir sicher, dass du observiert wirst?«, fragte ich.

Er nickte entschieden.

»Mir sind verschiedene Dinge zu Ohren gekommen«, sagte er. »Man stellt Fragen über mich, redet mit Kollegen, mit denen ich zum Teil seit Jahren nicht mehr zusammengearbeitet habe. Was könnte sonst der Grund dafür sein, außer man glaubt, ich wäre umgedreht. Wahrscheinlich haben sie gegen mich irgendwas in der Hand. Das bedeutet zehn Jahre, Minimum, und wenn man mir was nachweisen kann, vielleicht sogar mehr.«

»Ich weiß.«

»Du solltest es also ernst nehmen.« Er klang ein bisschen panisch.

Detective Inspector Sharp war keiner, der still und leise abtrat und seine zehn Jahre absaß. Er würde zumindest versuchen, vorher noch einen Deal auszuhandeln. Und das Einzige, was er anbieten konnte, war ich. Was für mich dann lebenslänglich bedeuten würde.

»Ich nehme das sehr ernst, Sharp«, sagte ich. »Glaub mir.«

Sollte Sharp kassiert werden, musste er weg.

5

Ich war hellwach, nachdem meine innere Uhr nach dem Flug von Istanbul nicht ganz synchron lief. Ich ging sofort nach oben, wo Sarah auf mich warten wollte. Wir hatten ja noch was vor. In unserem Schlafzimmer brannte Licht, Sarah lag im Bett, aber nicht allein. Unsere Kleine schlief neben ihr, tief und fest, während die vollständig bekleidete Sarah danebenlag, als wäre sie auf Drogen und in Ohnmacht gefallen.

»Behalt das mal im Hinterkopf«, murmelte ich nur und verzog mich ins Gästebett.

Ich ließ Kinane über Nacht in der Zelle schmoren und gab ihm damit zu verstehen, wie sauer ich auf ihn war. Am späten Vormittag holten wir ihn auf Kaution raus und empfingen ihn auf der Straße. Zögernd nahm er neben Palmer auf dem Beifahrersitz Platz und drehte sich zu mir um, als wollte er meine Stimmung einschätzen. Ich musste ziemlich angefressen ausgesehen haben, denn Joe machte etwas, was er sonst nie tat: Er entschuldigte sich.

»Sorry«, sagte er.

»Was?« Er klang wie ein muffeliger Teenager, also behandelte ich ihn auch so.

»Es tut mir leid«, sagte er. »Aber die beiden Hurensöhne …«

»Haben es verdient?«, unterbrach ich. »Klar haben sie es verdient. Diese beiden Scheißer. Ich hab es auch genossen, dem kleinen Drecksack in die Fresse zu treten, aber ich weiß, dass man damit nichts erreicht, und du solltest es auch wissen.

In der Stadt laufen Hunderte solcher Typen rum, Hunderte, Joe. Willst du als Ein-Mann-Bürgerwehr durch Newcastle patrouillieren, um Flachwichser wie die aufzumischen, oder willst du stattdessen für mich arbeiten?«

Einen Augenblick glaubte ich glatt, er wolle mit mir darüber diskutieren, dann schien er sich eines Besseren zu besinnen.

»Ich weiß, du hast ja recht. Ich weiß es, ehrlich. Es ist nur …« Er stöhnte laut auf. »Ich schaff es einfach nicht … Ich schaff es nicht, mich von so einem Pack verarschen zu lassen.«

»Keiner sagt, dass du dich verarschen lassen musst, Joe. Aber es ist einfach nur bescheuert, sie am Straßenrand zu verdreschen, während drei Dutzend Autos an dir vorbeirauschen. Die Polizei muss was unternehmen, egal, wer du bist. Dabei wollen wir uns doch so bedeckt wie möglich halten.«

»Ich weiß, ich weiß.« Er hob die Hände. »Es tut mir leid, wirklich. Es wird nicht mehr vorkommen.«

»Hoffentlich.«

»Kannst du das wieder hinbiegen?«

»Ich tu mein Bestes, aber du wirst vor Gericht erscheinen und vielleicht sogar irgendein Schuldeingeständnis ablegen müssen.«

»Was?«

»Es gibt zu viele Augenzeugen, du wirst kaum auf Notwehr plädieren können. Mann, du hast den Typen krankenhausreif geschlagen, da nimmt dir keiner ab, dass er dich angegriffen hat.« Ich seufzte. »Nein, du bist schuldig, du wirst ein Geständnis ablegen und dich vor Gericht entschuldigen. Unsere Anwälte werden sich was Überzeugendes einfallen lassen, warum du gerade jetzt so ausgeflippt bist, nachdem du von denen provoziert wurdest. Mehr ist nicht drin.«

»Aber ich hab schon mal gesessen«, erinnerte er mich. Er

fürchtete, der Vorfall könnte ihm eine weitere Freiheitsstrafe einbrocken.
»Das ist Jahre her. Ich hab schon mit Susan Fitch gesprochen. Du hast deine Strafe abgesessen, seitdem hast du dich aber gebessert. Du bist jetzt ein ehrbares Mitglied unserer Gesellschaft und arbeitest als Geschäftsführer eines Nachtclubs in der Unterhaltungsindustrie. Deine problembehaftete Vergangenheit liegt weit zurück.«
Susan Fitch war unsere Anwältin. Sie kümmerte sich seit fast zwanzig Jahren um die Mitarbeiter der Firma, wofür die Polizei sie hasste.
»Was, wenn die mir das nicht abkaufen?«, fragte er. »Wenn die mich wieder einsperren wollen?«
»Dann kannst du dafür niemandem die Schuld geben außer dir selbst«, sagte ich ihm, und jetzt sah er aus, als wollte er gleich auf mich losgehen. »Ich tu mein Bestes, mehr kann ich nicht versprechen.«
»Es wird dir nichts passieren, Joe«, mischte sich Palmer ein. »Mach dir mal keine Sorgen.«
»Halt an!«, befahl ich, nachdem ich in diesem Moment den schmerbäuchigen, glatzköpfigen Henry Baxter entdeckt hatte, der gerade aus seinem Apartmentblock kam. Vorsichtig tastete er sich an den Straßenrand wie ein Blinder, der sich einem Fußgängerüberweg näherte. Unser Buchhalter war seit mehr als zwei Jahren bei uns, aber Newcastle war für ihn immer noch ein Rattenloch voller Mörder und Gauner, die ihn jederzeit und ohne Vorwarnung überfallen konnten. Wir hielten an. Nachdem er uns erkannt hatte, stieg er hinten neben mir ein.
»Guten Morgen, Gentlemen«, begrüßte er uns und verzog die feiste Backe zu einem Gähnen.

»Halt ich dich vom Schlafen ab?«, fragte ich.
»Nicht im Geringsten, mein Junge, ich hänge an deinen Lippen, wie immer. Bin nur ein wenig groggy, das ist alles.« Wieder gähnte er. »Ist gestern spät geworden.« Er lächelte verschwörerisch. »Ich war in einem Konzert.« Dann wurde er konkreter. »Vaughan Williams. In der Sage.«
»Und, war der gut?«, fragte Kinane.
»Was?« Baxter gab sich keine Mühe, seine Überraschung zu verbergen. Aber Kinane glaubte nur, er habe seine Frage nicht gehört.
»Vaughan Dingsbums ... war der gut?«
»Das ist nicht dein Ernst, Joe? Der Mann ist seit einem halben Jahrhundert tot.«
»Äh?« Jetzt war Kinane verblüfft. »Na ja, ich kenn ihn ja nicht. War ja bloß so eine Frage.«
Baxter hätte jetzt den Mund halten sollen, aber das konnte er natürlich nicht, und ich hinderte ihn auch nicht daran.
»Sag mir nicht, dass du von ihm noch nie gehört hast. Er war der größte englische Komponist im zwanzigsten Jahrhundert ...«
»Hör zu, Baxter«, fuhr Kinane dazwischen. »Ich hab nicht die Zeit, mir deinen klassischen Schwuchtel-Scheißdreck anzuhören. Mir gefallen die richtigen Sachen, Dire Straits und Sting und zwischendurch Fleetwood Mac, bei denen kann man beim Autofahren aufs Lenkrad klopfen, so wie das normale Leute machen.«
»Gut, Kinder«, sagte Palmer, »kriegt euch nicht in die Wolle. Wir haben Baxter aus einem ganz bestimmten Grund abgeholt und nicht, um über Musik zu quatschen.«
»Schon erledigt«, sagte Baxter.
»Was?«, fragte ich.

»Worum du mich gebeten hast.« Er war immer noch ein bisschen beleidigt. »Mittels eines absolut zuverlässigen, idiotensicheren und vollkommen ... *pseudo-* ... legalen Geldtransfers eine nicht unbeträchtliche Summe dem Zugriff der Steuerbehörde Ihrer Majestät vulgo Finanzamt zu entziehen und auf das Offshore-Konto einer sehr entgegenkommenden kleinen Bank auf den Caymans zu verschieben.«
Die Caymans waren nur für Leute wie uns erfunden worden. Die Inseln sind nach New York, London, Tokio und Zürich der fünftgrößte Finanzplatz der Erde und verwalten Einlagen im Wert von achtzehn Billionen Dollar. Warum? Ein kleiner Tipp: In der Hauptstadt George Town sind in einem einzigen Gebäude allein achtzehntausend Unternehmen registriert. Man gibt sich noch nicht mal den Anschein von Legalität. Und wer sollte dafür sorgen, dass sich die Caymans an die Spielregeln halten und nicht Geldwäsche betreiben? Nun, die Inseln sind nach wie vor ein Überseeterritorium Großbritanniens.
»Du hast es hingekriegt?«, fragte ich Baxter, immer noch etwas zweifelnd.
»Ja«, antwortete er selbstgefällig, als erwartete er, dass ich ihm dazu gratuliere.
»Es lief glatt durch?«
»Ja.«
»Die ganzen fünf Millionen?«
»Die ganzen verdammten fünf Millionen.«
»Gut gemacht«, lobte ich. Das waren gute Neuigkeiten, und sie kamen wie gerufen. »Palmer, dreh um, wir fahren zur Quayside.«
»Wohin?«
»Zum Essen«, sagte ich. »Ins Café 21.«

6

Nichts und niemand konnte mir das Café 21 madigmachen, noch nicht mal Baxter, der mit am Tisch saß. Vielleicht lag es daran, dass der Laden mir nicht gehörte und ich mich deshalb dort immer entspannen konnte.

Baxter war ungewöhnlich redselig während des Essens, aber er hatte auch allen Grund, mit sich zufrieden zu sein und uns mit Anekdoten aus seinem Leben vor seinem Eintritt in die Firma zu unterhalten. Er erzählte gern von seiner schwierigen Kindheit; wie hart es für ihn gewesen war, sich in das Internat seiner alten und berühmten Schule einzufügen, er, die sensible Seele, die wegen ihrem offensichtlichen Hang zu Größerem von den anderen hemmungslos gemobbt wurde. Von dort ging es dann aber unaufhaltsam aufwärts, erst nach Cambridge, dann in die City, wo sein Zahlengenie erst skrupellos ausgenutzt wurde, bevor man ihn schließlich für überflüssig erachtete und »haltlos seinem Schicksal preisgab«, wie er es formulierte. Letztlich wurde er verhaftet, weil er Millionen an Kundengeldern unterschlagen hatte; seine Vorgehensweise war in ihrer Komplexität so undurchschaubar, dass das alles erst im Zuge der Subprime-Krise aufflog. Die altehrwürdige Investmentgesellschaft, für die er gearbeitet hatte, bekam Liquiditätsprobleme, weshalb sie, um durch die Krise zu kommen, auf ihre Reserven zurückgreifen musste, und dabei wurde festgestellt, dass irgendwo ein großes schwarzes Loch klaffte. Henry Baxter bekam sechs Jahre und saß drei davon ab.

Ich las in den Zeitungen von dem Fall, aber erst Amrein

machte mich auf Baxter aufmerksam, als dieser aus dem Gefängnis entlassen wurde. Aufgrund des komplexen Aufbaus von Baxters betrügerischen Transaktionen, verbunden mit dem außergewöhnlichen Firmengeflecht, das er errichtet hatte, um seine unredlichen Gewinne reinzuwaschen und steuerfrei zu halten, war er genau der Mann, den ich gesucht hatte. Ich brauchte jemanden, der Gelder hin und her schieben konnte – und Baxter machte das mit großer Leidenschaft. Palmer nannte Baxter einen Zahlenkünstler, eine Bezeichnung, die unser Buchhalter verabscheute, weshalb Palmer sie ihm ständig hinknallte.

Wahrscheinlich hätte Baxter nie bei uns unterschrieben, wäre nicht die ARA gewesen, die Assets Recovery Agency. Sie nahm ihn komplett auseinander und zog so ziemlich alles ein, was er sich ergaunert hatte. Worüber er sich maßlos grämte.

»Du hast den Dreh also raus, was, Baxter? Du Finanzfuzzi weißt, wie man Kohle ohne Ende scheffelt?«, fragte Kinane.

»Wenn du meinst, ob ich den Unterschied zwischen einer Collateralized Debt Obligation und einem Credit Default Swap erklären kann … ja, kann ich.« Er lächelte. »Ob du den Unterschied aber kapierst, ist eine andere Frage.«

Ich ging dazwischen, bevor die beiden ernsthaft aufeinander losgingen. »Vielleicht, Baxter, wäre die Zeit besser genutzt, wenn du den Jungs erklären würdest, wie du fünf Millionen unserer unlauteren Pfund außer Landes geschafft und blütenrein gewaschen hast, und das bei nur drei Prozent Steuern.«

»Drei Prozent?«, fragte ein perplexer Palmer.

»Ganz einfach, mein lieber Junge«, erwiderte Baxter. »Ich hab nur auf ein Modell zurückgegriffen, das auch bei den Superreichen in diesem Land Anklang findet.« Er wartete, bis er sichergehen konnte, dass er unsere ungeteilte Aufmerksamkeit hatte. »Ich habe eine Treuhandgesellschaft gegründet und sie auf Jersey registrieren lassen. Die Treuhänder in der Gesellschaft, die zufällig wir sind, das heißt, Tochtergesellschaften, die uns gehören und unter einer Vielzahl von Namen operieren, haben alle beträchtliche Summen eingebracht, die zusammen fünf Millionen Pfund ergeben, das sind die addierten Gewinne unserer legalen Geschäfte plus eines nicht unbeträchtlichen Teils unserer illegalen Einnahmen.«

»Du meinst die Drogengelder«, sagte Kinane.

»Wir nehmen also die fünf Millionen und investieren sie in unsere Treuhandgesellschaft, die damit einen Anteil an einer Offshore-Firma erwirbt, die wir bereits kontrollieren. Dieser Anteil kostet eigentlich fünfzig Millionen Pfund, weil er fünfzig Millionen Pfund wert ist … eigentlich, denn er ist ja völlig fiktiv. Das ist der Kniff, den ich benutzt habe.«

»Noch mal!«, sagte Palmer.

»Du gibst fünf Millionen Pfund für etwas aus, was keinen Profit abwirft?«, fragte Kinane, der bereits völlig den Faden verloren hatte.

»Ist doch alles nicht real«, bestätigte Baxter, »genau wie das Fünfundvierzig-Millionen-Darlehen, das wir aufgenommen haben, um den fiktiven Anteil zu erwerben.«

»Wir haben also ein fiktives Darlehen mit fiktiven Zinsen und fiktiver Tilgung aufgenommen, um einen fiktiven Unternehmensanteil zu erwerben«, erklärte ich.

»Kapier ich nicht«, sagte Palmer. »Wenn das alles so fiktiv ist, was haben wir dann davon?«

»Steuererleichterungen«, sagte ich ihm.

»Das ist alles?«, fragte Kinane.

»Das ist alles?«, schnaubte Baxter. »Wir haben gerade fünf Millionen Pfund gewaschen und auf ein Offshore-Konto gebracht, und es hat uns lediglich hundertfünfzigtausend Pfund Steuern gekostet plus Transaktionsgebühren, das heißt, uns bleiben vier Millionen und achthundertfünfzigtausend Pfund, die jetzt ganz kuschelig in einer Bank auf den Caymans schlummern.«

»Hätten wir vierundzwanzig Prozent Körperschaftssteuer gezahlt, hätten wir eins Komma zwei Millionen geblecht«, erklärte ich.

»Baxter hat uns also gerade über eine Million Flocken gespart?«, fragte Palmer.

Ich prostete Baxter mit meinem Champagnerglas zu. »Daher dieses Essen im 21.«

»Aber wie funktioniert das denn jetzt? Warum lassen die uns das durchgehen?«, fragte mein Sicherheitschef.

»Weil wir aufgrund unserer Aufwendungen für den Erwerb der Unternehmensanteile Steuererleichterungen geltend machen können«, sagte Baxter. »Damit nutzen wir ein Schlupfloch, das sich in diesem Fall für uns auftut«, erklärte er, als läge das doch auf der Hand.

»Kapier ich nicht«, sagte Kinane.

»Wie nicht anders zu erwarten.« Baxters Stimme troff vor Sarkasmus. »Aber das ist ja auch mein Gebiet, Joe. Deins ist das Armebrechen.«

»Und ich brech dir deinen, wenn du noch mal so mit mir redest.«

»Kommt runter, Jungs. Wir haben doch einen Grund zum Feiern«, erinnerte ich ihn. »Besser geht es kaum. Baxter hat der Firma was Gutes getan.«

»Warum geht der Staat nicht gegen die Steuerbetrüger vor?«,

fragte Palmer. »Baxter, du bist ziemlich clever, aber du bist doch nicht der Einzige, der auf so was kommt, oder?«
»Bestimmt nicht. Aber Schlupflöcher sind wie Maulwurfshügel«, erklärte Baxter. »Trittst du auf den einen, hast du am nächsten Morgen irgendwo auf deinem Rasen einen zweiten.« Nachdenklich nippte er an seinem Wein. »Außerdem hat heutzutage keine Regierung Lust, es sich mit den Reichen zu verscherzen. Schaut euch doch an, wie viele Millionäre im Kabinett sitzen. Die tummeln sich doch gern unter ihresgleichen.«
»Moment, was ist mit diesen Transaktionsgebühren? Wem zahlen wir die eigentlich?«, fragte Palmer.
»Der Gesellschaft, die für den Steuerbetrug zuständig ist«, erklärte ich. »Das ist ihr Anteil, weil sie den Deal eingefädelt hat.«
»Aber der Deal ist doch bloß ein Fake«, sagte Palmer.
»Dann war es leicht verdientes Geld, oder?«
Palmer und Kinane sahen mich an, als hätte ich gerade den Verstand verloren. Also klärte ich sie auf. »Die zweihunderttausend Pfund Gebühren, um so viel handelt es sich nämlich, werden unter den vier Mitgliedern des Aufsichtsrats der Barrack Road Investments aufgeteilt, das heißt, Henry Baxter, David Blake, Nick Palmer und Joe Kinane bekommen jeweils fünfzig Riesen. Ich möchte meinen, bei einem so raffinierten und komplizierten Spielchen haben sie sich das auch redlich verdient, meint ihr nicht auch?«
Erst Schweigen, dann brach Palmer in schallendes Gelächter aus. »Ganz genau.«
Ich hatte kein schlechtes Gewissen, weil wir Geld zur Seite schafften. Ich hatte viele Leute auf der Gehaltsliste, die Woche für Woche in bar bezahlt werden wollten. Dazu kamen

die »Zahlungen« an die unterschiedlichen Gewährsleute, Problemlöser und Informanten, nicht zu vergessen Amrein und seine höchst schattenhafte und sehr teure Organisation, die uns unsere Legitimation verschaffte. Amreins Unternehmen erlaubte uns, die Stadt zu kontrollieren, und gewährleistete, zumindest theoretisch, dass kein anderer sie uns wegnehmen konnte. Das alles konnte man als eine Art Steuer auffassen, weshalb ich nicht auch noch Millionen für den Staat ausgeben wollte, damit er sie für Gewerbeparks oder die Big Society verschwendete. Zauberer kommen mit ihren Kunststücken durch, weil sie mit ihren Tricks das Publikum verwirren und die Aufmerksamkeit in die falsche Richtung lenken. Wir sind nichts anderes als Zauberer, nur in einem sehr viel größeren Maßstab.

Natürlich entrichteten manche unserer legalen Geschäftsbereiche brav ihre Steuern und lieferten uns damit eine hervorragende Tarnung. Da ließen wir uns nicht lumpen. Außerdem waren wir nicht die schlimmsten Übeltäter. Die größten Geldwäscher sind die Banken selbst. Standard Chartered, eine altehrwürdige britische Bank, musste an die US-Regierung 340 Millionen Dollar Strafe zahlen, weil sie in ihren Marmorkorridoren 250 Milliarden Dollar an schmutzigem iranischen Geld gewaschen hatte. Was nichts ist verglichen mit den 1,9 Milliarden Dollar Strafe, zu der HSBC wegen Geldwäsche für Verbrecherkartelle verdonnert wur de. Darüber schweigt sich die größte Bank Großbritanniens in ihren hübschen Werbespots allerdings aus.

Großkonzerne verschieben seit Jahren ihre Gewinne ins Ausland. In ihrer Welt fällt das alles unter geschickte Buchhaltung. Der milliardenschwere Unternehmer Philip Green entzog sich einer Steuerzahlung von 285 Millionen Pfund, indem er seinen Wohnsitz kurzerhand nach Monaco verlegte und das Unternehmen auf seine Frau überschrieb. Worauf die Regierung ihm sofort hinterherjagte, aber nur, um sich bei ihm einen Rat einzuholen. Denn der Premierminister ließ sich von ihm allen Ernstes ein Gutachten über Staatsausgaben erstellen. So einen Mist wie diesen konnte man gar nicht erfinden.

Wir unterhielten uns den ganzen Nachmittag, bis Baxter versehentlich über ein heikles Thema stolperte. Es mutete seltsam an, dass unter den von uns gewaschenen Millionen ein paar Riesen schließlich für Unmut sorgten.
»Drei Prozent Steuern?«, sagte Palmer, als könnte er es immer noch nicht fassen. »Normale Leute zahlen wesentlich mehr.«
»Es ist also immer noch genügend da für eine ansehnliche Spende an die konservative Partei«, sagte Baxter.
»Eine Spende?« Kinane konnte es nicht fassen. »An die beschissenen Torys? Soll das ein Witz sein?«
»Wenn wir den Torys fünfzig Riesen für die Kaffeekasse spendieren, lassen sie uns in Ruhe«, erklärte Baxter. »Es wäre ihnen zu peinlich, wenn man uns drankriegen würde und sie dann zugeben müssten, dass sie von uns Geld genommen haben. Das ist dann so was wie eine sich selbst erfüllende Prophezeiung: Sie nehmen nur Geld von ehrlichen Geschäftsleuten; wenn sie also unser Geld nehmen, müssen wir ehrliche Geschäftsleute sein.«
»Aber wir sind keine ehrlichen Geschäftsleute, wir machen krumme Touren, und alle wissen das. Die SOCA wird sie vor uns warnen«, warf Palmer ein.
Die SOCA oder Serious Organised Crime Agency hatte die

Aufgabe, bei Drogenschmuggel, Geldwäsche, Gewaltverbrechen und Menschenhandel aktiv zu werden und die Täter dingfest zu machen. Wir waren nie im Menschenhandel aktiv, alle anderen drei Rubriken auf ihrer Wunschliste wurden von uns aber auf das Schönste bedient, weshalb wir immer annahmen, dass sie sie uns sehr wohl auf ihrem Radar hatte.

»Die SOCA würde sie davor warnen, Geld von Gallowgate Holdings anzunehmen, aber sie wissen nichts von Barrack Road Investments«, sagte ich. »Und unsere richtigen Namen finden sich nirgends in den Geschäftsunterlagen.«

»Aber gibt es nicht gewisse Vorschriften für politische Parteien, was Geldspenden von Offshore-Unternehmen angeht?«, fragte Palmer.

»Barracks Road Investments besitzt eine Tochterfirma mit Sitz in Großbritannien, um es mal so auszudrücken. Sie hat ein kleines, verschwiegenes Büro in London, von dort aus können wir ganz nach Belieben Spenden ausstellen. In Wirklichkeit ist das Büro kaum größer als ein Postfach.«

»Das gefällt mir nicht«, knurrte Kinane. »Geld an die Torys spenden? Dann könnten wir es ja gleich der IRA oder den Taliban in den Rachen werfen.«

»Mach dich nicht lächerlich, Joe!«, spöttelte Baxter.

»Warum? Die beiden haben im Nordosten weniger Schaden angerichtet als die verdammten Torys«, schimpfte er.

»Reden wir später darüber«, schlug ich vor. »Noch ist nichts entschieden.« Ich hatte mir einen entspannten Tag erhofft, aber das sollte nicht sein. Was als ein Essen zur Feier des Tages gedacht gewesen war, endete mit schlechter Laune.

7

Am Abend machte ich mich auf die Suche nach Vince. Er war ein unauffälliger Kerl, drängte sich nie vor, ließ sich nichts zuschulden kommen, aber man konnte sich auf ihn verlassen. Er leitete eine Handvoll unserer Bars und Clubs am Bigg Market und an der Quayside. Zu dieser Nachtzeit hielt er sich normalerweise im Privado auf, unserer schmucklosen Lapdance-Bar.

Wir gaben dort kein Geld für irgendwelchen Schnickschnack aus. Was wir brauchten, waren zwei Stangen und eine Discokugel, dann wurde das Licht gedimmt, schon lief das Geschäft. Die Mädchen machten ihre Kohle, indem sie die Kunden dazu animierten, für ein Privattänzchen zu blechen. Die Typen zahlten, wenn sie die Mädchen oben ohne sehen wollten, und wenn sie noch was drauflegten, entblätterten sich die Damen ganz, aber nach zwei Songs war alles vorbei. Dann rückte die Nächste an und zog ihnen noch mehr aus der Tasche. Ich habe Betrunkene gesehen, die einige hundert Pfund gelatzt und dafür nichts anderes mit nach Hause genommen hatten als die leicht verschwiemelte Erinnerung an etwas nackte Haut.

An Mädchen, die willens waren, es mal zu probieren, mangelte es nie. Ich weiß nicht, was sich die Typen so über die Mädchen denken, aber ich weiß, was die Mädchen von den Typen halten: Vollpfosten, alle miteinander.

Ich war schon lange nicht mehr im Privado gewesen, es gab keinen Grund dazu. Vince war der Geschäftsführer, und der Laden lief praktisch von allein. Ich hatte mich um Wichtigeres zu kümmern. Wie immer stand Big Auty an der Tür, dazu einer von den jüngeren Typen aus Joe Kinanes Boxstall.

»Abend, Davey«, begrüßte er mich.

Ich kannte Big Auty seit Urzeiten, im Grunde seit meiner Kindheit. Er war in Newcastle eine Türsteherlegende und trat nebenbei als Betreuer für unsere Boxhoffnung Phil »The Warrior« Watson auf. Seine Haare waren mittlerweile silbern geworden, aber er war immer noch einer der härtesten Typen der Stadt. Wenn er an der Tür stand, gab es nie Probleme.

»Abend, Auty«, sagte ich. »Ist Vince da?«

Er nickte. »Ich hol ihn.«

Ich folgte Big Auty ins Privado und wartete an der Bar, während er nach hinten ging. Als Erstes fiel mir auf, dass totale Flaute herrschte. Entweder schlug wirklich die miese Wirtschaftslage durch, oder den Männern war endlich klargeworden, dass der Besuch einer Lapdance-Bar in etwa so vernünftig war wie das Verbrennen von Zehn-Pfund-Scheinen zum Anschüren eines nächtlichen Freudenfeuers. Ich konnte nur zwei Kunden ausmachen, denen insgesamt zwölf Mädchen in Reizwäsche oder knapper Bekleidung gegenüberstanden.

»Na, sieh an, wer hat sich denn hierher verirrt«, hörte ich von der Bar.

Ich hatte gehofft, nicht Michelle über den Weg zu laufen. Eigentlich hatte ich angenommen, dass sie sich längst aus dem Geschäft verabschiedet hatte.

Sie saß auf einem Barhocker und trug eines dieser altmodischen, seitlich bis zur Hüfte geschlitzten Cocktailkleider. Zwei der anderen Mädchen, die mich erkannten, sahen nervös zu mir herüber. Ich ging auf Michelles Kommentar nicht

ein, aber so schnell würde sie mich nicht von der Leine lassen. »Ich dachte schon, du hättest uns ganz vergessen.«
»Nein«, antwortete ich leise. »Ich lebe nur seit einer Weile im Ausland.«
»Hab ich gehört«, sagte sie für meinen Geschmack viel zu fröhlich. Und sicherlich hatte sie auch gehört, dass ich mit Bobbys Tochter zusammen und noch dazu Vater geworden war. Mit einem Blick gab ich ihr zu verstehen, dass sie es nicht übertreiben sollte. Schon klar, warum sie sauer war. Wir hatten mal miteinander geschlafen, einmal nur, und ich hatte mir nicht die Mühe gemacht, sie danach noch mal anzurufen und um eine Wiederholung der Vorstellung zu bitten. Damals hatte ich mich gerade von Laura getrennt und musste mich schwer zusammenreißen, nicht mit Sarah ins Bett zu hüpfen, weil Bobby das nie und nimmer geduldet hätte. Michelle war single und anscheinend die ideale Zwischenlösung, aber nach dem Aufwachen am Morgen benahm sie sich, als wäre ich ihr neuer Freund, während ich es kaum erwarten konnte, wieder abzuschwirren.
Unter normalen Umständen hätte ich mich mehr um sie bemüht, hätte sie wenigstens angerufen oder zum Essen eingeladen und ihr erklärt, dass ich nicht bereit sei für eine feste Beziehung, jedenfalls nicht jetzt – hätte wenigstens einiges getan, damit kein Groll zwischen uns zurückblieb. Aber es waren eben keine normalen Umstände, ich hatte zu viel um die Ohren und konnte mich nicht auch noch um ihr gekränktes Ego kümmern.
»Es überrascht mich, dass du immer noch bei uns bist, Michelle«, sagte ich, bevor sie in Anwesenheit der anderen Mädchen noch mehr ausplaudern konnte. »Ich dachte, du wärst mit deinem Studium längst fertig.«

Damals, als ich sie kennengelernt hatte, hatte sie immer davon geredet, dass sie das Lapdancing nur kurzzeitig und aushilfsweise betreibe, um das Studium zu finanzieren. Sobald sie ihren Abschluss habe, erzählte sie, wäre sie auf und davon.

»Ich bin fertig mit dem Studium, schon lange. Aber wir haben eine Rezession, falls du das noch nicht gemerkt haben solltest.«

»Sicher. Ich dachte nur, intelligente Mädchen wie du hätten keine Probleme, einen angemessenen Job zu finden.«

Sie wurde noch röter. »Kann schon sein. Mit einer qualifizierten Stelle verdiene ich aber kaum halb so viel wie hier.« Gelangweilt deutete sie auf den Raum. »Wenn nicht gerade tote Hose herrscht.«

»Klar«, gab ich ihr recht. »Schon erstaunlich, wie schnell man sich an einen gewissen Lebensstandard gewöhnt.«

Auf den offensichtlichen Punkt ging ich gar nicht ein. Noch ein, zwei Jahre Vollzeit im Privado, und ihre beruflichen Qualifikationen konnte sie in die Tonne treten. Und wenn sie dann noch mal ein paar Jahre dranhängte, würde sie mit Zwanzigjährigen, die festere Titten und weniger Falten im Gesicht hatten, um das Trinkgeld konkurrieren müssen.

»Egal«, sagte sie. »Mein Freund nimmt es jedenfalls ganz cool …«

Dieser letzte Kommentar war für mich bestimmt.

»Wie praktisch«, sagte ich und entdeckte Vince, der auf mich zukam. »Hat mich gefreut, dich mal wieder zu sehen, Michelle.«

»Ja.« Ein gezwungenes Lächeln. »Mich auch.«

»Tut mir leid, dass es so lang gedauert hat«, sagte Vince. »Ich musste mich um die Bücher kümmern.«

»Kein Problem. Kann ich kurz mit dir reden?« Und damit führte ich ihn weg von Michelle, die sich wieder gegen die Theke lehnte.

Vince stimmte mir zu. »Die sind alle schon tot. Nur Joe Kinane ist aus Bobbys engstem Kreis noch übrig. Aber das war alles vor seiner Zeit. Mir fällt keiner ein, der schon so lange dabei ist … wann war das wieder?«
»Mein Vater hat Newcastle '72 verlassen, an die vier Jahre hat er dann mit meiner Ma noch Kontakt gehabt, nach '76 herrschte dann endgültig Funkstille.«
»Verdammt, das ist Urzeiten her.« Vince trommelte mit den Fingern gegen den Schreibtisch und dachte nach. Plötzlich sagte er: »Hast du es schon mit Jinky Smith probiert? Der scheint mir der Einzige zu sein, der von den Alten noch übrig ist.«
»Verdammt, an Jinky hatte ich überhaupt nicht mehr gedacht! Er gehört seit Jahren nicht mehr zur Firma. Du bist dir sicher, dass er überhaupt noch lebt?«
Vince nickte. »Er kommt immer wieder mal vorbei, früher zumindest.«
»Wie finde ich ihn?«
»Hab ihn schon eine ganze Weile nicht mehr gesehen. Wir ermuntern die alten Knackis nicht unbedingt dazu, hier aufzuschlagen. Wenn so einer auf dem Klo sein Koks vertickt oder Brieftaschen klaut, sind wir sofort unsere Lizenz los. Wir haben schon genug Ärger, weil sich die Mädels ganz ausziehen.«
»Aber du hast ihn gesehen?«
»Na ja, gelegentlich taucht er in den Bars auf, aber er ist kein Stammgast.«

»Wo wohnt er?«
Vince musste eine Weile nachdenken. »Ich glaube, er hat eine Wohnung in Benwell oder Fenham, jedenfalls in so einem Drecksviertel.«
Man konnte vermutlich kaum erwarten, dass Vince die Adresse von jedem abgehalfterten Ex-Mitglied der Firma kannte. Ich würde Sharp darauf ansetzen müssen.

8

Zugegeben, ich habe einen sehr leichten Schlaf, aber die wenigsten dürften einfach weiter vor sich hin schlummern, wenn ihre Haustür mit Gewalt aus den Angeln gerissen wird.

Noch bevor die Tür auf dem Boden aufschlug, stand ich senkrecht im Bett, auch Sarah schreckte hoch und schrie meinen Namen. Ich stürzte hinaus und lehnte mich über das Treppengeländer. Unten stürmten uniformierte Polizisten mit der Waffe im Anschlag durch die aufgebrochene Tür ins Haus. Ich war erleichtert, dass es nur Polizisten waren. Als mich einer von ihnen entdeckte, brüllte er, dass ich mich nicht rühren solle. Ich ignorierte ihn und drehte mich zu Sarah um, die mit Panik im Gesicht ebenfalls aus dem Zimmer gekommen war.

»Alles ist gut«, versicherte ich ihr, »es ist nichts. Sie holen mich nur ab, aber sie haben nichts in der Hand.« Wir hatten uns oft darüber unterhalten, was zu tun sei, wenn ich von der Polizei oder SOCA verhaftet würde, und hatten uns darauf verständigt, dass Sarah die Ruhe bewahren und die Anwälte benachrichtigen sollte. Jetzt machte sie einen alles andere als ruhigen Eindruck.

Die Polizei war durch die massive Haustür gebrochen, als wäre sie aus Pappe, mit einem sehr viel einfacheren Hindernis aber hatten die Beamten so ihre Probleme. Fluchend zerrte einer von ihnen an dem Treppenschutzgitter, das wir eingebaut hatten, damit Emma nicht allein die Stufen entern konnte. Jemand brüllte ihm zu, er solle drübersteigen, worauf er ein zweites Mal fluchte, weil es ihm beim ersten Mal nicht gelang, sich über das kleine Metallgitter zu schwingen. Wieder sah ich zu Sarah. »Sie haben nichts«, wiederholte ich. »Hörst du?«

»Ja«, sagte sie.

Was anderes fiel mir zu ihrer Beruhigung nicht mehr ein. Was immer die Polizei gegen mich in der Hand zu haben meinte, es musste gravierend genug sein, um die Wachleute auf dem Grundstück zu verhaften, die Haustür einzuschlagen und mich mitten in der Nacht aus dem Bett zu reißen. Es beunruhigte mich mehr, als ich mir eingestehen wollte. Was zum Teufel sollte das alles?

Nachdem die Polizisten schließlich das Treppenschutzgitter überwunden hatten, kamen sie in ihren schweren Stiefeln – und lautstark brüllend – die Treppe heraufgepoltert. Unwillkürlich sahen Sarah und ich zur offenen Tür von Emmas Zimmer, aber unsere Tochter ließ sich in ihrem Schlaf nicht stören. Eine eingeschlagene Tür und durch das Haus stürmende, bewaffnete Polizisten konnten unseren kleinen Engel nicht aus der Ruhe bringen.

Der Polizeibeamte an der Spitze wirkte extrem nervös und hielt mir seine Pistole direkt vors Gesicht. »David Blake?«, schrie er.

»Ja«, sagte ich ruhig, obwohl ich es hasse, wenn Waffen auf mich gerichtet werden, besonders von Leuten, die so fahrig aussahen wie er.

»Keine Bewegung, und nehmen Sie die Hände hoch!«

Ich war versucht, ihn darauf hinzuweisen, dass ich kaum beides zugleich tun konnte, hob dann aber langsam die Hände und verschränkte sie im Nacken, woraufhin er sich etwas zu entspannen schien. »Okay«, sagte ich. »Schon gut, Officer, ich helfe Ihnen gern bei Ihren Ermittlungen. Es gibt nur zwei kleine Dinge.«

»Was?«, brüllte er, streckte den Arm durch und richtete seine Waffe noch energischer auf mich.

»Lassen Sie mich was anziehen«, sagte ich, da ich nur in Boxershorts vor ihm stand. »Und halten Sie verdammt noch mal den Mund.« Das brachte ihn kurz aus der Fassung. »Hier schläft ein Kleinkind.« Mit einer leichten Kopfbewegung deutete ich zu Emmas Zimmer. Er starrte mich an, als wäre das alles bloß ein Ablenkungsmanöver, damit ich mich auf ihn werfen könnte, sobald er mich auch nur eine Sekunde aus den Augen ließ. In meiner Unterwäsche und mit den im Nacken verschränkten Händen musste ich aber ein so harmloses Bild abgegeben haben, dass er schließlich doch einen raschen Blick durch die offene Tür warf, Emma zu sehen bekam und begriff, dass ich die Wahrheit sagte.

»Okay«, hauchte er. »Sorry, Miss.« Sarah warf ihm einen vernichtenden Blick zu und verschwand in Emmas Zimmer.

»Sie wissen, warum Sie hier sind«, sagte mir der Detective zum dritten Mal.

»Ich hab keine Ahnung, warum ich hier bin«, antwortete ich. *Hier*, das war die Polizeidienststelle in der Market Street, ein schmutzig grauer Flachbau aus den Sechzigern. Ähnlich trist nahm sich der Verhörraum aus; Tisch, ein paar Stühle, in der Ecke zwei Aktenschränke, ein DCI, der mich befragte, drei weitere Zivilbullen, die aufpassten, dass ich ihn nicht anfiel und türmte.

»Wollen wir uns die ganze Nacht mit dem Scheiß herumschlagen?«, fragte Detective Chief Inspector Hibbitt, ein Mann, der mir unbekannt gewesen war, bis er sich fünf Minuten zuvor nuschelnd vorgestellt hatte. Er war Leiter der Ermittlungen in diesem Fall, zu dem ich befragt wurde, wie er mir mit kaum verhohlener Verachtung gesagt, dabei aber verabsäumt hatte, mir mitzuteilen, worum es eigentlich ging – daher seine lächerliche Bemerkung, ich wüsste, warum ich hier sei. »Mal sehen, ob Sie nicht selbst drauf kommen.« Er ließ nicht locker. »Versuchen Sie es doch mal, los, versuchen Sie es.«

Hinter ihm tigerte ein mir ebenso unbekannter Detective Sergeant, der anscheinend auf den Namen Fraser hörte, auf und ab. Mir waren noch nie so angespannte Polizisten untergekommen. Sie behandelten mich wie das Oberhaupt einer terroristischen Vereinigung und nicht wie ihren freundlichen, drogendealenden und geldwaschenden örtlichen Gangster. Man hatte mir einen Anwalt angeboten, aber ich hatte schon vor geraumer Zeit festgestellt, dass die Plauderei über das, was mir vorgeworfen wurde, im Allgemeinen besser verlief, wenn die Polizei das Gefühl hatte, sie hätte alles im Griff. Ich ließ die Jungs also ihre Fragen stellen und gab ausweichende Antworten. Dann ließen sie mich immer nach Hause gehen, und im Normalfall hatte es sich damit. Wenn ich meine Anwältin einschaltete, verlängerte das den Aufenthalt auf der Polizeidienststelle nur, weil sich die ganze Sache festfuhr und die Polizei stinkig wurde, wenn ich augenscheinlich nicht kooperierte. Die Bullen vor Ort waren nicht unbedingt gut auf mich zu sprechen, man hielt mir allerdings zugute, hatte Sharp mir einmal erzählt, dass unsere gelegentlichen kleinen Unterredungen nicht von einem nervtötenden Aufgebot an Anwälten gestört wurden.

»War's bei der Nachtschicht zu langweilig?«, fragte ich. »Wollten Sie ein bisschen Leben in die Bude bringen?«

»Carlton«, sagte er nur.
»Das hätte ich mir denken können«, antwortete ich. Carlton hatte mir das also eingebrockt. »DI Carlton ist seit geraumer Weile mein größter Fan. Anscheinend hält er mich für den führenden Kopf einer kriminellen Vereinigung und nicht für einen respektablen Geschäftsmann.«
»Blake, wir wissen alle, was Sie treiben, es hat also wenig Sinn, uns hier zu verarschen«, sagte der DCI. »Sie haben früher für Bobby Mahoney gearbeitet, der wird jetzt schon seit einigen Jahren vermisst und ist wahrscheinlich tot. Kann ja gut sein, dass er irgendwo auf einer Insel in den Tropen sitzt, viel wahrscheinlicher aber liegt er irgendwo in den Fundamenten einer der Yuppie-Apartmentanlagen, die sie an die Quayside hingeklotzt haben. Seitdem geht es Ihnen sehr gut, oder? Jedenfalls *bis jetzt.* Bislang hat man Ihnen nie was nachweisen können, aber das wird sich jetzt ändern.«
Dann setzte Hibbitt beide Hände flach auf den Schreibtisch, beugte sich zu mir vor und zischte: »Es gibt eine Grenze, Blake, und die haben Sie gerade überschritten. Sie werden für sehr lange Zeit ins Gefängnis wandern.«
»Ist das die Stelle, an der ich in etwa sagen soll: ›Ich habe keine Ahnung, wovon Sie reden, Inspector‹? Weil ich nämlich wirklich keine Ahnung habe, was Sie meinen, Inspector.«
»Carlton«, wiederholte er, beließ es aber dabei.
»Was ist mit ihm? Ist er hier? Ich weiß nicht, was er gegen mich in der Hand zu haben glaubt, aber es ist nichts. Sie werden ziemlich blöd dastehen, wenn meine Anwältin das alles vor Ihren Augen zerpflügt und Ihnen die Rechnung für meine Haustür schickt.«
Der DCI schüttelte den Kopf. »Sie können nicht einfach ma-

chen, was Sie wollen. Kapieren Sie das nicht? Früher oder später …« Seine Stimme verlor sich, scheinbar amüsiert schüttelte er den Kopf. Er betrachtete mich, als wäre ich ein Dreckspritzer an seinem Schuh. Er trat vom Tisch zurück.

»Sollen wir noch mal von vorn anfangen?«, fragte ich. »Vielleicht können Sie mir ja sagen, was ich Ihrer oder Carltons Meinung nach getan haben soll. Wäre das nicht sinnvoll? Außerdem sind Sie sowieso dazu verpflichtet. Laut Vorschriften müssen Sie mich darüber aufklären, warum Sie mich hierhergebracht haben.«

Der DS, der mich bislang keine Sekunde aus den Augen gelassen hatte, verlor jetzt die Beherrschung. Er stieß einen lauten Schrei aus und knallte die Faust auf den Tisch.

»Sie beschissenes Arschloch!«, schrie er und rang um Fassung. Ich starrte ihn an und fragte mich, auf welchen Drogen er war, wenn er sich so aufführte. »Sie … verfluchtes … beschissenes Arschloch. Dafür werden Sie büßen! Das verspreche ich Ihnen!«

»Hören Sie«, sagte ich und versuchte, so vernünftig wie möglich zu klingen. »Offensichtlich ist hier einiges durcheinandergeraten. Ich habe nichts getan … was ich nicht sonst auch tun würde.« Ich wählte meine Worte mit Bedacht und wollte diesmal nicht unbedingt auf dem gesetzestreuen Staatsbürger herumreiten.

Der DS ging darauf gar nicht ein. »Carlton ist ein guter Mensch«, sagte er mir. »Er ist hundertmal so viel wert wie Sie.«

Stirnrunzelnd sah ich ihn an. »Was ist mit Carlton? Ich hab ihn seit Wochen nicht mehr gesehen.«

»Er war nah dran«, unterbrach der DCI. »Sehr nah dran, laut seiner Aussage. Er wollte Sie dingfest machen, und Sie haben das gewusst. Also konnten Sie nicht anders, nicht wahr, Sie mieser Abschaum.«

»Moment«, sagte ich zu den beiden. »Ist was mit Carlton passiert? Wenn, dann hat das nichts mit mir zu tun. Sie haben Ihre Arbeit zu machen, und das gefällt mir nicht immer, aber ich verstehe das und kann es zähneknirschend akzeptieren. Ich habe nie einen von Ihnen angegriffen. Wenn Carlton verprügelt wurde, wenn er die Treppe runtergefallen ist oder von einem Auto angefahren wurde, wenn er vermisst wird oder sich am Bürgerstein den Zeh angestoßen hat, dann – ich wiederhole es – hat das nichts mit mir zu tun.«

»Sie haben ein Alibi, was?«, fragte der DCI, als würde ich ihm sonst was weiszumachen versuchen. »Sie haben Ihre Leute, die die Drecksarbeit für Sie erledigen. So operieren Leute wie Sie, oder? Ihnen fehlt dafür die Härte. Ohne Männer wie Joe Kinane, die hinter Ihnen stehen, wären Sie ein Nichts, Blake.«

»Weder ich noch irgendjemand, der in irgendeiner Funktion für mich tätig ist, hat DI Carlton irgendeinen Schaden zugefügt«, sagte ich. »Wenn Sie das glauben, sind Sie definitiv auf dem Holzweg.«

»Lassen Sie mich mit ihm fünf Minuten allein.« DS Fraser hatte regelrecht Schaum vor dem Mund. »Ich bringe ihn schon zum Reden.«

»Oh, bitte«, erwiderte ich, »machen Sie sich nicht zum Affen.« Im nächsten Moment ging er auf mich los. Er warf sich über den Tisch und holte mit dem Arm weit aus, ich sah den Schlag zwar kommen, konnte aber nicht mehr ganz ausweichen. Ich zog den Kopf ein, trotzdem erwischte er mich mit der Faust oben auf dem Schädel. Es war kein fürchterlich harter Schlag, aber die Absicht war eindeutig zu erkennen.

Die beiden DCs an der Seite mussten ihn von mir zerren und zurückdrängen. Eine Entschuldigung bekam ich nicht zu hören.
Stattdessen sagte der DCI nur: »Sie haben Carltons Tochter umgebracht, Sie Drecksack, und wenn es nach mir ginge, würde ich Sie in einen Wagen packen, in den Wald bringen, wo man die Leiche gefunden hat, und Sie totprügeln wie einen Hund, weil mir für Sie sogar eine Kugel zu schade wäre.«
»Was? Sind Sie völlig übergeschnappt? Ich hab seine Tochter nicht umgebracht, ich weiß noch nicht mal, dass er eine Tochter hat. Wer zum Teufel hat Ihnen das eingeredet?«
Wieder beugte er sich zu mir, als würde ihm die Antwort große Befriedigung bereiten. »Er selbst hat es gesagt.«

9

Entsetzt hörte ich mir an, was sie mir erzählten. Gemma Carlton, die achtzehnjährige Tochter von DI Robert Carlton, war ermordet, ihre Leiche war in ein Waldstück geworfen worden. Der Name würde vorerst nicht an die Medien weitergegeben, es war allerdings eine Pressekonferenz angesetzt, jedoch ohne Carlton, dessen Zustand es nicht erlaubte, an die Öffentlichkeit zu treten. Gemmas Onkel sollte mögliche Zeugen dazu aufrufen, sich zu melden.

Carlton war in Behandlung, wegen Schock, wegen Trauer oder wie man heute dazu sagt, wenn man mit so schlimmen Dingen konfrontiert wird, dass man sie nicht verarbeiten kann und die Schotten dichtmacht. Irgendwann aber, in einem lichten Moment, hatte er mit seinen Vorgesetzten gesprochen. Behutsam hatten sie ihn gefragt, ob es jemanden gebe, der einen so großen Groll gegen ihn oder Gemma hege, dass er das Mädchen deswegen hätte umbringen können. Die Person, die er ihnen nannte, war ich.

Gemma sei ein nettes Mädchen, unschuldig, freundlich, könne keiner Fliege was zuleide tun, liebe ihre Mum, achte ihren Dad, habe noch nicht mal einen festen Freund. Das einzig mögliche Motiv für den Mord an ihr: zu verhindern, dass ihr Dad weiterhin seiner Arbeit als Polizeibeamter nachgehe, ihn daran zu hindern, diesen großen Fall abzuschließen; den, an dem er unermüdlich gearbeitet habe. Allen hatte er erzählt, dass er kurz davorstehe, die alte Mahoney-Mannschaft zu zerschlagen und ihren Boss David Blake festzunehmen.

Ich sagte nicht viel dazu. Ich hörte ihnen zu und kam zu dem Schluss, dass es möglicherweise an der Zeit war, meine Anwältin zu verständigen. Es musste alles ein großes Missverständnis sein, aber so sahen sie das natürlich nicht, egal, was ich ihnen sagte. Für sie war ich im Moment der leibhaftige Teufel. Carlton hatte kurz davorgestanden, mich festzunehmen, also hatte ich seine Tochter getötet, um ihn aus dem Rennen zu kicken. Es war lächerlich und absurd, aber sie waren nicht in der Stimmung, sich überzeugen zu lassen.

»Wenn Sie wirklich meinen, ich wäre zu so was fähig, wenn Sie wirklich meinen, ich hätte den Befehl dazu gegeben oder könnte meinen Männern einreden, das für eine tolle Idee zu halten, dann könnte ich jetzt sagen, was ich will, Sie würden mir sowieso nicht glauben. Aber ich habe das arme Mädchen nicht umgebracht. Und jetzt will ich meine Anwältin.«

»Sie kriegen Ihre Anwältin«, hörte ich hinter mir jemanden sagen. Er war ein untersetzter Typ, der lautlos ins Zimmer gekommen sein musste. »Zuerst würde ich aber gern mit Ihnen ein paar Takte reden, wenn Sie nichts dagegen haben.«

Ich hatte Detective Superintendent Alan Austin bislang nicht persönlich getroffen, aber ich wusste von ihm, so wie er sicherlich auch von mir wusste. Ich kannte ihn von den Polizei-Pressekonferenzen im Fernsehen. Er wandte sich an den DS, der auf mich losgegangen war. »Ich hab Sie bis in den Gang hinaus gehört, Fraser«, sagte er ganz ruhig. »Holen Sie sich einen Kaffee. In der Kantine.«

Grummelnd verließ DS Fraser das Zimmer. Austin packte sich einen Stuhl und stellte ihn vor mich.

»Schaffen Sie seine Anwältin her«, befahl er dem DI. »Und geben Sie uns fünf Minuten. Los, jetzt, machen Sie schon!«

Widerstrebend schlichen alle aus dem Zimmer.

»Wahrscheinlich glauben die alle, dass Sie mich jetzt umbringen werden«, sagte Austin, der ganz richtig annahm, dass er sich mir nicht vorzustellen brauchte. »Oder sie vermuten, dass ich auf Ihrer Gehaltsliste stehe. Das sind so die Gerüchte, die man hier hört. Dass Sie das halbe CID gekauft haben.«

Ich erwiderte nichts. Ich ließ ihn seinen Text aufsagen.

»Also, das alles ist eine ziemliche Scheiße, was?«

»Sie können doch nicht im Ernst annehmen, dass ich die Tochter eines Polizisten umbringe, damit er seine Ermittlungen gegen meine Firma einstellt?«

»Nein, das tue ich nicht«, sagte er. »Aber es gibt viele hier, die genau das glauben, weil Carlton es gesagt hat. Und einige davon sind in sehr hohen Positionen.«

»Großer Gott!«

»Offiziell ermitteln wir in mehrere Richtungen.«

»Und inoffiziell?«

»Geht es nur um Sie. Die hohen Tiere haben es sich in den Kopf gesetzt, dass Gemma Carlton höchstwahrscheinlich wegen der Ermittlungen ihres Vaters gegen das organisierte Verbrechen ermordet wurde.«

»Das ist verdammt noch mal absurd. Wir sind doch nicht die Cosa Nostra.«

»Ist mir klar. Ich habe erklärt, dass ich es für unwahrscheinlich halte, dass Sie oder jemand aus Ihrem Umfeld diesen Mord begangen hat. Aber mit dieser Meinung steh ich momentan ziemlich allein da. Die Parole lautet, dass wir uns bei den Mordermittlungen ganz auf Sie konzentrieren. Sie haben ein Motiv, es fehlen also nur noch die Beweise, dass Sie etwas mit Gemma zu schaffen hatten. Und glauben Sie mir, die wird man finden.«

»Sie meinen, man wird sie fabrizieren. Wenn sich alle schon so sicher sind.«

»Es geht gar nicht darum, dass irgendwas fabriziert werden muss. Sie wissen doch, wie das läuft. Dort draußen liegen immer ein Haufen Beweise herum, manche sind hieb- und stichfest, andere nur Indizien, aber wenn es dem politischen Willen der Staatsanwaltschaft entspricht, einen Fall zu konstruieren und ihn überzeugend den Geschworenen vorzulegen …«

»Dumpfbacken und Einfaltspinsel, die man auf der Straße aufgegabelt und in den Gerichtssaal gezerrt hat.«

»… dann wird man das entsprechende Urteil auch bekommen. Sie wissen das.«

»Ja«, räumte ich ein. »Und warum sind Sie hier? Was erwarten Sie von mir?«

»Das hängt ganz von Ihnen ab. Aber wenn Ihnen wirklich etwas daran liegt, nicht als Gemma Carltons Mörder angesehen zu werden, dann, würde ich sagen, ist es ganz offensichtlich, was Sie zu tun haben.«

»Den wirklichen Mörder finden?«

Er nickte.

»Und wie soll ich das anstellen?«

»Setzen Sie die Männer aus Ihrer … Firma darauf an. Die können an Orten herumschnüffeln, die uns verwehrt sind, können mit Leuten reden, die Polizisten gegenüber nicht so aufgeschlossen sind. Denen fällt es vielleicht leichter, eventuelle Zeugen zu mehr Offenheit zu bewegen. Ich will Ihnen nicht sagen, wie Sie das angehen sollen, ich bitte Sie nur, mir zu helfen, den Mann zu finden, der eine junge Frau getötet hat – ein Mädchen, das ich seit ihrer Geburt gekannt habe. Wir sind im Augenblick alle zutiefst erschüttert. Ich habe meine eigene Meinung über Sie und Ihre Organisation, Blake, und wahrscheinlich legen Sie keinen großen Wert darauf, sie zu erfahren, aber ich halte Sie nicht für so dämlich oder für eine so verlorene Seele, dass Sie ein unschuldiges Mädchen ermorden lassen, nur um meinen Kollegen von Ihrer Fährte abzubringen.«

Ich sagte erst mal nichts, sondern dachte nach, wie ich die Polizei davon überzeugen konnte, dass ich nichts mit dem Mord zu tun hatte, ohne gleich selbst in dem Fall ermitteln zu müssen. Aber mir wollte nichts einfallen.

»Gut«, sagte ich schließlich. »Geben Sie mir alles, was Sie über das arme Mädel haben und ich nicht sowieso schon weiß, alles, was helfen könnte, den Täter zu finden. Meine Jungs werden sich die Sache ansehen.« Er nickte. »Ich werde den Mörder finden und Ihnen ausliefern.«

»Machen Sie das. Tot hilft er uns nämlich nicht viel.«

»Tot hilft er mir noch weniger. Schließlich soll er erklären, dass ich nichts mit der Sache zu tun habe.«

»Noch was, Blake«, sagte er. »Keine Sündenböcke, Strohmänner oder Psychos, keine Loser, denen Sie ein Geständnis abgepresst haben, weil Sie Druck auf sie oder deren Familien ausüben. Wenn uns so was unterkommt, haben Sie Ihre letzte Chance auf Erlösung verwirkt. Das ist mein Ernst.«

Er stand anscheinend auf biblische Ausdrücke wie Erlösung oder verlorene Seelen. Hatte das irgendwas zu bedeuten? Gehörte Detective Superintendent Austin zur Jesuskolonne? »Überlassen Sie das ruhig mir«, versicherte ich ihm.

10

Erst als es bereits hell wurde, ließen sie mich gehen. Ich meldete mich bei Sarah und versicherte ihr, dass sie sich keine Sorgen zu machen brauche. »Es ist nichts.« Ich war mir nicht sicher, ob sie mir glaubte.

Ich klingelte Sharp aus dem Bett und vereinbarte mit ihm am Telefon ein Treffen außer der Reihe. Dann ließ ich mich von Palmer abholen. Mein Sicherheitschef fuhr mich aus der Stadt in Richtung Norden. Hin und wieder sah er in den Rückspiegel und vergewisserte sich, dass uns keine Zivilbullen folgten. Als er schließlich überzeugt war, dass sich keiner an uns drangehängt hatte, drehte er um und schlug die Richtung nach Süden ein, bis wir den Angel of the North erreichten. Palmer blieb im Auto. Sharp wartete schon und machte einen alles andere als glücklichen Eindruck.

»Nicht sehr abgeschieden hier«, zischte er, als wir langsam auf die zweihundert Tonnen verrosteten Stahl zugingen, aus denen die Engelsskulptur bestand. Nervös ließ Sharp den Blick schweifen, suchte die Sträucher nach observierenden Polizisten ab, aber zu dieser Tageszeit waren wir allein. Es war ein kalter, nebliger Morgen, an dem sich nur die Abgehärtetsten ins Freie wagten.

»Ja, du hast recht«, sagte ich. »Der Alte dort unten mit der Schiebermütze und dem Hund muss von der SOCA sein. Reiß dich zusammen, Sharp, dieser Treffpunkt ist schließlich auf deinem Mist gewachsen.«

»Das war vor Urzeiten. Damals wusste ich noch nicht, dass die Drecksäcke hinter mir her sind.«

»Die Drecksäcke sind hinter uns allen her«, korrigierte ich ihn. »Aber diesmal haben sie es vor allem auf mich abgesehen. Also hör zu, das ist wichtig.«
Wir standen nur wenige Schritte vor dem zwanzig Meter hohen Engel. Ich teilte Sharp alles mit, was der Detective Superintendent mir über den Mord an Gemma Carlton erzählt hatte, inklusive der Vermutung der Polizei, dass ich für ihren Tod verantwortlich sei.
»Aber das ist ja Wahnsinn«, erwiderte Sharp. »So dämlich wärst du doch nie.«
»Ich wäre auch nie so schäbig. Vergiss das nicht.«
»Äh, nein, auch nicht so schäbig.«
»Ich brauche dich in der Sache.«
»Ich bin in die Ermittlungen eingebunden, genau wie vierzig andere Polizisten. Aber keiner hat mir erzählt, dass man dir die Sache anhängen will, mein Gott.« Er schüttelte den Kopf. »Sie wissen es. Sie wissen, dass ich dein Mann bin. Deswegen sagt mir keiner was.«
Möglich. Trotzdem, das Letzte, was ich jetzt gebrauchen konnte, war ein verunsicherter Sharp. »Erzähl keinen Scheiß! Sie haben mich erst letzte Nacht abgeholt, und aus DI Carlton ist bis jetzt kein vernünftiger Satz rauszubekommen. Man wird dich briefen, mach dir keine Sorgen. Man wird von euch erwarten, dass ihr Beweise findet, damit man mich wegsperren kann.« Dann berichtete ich von Austins Bitte, parallel zur Polizei in dem Fall zu ermitteln.
»Das ist etwas ungewöhnlich, oder?«
»Ziemlich ungewöhnlich. Austin macht sich Sorgen, dass nur in eine Richtung ermittelt wird, und er glaubt nicht, dass wir es waren. Er befürchtet, der eigentliche Täter könnte entkommen. Kann gut sein, dass er uns nicht mag, aber er

will nicht, dass der Mörder des Mädchens ungeschoren davonkommt. Ich verlange von dir also, dass du dich an beiden Ermittlungen beteiligst, an unseren und an euren.«
Er antwortete darauf nicht, aber es war ihm anzumerken, dass ihn noch etwas beschäftigte. »Was?«, fragte ich schließlich.
»Hat vielleicht nichts zu bedeuten, aber das Timing ist interessant.«
»Was?«
»Henry Baxter ist letzte Nacht festgenommen worden.«
»Ach? Weswegen?«
»Gefährdung des Straßenverkehrs, Fahren unter Alkoholeinfluss.«
»Er war besoffen?«
»Na ja, über dem Grenzwert.«
»Gerechtfertigt?« Hatte Baxter wirklich betrunken am Steuer gesessen, oder war das alles nur eine Finte der Polizei, um ihn einkassieren und über mich ausfragen zu können?
»Sieht so aus. Ich hab mich erkundigt, er wurde von einer Streife angehalten – wegen unsicherer Fahrweise. Trotzdem, ist schon ein Zufall. Er wird geschnappt, und ein paar Stunden später holt man dich ab.«
»Vielleicht war es wirklich bloß Zufall. Ich sehe Henry Baxter noch nicht in einem Zeugenschutzprogramm, weil er wegen Alkohol am Steuer angehalten wurde, oder?«
»Nein«, sagte er. »Aber es sind schon seltsamere Dinge geschehen. Außerdem wird er auf Kaution freikommen.«
»Ich werde ein Auge auf ihn haben«, versprach ich. »Ach, fast hätte ich es vergessen. Noch etwas, was du für mich tun kannst. Ich muss einen Jinky Smith finden.«
»Wer zum Teufel ist das?«
»Einer von der alten Garde … Geht auf deinen Vorschlag

zurück. Ich hab mich umgehört. Fang mal an, dir deine Kohle zu verdienen.«
»Ja, schon gut«, murmelte er. »Aber wenn es dumm läuft, kann ich sie nicht mehr ausgeben.«
Darauf gab es nichts mehr zu sagen, also schwiegen wir, während der Alte mit seinem Spazierstock und seinem Hund schließlich zu uns aufschloss. Sein Marsch auf den Hügel hinauf war quälend langsam vonstattengegangen, und er sah unglaublich müde aus. Ich glaubte zu wissen, wie er sich fühlte.

Nach diesen Vorkommnissen hätte ich auf das nächste Treffen gut und gern verzichten können, aber ich hatte es Joe Kinane versprochen, und Kinane versetzte man nicht, wenn es nicht unbedingt sein musste. Wir wollten uns mit seinem ältesten Jungen zusammensetzen.
Kinane hatte drei Söhne, alle drei knallharte Typen und nach einem berühmten Spieler von Newcastle United benannt: Kevin, Peter und Chris; Keegan, Beardsley und Waddle. Die letzte Namensvergabe bedauerte er allerdings, als Waddle zu Sunderland wechselte. Er hatte Chris sogar eine Weile lang mit seinem zweiten Vornamen angesprochen, aber das hatte, wen wundert's, nicht funktioniert. Daneben hatte er auch noch eine Tochter, die war verheiratet, hatte Kinder und mit unseren Geschäften überhaupt nichts zu tun.
»Und wie«, hatte ich ihn einmal gefragt, »hast du sie genannt? Bislang ist meines Wissens noch keine Frau für die Toons aufgelaufen.«
Er lachte. »Ich hab für sie Jackie vorgeschlagen, nach Jackie Milburn, aber da hat mir meine Frau die Hölle heißgemacht.« Er verzog das Gesicht. »Wir haben sie dann Carol genannt.«

Kevin Kinane war ein Riese, der wegen seiner ausgeschlagenen Vorderzähne noch einschüchternder wirkte. Vor einiger Zeit war er schwerbewaffneten Schlägern in die Quere gekommen, die für einen Dealer von uns arbeiteten, der sich selbständig machen wollte. Braddocks Männer konnten der Versuchung nicht widerstehen, dem unbewaffneten Kevin eins aufs Maul zu geben, wobei ihm zwei Zähne ausgeschlagen wurden. Das trug ihm den Spitznamen »Weihnachten« ein – nach: »Zu Weihnachten wünsche ich mir zwei Schneidezähne«. Er ließ sich sogar zwei neue Zähne anfertigen, konnte sich aber nie an sie gewöhnen, irgendwann schmiss er sie weg, und seitdem lief er mit einer Lücke rum. Wenn Kevin lächelte, sah er noch gefährlicher aus als sonst.

Ich hatte Kevin Kinane in letzter Zeit mehr Verantwortung übertragen, weil ich sehen wollte, wie er damit zurechtkam. Ursprünglich war er für die Belieferung der Sunnydale Estates mit Heroin zuständig gewesen, jetzt leitete er die gesamte Operation in der Stadt. Ich konnte ihm trauen, er war Kinanes ältester Sohn und stand der Firma so nah wie alle, die für mich arbeiteten.

»Unserem Kevin liegt was auf dem Herzen«, sagte Joe, als sie in meinem Büro im Cauldron Platz nahmen. Ich sah, wie ungehalten sein Sohn über die Einmischung war.

»Lass ihn doch selber erzählen, Joe«, erwiderte ich. Kinane lehnte sich zurück und wirkte gereizt, wahrscheinlich hätte er seinen Sohn am liebsten gar nicht zu Wort kommen lassen. Kevin warf ihm einen finsteren Blick zu.

»Worum geht es?«, fragte ich ihn, obwohl ich es schon wusste.

»Um die Zukunft«, antwortete Kevin. »Die Zukunft der Firma. Wenn du mich fragst, hat Heroin die beste Zeit hinter sich, das Gewinnpotenzial ist beschränkt. Wir sind an eine

Grenze gestoßen, es ist nicht mehr viel drin. Wir sollten unsere Bemühungen in andere Richtungen lenken.«
»Die wären?«
»Mehr Coke, Ketamin, ein bisschen Ecstasy, vor allem aber Coke. Da geht am meisten.«
»Ich stimme dir zu. Was schlägst du vor?«
»Gib das Heroin auf. Das Risiko ist hoch, die Gewinne, die da noch rausspringen, stehen in keinem Verhältnis zu den Knaststrafen, die dabei drohen. Die Estates sind nicht mehr zu retten, gib die Dealer frei, die können es dann unter sich ausmachen, wer im Viertel das Sagen hat. Ihre Auseinandersetzungen können uns ziemlich egal sein, und wer übrig bleibt, wird von uns beliefert – wir treten dann nur noch als Großhändler auf.«
Ich musterte ihn eindringlich. Er war intelligent. Sein Dad war ein beeindruckendes Kraftpaket, aber ihm fehlte das Köpfchen seiner drei Söhne. Vielleicht waren sie tatsächlich irgendwann zur Schule gegangen, vielleicht hatten sie es auch von ihrer Mum. Vermutlich rührte es aber daher, dass sie sich so lange auf der Straße durchschlagen mussten und für solche Dinge eine Art natürlichen Instinkt entwickelt hatten.
»Du hast recht, Kevin, Heroin ist so gut wie erledigt. Es hat keine große Zukunft, es lassen sich damit keine großen Profite mehr machen, deswegen sollten wir uns auf andere Dinge konzentrieren. Wir könnten Heroin herunterfahren, uns zurücklehnen und uns andere Bereiche ansehen, die langfristig Potenzial versprechen. Das nennt man strategisches Denken.«
»Genau«, sagte er.
»Aber du hast nur zur Hälfte recht. Wir müssen weiterhin

den Heroinhandel in Newcastle kontrollieren, und es beunruhigt mich ein bisschen, dass du den Grund dafür nicht siehst.«

»Um die Ordnung aufrechtzuerhalten«, unterbrach Joe Kinane. Diesmal sahen wir beide zu ihm.

»Darauf komme ich gleich«, sagte ich. »Zum einen erzielen wir mit Heroin immer noch recht beträchtliche Einnahmen, auf die wir nicht verzichten können. Wir sind kein börsennotiertes Unternehmen, wir müssen nicht jährliche Wachstumsraten vorlegen, um unsere Aktionäre bei Laune zu halten. Heroin sorgt in dieser Stadt immer noch für hohe Gewinne. Warum sollen wir die an andere abtreten, nachdem wir so lange gebraucht haben, bis wir den Markt an uns gerissen haben?«

»Als Großhändler verdienen wir genauso viel, müssen uns aber nicht die Hände schmutzig machen«, sagte Kevin. »Ich dachte, genau das wolltest du.«

»Das will ich, aber ich weiß, dass wir das nie haben werden. Wenn wir an den verkaufen, der im Viertel das Sagen hat – so wie du dir das vorstellst –, haben wir am Ende wieder mit einem wie Braddock zu tun, der uns nicht pünktlich zahlt, der von anderen kauft, wenn es ihm gerade passt, und der seine Leute nicht im Griff hat. Joe hat recht, wir müssen in den Estates für Ordnung sorgen. Es sind vielleicht die letzten Dreckslöcher, aber nicht jeder, der dort wohnt, ist Abschaum. Wir können nicht zulassen, dass sich Teenager gegenseitig wegen der Ehre oder was auch immer umlegen, sonst haben wir bald ähnliche Verhältnisse wie in Hackney oder Peckham. Es gibt noch ein paar Regeln: kein Crack, keine Drogen an Kids, keine Beschaffungsprostitution, keine unnötige Gewalt um der Gewalt willen, keine willkürlichen Morde. Das alles sind gewichtige Gründe, warum die Polizei uns toleriert. Die Bullen mögen uns nicht, sie sperren uns ein, wenn sie die erforderlichen Beweise haben, insgeheim wissen sie aber, dass wir für Ordnung sorgen, und natürlich fragen sie sich, was an unsere Stelle tritt, wenn sie uns morgen hopsnehmen.«

»Daran hab ich nicht gedacht«, gestand er. Mir gefiel seine Ehrlichkeit.

»Dann gibt es noch sentimentale Gründe. Ich liebe diese Stadt, und ich will nicht, dass aus Newcastle ein amerikanisches Ghetto wird, wo jede Nacht Leute erschossen werden.«

»Kann ich verstehen«, erwiderte er, aber die Enttäuschung war ihm anzusehen. Kevin glaubte, ich wüsste seine Meinung nicht zu schätzen. Aber wer nur von Jasagern umgeben sein will, ist ein Dummkopf. Welchen Wert hätte das? Ich brauchte Leute, die mich bei der Führung der Firma herausforderten – solange sie dann taten, was ich ihnen sagte, nachdem ich eine Entscheidung getroffen hatte.

»Du hast gute Arbeit für mich geleistet, Kevin«, sagte ich ihm. »Du hast dir eine größere Rolle in der Firma verdient. Ich will, dass du mehr Verantwortung übernimmst.«

»Wie du meinst«, antwortete er. Joe strahlte vor stiller Zufriedenheit. Er bekam, was er wollte. Und ich hatte nichts dagegen. In Kevin Kinane steckte eine Menge Potenzial.

»Ja, das meine ich. Wir werden uns bald darüber unterhalten. Nur eines, das kannst du jetzt gleich für mich tun. Trommel die Jungs zusammen, sie sollen am Abend ins Mitre kommen.« Er nickte. »Und jetzt lässt du uns allein. Ich muss noch mit Joe reden.«

11

Die ganze Firma kam im Mitre zusammen. Die altersschwachen Dielen knarrten unter dem Gewicht der vielen kräftigen Jungs, die sich in das alte Pub drängten. Wir hatten die oben gelegene Bar geöffnet, damit alle ein paar Pints abbekamen. Vince übernahm die Aufsicht über die uralte Jukebox mit ihren Vinylscheiben. Früher war dafür Hunter zuständig gewesen, der hatte uns immer mit Rock aus den Achtzigern beglückt. Nachdem er nicht mehr war, hatte Vince die DJ-Rolle übernommen; seine Auswahl war ebenso vorgestrig, aber ganz anders als die von Hunter. Wenn man sich Vince betrachtete, der immer Anzug und Krawatte trug und in unseren Bars und Clubs mit ihrer endlosen R&B-Berieselung herumhing, wäre man nie auf die Idee gekommen, dass er auf Indie an der Grenze zu Goth stand. Als wir an diesem Abend auf die Jungs warteten, bekamen wir Echo and the Bunnymen zu hören, Teardrop Explodes, The Alarm und Hazel O'Connor. Dann ging es mit dem richtigem Suicidal-Sid-Zeugs weiter, er legte The Sisters of Mercy und The Mission auf, bevor er mit *There Is A Light That Never Goes Out* von The Smiths voll danebenlangte. Als schließlich *They'll Never Take Me Alive* von Spear of Destiny verklang, nickte ich ihm zu. Mittlerweile waren alle versammelt. Vince stellte die Jukebox aus. Ich musste meine Rede halten, bevor sie alle einen sitzen hatten und nicht mehr zuhörten. Also bedeutete ich allen, näher zu rücken, und hielt den großformatigen Schwarzweißabzug hoch, damit ihn alle sehen konnten.

»Das ist Gemma Carlton«, sagte ich.
»Hübsch«, kam es anerkennend von Peter Kinane.
»War sie.«
»Ach.« Er verstummte.
»Sie ist vor zwei Tagen ermordet worden. Man hat sie umgebracht und ihre Leiche dann in einem Waldstück entsorgt.«
Ich erzählte ihnen, was ich wusste, wie sie gestorben war, wo man die Leiche gefunden hatte, und teilte ihnen alle relevanten Informationen mit.
Erst nachdem sie die Nachricht von der Ermordung dieses hübschen, jungen Dings einigermaßen verdaut hatten, ließ ich die Bombe platzen. »Noch etwas: Gemma Carlton war die Tochter von Detective Inspector Robert Carlton.«
Ich musterte sie. Sie alle kannten DI Carlton und wussten, worauf er es abgesehen hatte. Ich wollte sichergehen, dass keiner von ihnen auf die dämliche Idee gekommen war, die Sache selbst in die Hand zu nehmen und eigenständig für das zu sorgen, was man in unserer Welt Gerechtigkeit nannte. Aber ich blickte in einen Haufen entsetzter Gesichter.
»Ich will, dass dieses Bild überall herumgezeigt wird. Ich will, dass jeder es sieht. Hört euch um. Es geht hier nicht ums Geschäft, die üblichen Regeln gelten also nicht. Ganz egal, was ihr vielleicht über ihren Alten gehört habt oder was er über mich in Umlauf gebracht hat, ganz egal, dass er uns alle am liebsten für immer wegsperren möchte. Seine Tochter hat das nicht verdient, und er auch nicht. Keiner hat so was verdient. Habt ihr das kapiert?«
Als Antwort kam nur unverständliches Gemurmel, aber sie stimmten alle zu.
»Ich will, dass ihr den Drecksack findet, der das gemacht hat. Erstens, weil es der Gerechtigkeit dient, wenn er ge-

schnappt wird, das sollte Grund genug sein.« Ich machte eine Kunstpause, aber als keine Widerrede kam, fuhr ich fort. »Bei der Polizei laufen sie momentan natürlich auf Hochtouren, und sie wollen Köpfe rollen sehen. Die Bullen sind immer ziemlich angearscht, wenn es einen von ihnen erwischt, ihr könnt euch also vorstellen, wie sie erst drauf sind, wenn der einzigen Tochter von einem von ihnen was passiert. Mit Vernunft ist ihnen schon in guten Zeiten nicht beizukommen, aber jetzt ticken sie völlig aus. Die Hohlbirnen haben nicht die geringste Spur, haben sich allerdings an einer Theorie festgebissen: Weil Carlton gegen uns ermittelt hat, glauben sie, wir wären für die Tat verantwortlich.«

Meine Jungs sind nicht so leicht zu erschüttern, sie haben alle schon eine Menge erlebt, aber diese Unterstellung plättete sie dann doch. Alle schienen gleichzeitig nach Luft zu schnappen, und plötzlich kam ich mir wie ein Politiker vor, dem die entrüsteten Zwischenrufe die Rede vermasseln. »Nie und nimmer!« »Was soll der Scheiß, Mann!« »Haben die völlig einen am Rad?« Ein halbes Dutzend ähnliche Kommentare heizte die aufgeladene Stimmung weiter an. Wie ich mir schon gedacht hatte, reagierten sie darauf wütend und empört. Einerseits riskierte ich damit, dass sie das in ihrer Entschlossenheit, Gemmas Mörder zu finden, beeinträchtigen würde; andererseits musste ihnen allen klargemacht werden, was auf dem Spiel stand.

Beschwichtigend hob ich die Hände. »Ich weiß, ich weiß. Und ich teile euren Ärger, aber das hilft uns im Moment nicht weiter. Wir müssen kühlen Kopf bewahren. Es ist also unsere Aufgabe, den Mörder zu finden und ihn der Polizei zu übergeben.«

»Scheiß drauf«, sagte Kinane. »Wenn wir den Pisser finden, lassen wir von ihm nicht viel übrig.«
»Nein, Joe, das werden wir nicht tun. Dir fehlt es auch an einem kühlen Kopf. Wie soll er die Polizei davon überzeugen, dass wir nichts damit zu schaffen haben, wenn er tot ist? Nein, so schwer es uns auch fällt, wir liefern ihn der Polizei aus. Er wird lebenslänglich bekommen, und das wird für ihn die härteste Zeit überhaupt werden. Und die Bullen werden einsehen, dass wir nicht die sind, für die sie uns gehalten haben, auch wenn das nicht viel wert sein wird. Aber solange wir den kranken Arsch nicht haben, wird keiner von uns seinen normalen Geschäften nachgehen können, und das ist ein weiterer Grund, die Sache zu klären, und zwar schnell. Das und die Tatsache, dass irgendjemand eine junge Frau auf dem Gewissen hat und noch frei herumläuft. Sorgen wir dafür, dass sie sein letztes Opfer gewesen ist.«
Zustimmendes Gemurmel war zu hören. »Ihr beharkt eure Viertel, hört euch um. Außerdem sollte einer von euch rund um die Uhr da sein, damit er mich über alles auf dem Laufenden halten kann.«
»Das mach ich«, erwiderte Kevin Kinane prompt. »Wie du gesagt hast, ans Geschäft ist sowieso nicht zu denken, solange das nicht erledigt ist. Wir wollen ja nicht, dass so eine miese Ratte in unserer Stadt rumläuft.«
Mir gefiel sein Eifer, mir zuliebe das alles auf sich zu nehmen. Es würde viel Laufarbeit, Ausdauer und eine Menge Energie erfordern, um ständig auf dem neuesten Stand zu bleiben. Kevin Kinane wollte mir zeigen, was er draufhatte. Das hier war seine Chance.
»Gut, Kevin«, sagte ich. »Du wirst dich, solange wir an der Sache dran sind, täglich mit mir treffen. Ihr alle füttert Kevin

mit den Infos, die ihr auftreiben könnt. Wir haben ein paar umgedrehte Bullen, die werden uns helfen, aber die brauchen Spuren. Und wir werden sie ihnen liefern.«

Joe und ich verließen das Mitre und fuhren zusammen in die Stadt zurück. »Irgendeine Vermutung?«, fragte ich ihn.
»Keinen Schimmer.«
»Niemanden?«
»Das hat sie allesamt kalt erwischt«, sagte er. »Genau wie ich es dir gesagt hatte.« Er klang ein bisschen beleidigt.
»Ja, okay, du hast recht gehabt, muss ich dir lassen. Unsere Jungs sind keine Heiligen, ich musste ihnen trotzdem in die Augen schauen. Aber wenn du sagst, dass keiner …«
»Mann, hörst du dir eigentlich mal selber zu?«, blaffte er mich an. »Es geht hier doch um uns. Wir sind nicht irgendein beschissenes Drogenkartell aus Bolivien, wir haben Regeln, weißt du? Die sind vielleicht nirgends aufgeschrieben, aber wir haben Regeln, und jeder kennt sie.«
»Ja«, räumte ich ein, »du hast recht.« Als er darauf nichts erwiderte, sagte ich: »Tut mir leid. Wirklich. Ich hab nicht gedacht, dass einer von uns zu so was fähig wäre … aber ich musste mich selbst davon überzeugen … ich musste sichergehen. Deswegen hab ich dich auch gefragt … weil ich deinem Urteil traue. Vergiss nicht, Joe, manchmal muss man das Undenkbare denken.«
»Ja«, antwortete er. »Ist wohl so.« Aber es war zu spüren, dass er immer noch grollte.
»Gehen wir einen trinken, Joe«, schlug ich vor. »Ich kann was vertragen.«

12

Die Woche darauf war die längste, die ich je erlebt hatte. Wir wurden in den sieben Tagen mehr von der Polizei schikaniert als in den vergangenen drei Jahren zusammen. Einige unserer Jungs wurden in den Sunnydale Estates unter dem Verdacht des Drogenhandels vom Fleck weg verhaftet, obwohl wir weder Geld noch Stoff am Mann haben. Es gab keine Beweise, aber das spielte keine Rolle. Sie wurden über Nacht festgehalten, konnten sich also in der Zeit nicht ums Geschäft kümmern.

Zweien von unseren Pubs wurde die Lizenz entzogen aufgrund der falschen Behauptung, die Sperrstunde überzogen und illegale Wettspiele angeboten zu haben. Sogar unsere Klinik für Sportverletzungen wurde geschlossen, weil der Verdacht bestand, es würden dort sexuelle Dienstleistungen gegen Bezahlung angeboten; jeder in der Stadt wusste davon und hatte sich jahrelang nicht daran gestört. Der Massagesalon war wunderbar gelaufen, ohne von den Behörden je behelligt worden zu sein, aber jetzt schlug die Polizei gnadenlos zu. Ich konnte zwar alles wieder hinbiegen und die Läden wiedereröffnen, aber es kostete mich einige Mühe. Austin hatte also recht. Es würde erst aufhören, wenn ich den Mörder fand.

Meinen Treffen mit Kevin Kinane kam somit eine besondere Bedeutung zu, und er enttäuschte mich nicht. Zuerst mussten wir aus dem, was wir über das Mädchen zu hören bekamen, den ganzen Müll an abwegigen Theorien rausfiltern – die Bandbreite war gewaltig und reichte von der Behauptung, sie sei eine Fünfhundert-Pfund-Nutte, die einen hartnäckigen Freier gegen sich aufgebracht hatte, bis hin, sie sei von ihrem Dad ermordet worden, weil er sie jahrelang sexuell missbraucht hatte und sie jetzt alles ihrer Mum erzählen wollte.

»Alles höchstwahrscheinlich gequirlte Kacke«, versicherte mir Kevin, und ich war froh, dass er sich davon nicht beirren ließ. »Sharp sagt, da ist nichts dran.«

»Wer lässt sich bloß so einen Müll einfallen?«, fragte ich, als wir über eine weitere unsinnige Theorie sprachen. »Hat Sharp mit dem Bruder geredet?«

»Ja, aber der weiß auch nichts. Er ist anscheinend völlig fertig, ansonsten aber ein ganz normaler Typ, wenn du das meinst.«

»Genau das meine ich.« Allerdings hatte ich auch nicht erwartet, dass sie von ihrem Bruder ermordet worden war.

»Sharp sagt, er ist sauber.«

Es dauerte einige Tage, bis Kevin einige vertrauenswürdigere Informationen zusammengetragen hatte. »Ein paar Jungs an der Tür erinnern sich an sie«, erzählte er. »Du weißt, wir wechseln die Türsteher regelmäßig durch. Aber mehr als einer behauptet, sie gesehen zu haben.«

»Sie haben sie erkannt?« Das erschien mir seltsam, sie war doch bloß eine junge Studentin und keine Veteranin der Club-Szene.

»Ja, ich hab also mal in unseren neuesten Laden nachgefragt, in denen, die beim jungen Gemüse beliebt sind. Angefangen mit dem Cachet. Sie konnten sich dort an sie erinnern.«

Das wollte ich nicht hören. »Scheiße, wirklich? Im Cachet laufen jedes Wochenende Hunderte solcher Frauen rum. Bist du dir sicher?«

»Ich hab mich erkundigt. Sie war Stammkundin und fast

jeden Abend da, unter der Woche genauso wie am Wochenende.«

Das gefiel mir alles ganz und gar nicht. Das bedeutete, dass zwischen Gemma Carlton und mir doch eine Verbindung bestand, mochte sie noch so dürftig sein, aber die Polizei würde das bald herausfinden, wenn es nicht sowieso schon geschehen war. »Wie zum Teufel kann sich eine Studentin dort jeden Abend den Eintritt leisten?«

»Das ist es ja gerade.« Er schien zu zögern, mir die schlechten Neuigkeiten aufzutischen. »Sie hat nicht gezahlt. Sie wurde immer in die VIP-Lounge durchgewinkt. Sie hatte einen von unseren Pässen mit ihrem Namen drauf.«

»Scheiße. Wer hat ihr den gegeben?« Es wurde immer schlimmer.

»Ich hab nachgesehen, in den Unterlagen ist sie als Besitzerin einer Platinkarte verzeichnet, aber es ist nicht eingetragen, wer sie ihr ausgestellt hat. Da waren wir ein wenig nachlässig«, gestand er. »Ich werd die Jungs mal kräftig zusammenfalten.«

»Verdammt, hat Danny sie gekannt?«

Er schüttelte den Kopf.

»Finde heraus, wer dafür verantwortlich war. Irgendjemand muss doch irgendjemanden kennen, der irgendwas weiß. Bleib dran.«

»Mach ich, Boss.«

Nach diesem unerfreulichen Gespräch fuhr ich nach Hause und geriet vom Regen in die Traufe. Es war spät, ich war müde, mir gingen eine Menge Dinge durch den Kopf, und ich konnte auf eine Sarah in Gesprächslaune gut und gern verzichten.

»Ich möchte mit dir reden«, begrüßte sie mich, nachdem ich kaum durch die Tür war. Es schien ihr ernst zu sein.

»Kann ich mir erst was zu trinken holen?« Sie nickte. Ich schenkte mir ein, und sie wartete, bis ich Platz nahm. »Worum geht es?«

»Ich hab nachgedacht«, teilte sie mir mit. »Viel nachgedacht.«

»Worüber?«

»Über meinen Dad.«

»Ah, verstehe.«

»Und ich denke, ich bin bereit, es zu hören. Ich glaube sogar, ich muss es hören.«

»Was?« Ich hatte wirklich keine Ahnung, was das alles sollte.

»Was mit ihm passiert ist.«

»Äh, was meinst du?« Das war das Gespräch, das ich immer gefürchtet hatte. »Du weißt, was mit ihm passiert ist.«

»Nein, das weiß ich nicht. Ich weiß nur, was du mir erzählt hast.«

»Was da wäre?« Natürlich wusste ich, was ich ihr erzählt hatte. Ich spielte auf Zeit.

»Dass er tot ist«, half sie mir auf die Sprünge. »Und nie wieder zurückkommen wird.«

»Was gibt's da noch zu wissen?«, fragte ich blöde.

»Ich weiß, es war hart für dich«, sagte sie. »Du warst dabei. Ich weiß, wie schwierig es für dich gewesen sein muss.«

»Ich glaube nicht, dass du das weißt«, schnauzte ich sie an, und mir wurde bewusst, in welchem Tempo ich meinen Drink runterkippte. Das Glas war schon halbleer.

»Aber es ist auch für mich schwierig«, fuhr sie fort. »Ich hab ihn nicht mehr gesehen, ich konnte mich nicht mehr von ihm verabschieden. Ich hab oft darüber nachgedacht, und manchmal ist mir, als wäre er gar nicht tot und …«

»Er ist tot, Sarah. Glaub mir. Dein Vater ist tot und kommt nicht mehr zurück. Mehr musst du nicht wissen.«

»Was ist passiert, Davey?«, fragte sie. »Du sagst, mehr muss ich nicht wissen … Aber ich muss mehr wissen.«

»Du weißt es doch. Alan Gladwell, das ist passiert. Er hat deinen Dad und Finney zusammengeschnürt in einen Wagen gepackt und sie weggebracht.« Ich hob die Hände, um ihr klarzumachen, dass es mehr nicht zu sagen gab. Mir wurde schon schlecht, wenn ich nur darüber redete. Ich wollte Sarah nicht belügen, aber was blieb mir denn anderes übrig? Ich konnte ihr doch nicht die Wahrheit erzählen.

»Ich will alles hören«, sagte sie.

»Nein, Sarah, das willst du nicht, glaub mir.«

»Mir war nicht klar, warum es mir so mies geht, bis ich eine Dokumentation über die Angehörigen von Soldaten gesehen habe, die in Afghanistan oder im Irak gefallen sind. Es ging darum, wie wichtig es für die Hinterbliebenen ist, dass sie von den Freunden der Toten oder den Vorgesetzten alles erfahren. Sie konnten erst dann wieder mit ihrem Leben weitermachen, als sie eine Vorstellung davon hatten, was geschehen war. Sie brauchten eine Art Abschluss.«

Vielleicht hätte ich mir ganz schnell etwas einfallen lassen sollen, aber ich schaffte es einfach nicht. Ich hatte weiß Gott genügend Zeit gehabt, mich auf ihre Fragen vorzubereiten, aber ich hatte immer gehofft, ich könnte ihnen irgendwie entkommen.

»Abschluss?«, entgegnete ich. »Das ist doch bloß wieder irgendein bescheuertes Ami-Psychogelaber.«

Sie ging hoch. »Nein, David, das ist es nicht. Du musst mir sagen, was meinem Vater zugestoßen ist. Es geht nicht um irgendein Psychogelaber, es geht darum, was wirklich war.«

»Ja, das war es: wirklich, viel zu wirklich, verdammt noch mal.« Erneut setzte ich das Glas an, aber es war leer. »Ich war nämlich mit dabei, weißt du?«

Ich stand auf. Gekränkt sah sie mich an. Ich musste weg, ich musste aus diesem Zimmer, und das sofort, aber es gab keinen guten Grund dafür, also musste ich einen erfinden. Ich entschied mich, eine entgeisterte Miene aufzusetzen, was mir nicht schwerfiel, weil ich mich sowieso so fühlte.

»Das ist doch unglaublich, ohne Vorwarnung so auf mich loszugehen.« Ich trat an ihr vorbei. »Und von mir verlangen, alles wieder durchzumachen, nur weil *du* jetzt dafür bereit bist. Gut, ich bin es nämlich nicht!«

Sie stand ebenfalls auf, aber ich war schon durch die Tür.

»Wohin willst du?«, rief sie mir nach.

»Raus!«, stieß ich hervor, und wenn sie darauf noch etwas antwortete, hörte ich es nicht mehr, weil ich nämlich die Tür hinter mir zuknallte und froh war, draußen in der Kälte zu stehen, wo ich erst mal tief einatmete und zu meinem Wagen eilte.

Ich kam diese Nacht nicht mehr nach Hause, sondern übernachtete in unserem Hotel in der Quayside. Schlaf fand ich allerdings kaum. Die meiste Zeit lag ich wach und dachte darüber nach, warum Sarah urplötzlich alles über den Tod ihres Vaters erfahren wollte. Gelegentlich hörte ich laute Stimmen von draußen, Club-Besucher, die auf die Straße wankten und nach einem Taxi Ausschau hielten, oder betrunkene Pärchen, die sich miteinander kabbelten, was sie am nächsten Morgen wieder vergessen haben würden. Ich beneidete sie. Ich hätte Sarah mit irgendwelchen Lügengeschichten abspeisen sollen, in denen Bobby tapfer in einem

Kugelhagel starb oder einen Herzinfarkt erlitt, nachdem er zusammengeschlagen worden war. Aber ich brachte es nicht über mich. Glaubte ich, Bobby Mahoney würde irgendwie – wo immer er jetzt sein mochte – auf mich herabsehen und sein Urteil über mich fällen, wenn ich seine Tochter anlog? Nein, aber es erschien mir nicht richtig.

Am nächsten Morgen fuhr ich direkt in den Cauldron. Sarah rief ich nicht an, weil ich verdammt noch mal nicht wusste, was ich ihr hätte sagen sollen.

13

Der Cauldron hatte noch nicht offiziell geöffnet, die Jungs aber saßen schon an der Bar. Bald würden sie das eine oder andere zu erledigen haben und ihren Geschäften nachgehen. Es war die Ruhe vor dem täglichen Sturm.

Für einen Gangster ist Peter Kinane ein ganz netter Kerl und, obwohl er die Muckis seines Vaters geerbt hat, auch ein ganz kluger Kopf. Manchmal halte ich ihn aber für zu sensibel für unser Geschäft. Peter war vor kurzem von seinem Mädchen, mit dem er eine Weile lang was am Laufen gehabt hatte, abserviert worden, und jetzt war er nicht nur kreuzunglücklich, sondern auch noch so blöd, es allen anderen brühwarm zu erzählen. Dafür wurde er von den Jungs gnadenlos aufgezogen. Die goldene Regel unserer Welt hatte er noch nicht verinnerlicht: Egal, womit man dir kommt, du musst es aushalten.

»Mann, die war so was von hässlich«, verkündete Kevin Kinane, als das Gespräch mal wieder auf die Ex seines Bruders kam.

»Nein, war sie nicht«, kam der lahme Protest von Peter an seinem Eckplatz an der Theke. Joe Kinane, der neben seinem anderen Sohn Chris saß, dem Stillen, betrachtete sich alles mit ruhigem Vergnügen, während Palmer, Vince und einige unserer gesetzteren Mitglieder das Geflachse richtig genossen.

»Aber sie hatte nette Titten«, räumte Kevin ein, ohne auf seinen jüngeren Bruder einzugehen. »Hätte man die einer dünneren Olga angepflanzt, einer Keira Knightley vielleicht,

hätte das ganz gut ausgesehen, aber bei ihr, da waren sie reine Verschwendung, wenn du mich fragst.«
»Jetzt aber halblang«, warnte Peter.
»Dieses Gesichtsschrapnell«, sagte Palmer leise.
»Was?«, herrschte Peter ihn an.
Palmer zuckte mit den Schultern. »Die kannst du nur ficken, wenn du ihr eine Tüte über den Kopf stülpst.« Peter Kinane sah aus, als wollte er jeden Moment auf ihn losgehen.
Aber sein älterer Bruder Kevin lief sich gerade erst so richtig warm. »Seit Wochen hängt er in seinem Zimmer rum, stalkt sie auf Facebook und wedelt sich dabei einen nach dem anderen von der Palme.«
»Tu ich nicht, verdammte Scheiße!«, erwiderte ein mittlerweile sichtlich aufgebrachter Peter.
»Ich hab dich erwischt, wie du auf deinem Laptop Bilder von ihr angesehen hat, gib's doch zu.«
»Und? Ich hab sie verdammt noch mal bloß angeschaut. Das ist nicht verboten, oder?«
»Nein, Peter, das ist nicht verboten«, versicherte ich ihm, froh um diese kleine Ablenkung, und als sich seine Miene etwas entspannte, fügte ich an: »Es ist nur ziemlich erbärmlich.«
»Hey, kommt schon, was soll das alles?«
»Wie lang ist es jetzt her, Peter? Dass sie dir den Laufpass gegeben hat?«, fragte Palmer. »Drei Wochen? Na, dann musst du dir keine Sorgen machen, drei Wochen sind der kritische Zeitpunkt.«
»Was meinst du?«, fragte Peter.
»Na ja, wenn sie, als sie dich geschasst hat, wirklich keinen hinter deinem Rücken gevögelt hat …«
»Hat sie nicht«, versicherte ihm Peter.

»Dann macht sie es jetzt.«
»Fick dich ins Knie, du Arschloch. So eine ist sie nicht!«
»Doch, Peter, so eine ist sie«, fiel jetzt auch noch Vince mit ein.
»Sind sie doch alle«, verkündete Palmer düster, um das Spielchen auf die Spitze zu treiben. »Du denkst vielleicht, dein Mädchen ist eine unschuldige Prinzessin, dabei steckt gerade jetzt, während wir hier über sie reden und du hier herumjammerst, irgendein dummer Schwanz bis über beide behaarte Eier in ihr drin.«
Peter stürzte sich auf Palmer, warf den Tisch um, der zwischen ihnen stand, und räumte unsere Biere ab. Wir bogen uns vor Lachen, während Peter Kinane in seinem Furor Palmer durch die Bar jagte und wie wild auf ihn einzuschlagen versuchte.
Hätte sich mein Bodyguard nicht vor Lachen kaum mehr eingekriegt, hätte er den Hieben leicht ausweichen können. So aber saß schließlich einer der Schläge. Palmer riss es von den Füßen. Derartiges hatte ich noch nie gesehen. Peter warf sich auf Palmer und wollte ihm den Rest geben, und wir alle sprangen auf und versuchten, ihn zurückzuhalten, aber Palmer hatte sich schon hochgerappelt und verpasste Peter Kinane einen fulminanten Aufwärtshaken, der den jungen Mann ins Wanken brachte, worauf sofort ein Martial-Arts-Kick in den Bauch folgte.
Beide stierten sich giftig an. »Schluss jetzt, ihr beiden Grazien!«, brüllte ich, während die anderen sie packten und voneinander trennten.
Palmer überschüttete Peter Kinane mit Flüchen, worauf ich ihn anfuhr: »Sei still, Palmer! Du hast es verdient, dass er dir eine aufs Maul gibt, also nimm es wie ein Mann!« Er sah

mich nur betreten an. Dann wandte ich mich an den Jüngeren, der ein knallrotes Gesicht hatte und schwer schnaufte, als wüsste er nicht, wohin mit seiner Wut.
»Komm runter, Peter. Ist doch alles bloß Spaß. Wenn du mit den Erwachsenen spät aufbleiben willst, solltest du lernen, wie man austeilt und einsteckt.«
»Aye, aye, schon gut«, sagte Kinane junior und schob die Arme weg, die ihn zurückhielten. Es dauerte etwas, bis er sich beruhigt hatte. »Aber er weiß, dass das nicht in Ordnung war. Hätte er so was über *deine* Frau gesagt, hättest *du* ihm ordentlich die Fresse poliert.«
Alle verstummten, und mit einem Mal wurde auch Peter Kinane klar, dass es keine gute Idee war, irgendeine Tussi, die er drei Monate lang gevögelt hatte, mit meiner langjährigen Lebensgefährtin gleichzusetzen, der Tochter des legendären Bobby Mahoney. Es war ihm anzusehen, dass ihm das selbst bewusst wurde und ihm ordentlich die Muffe ging.
»Nein, ich würde ihm nicht die Fresse polieren«, versicherte ich ihm voller Ernst. »Ich würde ihn umbringen.« Und wieder warfen sich alle weg vor Lachen.
In diesem Moment klingelte mein Handy. »Vom Gong gerettet«, hörte ich jemanden sagen, und damit löste sich die Spannung, alle packten ihre Sachen zusammen und trollten sich. Ich nahm den Anruf entgegen.
»Ich hab ihn gefunden«, meldete sich Sharp. »Den Mann, den du suchst.«

14

Benwell ist nicht unbedingt das schickste Viertel in Newcastle«, sagte Kinane mit leichtem Understatement, während er durch eine der Seitenstraßen mit ihren zugenagelten Ladenfronten gondelte. »Es ist aber auch nicht so schlimm, wie manche sagen.«
»Aber es gibt Abschnitte, da würde ich mich allein nicht reintrauen«, sagte ich. Mürrisch grunzend stimmte er zu. »Nichts als Drogensüchtige und Alkies, die dich ausrauben und verkloppen wollen, überall Hundescheiße, und die Mädels sind alle schwanger, bevor sie dreizehn sind, und keine kennt den Vater.« Ein weiteres Grunzen seinerseits. »Und dann … oh, hier fängt das harte Pflaster an.«
»Scheiß drauf!«, sagte er und lachte.
»Und genau hier wohnt Jinky, das arme Schwein.«

Ich erinnerte mich an Jinky aus meiner frühesten Zeit bei Bobbys Mannschaft, lange bevor ich offiziell in die Firma eintrat. Damals war ich kaum mehr als ein Laufbursche. Ich kostete nicht viel und war gut für Aufträge zu gebrauchen, die von geringer Bedeutung und mit geringem Risiko verbunden waren. So besserte ich mir mein Taschengeld auf und hatte das Gefühl, irgendwohin zu gehören, wenn meine Ma mal wieder bei einem von ihren zwei oder drei Jobs war, manche davon in Bobby Mahoneys Pubs, und mein älterer Bruder nicht auf mich aufpassen wollte.
Ich hing also überall rum, wo ich glaubte, dass ich mich für Bobby oder seine wichtigsten Leute nützlich machen konnte.

Vor manchen dieser Typen hatte ich echt Manschetten. Das Letzte, was die gebrauchen konnten, war ein Knirps, der ihnen zwischen den Füßen rumstand. Andere hingegen duldeten mich, wieder andere waren richtig nett. Wenn ich den Mund hielt und machte, was sie verlangten, bekam ich gelegentlich was zu futtern oder Extra-Kohle. Keinem in Bobbys Mannschaft fehlte es je an Geld. Sie hatten es immer in rauhen Mengen und gaben es gern aus, manchmal verschenkten sie es auch, um zu zeigen, wie flüssig sie waren.

In manchen Wochen brachte ich fast so viel nach Hause wie meine Mum. Ich gab ihr das meiste davon ab, und wenn sie mich fragte, woher ich es hatte, sagte ich: »Botengänge für Bobby«, und dann blaffte sie: »Pass bloß auf, dass es auch dabei bleibt.« Aber sie hielt mich nie davon ab, mich bei seinen Leuten rumzutreiben, und ich glaube auch zu wissen, warum. Meine Mutter war ihr verdammtes Leben lang grundehrlich gewesen, und was hatte sie davon? Nichts, gar nichts. Ihr Mann ließ sie im Stich, und sie musste ihre beiden Söhne allein großziehen. Unser Kleiner entwickelte sich bald zu einem wilden Rabauken, der sich von ihr nichts mehr sagen ließ. Schon damals schrieb sie mir mehr Vernunft zu als ihm. Letztendlich fehlte ihr wahrscheinlich die Kraft, um sich mit mir zu streiten, ob ich bei Bobby Mahoneys Leuten rumhängen durfte. Vielleicht dachte sie sich auch einfach nur, dass es sicherer wäre, wenn ich bei ihnen war statt allein auf der Straße oder in irgendeiner Gang. Die älteren Kids legten sich nicht mit mir an, weil sie wussten, dass ich zu Bobby gehörte. Außerdem hatte er was gegen Drogen, und in diesem Punkt deckten sich die Vorstellungen meiner Mutter mit seinen.

»Jinky« Smiths richtiger Name lautete Jimmy Smith. Den

Namen teilte er sich mit der Fußballerlegende aus den Siebzigern. Der richtige Jimmy Smith war ein eleganter Spieler mit viel Stil gewesen, der für seine Tricks und Finten »Jinky« genannt wurde. Unser Jimmy Smith hatte ebenfalls viel Stil, daher der Spitzname, und der war ihm auch geblieben, nachdem der Spieler den St. James' Park längst verlassen hatte. Jinky war, was die Jungs meiner Mannschaft heutzutage als Schneckenchecker bezeichnen würden. Ein Womanizer, der mit seinem Charme die Vögelchen von den Bäumen locken konnte. Meine Mutter, erinnere ich mich, war damals weniger angetan. »Nichts als ein verfickter Windbeutel«, sagte sie einmal, und ich war so schockiert über diesen, bei ihr so seltenen Gebrauch von Schimpfwörtern, dass ich mich heute noch daran erinnern kann. »Der hält sich für ein Gottesgeschenk, dieser Jinky Smith, aber hoffentlich heben die Frauen die Quittung gut auf, damit sie ihn wieder umtauschen können.« Da wurde mir klar, dass sie Jinky durchschaut hatte, egal, wie sehr die anderen Frauen auf seinen Charme hereinfielen. Er fuhr sie einige Male von den Clubs nach Hause, wenn ihre Schicht in der Bar zu Ende war, aber das ging wahrscheinlich auf Bobbys Anweisung zurück, und sie ließ ihn nie ins Haus.

Dann wurde Jinky eines Tages verhaftet, angeklagt und wegen eines von Bobby organisierten bewaffneten Raubüberfalls verurteilt. Er hielt den Mund und saß neun Jahre ab. Als er rauskam, war er ein anderer Mensch; neben seinem guten Aussehen hatte er jeglichen Saft verloren, und es war klar, dass für ihn in der Firma kein Platz mehr war. Das war in den späten Achtzigern. Seine Zeit war vorbei, bevor meine überhaupt richtig begonnen hatte. Bobby zahlte ihn aus. So wie man Bobby kannte, gab es eine großzügige Abfindung

für Jinkys Loyalität; wie man Jinky kannte, würde die Summe nie und nimmer reichen. Den Beweis hatte ich jetzt vor mir: eine Erdgeschosswohnung, in der ich noch nicht mal einen Schäferhund untergebracht hätte.
Kinane wartete draußen. Er warf sich gut sichtbar für alle in Positur und bezog neben dem Wagen Stellung, damit keiner auf die dämliche Idee kam, seinen kostbaren Lexus zu ramponieren. Er gehörte zu den ganz wenigen in Benwell, die sich stumm neben eine Luxuskarosse stellen konnten, ohne dass weder die Reifen noch der Wagenbesitzer aufgeschlitzt wurden. Eine Teenagergang beobachtete ihn von der gegenüberliegenden Straßenseite, aber sie rührten sich nicht, und auch er war die Gelassenheit in Person.
Ich hatte Jinky lange nicht mehr gesehen und ging davon aus, dass er sich verändert hatte, aber selbst ich war überrascht, in welchem Zustand er sich befand. Es dauerte ewig, bis er an die Tür kam. Ich hörte ihn in seinem winzigen Einzimmerapartment herumschlurfen, bevor er mit schwachem Krächzen »komme gleich« rief. Diese Anstrengung hatte einen schweren, rasselnden Hustenanfall zur Folge. Er zog immer noch Schleimbröckchen hoch, als er die Kette löste und die Tür öffnete. Er beäugte mich skeptisch und fragte sich wahrscheinlich, ob ich vom Sozialamt, von der Polizei oder einem Inkassobüro kam. Aus dem ehemaligen Womanizer war ein krummer, vorzeitig gealterter Greis geworden, vom berühmten seidenen Haar waren nur lange, dünne Strähnen geblieben, das Gesicht war eingefallen und runzlig, die Augen wässrig grau. Für einen, der noch keine siebzig war, sah er nicht besonders gut aus.
»Fick die Henne«, murmelte er schließlich. »Das ist ja Davey Blake.« Dann lachte er ungläubig. »Komm rein, Mann.«

Ich trat ein. Von der kleinen, durch eine Schiebetür vom eigentlichen Zimmer abgetrennten Küchenzeile waberte der Geruch von verbrannten Zwiebeln und saurer Milch herüber. Es gab ein Sofa, das aber mit schwarzen Müllbeuteln zugestellt war, von denen ich hoffte, dass sich darin kein Müll, sondern alte Klamotten befanden.
»Drink gefällig?«, fragte er mich. »Ich muss hier noch was haben.« Damit drehte er ab Richtung Küche.
»Nicht nötig«, sagte ich und zog die Whiskyflasche aus der Tüte, die ich mitgebracht hatte.
»Ah, du bist ein prächtiger Bursche«, sagte er und schlurfte wieder los, um uns Gläser zu holen. Sie waren gerade mal so sauber, und er schenkte uns beiden großzügig ein. Ich suchte mir einen klapprigen Stuhl, bei dem, als ich darauf Platz nahm, ein Bein bedenklich wackelte. Er ließ sich in einem schmierigen Sessel mit grünen Armlehnen nieder.
»Hätte ich gewusst, dass du anrückst, hätte ich ein bisschen aufgeräumt«, versicherte er mir. »Aber das Mädchen hat heute frei, und der Butler ist wohl gerade mit der Köchin zugange, ich hab die beiden nämlich den ganzen Tag noch nicht gesehen.« Dann lachte er über seinen eigenen Witz, und ich lächelte tapfer.
»Keine Ursache, Jinky«, sagte ich. »Wie geht's so?«
»Großartig«, beteuerte er. »Der Trainer von Newcastle hat sich gemeldet, er will, dass ich am Samstag im Sturmzentrum spiele. Ich hab ihm gesagt, ich muss mir das noch überlegen.«
Das war der Jinky, wie ich ihn in Erinnerung hatte, immer machte er sich lustig, meistens über sich selbst. »Ich lass mich im Stadion nicht mehr blicken, aus Prinzip.« Damit war es ihm jetzt aber vollkommen ernst. »Früher war das

eine Kathedrale, aber der fette Mike Ashley hat es in ein Hurenhaus verwandelt. Du solltest mal Joe Kinane hinschicken, damit er mal ein paar Takte mit ihm redet.«

»Das hat er auch schon angeboten.«

»Na, dann mal los«, sagte er. »Aber ich weiß ja, du willst nicht, dass bestimmte Namen in der Zeitung auftauchen.«

»Dafür waren wir immer viel zu professionell, Jinky. Die Schlagzeilen überlassen wir gern den harten Jungs. Die schlagen sich gegenseitig die Köpfe ein, aber dafür haben wir das Sagen. Das war schon immer unsere Devise.«

»Das hat mir an der Arbeit für Bobby immer gefallen. Wir hatten Klasse.« Als ich ihm einen Blick zuwarf, gluckste er. »Na ja, für Kriminelle, meine ich.« Dann wurde er wieder ernst. »Tut mir leid, das mit deiner Ma. Tut mir wirklich leid.« Er sah tatsächlich so aus, als meinte er es auch so. »War eine Klassefrau, die stand weit über den anderen, die sonst in Bobbys Lokalen gearbeitet haben, keiner von uns wird sie jemals vergessen.« Leise lachte er in sich hinein. »Keiner hat sich zu fluchen getraut, wenn sie da war. Eine richtige Dame, das war sie, und wenn sie da war, haben wir uns alle benommen, sogar Bobby … vor allem Bobby.«

»Danke, Jinky.«

»Also«, sagte er. »Was kann ich für dich tun?«

Ich erklärte ihm in aller Ruhe, warum ich da war. Jinky hörte aufmerksam zu und verzog das Gesicht, während er angestrengt über die längst vergangenen Ereignisse nachdachte. Schließlich sagte er: »Na ja, er war eigentlich immer da, dein Dad, hat sich hier rumgetrieben, und dann, eines Tages, da war er fort. Das war nicht so ungewöhnlich, damals sind Leute einfach abgehauen und haben irgendwo neu angefangen, auch wenn sie Frau und Kinder hatten. Man konnte immer irgendwo anders leichter sein Geld verdienen.« Wieder gluckste er. »Hast du *Auf Wiedersehen, Pet* gesehen? Die Leute hier aus der Gegend sind immer schon fortgegangen. Mir gefällt es hier, ich hätte nie woanders leben können, aber es ist nicht unbedingt das Land der unbegrenzten Möglichkeiten. Geordies sind wie Iren, wir sind über die ganze Welt verstreut. Wahrscheinlich hat dein Dad in Marbella eine Bar aufgemacht und ist nicht mehr zurückgekommen.«

»Genau so war es«, sagte ich. »Außer der Bar in Marbella. Aber er ist wegen der Arbeit weggegangen. Meine Ma hat es mir erzählt. Er war jahrelang in London, und dann ist sie zu ihm gefahren und hat mit ihm über die gemeinsame Zukunft geredet, sie wollten alles klären. Wir wollten zu ihm ziehen, aber das ist nie passiert. Er schrieb ihr eine Weile lang und telefonierte mit ihr, irgendwann aber hörte es mit den Briefen und Anrufen auf. Ich war noch ziemlich klein, als sie mir erzählte, dass er wahrscheinlich nicht mehr zurückkommt. Ich kann mich an ihn noch nicht mal mehr erinnern.«

»Na ja«, sagte er. Seinem Gesicht nach zu urteilen, war ihm die Geschichte wohl ein bisschen zu rührselig. »Sieh es positiv. Wärt ihr damals da runtergezogen, wärst du jetzt wahrscheinlich ein Chelsea-Fan.«

»Aye«, sagte ich. »Und was mir da an Titeln und Erfolgen entgangen wäre.« Ich wollte nicht länger in Jinkys Wohnung bleiben. Sie machte einen depressiv. Warum hatte er es so weit kommen lassen? »Was ist mit dir, Jinky? Nie Lust gehabt, zu heiraten?«

»Nein, das ist nichts für mich. Die Ehe bringt nichts. Frauen sind hinterlistiger als alle Männer zusammen, ich muss das schließlich wissen.« Er lachte in sich hinein. »Gäbe es die

Frauen von anderen Männern nicht, wäre ich immer noch Jungfrau.«

»Es sind nicht alle so, Jinky.«

»Sag den Frauen, was sie hören wollen, und sie steigen mit dir ins Bett, alle, egal, ob sie single sind oder verlobt oder verheiratet. Und wenn sie wieder raussteigen, sind sie davon überzeugt, dass es einzig und allein die Schuld von ihrem Macker war, und dabei haben sie noch nicht mal Gewissensbisse.«

»Ich hab mich immer für einen schrecklichen Zyniker gehalten, aber du, Jinky, stellst alle in den Schatten.«

»Ich sag dir eins, Mann. Es gibt zwei Arten von Typen auf dieser Welt: die, die vögeln, und die armen Schweine, die nicht mitkriegen, was hinter ihrem Rücken abgeht. Also sorg dafür, dass du dein Mädel ausführst, bevor es ein anderer tut … äh … sorry, nichts für ungut.«

»Kein Problem«, sagte ich. »Lass dich nur nicht vor meinem Haus blicken, wenn ich nicht da bin, sonst werden meine Jungs mit dir ein Wörtchen reden müssen.«

Er lachte herzhaft, was in einen heftigen Hustenanfall ausartete. Der arme Jinky war Opfer seines eigenen Erfolgs geworden. Er hatte mit seinem Charme so viele vernachlässigte Frauen ins Bett gelotst, dass ihm davon ein tiefsitzendes Misstrauen gegen alle Frauen geblieben war. Und was hatte es ihm gebracht? Ein freudloses Leben in einer winzigen, verwahrlosten Wohnung.

»Soll ich mich mal umhören, in aller Stille, vielleicht weiß ja noch einer was über deinen Dad. Ich treffe viele von den alten Jungs im Club.«

»Danke, Jinky, gern. Vielleicht weiß ja noch irgendeiner, was mit ihm passiert ist. Sag ihnen, es gibt auch ein paar Scheinchen für Informationen, die was wert sind.« Ich griff in meine Brieftasche und zog zwei Fünfzig-Pfund-Scheine heraus. Halbherzig winkte er ab. »Du wirst ein paar Pint ordern müssen, wenn du dich meinetwegen umhörst«, sagte ich und legte die Scheine auf dem kleinen Tisch neben sein halb gefülltes Whiskyglas. Dann schrieb ich ihm meine Handynummer oben auf seine *Racing Post*.

»War nett, mit dir zu plaudern«, sagte ich ihm, nahm die Flasche und schenkte ihm einen großen Schluck ein.

»Danke, prächtiger Bursche«, sagte er, als ich ihn mit der Flasche und seinen Erinnerungen wieder allein ließ.

15

Es war lange her, dass wir uns über die grobkörnigen Bilder der Überwachungskameras hermachen mussten, wenn wir sie löschen und neu bespielen wollten, damit man auf dem Bildschirm nur noch krisseliges Schneegestöber erkennen konnte. Heutzutage hatte Robbie über sein digitales Netzwerk jederzeit Zugriff auf diesen ganzen Scheiß. In den Büros unserer Späher, einem ehemaligen Callcenter, konnten er und sein Team die Aufnahmen von den Dutzenden Kameras abrufen, die rund um die Uhr das Treiben in und vor unseren Läden aufzeichneten.

»Robbie, wirf mal einen Blick auf das Videomaterial des Cachet, innerhalb und außerhalb des Gebäudes«, wies ich ihn an und reichte ihm die Großaufnahme von Gemma Carlton.

Robbie war ein nicht mehr ganz junger Mann mit einem altmodischen eckigen Haarschnitt und sah immer so aus, als hätte ihn seine Mutter am Morgen frisiert. »Wonach soll ich suchen?«

»Dieses Mädchen. Das soll oft da gewesen sein. Ich will das bestätigt haben. Finde heraus, mit wem sie gekommen und, noch wichtiger, mit wem sie gegangen ist.«

»Welcher Zeitraum interessiert uns?«

»Keine Ahnung. Fang mit vergangenem Monat an.«

»Einen Monat? Das ist aber eine Menge Zeugs. Wissen wir, an welchen Tagen sie da war? Vielleicht nur an den Wochenenden?«

»Nein, sie war Studentin, könnte also auch unter der Woche aufgekreuzt sein.«

»Scheiße.«
»Wo ist das Problem?«
»Das ist eine Menge Zeugs, Mann. Sagen wir, vier Stunden pro Nacht, sechs Nächte pro Woche, das einen ganzen Monat, macht fast hundert Stunden Bildmaterial allein für eine Kamera. Aber wir haben dort ein Dutzend, und dann in der Riesenmenge nach einem einzigen Mädchen Ausschau halten …« Er griff sich das Bild. »Sieht aus wie hundert andere, die dort Abend für Abend auftauchen. Wissen wir, was sie bei ihren Besuchen getragen hat? Damit könnten wir es etwas eingrenzen.«
»Nein. Aber wir gehen davon aus, dass sie Stammgast war, und wir haben ihren Namen auf der Gästeliste für die VIP-Lounge, wir können uns also vorerst auf zwei Kameras konzentrieren. Sag deinen Jungs, sie sollen die Schlange am Eingang nach ihr absuchen. Du übernimmst die Kamera mit Blick auf den Aufzug zum VIP-Bereich. Du kannst ja alles mit doppelter Geschwindigkeit ablaufen lassen und die Bilder nur anhalten …«
»Wenn ich eine schlanke junge Frau mit brünetten Haaren entdecke, die die VIP-Lounge betritt?«, sagte er trocken. »Kann dann ja nicht so lange dauern.«
Allmählich ging mir sein Gemaule auf die Nerven. Ich zahlte ihm gutes Geld, das er sonst von niemandem bekommen hätte, jedenfalls nicht nach seiner Gefängnisstrafe. Wir hatten Robbie durch das Second Chances Centre unter unsere Fittiche genommen und ihm die Möglichkeit geboten, mehr Kohle durch etwas unehrliche Arbeit zu verdienen, als er es jemals mit einer ehrlichen hinbekommen hätte, und das, ohne sich die Hände schmutzig zu machen. Er war ein IT-Crack, der den Lifestream jeder beliebigen Überwachungs-

kamera in Newcastle abrufen konnte, weil er sich in den städtischen Server gehackt hatte, aber anscheinend musste ich ihn daran erinnern, wer ihm seinen Lohn zahlte.

»Hab ich dir irgendeine andere Aufgabe zugeteilt, Robbie?«

»Was?«

»Wärst du jetzt lieber irgendwo anders?«

»Nein«, protestierte er. »Es ist nur …«

»Als was habe ich dich eingestellt?«, unterbrach ich ihn. Er erstarrte. Allmählich dämmerte ihm, dass ich ziemlich angearscht war.

»Als IT-Sp… Sp… Spezialist.« War Robbie nervös, kam er ins Stottern.

»Nein, Robbie, nicht das, was auf deiner Visitenkarte steht. Deine eigentliche Aufgabe.«

Seine Stimme war nur noch ein Quieken. »Ich bin ein Späher«, brachte er heraus. »Für die F… F… Firma.«

»Dann mach deinen Job und hör auf zu jammern.«

»Ich jammere nicht, ich meine bloß …«

»Und je früher du damit anfängst …«, ermunterte ich ihn. »Oder soll ich Kinane bitten, dass er mal vorbeischaut und sich vergewissert, dass du nicht herumtrödelst?«

»Nein, nein, ich mach schon«, erwiderte er und tippte bereits auf seiner Tastatur herum, um das gesuchte Bildmaterial aufzurufen. Dann erinnerte er sich an den zweiten Teil meiner Anweisungen. »Mark!«, rief er. »Komm mal … r… r… rüber, gleich. Schau dir die Aufzeichnungen von Kamera s… s… sieben am Eingang zum Cachet an. Wir suchen ein M… M… Mädchen.«

Mark kam angeschlendert. »Ein Mädchen? Im Cachet? Genauer geht's nicht?« Anscheinend hatte er meinen Wortwechsel mit Robbie nicht mitbekommen.

»Setz dich«, wurde er sofort von Robbie unterbrochen. »Logg dich ein und halt den Mund.« Er schob ihm Gemma Carltons Foto über den Schreibtisch hin: »F… f… fang einfach an. Es ist wichtig.«
Mark schien leicht irritiert, aber nach einem Blick in mein Gesicht kam er zackig in die Gänge.
»Gib mir Bescheid, wenn du was findest«, sagte ich noch und verließ die beiden. Sie hackten hektisch auf ihren Tastaturen herum.
»Wie geht's Schwanzus Longus?«, fragte dann Palmer, als ich draußen zu ihm stieß. Das war seine liebevolle Bezeichnung für Robbie nach dem stammelnden Römerfreund aus *Das Leben des Brian*.
»Er jammert nicht, er meint bloß«, antwortete ich.
»Oh«, kam es von ihm. »Ich nehme an, du hast ihm Bescheid gestoßen?«
»Du hast ihm den Arsch gerettet, als er einsaß, und woanders hätte er nie einen Job bekommen. Außerdem entlohnen wir ihn ganz nett für sein Know-how, aber jetzt ist es an der Zeit, dass er mal was zurückgibt. Ich erwarte, dass er was findet. Ansonsten gibt es keinen Grund, ihn zu beschäftigen.«

Kinane hatte am Morgen vor dem Richter zu erscheinen, worüber er nach wie vor sehr erstaunt war. »Ich versteh das nicht«, erzählte er mir im Gang vor dem Gerichtssaal. »Ich hab gedacht, du hättest das hingebogen.«
»Ich hab's versucht«, sagte ich und klang hoffentlich rechtschaffen entrüstet über die Mühlen der Justiz. »Aber so einfach ist das nicht. Es gibt zu viele Zeugen. Du hast den Typen am helllichten Tag auf dem Seitenstreifen einer belebten

Straße windelweich geprügelt. Die Polizei hat eine ellenlange Liste von Leuten, die dich eindeutig identifiziert haben, und alle sind sich einig, dass es nicht gerade nach Notwehr ausgesehen hat.«

Er wirkte etwas ernüchtert. »Ja, ich weiß, aber …«

»Kein Aber.« Ich seufzte. »Du wirst dich schuldig bekennen müssen. Du wirst nicht zu einer Haftstrafe verdonnert, das ist ausgemacht, aber mehr ist unter den gegebenen Umständen nicht drin. Und wenn dir das nicht passt, entziehe ich dir meine Hilfe, dann kannst du selber schauen, ob du was Besseres findest.«

»Schon gut, okay.« Er hob die Hände. »Ich werde mich schuldig bekennen.«

Auf den Besucherrängen war überraschend viel los an diesem Morgen. Ich erschien persönlich, obwohl ich mich sonst kaum im Gericht blicken ließ, wenn einer meiner Jungs dort anrücken musste. Aber das hier wollte ich mir nicht entgehen lassen. Palmer war da, dazu Vince und einige andere aus der Mannschaft, darunter Chris, Peter und Kevin.

Der Typ, den ich engagiert hatte, gehörte zu Susan Fitchs Kollegen und machte seine Arbeit sehr gut. »Joseph Kinane ist ein rechtschaffener Familienvater ohne jede Vorstrafe«, erzählte er kühn, nachdem die Aufzeichnungen über Kinanes kurze Gefängnisstrafe in den Siebzigern mysteriöserweise am Magistratsgericht nicht eingetroffen waren – einem von uns angeworbenen Unkundsbeamten sei Dank. An Magistratsgerichten sitzen nur Laienrichter, und die muss man nicht kaufen. Sie verlassen sich bei den Beratungen sowie bei der Rechtsprechung und den dabei zu befolgenden Richtlinien voll und ganz auf den Urkundsbeamten. Konnte man sich also den gefügig machen, war das bereits die halbe Miete. Wir kannten einige von ihnen, die sehr gefügig waren.

»Er wurde von zwei jungen Männern, die eine lange Liste an Vorstrafen vorzuweisen haben, über alle Maßen provoziert und tätlich angegriffen«, sagte unser Anwalt. »Zwei Männern, die, sollte ich noch anfügen, ohne Führerschein in einem Wagen unterwegs waren, für den keine Kfz-Steuer und keine Kfz-Versicherung entrichtet war.« Das sorgte bei den Richtern für ein Stirnrunzeln. »Außerdem gibt es beträchtliche Zweifel, wer tatsächlich in das Handgemenge verwickelt war, in dessen Verlauf einer der beiden jungen Männer zu Boden fiel und sich dabei einen Kieferbruch zuzog. Zeugen haben nämlich von einem zweiten Mann gesprochen, der sich unversehens vom Schauplatz der Auseinandersetzung entfernt habe, ohne die Ankunft der Polizei abzuwarten.«

Ich hatte natürlich keinerlei Einwände gegen diese Aussage, weil mich keiner richtig gesehen und Joe Stein und Bein geschworen hatte, dass er an jenem Tag allein im Wagen gesessen habe. »Ich war unterwegs zu meiner gebrechlichen Mutter«, hatte er erklärt. »Der ging es in letzter Zeit nicht besonders gut.«

»Als letzten Umstand mögen Sie bitte in Betracht ziehen«, instruierte der Anwalt die Richter, »dass keiner der jungen Männer, die behaupten, Opfer des tätlichen Angriffs geworden zu sein, sich heute die Mühe gemacht hat, persönlich vor Gericht zu erscheinen.«

»Jemand muss mit denen Tacheles geredet haben«, flüsterte Palmer mir zu.

Joe Kinane bekannte sich in den weniger gravierenden Anklagepunkten schuldig, und die Magistratsrichter akzeptierten das, was bedeutete, dass der Fall nicht an ein Krongericht verwiesen wurde. Er wartete darauf, dass sein Urteil gesprochen wurde. Da ich wusste, dass ihm eine konventionelle Strafe keine Lehre sein würde, hatte ich ein geeigneteres Strafmaß arrangiert.

Mit schweren Augenlidern verfolgte Kinane die Ausführungen der Richterin, einer Doppelgängerin von Margaret Thatcher, die ihn über die große Bedeutung persönlicher Verantwortung in der Zivilgesellschaft belehrte. Magistratsrichter sind wie Politiker, man sollte den Motiven all jener misstrauen, die ganz versessen sind auf ihren Job, und auch ihr war anzusehen, wie sehr sie das alles genoss. Kinane hörte wahrscheinlich kein einziges Wort ihres Sermons, bis sie zum Strafmaß kam. An diesem Punkt richtete er sich auf, um nicht zu verpassen, wie viel er zu blechen hatte.

»Wir haben entschieden«, verkündete der Thatcher-Klon, »keine Freiheitsstrafe auszusprechen, Mr. Kinane …«

»Schön, danke.«

»… vorausgesetzt, Sie erklären sich bereit, mindestens zehn Stunden an einem Wut-Management-Seminar teilzunehmen.«

Sofort fiel ihr Kinane ins Wort. »Ich soll keine Strafe zahlen? Ich hab Kohle. Ich bin nicht auf Stütze angewiesen, ich kann zahlen, wissen Sie.«

»Nein«, beschied sie mit vernichtendem Blick, »wir wollen keine Geldzahlung, Mr. Kinane. Wir wollen, dass Sie professionelle Hilfe in Anspruch nehmen, damit Sie endlich lernen, sich in Zukunft besser zu benehmen und sich zu beherrschen.«

»Mr. Kinane nimmt dieses großzügige Angebot gerne an«, schaltete sich unser Anwalt schnell dazwischen, bevor Mr. Kinane seine berühmte Selbstbeherrschung erneut verlor.

An diesem Punkt sah Joe zu uns herüber und bemerkte, dass wir alle kaum noch an uns halten konnten. Palmer hatte sich vornübergebeugt und bebte am ganzen Körper, um nicht lauthals loszuwiehern. Vince grinste von einem Ohr zum anderen, und auch ich biss mir auf die Lippen, aber Kinane wusste natürlich, was los war, und sah uns finster an.

»Das wird dir verdammt noch mal eine Lehre sein«, sagte ich, als ich ihm danach in Rosies Bar sein Pint hinschob. »Auch wenn zehn Stunden Wut-Management nichts daran ändern werden, dass du ein Arsch bist.«
»Mistkerl«, entgegnete er und nahm sein Pint. »Ihr seid alle Mistkerle.«
Die schlimmste Strafe, die man Joe Kinane neben dem Gefängnis aufbrummen konnte, war, ihn zu zwingen, vor anderen laut auszusprechen, dass er ein Problem mit seiner Wut hatte und das alles aus seiner Kindheit herrührte, weil seine Mami nie mit ihm geknuddelt hatte. Für jemanden wie Kinane, der alles Unangenehme in seinem Leben vehement wegdrückte und ansonsten meinte, Probleme seien dazu da, sie verdammt noch mal zu beseitigen, war das die Hölle.
Er hätte wahrscheinlich noch länger geflucht und gezetert, wäre nicht Palmer hereingekommen. Er hatte draußen auf der Straße einen Anruf entgegengenommen, sah mich jetzt an und schüttelte den Kopf, was nur eines bedeuten konnte: weitere schlechte Neuigkeiten.

Wir standen vor Rosies Bar im Schatten des St. James' Park, des riesigen weißen Fußballstadions mitten in unserer Stadt.
»Was gibt's?«, fragte ich ihn.
»Baxter«, sagte er. »Er ist verhaftet worden.«

»Schon wieder?«, fragte ich fassungslos. »Was hat er diesmal angestellt?«
»Scheiße«, schnaubte Kinane nur. »Lässt sich jahrelang nichts zuschulden kommen, dann wird er zweimal in sieben Tagen aufgegriffen. Der Typ ist eine regelrechte Ein-Mann-Verbrechenswelle. Was wird ihm diesmal vorgeworfen? Vorsätzliches Wegwerfen von Müll?«
»Mord«, sagte Palmer.

Sharp hatte sich unser letztes Treffen zu Herzen genommen. Als ich ihn diesmal anrief, murrte er nicht. Wir trafen uns in unserem kleinen Apartmentblock mitten in der Innenstadt, wo wir Firmengäste unterbrachten oder spontane Treffen wie dieses abhielten.
»Erzähl mir von Henry Baxter«, sagte ich. »Der ist im Moment meine Hauptsorge.«
Schon verblüffend, dass die Anschuldigung, ich hätte die Tochter eines Polizisten umgebracht, in meiner Prioritätenliste auf Platz zwei zurückfallen konnte. Es war wirklich eine üble Woche.
»Bei der Verhaftung wegen Alkohol am Steuer durchlief Baxter das übliche Prozedere, wenn die Promillegrenze so weit überschritten war wie bei ihm«, erklärte Sharp. »Er musste ins Röhrchen blasen, sie haben seine Fingerabdrücke genommen, es gab einen Abstrich der Mundschleimhaut, bevor man ihn wieder entließ. Pure Routine, genau wie der DNA-Abgleich. Das machen wir bei jedem, weil er eben funktioniert. Wir hatten mal einen, der wurde wegen einer Schlägerei auf einem Pub-Parkplatz festgenommen. Stellte sich heraus, dass er vierzehn Jahre zuvor an einem bewaffneten Raubüberfall beteiligt gewesen war. Da hatte er am Tat-

ort seine DNA hinterlassen, weil er dem Leiter der Sparkasse einen Schlag aufs Maul verpasst hatte. Dabei muss er sich an einem ausgeschlagenen Zahn die Hand aufgerissen haben, jedenfalls spritzte ein winziger Blutstropfen auf den Bankschalter. Wir haben die Proben verglichen, jetzt sitzt er sechzehn Jahre ein.«

Kinane sah, als er das hörte, überhaupt nicht glücklich aus. Sicherlich dachte er an die vielen bewaffneten Überfälle und handgreiflichen Strafaktionen, an denen er die Jahre über beteiligt gewesen war. Wahrscheinlich hatte er in der ganzen Stadt seine DNA verteilt.

»Wie faszinierend, Sharp, aber was hat das mit Baxter und dem angeblichen Mord zu tun?«

»Na«, sagte er, »hier liegt die Sache ähnlich. Baxters DNA wurde vom Computer einem alten Fall zugeordnet. Man geht davon aus, dass er der Täter war. Er muss es gewesen sein. Die Wahrscheinlichkeit dafür liegt bei einer Million zu eins.«

»Baxter? Ein Mörder? Das bezweifle ich«, sagte ich.

Auch Kinane mischte sich ein. »Wen soll er denn umgebracht haben? Einen Steuerfahnder?«

»Nein«, antwortete Sharp. »Ein kleines Mädchen.«

16

Henry Baxter wurde zur Untersuchungshaft ins Gefängnis Durham eingeliefert, wo er auf den Prozess wegen Mordes an einem dreizehnjährigen Mädchen namens Leanne Bell wartete. Es dauerte nicht lange, bis wir von ihm hörten.

»Ich werde mich in Durham auf keinen Fall blicken lassen«, sagte ich Palmer. Es stand ein Treffen mit den Besitzern des Hotels in York an, das ich erwerben wollte. Seit Gemma Carltons Tod saßen uns zwar die Bullen im Nacken, aber die Geschäfte mussten weiterlaufen. Wir waren in unserem Restaurant an der Quayside verabredet, und ich hatte eigentlich keine große Lust, dass mir bei den Gesprächen ein Gefängnisbesuch im Kopf herumspukte. »Ich will mit dem Schweinepriester so wenig wie möglich zu tun haben, vor allem jetzt. Das verstehst du doch?«

»Klar, keine Frage.« Palmer schien noch etwas sagen zu wollen, wurde aber von Kinane unterbrochen.

»Wenn es nach mir ginge, würden wir ihn in der Dusche abstechen lassen«, ließ mich mein Vollstrecker wissen. »Aber nicht so wie Toddy. Ich würde dafür sorgen, dass er filetiert wird, damit er ganz langsam krepiert und bis zum Schluss vor Schmerzen brüllt. Das hat er verdient für das, was er mit dem Mädchen angestellt hat.«

»Vorsicht, Joe«, sagte Palmer. »Wir wissen noch nicht, ob er wirklich schuldig ist.«

Wutschnaubend sah Kinane meinen Sicherheitschef an.

»Wir wissen es nicht«, beharrte Palmer. »Wir wissen nur,

dass er wegen Alkohol am Steuer aufgegriffen und eine DNA-Probe von ihm genommen wurde. Dann ließ man ihn laufen, und ein paar Tage später wird er wegen eines zehn Jahre alten Mordfalls eingesackt und in Durham eingesperrt.«

»Klingt für mich nach einer klaren Sache«, grummelte Kinane.

»Du bist dir also zu hundert Prozent sicher, dass es kein abgekartetes Spiel der SOCA ist, um Baxter einzukassieren und aus ihm einen Superspitzel zu machen, ja? Ich bin es nämlich nicht.«

Kinane schnaubte, als hielte er das alles für ausgemachten Blödsinn, aber er sagte nichts mehr. »Er weiß eine ganze Menge über uns, Joe«, fuhr Palmer fort. »Dinge, die uns schaden könnten. Wir können uns nicht erlauben, ihn fallenzulassen. Was hat er den Bullen denn anzubieten, wenn er mit ihnen einen Deal aushandeln möchte?«

»Palmer hat recht«, räumte ich zögernd ein, worauf Kinane mich wütend anstarrte. »Ja«, versicherte ich ihm. »Wir können Baxter verabscheuen, sosehr wir wollen, aber noch brauchen wir ihn. Er muss glauben, dass wir auf seiner Seite stehen. Das verschafft uns Zeit, damit wir alles, was er in die Wege geleitet hat, rückgängig machen können, so dass nichts auf uns zurückgeführt werden kann. Wenn das geschafft ist, lassen wir ihn wie eine heiße Kartoffel fallen, und er kann für den Rest seines elendigen Lebens hinter Gittern versauern.«

»Darauf trinke ich dann einen.« Kinane nickte, nachdem er endlich kapiert hatte.

»Du wirst ihn also besuchen?«, fragte Palmer.

»Nein, nicht persönlich«, antwortete ich. »Ich dachte, das hätte ich klargemacht.«

Palmer nickte. »Schon, aber das wird er nicht akzeptieren. Außerdem weiß er, wo die Leichen vergraben sind. Hast du gerade selbst zugegeben.«
»Mir bleibt also keine andere Wahl?«
»Sieht ganz danach aus«, bestätigte er.

Das Gefängnis in Durham ist eine Haftanstalt der Kategorie B, das heißt, die Inhaftierten gehören nicht zur höchsten Risikostufe, ein Ausbruch wird ihnen trotzdem sehr schwergemacht. Männer wie Henry Baxter werden zur U-Haft meistens in eine Anstalt der Kategorie B eingewiesen. Der Aufenthalt dort ist beileibe kein Zuckerschlecken. Vor zehn Jahren wiesen die sieben Abteilungen in Durham die höchste Selbstmordrate aller britischen Gefängnisse auf, im Moment sind mehr als neunhundert Inhaftierte dort untergebracht.
Wir näherten uns dem riesigen Gebäude aus dem neunzehnten Jahrhundert mit einiger Beklemmung. Nicht weil ich Angst vor dem Ort gehabt hätte. Was mich beunruhigte, war, dass zwischen mir und dem vermeintlichen Kindsmörder eine Verbindung bestand – genau das, was ich nach dem Mord an Gemma Carlton brauchte.
»Du wartest besser hier«, sagte ich zu Palmer und ließ den Blick über das düstere Gebäude schweifen. »Wie ich Baxter kenne, wird er schon nervös genug sein. Er muss dich nicht auch noch sehen.«

Baxter hatte Angst, eine Scheißangst. Man sah es an seinem aufgedunsenen Schweißgesicht, seinen Schweinsäuglein und den zu Berge stehenden Haaren, als er in den drückend heißen Raum kam.

»Es ist sonst keiner da«, beteuerte ich, »außer ihm.« Baxter sah zum Wachmann, der in diskreter Entfernung von unserem Tisch stand. Wir befanden uns im Besucherraum, die Besuchszeiten waren allerdings längst vorüber. Ich wollte nicht, dass meine Unterredung mit Baxter in aller Öffentlichkeit stattfand.

Wir hatten Amrein eingeschaltet, um die Privataudienz mit Baxter zu ermöglichen. Gefängnisbeamte sind leicht zu kaufen. Sie verdienen so beschissen wenig, dass sie einem kleinen Extrabonus selten abgeneigt sind, für den sie in aller Unschuld die Vorschriften ein wenig großzügiger auslegen. So fängt man das an, man steckt ihnen ein paar Hunderter zu, und sie verschließen die Augen vor einem Päckchen Gras oder einem eingeschmuggelten Handy. Was sie dann allerdings meistens nicht kapieren: Stehen sie erst einmal auf unserer Gehaltsliste, werden sie uns nicht mehr los. Haben sie sich über eine Vorschrift hinweggesetzt, gehören sie uns. Wollen sie sich dem nächsten von uns erbetenen Gefallen entziehen, erinnern wir sie dezent daran, dass sie, als sie unsere Kohle akzeptierten, schon mal gegen die Richtlinien verstoßen haben und andere ganz leicht davon erfahren könnten.

Baxter nahm mir gegenüber Platz. Ich ließ unserem bestochenen Wärter einen Blick zukommen, der daraufhin noch weiter in die Ecke rückte. Jetzt konnten wir ungehindert reden. Baxter sah mich an, als erwartete er, dass ich den Anfang machte – dass ich mich vielleicht nach seinem Wohlergehen erkundigte, damit ich mich darum kümmern konnte, dass er jeden Tag drei Mahlzeiten bekam und ihm jeden Morgen sein *Telegraph* zugestellt wurde. Da konnte er lange drauf warten.

»Du fängst an«, sagte ich und schwieg, während er seine Gedanken sammelte.
»Du musst mich hier rausholen«, sagte er.
Ich konnte mir ein Lachen nicht verkneifen. »Klar, mach ich, Baxter.« Mit einem Nicken deutete ich in Richtung Wärter. »Ich sag ihm, er soll mal mit dem Direktor plauschen, der lässt dich dann sicher raus. Und zum Nachmittagstee im Copthorne bist du wieder in Newcastle.«
»Hör auf mit dem Scheiß«, zischte Baxter, »das ist nicht witzig. Du weißt nicht, wie es hier drinnen ist. Du weißt nicht, wie ich hier behandelt werde. Wie ein Tier.«
»Oh, das tut mir aber leid, das hab ich nicht gewusst. Wie unsensibel von mir.« Die Antwort verblüffte ihn ein wenig. »Aber vielleicht, nur vielleicht hättest du daran denken sollen, bevor du dieses dreizehnjährige Mädchen vergewaltigt und erwürgt hast. Ich hab dich ja für vieles gehalten, Baxter, aber nicht für einen Pädo.«
Ihm klappte der Mund auf, und ich machte mich darauf gefasst, dass er alles abstreiten würde. Für welche Taktik würde er sich entscheiden? Ich war es nicht, es war ein anderer, der genauso aussieht wie ich, der DNA-Test ist falsch, alles ist eine Falle, es ging ihr gut, als ich sie verlassen habe? Aber zu meiner Überraschung prustete Baxter los.
»Vergewaltigt?« Er schüttelte den Kopf, als wäre das das Komischste, was er jemals gehört hatte. »Ha, du machst Witze.« Dann rollte er mit den Augen. »Die doch nicht.«
Ich zuckte zusammen, als hätte er mich geschlagen. Ich brauchte einen Moment, bis ich meine Gedanken wieder beisammenhatte. Baxter war es gelungen, mich in meinen wenigen noch vorhandenen moralischen Grundfesten zu erschüttern.

»Du willst damit sagen, dass das Mädchen es freiwillig gemacht hat?«

»Ich sage, dass es keine Vergewaltigung war«, erwiderte er ungeduldig durch zusammengebissene Zähne.

»Na ja, entweder war es freiwillig, oder es war eine Vergewaltigung, Baxter. Dazwischen gibt es nichts.«

»Doch, gibt es«, erwiderte er entschieden. »Irgendwann kommt der Punkt, da ist Schluss mit Hinhalten, da will man was zurückhaben für seine Geschenke und Aufmerksamkeiten. Das hat sie auch verstanden, hab ich zumindest gedacht.« Er klang aufrichtig entrüstet.

»Ah, ich verstehe, Baxter. Du hast ihr ein paar Bonbons geschenkt, vielleicht ein bisschen Taschengeld zugesteckt, und das hat dir das Recht gegeben, Sex mit ihr zu haben, obwohl sie erst dreizehn war?«

»Ja, na ja.« Jetzt sah er doch aus, als wäre es ihm ein bisschen unangenehm. »Sie war dreizehn, ging aber schon …«

»Auf die vierzehn zu?«, schlug ich vor. »Oder gar auf die fünfzehn? Oder war sie dreizehn und ging schon auf die sechzehn zu, und deshalb hast du gemeint, das wäre schon in Ordnung? Wie alt warst du damals? Fünfundvierzig? Also nicht unbedingt *Romeo und Julia*, oder?«

»Ich meine bloß, dass das Alter nicht unbedingt aussagekräftig ist.« Er klopfte auf den Tisch. »Und diese war sehr reif für ihr Alter. Du weißt doch, was man sagt.« Er zog die Augenbrauen nach oben. »Sind sie alt genug zum …«

»Sprich den Satz zu Ende, und ich hau dir deine kranke Visage gegen den Tisch und hör damit nicht mehr auf.«

Er verstummte. Ich sah zum Wärter. »Bis der sich in Bewegung setzt und sich um dich kümmert, hast du keinen einzigen Zahn mehr im Mund und wirst für den Rest deines armseligen Lebens pürierte Mahlzeiten zu dir nehmen. Hast du mich verstanden?«

Er beäugte mich argwöhnisch, als überlegte er, ob ich nur bluffe, aber meine Miene ließ ihn dann doch zurückrudern.

»Es ist nicht nötig, mir zu drohen«, sagte er leise.

Ich musste tief durchatmen, um mich unter Kontrolle zu bekommen, und mich daran erinnern, wo ich mich befand, bevor ich fortfuhr: »Gehen wir also mal davon aus, dass du niemanden vergewaltigt oder, um deiner Version der Ereignisse zu folgen, dich an einer Minderjährigen vergriffen hast. Sollen wir das mal annehmen, Baxter? Gut, aber selbst dann ist deine Verteidigung äußerst brüchig.« Sein Gesicht war ein einziges Fragezeichen. »Du hast sie nämlich auch noch umgebracht«, musste ich ihn erinnern.

Er schien mit sich zu ringen, aber von Scham oder gar Schuldgefühlen war nichts zu erkennen, ich sah nur Wut und Trotz.

»Sie wollte es überall herumerzählen. Diese dumme kleine Nutte, hat nicht aufgehört zu flennen und ständig gesagt, ›ich werde es erzählen‹, sie hat gar nicht mehr aufgehört damit.« Er hielt kurz inne. »Sie hat mir doch keine andere Wahl gelassen.«

Ich betrachtete den Mann, der seit fast drei Jahren für mich arbeitete, und beschloss, alles zu vergessen, was ich Palmer und Kinane erzählt hatte. Baxter wusste eine Menge über meine Organisation, aber damit würden wir leben müssen, denn ich traf eine Entscheidung.

»Du bist jetzt ganz allein auf dich gestellt, Baxter. Von jetzt an kannst du dein Glück mit den Pflichtverteidigern versuchen, die frisch von der Uni kommen, dann kannst du im Zeugenstand den Geschworenen erklären, dass du dich von der Dreizehnjährigen, die du vergewaltigt hast, nicht mehr hinhalten lassen wolltest. Denen kannst du dann erklären, dass sie dir keine andere Wahl gelassen hat, als sie umzubringen, und dann sehen wir ja, was passiert. Viel Glück damit, du krankes Stück Scheiße.«

Das gefiel ihm nicht, und er sah aus wie ein verzogenes Gör, dem man gerade seine Spielsachen weggenommen hatte. Ich hatte mir bereits überlegt, dass die Polizei mehr daran interessiert sein dürfte, einen Kindermörder einzubuchten, als ihm im Austausch von Informationen über mich einen Deal anzubieten.

Aber egal, wie sehr er mich jetzt hasste, ohne Gegenleistung würde er den Bullen höchstwahrscheinlich nichts verraten. Er würde schon aus Trotz schweigen.

»Wärst du jetzt bei uns, würde ich Kinane mit seinem Werkzeugkasten zu dir schicken, damit er dir die volle Behandlung zuteilwerden lässt. Da würdest du noch tagelang weiterleben. Du kannst nur hoffen, dass sie dich hier in Einzelhaft lassen, denn wenn du rauskommst, werde ich dafür sorgen, dass genau das passiert, und weißt du was? Der Polizei ist das dann scheißegal. Der Chief Constable würde mir wahrscheinlich sogar die Hand schütteln. Sie würden keine Minute lang damit verplempern, nach dem Mörder zu suchen. Nicht eine! Mein Gott, du weißt noch nicht mal, wie krank du im Hirn bist. Das ist das eigentlich Traurige daran.«

Ich stand langsam auf. Ich hatte vor, Baxter noch eins zu verpassen, bevor ich mich verabschiedete. Dafür würde ich mich dann beim Wärter entschuldigen müssen und ihm für die dadurch verursachten Umstände später eine Extra-Gratifikation rüberschieben, aber er sollte problemlos den An-

griff einem Mithäftling in die Schuhe schieben können. Und mir blieb die Freude, dem Schwein noch eine gelangt zu haben.
»Setz dich!«, blaffte er mich unvermittelt an. »Du wirst nirgendwohin gehen.« Ich war so perplex, dass ich glatt vergaß, ihm eine zu verpassen. Dann sagte er: »Nicht, wenn du an deine fünf Millionen Pfund rankommen willst.«
Ich starrte ihm lange und eindringlich in die Augen, um herauszufinden, ob er bluffte, dann nahm ich wieder Platz.

17

»Ich werde ganz ruhig bleiben, solange du mir erklärst, was du getan hast, Baxter.«

»Ganz einfach«, sagte er. »Ich wusste, dass sie wieder kommen würden, sobald das Ergebnis des DNA-Tests vorliegt ... nach dieser dämlichen Anzeige wegen Alkohol am Steuer. Ich wusste, sie würden kommen. Damals vor zehn Jahren, als jeder Mann im Umkreis von einigen Kilometern getestet wurde, habe ich Himmel und Hölle in Bewegung gesetzt, um den Test zu umgehen.«

»Das kann ich mir vorstellen, Baxter. Hast du jemanden bestochen, oder bist du für eine Weile verschwunden? Nein, sag es nicht, ich will es gar nicht wissen.« Baxter konnte von Glück reden, dass er in den Knast kam, als sich noch nicht jeder Häftling automatisch einem DNA-Test unterziehen musste. Er galt damals als Wirtschaftskrimineller, der Geld unterschlagen hatte, nicht als Täter mit hohem Gefährdungspotenzial für die Öffentlichkeit.

Er ging darauf nicht ein. »Ich wusste, mir blieb mindestens eine Woche, bis das Ergebnis vorliegen würde, allerdings konnte ich nirgendwohin, außerdem fehlte mir das nötige Geld. In zivilisierten Ländern mit einem Auslieferungsabkommen würde ich kein halbes Jahr durchhalten, wenn ich vor der Polizei auf der Flucht wäre, und Männer wie ich sind nicht dafür geschaffen, am Oberlauf des Amazonas in Lehmhütten zu hausen. Das wäre noch schlimmer als hier drinnen. Also brauchte ich so was wie eine Lebensversicherung, etwas, womit ich mich deiner Aufmerksamkeit und Hilfe

versichern kann. So habe ich die Zugangsdaten für das Bankkonto auf den Caymans geändert. Dein Geld liegt dort noch, aber du kommst nicht mehr ran. Jedenfalls nicht ohne meine Hilfe.«
Er schwieg kurz, bevor er fortfuhr: »Dein Geld ist sicher, aber ich bin der Einzige, der es dir beschaffen kann ... wozu ich bereit wäre«, sagte er in einem Ton, als würde er mir damit einen großen Gefallen tun. »Falls ich im Gegenzug etwas von dir bekomme.«
»Baxter, du wirst mir meine Kohle geben, egal, ob ich dir helfe oder nicht, weil wir beide wissen, dass ich dich hier drinnen töten lassen kann.«
»Das wage ich zu bezweifeln«, sagte er. »Du wirst mich kaum in Gegenwart deines gekauften Gefängniswärters umbringen, und falls du es vergessen haben solltest, ich falle unter Vorschrift 45. Ich bin von den anderen getrennt, ich bin in Einzelhaft. So wie es sich für einen ›Kinderschänder‹ gehört.« Baxter malte die Anführungszeichen mit den Fingern in die Luft und rollte mit den Augen über die absurde Tatsache, dass man ihn tatsächlich als Sexualstraftäter eingestuft hatte.
»Du *bist* pädophil, Baxter«, sagte ich. »Du hast ein Mädchen vergewaltigt und umgebracht. Es gibt hier keinen einzigen Häftling, der dich nicht mit dem größten Vergnügen kaltmachen würde. Hier drinnen hassen sie Arschlöcher wie dich, und draußen ist man von solchen Gestalten wie dir auch nicht gerade begeistert. Außerhalb dieser Mauern würdest du keine zehn Minuten überstehen. Einzelhaft ist der einzige Platz, an dem du sicher bist. Vorerst.«
Er sah mich ungehalten an. »Genau darauf will ich hinaus. Solange ich in der Abteilung für Sexualstraftäter in Einzel-

haft sitze, kommen deine üblichen Leute nicht an mich ran. Weil die Firma Pädophile ja nicht duldet und mit ihnen keine Geschäfte macht. Und selbst wenn, es gibt keinen in meiner Abteilung, der größer wäre als einen Meter fünfundsechzig. Hast du sie mal gesehen, wenn sie sich zur Essensausgabe anstellen? Schäbige Jammerlappen.« Er verzog das Gesicht vor Abscheu, als würde er selbst nicht dazugehören. »Ich weiß, die Firma hat hier drinnen ihre Leute, aber die sitzen mit den Mördern und Gewaltverbrechern in Abteilung C. Ich weiß auch, dass du Leute bezahlst, damit sie Männer beseitigen, die du nicht mehr brauchst. Aber ich bin kein Toddy, o ja, ich hab die Geschichte gehört. Er hat damit nicht gerechnet, oder? Aber ich rechne damit, und es ist mir egal, denn du wirst mich nicht umbringen lassen, du wirst mich hier rausholen, sonst heißt es bye-bye fünf Millionen Pfund, und dann, huch, ist plötzlich kein Geld mehr da, um die Lieferanten zu bezahlen oder die Leute auf der Gehaltsliste, und das willst du doch nicht, oder? Wenn das passiert, erfreust du dich in Newcastle ungefähr so großer Beliebtheit wie ich.«

Ich hasste es, was er sagte, und ich hasste ihn. Teils für das, was er getan hatte, teils, weil er recht hatte. Ich war mir nicht sicher, ob ich in der Abteilung für Sexualstraftäter an ihn rankam. Genau deshalb wurden Pädophile von den anderen getrennt. Aber selbst wenn ich Baxter hier drinnen umlegen lassen könnte, würde ich dadurch fünf Millionen verlieren. Ohne das Geld würde ich nicht lange durchhalten und unsere Verpflichtungen nicht erfüllen können. Und ich hatte mit Leuten zu tun, die furchteinflößender waren als Steuerfahnder.

»Du holst mich hier raus«, sagte er.

»Wie stellst du dir das vor?«
»Das ist dein Problem. Aber ich schlage vor, du machst es bald. Die fünf Millionen lagern sicherer als in der Bank von England, und wenn ich untergehe, siehst du keinen Penny davon.«
»Du hast sie umgebracht. Du hast es selbst zugegeben, außerdem gibt es DNA-Proben, die dich mit der Toten in Verbindung bringen.«
»Ich habe nichts gestanden, nicht gegenüber der Polizei, und nur das zählt. Ich habe dem Mädchen Klavierstunden gegeben. Ein paar unentgeltliche Unterrichtsstunden, bei denen ich leicht mit ihr in Berührung gekommen sein könnte. Man kann seine DNA bereits durch ein Händeschütteln weitergeben.«
»Nicht diese Form der DNA, Baxter. Nicht die, die vor Gericht als Beweis angeführt wird.«
»Dann lass dir was einfallen, Blake. Hol mich raus, sorg dafür, dass ich freigesprochen werde, dann gebe ich dir dein Geld zurück. Darauf hast du mein Wort.«
»Dein Wort?«
»Ja«, versicherte er mir. »Ich bin jemand, der sein Wort hält.«
»Natürlich«, sagte ich. »Wie konnte ich das nur vergessen? Du bist ein wahrer englischer Gentleman.«
»Schwing dich nicht aufs hohe moralische Ross, Blake. Ich habe vielleicht ein Mädchen umgebracht, aber nicht, weil ich krank im Kopf bin. Ich bin kein Psychopath. Sie wollte zur Polizei und mich für lange Zeit hinter Gitter bringen. Und du hast zahllose Leute aus dem exakt gleichen Grund umbringen lassen. Letztendlich geht es immer nur um den Selbsterhalt. Wir sind bloß die zwei Seiten derselben Medaille, du und ich. Wir machen beide das, was fürs Überleben notwendig ist.«

»Vergleich dich nicht mit mir, Baxter.«
»Warum nicht? Weil es weh tut? Aber es stimmt doch, oder? Wie viele liegen deinetwegen im Grab, Blake? Warum willst du nicht zugeben, dass du Menschen getötet hast, wenn es notwendig war? Oder hast du dieser Tage ein Problem damit, in den Spiegel zu sehen? Gibst du dich deswegen immer so zugeknöpft?«
»Halt den Mund!« Bevor ich wirklich wusste, was ich tat, schoss meine Faust schon vor und traf ihn mitten auf der Nase. Meine ganze Wut steckte in dem Schlag. Weil er nach vorn gebeugt dagesessen hatte, riss es ihm mit voller Wucht den Kopf nach hinten, bevor er mit einem spitzen Schrei wieder nach vorn fiel und sich ans Gesicht griff. Erschreckt betrachtete er das Blut an seiner Hand, und ein weiterer Schwall schoss ihm aus der Nase.
Der Gefängniswärter stürzte zu uns. »Zurück«, befahl ich wütend. Er erstarrte und wusste nicht recht, was er tun sollte.
»Dafür wirst du zahlen«, sagte Baxter dumpf, während er sich Blut und Rotz von der zerschlagenen Nase wischte. »Das kostet dich fünfzig Riesen. Als Startkapital, wenn das alles vorbei ist.«
Er stand auf und ging zur Tür, die ihn in die Sicherheit seiner Einzelhaft bringen würde, dann drehte er sich noch einmal um. »Denk ruhig über das nach, was ich dir gesagt habe. Aber im Grunde hast du keine andere Wahl.«

18

Wie ist es gelaufen?«, fragte Palmer, als ich vor dem Gefängnis in Durham zu ihm in den Wagen stieg.

»Großartig«, sagte ich. »Wir haben uns sehr nett unterhalten.«

»Und wenn wir alles aufgedröselt haben, was er angeleiert hat, machen wir ihn kalt?«

»So einfach wird es leider nicht werden.«

Das weitere Gespräch wurde durch das Klingeln seines Handys unterbrochen. Er meldete sich, grummelte und reichte mir das Gerät. »Robbie.«

»Wir sind die Videos durchgegangen«, sagte er. »Unzählige Stunden an Material.«

»Und?«

»Sie ist drauf. Ein paar M… M… Mal.«

Ich war hin- und hergerissen. Positiv war: Wir hatten jetzt zumindest ein paar Hinweise, mit wem sich Gemma Carlton vor ihrem Tod herumgetrieben hatte; andererseits, und das war das Negative, gab es durch ihren Aufenthalt im Club auch eine Verbindung zu mir, mochte sie auch noch so lose sein. Man könnte behaupten, ich hätte sie dort kennengelernt oder erfahren, dass sie Carltons Tochter war, was als weiteres Indiz gegen mich herhalten könnte.

»Was ist darauf zu sehen?«, fragte ich Robbie. »War sie in Begleitung?«

»Äh … das musst du dir selber ansehen.« Er schien am Telefon nicht recht damit herausrücken zu wollen.

»Was hast du gefunden, Robbie?«

»Einen eindeutigen B… B… Beweis.«

Ich holte Kevin Kinane ab und gab Sharp Bescheid, sich mit uns im alten Callcenter zu treffen. Wir drängten uns um den Bildschirm, während Robbie auf seiner Tastatur herumhackte und die Bilder aufrief. »Das hat Mark auf der Kamera am Haupteingang gefunden.« Ein weiterer Tastenklick, und es erschien die Schwarzweißaufnahme vom Eingang vor dem Cachet an einem Freitagabend, an dem Hochbetrieb herrschte. »Das war am Abend, bevor das Mädchen umgebracht wurde.«

Zu sehen war die Schlange der geduldig wartenden Youngster. Weil der Club so gut lief, mussten sie lange anstehen, unser Türsteher aber sorgte für Ordnung; jedem, der sich beschwerte, würde der Eintritt verwehrt, so rückten die Leute langsam, aber stetig und diszipliniert voran.

»Da«, sagte Robbie. Eine Mädchengruppe wurde eingelassen, die beiden dahinter wurden gebeten, noch etwas zu warten. Die eine war groß, hatte lange dunkle Haare, die andere war eine zierliche Brünette in einem weißen Mantel mit kurzem Rock. Ich betrachtete das Gesicht. Nach den uns bekannten Fotos sah sie wie Gemma Carlton aus.

»Was meint ihr?«, fragte ich.

»Das ist sie, definitiv«, sagte Kevin Kinane.

Dann wurden die Mädchen eingelassen, und sie verschwanden aus dem Bild. »Jetzt gehen wir rein«, sagte Robbie. Wieder betätigte er einige Tasten, und das Clubinnere erschien auf dem Bildschirm. »Hier.« Wir sahen, wie sich die Mädchen durch die Menge drängten. »Sie verschwinden immer wieder aus dem Bildfeld«, erklärte er uns, »aber ich hab sie auf sämtlichen Kameras verfolgt und die Aufnahmen hintereinandergestellt.« Es war, als würden wir einen Film sehen, der so zusammengeschnitten war, dass nur die beiden

Hauptdarstellerinnen auftauchten. Langsam bahnten sie sich ihren Weg durch den Club, »sie gehen nicht zur Bar ...« Sie umrundeten die Tanzfläche. »Sie werden nicht tanzen«, erklärte er überflüssigerweise, »und dann verlieren wir sie erneut, bis ...«
Es folgte ein Schnitt zur VIP-Bar. Das Bild stammte von der Kamera mit Blick auf den Aufzug, der die Gäste aus dem großen Hauptraum in die VIP-Lounge brachte; man sah ihn langsam nach oben schweben, die Türen glitten auf, und die Mädchen traten heraus, beide mit einem aufgeregten Grinsen im Gesicht.
»Sie kamen also allein, aber mit wem waren sie verabredet?«
»Die ganze VIP-Bar ist ein blinder Fleck«, sagte mir Robbie. »Ich weiß, ich weiß, ich werde da was machen lassen. Noch heute Abend hängt dort eine Kamera«, versicherte er mir. »Jedenfalls, wir müssen etwas warten, bis sie wieder auftauchen, zwei Stunden, um genau zu sein.« Wieder änderte sich die Ansicht.
Das Bild stammte erneut von der Aufzugkamera, nur standen dort jetzt andere Gäste, sie hatten Gläser in der Hand und plauderten. Robbie zeigte auf den Bildschirm. Gemmas Freundin kam ins Blickfeld, etwas unsicher, bevor sie sich zu Gemma umdrehte, die ihr folgte, dabei aber nicht allein war. Gemma Carlton hatte sich bei einem Mann untergehakt, und sie lachte, als hätte sie mindestens eine Flasche von unserem besten Prickelwasser intus. Das Gesicht ihres Begleiters konnte ich allerdings nicht sehen.
»Wer ist das?«, fragte Sharp. Wir starrten auf den Bildschirm, auf dem die drei zu sehen waren, als sie zum Aufzug gingen.
»Er steht mit dem Rücken zu uns«, sagte ich, und kurz dachte ich, wir würden das Gesicht des Mannes, mit dem Gemma

das Cachet verlassen hatte, nie zu sehen bekommen. Aber dann gingen die Aufzugstüren auf. Die Gruppe wartete, bis alle Gäste den Lift verlassen hatten, dann drehten sie sich um, Gemma drückte auf den Aufzugsknopf, und endlich hatten wir das Gesicht des Mannes, mit dem sie am Abend vor ihrem Tod unseren Club verlassen hatte, vor uns.

»Verfickt noch mal«, sagte ich. »Das ist doch Golden Boots.«

19

Es war nicht immer alles rundgelaufen für Golden Boots, was man ihm aber kaum anmerkte. Er hielt sich selbst immer noch für den großen Zampano, den Liebling der Medien mit unzähligen Twitter-Followern, einem Blog und einer – natürlich von einem Ghostwriter verfassten – wöchentlichen Kolumne in einem Käseblatt. Und Zeit, seinen verbalen Dünnschiss abzusondern, blieb ihm sowieso genug, denn Fußball spielte er nur noch selten. Entweder war er wieder mal gesperrt, weil er wahlweise seine Gegner auf dem Spielfeld oder seine Teamkollegen im Training niedergestreckt oder mit Faustschlägen traktiert hatte. Und wenn das nicht, dann stürzte er sich auf seinen regelmäßigen nächtlichen Kneipentouren in Raufereien mit Passanten.

In den seltenen Fällen, in denen sich Golden Boots nicht mit Problemen der einen oder anderen Art herumplagen musste, war er verletzt. Seine alternden Knochen spürten die Abnutzungserscheinungen, nachdem er ein Jahrzehnt auf höchstem Niveau gespielt und seinem Körper auch sonst einiges zugemutet hatte, was vor allem auf seiner Vorliebe für Bier und Koks beruhte. Sein notleidender Verein hatte es satt, ihm fürs Nichtfußballspielen achtzigtausend Pfund pro Woche zu zahlen, und bemühte sich verzweifelt darum, ihn bei einem anderen Club abzuladen, verblüffenderweise fand sich aber keiner, der ihn genommen hätte.

Ich nahm Joe Kinane mit, als ich Golden Boots einen Besuch abstattete. Unser Goldfüßchen würde dann vielleicht sein bisschen Grips aktivieren, weil er vor Kinane einen Riesenschiss hatte, und das aus gutem Grund. Es war noch nicht so lange her, dass unser legendärer Vollstrecker Finney, Gott hab ihn selig, ihm fast beide Beine gebrochen hätte, als wir ein kleineres Drogengeschäft zwischen ihm und Billy Warren, einem unserer Dealer, platzenließen. Zur Wiedergutmachung zog er jetzt mit uns »ein paar Geschäftchen« ab, wie er es nannte, und verteilte großzügig verschnittenes Koks zu aberwitzigen Preisen an seine Premier-League-Kumpel. Davon hatten wir beide was. Wir sackten die Kohle ein, und Golden Boots konnte sich in seinem Gangsta-Image sonnen, an dem ihm so viel gelegen war.

Der Typ, der an die Tür kam, wäre kaum als Sportler zu erkennen gewesen. Und es lag nicht nur an seinen Dreitagestoppeln, dass er selbst noch am Nachmittag völlig verpeilt aussah. Seine Augen waren glasig, er schniefte, obwohl er nicht erkältet war. Wie immer tat er so, als freute er sich wahnsinnig, uns zu sehen, aber ich wusste, dass ihm vor unseren kleinen Besuchen graute. Er führte uns in seine bescheidene Hütte.

»Was haltet ihr davon?«, fragte er breit lächelnd, als wir im gewaltigen Flur seines neuen Hauses stehen blieben. Dort, mittig plaziert, stand eine Bronzestatue von ihm selbst. Der Bildhauer hatte ihn in Lebensgröße dargestellt, bekleidet mit dem englischen Nationaltrikot, das er im Lauf seiner Karriere, die man getrost als Farce bezeichnen durfte, nur ein einziges Mal getragen hatte.

»Wie viel hat dich das gekostet?«, fragte ich ihn.

»Vierzig Riesen«, sagte er, als wären das Peanuts.

»Es ist ziemlich scheußlich, selbst nach deinen Maßstäben.«

Golden Boots lachte nervös, weil er dachte, ich würde scherzen. »Ja, mir gefällt's. Ich denke, er hat mich gut getroffen.«

»Man sollte erst tot sein, bevor sie einem eine Statue aufstellen«, sagte Kinane düster. »So sind die Regeln.«
»Ja, also, ich bin noch nicht tot, oder?«, erwiderte Golden Boots, und Kinane kniff nur die Augen zusammen und lächelte, was den Fußballer noch nervöser machte.
Wir nahmen auf dem riesigen Ledersofa im Spieleraum Platz, der allein schon so groß war wie anderer Leute Haus. Jedenfalls war genug Platz für den unvermeidlichen Snooker-Tisch und eine Bar. Er leugnete nicht, Gemma Carlton zu kennen, als wir ihn danach fragten, und gab zu, von ihrem Tod gehört zu haben.
»Schon krass«, sagte er. »Einfach so ermordet.« Man hatte nicht den Eindruck, als wäre er vor Trauer zerfressen.
»Am Freitagabend hab ich sie noch getroffen«, bestätigte er. »Im Cachet. Eine ganz scharfe Nummer, das hat die auch gewusst. Wir haben ein paar Flaschen von dem guten Zeugs in der VIP-Bar getrunken, dann hab ich sie und ihre Freundin mit zu mir auf eine Party geschleppt. Ich hab mich dann für sie entschieden. Die Freundin war nicht unbedingt glücklich darüber, aber ich glaub nicht, dass sie sie deswegen kaltgemacht hat.« So weit ging sein Ego nun auch wieder nicht. »Ich meine, es laufen ja immer eine Menge von denen rum, aber sie, na ja, die war die Mühe schon wert, was?«
Mühe? Wahrscheinlich musste er sie nur an seinen Tisch bitten, dann hatte er sie schon halb auf seiner Bettkante sitzen. Wenn die jungen Dinger in sein Haus kamen, machten sie große Augen und wussten nicht, dass für sie nicht viel abfiel außer ein paar Minuten Gegrunze mit einem schwitzenden Golden Boots, bevor er sie nach Hause kutschieren ließ und sie nie wiedersah.
»Du hast mit ihr also geschlafen?«, fragte ich.

»Geschlafen, nein«, antwortete er. »Ich hab sie gefickt, über Nacht ist sie nicht geblieben.« Das, meinte er damit wohl, hätte er auch nicht erlaubt. »Ich hab sie von einem meiner Jungs heimfahren lassen.«

»Einer meiner Jungs« war einer aus seiner ständig wachsenden Schar von Schnorrern und Speichelleckern, die sich, wie er es nannte, »um ihn kümmerten«.

»Hast du sie am Tag darauf gesehen?«, fragte ich. »Am Abend, an dem sie gestorben ist?«

»Nein«, antwortete er. »Da lief bei mir noch mal eine Party, aber sie ist nicht gekommen. Jedenfalls hab ich sie nicht gesehen, es waren aber auch viele Leute da, könnte also schon sein, dass sie auch mit dabei war.«

»Jemand könnte sie gesehen haben?«

»Möglich«, antwortete er. »Aber eigentlich bin ich mir ziemlich sicher, dass sie nicht da war.«

Ich hielt ihn nicht unbedingt für den zuverlässigsten Zeugen. Er zog sich mehr Koks und Alkohol rein als früher, und eine Frau, die er gestern noch flachgelegt hatte, könnte am nächsten Tag wahrscheinlich direkt vor seiner Nase vorbeilaufen, und er würde sie noch nicht mal mit dem Arsch anschauen.

»Red mit deinen Jungs«, wies ich ihn an, »frag sie, ob sie was über sie wissen, frag sie auch, ob sie sie an dem Abend, an dem sie umgebracht wurde, noch gesehen haben, auch wenn sie vielleicht nur kurz da war. Vielleicht hat ja einer sie nach Hause gefahren. He, vielleicht war sie aber auch gar nicht da. Vielleicht hatte sie die Schnauze voll von dir.« Er starrte mich nur verständnislos an. »Es ist wichtig. Wir müssen wissen, was mit diesem Mädel passiert ist, verstanden?«

»Weil sie die Tochter von einem Bullen ist?«, fragte er.

»So viel hast du in deinem Witzblatt also auch schon gelesen? Ja, die Bullen sind ziemlich angefressen. Und bis die Sache geklärt ist, gibt es keine Geschäfte. Waren die Bullen schon da wegen ihr?«

»Nein.«

»Sie werden auftauchen.« Aber ich sagte ihm nicht, dass ich es sein würde, der seine intime Bekanntschaft mit Gemma Carlton der Polizei verpfeifen würde. Ich musste ihnen was liefern, und mehr hatte ich bislang nicht.

»Das fehlt mir gerade noch«, murmelte er. »Dass die Polizei hier herumschnüffelt.«

»Willkommen im Club«, sagte ich.

»Warum hast du ihn mich nicht in die Mangel nehmen lassen?«, fragte Kinane, nachdem wir gegangen waren. »Er hätte schon gesungen.«

»Weil es nichts zum Singen gibt. Golden Boots ist ein fürchterlich schlechter Lügner. Wir riechen es auf drei Meilen gegen den Wind, wenn er was zu verbergen hat, und er hat Angst vor dir. Er kennt das Mädel, er hat sie gefickt, das war's. Vielleicht erzählen ihm seine Jungs was, aber ich bezweifle, dass er die richtigen Fragen stellt. Wir werden also Kevin zu ihnen schicken, damit er sich mit ihnen unterhält. Was dagegen?«

Einige Tage nach dem Treffen mit Jinky Smith nahm ich, als ich im Auto in der Stadt unterwegs war, einen Anruf entgegen.

»Spreche ich mit David Blake?«

»Ja.« Ich wartete, und als nichts kam, fragte ich: »Wer ist da?«

»Spielt keine Rolle.« Sein Atem war deutlich zu hören, als hätte er eine kaputte Lunge und als wäre jeder Atemzug ein

Kampf. »Ich hab gehört, du bist an Informationen über deinen Vater interssiert.«
»Wer hat das gesagt?«
»Jinky hat so was verlauten lassen.«
»Und du hast Informationen? Dann rück mal raus damit.«
»Besser unter vier Augen. Wir könnten uns treffen.« Wieder ein raspelnder Atemzug. »Jinky sagt, es würde auch was dabei rausspringen.«
»Möglich, wenn die Informationen was taugen.«
»Ich denke doch.«
»Dann komm zu mir. Du kennst den Cauldron?«
Aus dem rasselnden Atem wurde ein abgewürgtes Glucksen. »Nein. Ich treffe mich mit dir nicht hinter geschlossenen Türen, nichts für ungut. Unter freiem Himmel ist es mir lieber.«
»Wo dann?«
»Auf der Blinking Eye Bridge.«
»Wann?« Ich fürchtete, es könnte eine Falle sein.
»Morgen Mittag. Zwölf Uhr.«
Ich zögerte, aber nur kurz. Ich hielt keinen für so dämlich, mich zur Mittagszeit umlegen zu wollen. Außerdem klang der Typ nach einem tuberkulosekranken Greis.
»Gut«, sagte ich. »Ich nehme an, du weißt, wie ich aussehe. Wie werde ich dich erkennen?«
»Ich kenne dich gut«, pfiff er, »und du wirst mich erkennen, wenn ich mich mit dir unterhalte.«
»Okay, aber ich hoffe, du verschwendest nicht meine Zeit.«
»Keine Sorge. Was ich zu sagen habe, ist Gold wert.«

20

Die Blinking Eye Bridge überspannt den Tyne und verbindet die Quayside mit dem schicken Teil von Gateshead, wo sich das Baltic Contemporary Arts Centre und die siebzig Millionen Pfund teure Sage-Konzerthalle befinden. Die »Blinky Eye«, wie sie genannt wird – der offizielle Name lautet Millennium Bridge –, ist als Fußgängerbrücke konzipiert.

Das Kind in mir sieht bei ihrem Anblick immer noch die Kieferknochen eines riesigen Wals, dessen geschwungener oberer Bogen senkrecht in den Himmel ragt, während der untere horizontal über dem Fluss liegt. Der Spitzname rührt von der Bewegung der beiden Bögen her: Der senkrecht stehende Bogen kann nämlich nach hinten abgesenkt werden und nimmt dabei den horizontalen Bogen mit nach oben – eine Bewegung, die an ein blinzelndes Auge erinnert –, so dass anschließend beide Bögen jeweils im 45-Grad-Winkel aufgestellt sind und die Schiffe darunter passieren können. Daraufhin klappen beide Teile wieder in ihre Ausgangsstellung zurück, und die Fußgänger können erneut den Fluss überqueren.

Da die Brücke von der einen zur anderen Flussseite mehr als hundert Meter misst, hätte sich der mysteriöse Anrufer keinen offeneren Platz für unser Treffen aussuchen können. Aber er war spät dran, ich vertrieb mir die Zeit damit, die Fußgänger zu beobachten und nach ihm Ausschau zu halten. Palmer hatte für alle Fälle am Ende der Brücke an der Quayside Posten bezogen.

Aufgrund seiner rasselnden Stimme und des Alters – ich rechnete den Unbekannten zu Jinkys Generation – erwartete ich einen älteren Mann, und genau so einer kam auf mich zu. Ich entdeckte ihn schon von weitem, und sofort entspannte ich mich. Er kam unglaublich langsam voran, jeder Schritt war abgemessen wie der eines Kindes, das bei einer Schatzsuche seine Schritte zählte. Als er endlich vor mir stand, streckte er den Rücken durch, und ich ließ ihn zu Atem kommen. Ich bin kein Arzt, aber ich gab ihm höchstens noch ein Jahr.

»Die Kippen«, sagte er, und eine Sekunde lang dachte ich, er würde es dabei belassen. Aber dann fuhr er doch noch fort: »Deswegen ist die Lunge hinüber. Dabei bin ich erst sechzig.« Er sah so aus, als würde es ihn doch ein bisschen belasten, was da unwiderruflich auf ihn zukommen würde.

»Wenn die dich nicht schaffen, dann der Schnaps oder die Weiber«, sagte ich und stieß ein bitteres Lachen aus.

»Wohl wahr.«

»Du hast Informationen für mich«, erinnerte ich ihn. »Wir könnten mit deinem Namen anfangen, das heißt, wenn du dafür auch Kohle haben willst.«

»Okay.« Er schien nur widerwillig damit herausrücken zu wollen. »Paul Armstrong.«

»Setz dich«, sagte ich. Dankbar ließ er sich auf einer der Metallbänke nieder.

»Also, was weißt du?«

»Ich hab für deinen alten Kumpel Mickey Hunter gearbeitet«, tiefes Luftholen, »als er noch die Tankstelle hatte«, tiefes Luftholen, »auf der er seine Gebrauchtwagen verscherbelt hat.« Es war ihm anzusehen, dass er Schmerzen hatte und sparsam mit den Worten umging.

Ich nickte, nicht weil ich die Tankstelle kannte, sondern weil ich über Hunters Geschäfte Bescheid wusste. Seine Schüsseln waren so heiß gewesen, dass sie sich praktisch von allein vom Hof machten. Jahrelang hatte die Tankstelle als Fassade für seine anderen Tätigkeiten gedient, aber als ich die Jungs in der Firma kennenlernte, gab es sie schon nicht mehr. Sie war da längst durch die Werkstatt unterhalb der Eisenbahnbrücke ersetzt worden, wo er die Dellen aus unseren Autos geklopft hatte, um seine eigentliche Rolle als Quartiermeister für die Firma zu kaschieren. Nach Hunters Tod war es dann auch damit vorbei, es war zu gefährlich, dass nur einer für die Beschaffung von Waffen zuständig war. Auch in diesem Bereich waren die Sicherheitsbestimmungen verschärft worden. Ich konnte nicht riskieren, dass ein Einzelner über unsere sämtlichen Vorhaben Bescheid wusste.

»Du warst also bei der Firma?«, fragte ich.

»Nicht ganz«, erwiderte er. »Ich meine, irgendwie waren wir alle dabei, es blieb einem gar nichts anderes übrig, aber ich stand mehr an der Seitenlinie und hab mir alles von außen angesehen. Hin und wieder hab ich was für Bobby gedeichselt, nur Sachen, bei denen ich nicht von den Bullen behelligt werden konnte. Aber ich kann mich an deinen Dad erinnern. Ich kann mich gut an ihn erinnern.« Und als ich schon dachte, er würde mir irgendwelches rührselige Zeugs auftischen, sagte er: »Ich hab ihn an dem Tag vor seinem Verschwinden gesehen. Wahrscheinlich war ich einer der Letzten, der ihn überhaupt gesehen hat, und das war alles ziemlich seltsam.« Erneut musste er erst mal wieder zu Atem kommen, was meine Geduld ziemlich auf die Probe stellte.

»Was war so seltsam daran?«

»Dein Dad hat Hunter einen Wagen abgekauft. Am Tag vorher war er noch pleite gewesen, am nächsten hatte er Kohle, aber das war nichts Ungewöhnliches, wenn man für Bobby arbeitete.«

»Mein Vater hat nie für Bobby gearbeitet«, sagte ich. Das hatten mir immer alle erzählt.

»Er hat nie richtig zur Mannschaft gehört, aber er hat Jobs gemacht.«

»Meinst du?« Im Unterschied zu ihm war ich mir dessen nicht so sicher.

»Wenn ich's sage. Er hat Sachen für Bobby erledigt, dieses und jenes, so hat Bobby die Leute getestet, wenn er sehen wollte, wie sie sich anstellen. Man ist da nicht einfach mit einem Schlag reingekommen. Man musste schon zeigen, ob man was taugte, bevor man das dicke Stück vom Kuchen abbekam.«

»Woher weißt du das alles, wenn du kein richtiges Mitglied der Mannschaft warst?«

»Weil Hunter jahrelang mein Chef war. Ich hab sie alle kommen und gehen sehen.« Eine plausible Erklärung, trotzdem hatte ich bislang nie gehört, dass mein Dad für die Firma gearbeitet hatte.

»Was hat er für Bobby gemacht?«

»Was eben so anstand. Du solltest wissen, was das bedeutet.« Das stimmte. »Dein Dad hat jedenfalls von Hunter einen Wagen gekauft. Und als er am nächsten Tag in den Süden abgereist ist, hat er ihn dagelassen.«

»Wie?«

»Es war ein Cortina Mark II, nur zwei Jahre alt. Hübsche Karre damals. Bar bezahlt. Ich war da, hab es mit eigenen Augen gesehen, wie Hunter die Scheine abgezählt hat, dann haben sie den Kauf per Handschlag besiegelt.«

Die Aufregung schien ihn seine Kurzatmigkeit vorübergehend vergessen zu lassen. »Alan wollte später noch mal vorbeikommen und den Wagen abholen, er hatte angeblich noch was in der Stadt zu erledigen, aber dann ist er nicht mehr aufgekreuzt. Nie mehr. Der Wagen blieb auf dem Vorplatz stehen. Später hörte man, Alan Blake hat die Stadt verlassen und ist in den Süden gegangen, für einen Job in London. Hatte noch nicht mal mehr Zeit, seine Frau und das Kind mitzunehmen, so eilig hat er es gehabt.«

»Wenn er irgendwas für Bobby gemacht hat, bei dem ein Auto herausgesprungen ist, dann könnte die Polizei herumgeschnüffelt haben«, sagte ich. »Vielleicht musste er deshalb so überstürzt abhauen.«

Das würde erklären, warum sich mein Dad abgesetzt und Ma und Danny zurückgelassen hatte und warum er einige Jahre die Stadt meiden musste.

»Möglich, aber das Folgende passt nicht dazu. Angeblich hat er nämlich den Zug genommen. So, wenn er wirklich ein neues Leben anfangen will, mit oder ohne Frau und Kind, würde er sich da an dem einen Tag noch einen Ford Cortina kaufen und am nächsten eine Zugfahrkarte, egal, wie flüssig er gerade ist?«

»Nein«, sagte ich. »Würde er nicht. Was ist mit dem Wagen passiert?«

»Stand wochenlang auf dem Vorplatz, dann hat ihn Hunter an jemand anderen verhökert.«

»Und es ist ausgeschlossen, dass mein Dad später noch mal zurückgekommen ist und sein Geld eingefordert hat?« Ich kannte Hunter gut genug, um zu wissen, dass Letzteres unwahrscheinlich war.

»Hunter? Keine Chance, so knauserig, wie der war.« Er

schüttelte den Kopf. »Ich hab dort jeden Tag gearbeitet, er ist nicht mehr aufgetaucht. Mir ist es gleich seltsam vorgekommen, dass er seinen neuen Wagen nicht mitgenommen hat, der folgende Tag war nämlich ein Sonntag, und da hatten wir nicht auf. Das war damals noch nicht erlaubt.«

»Und du hast damals nie was gesagt?«, fragte ich. »Zu Hunter, meine ich, oder irgendeinem anderen, der herumerzählt hat, mein Dad wäre mit dem Zug abgereist.«

»Ich hab Hunter darauf angesprochen, doch, doch, dumm, wie ich war.«

»Warum? Was hat er getan?«

»Nichts«, erwiderte er. »Aber am nächsten Samstag, da hab ich mir in der Stadt ein paar Pint genehmigt, und da kommt dieser geistesgestörte Jerry Lemon zu mir und sagt, ich hab ein großes Maul. Er sagt, ›achtlose Worte kosten Menschenleben‹, weißt du, dieser Spruch, der damals im Krieg überall auf den Plakaten stand. Das soll ich nicht vergessen, sagte er mir, wenn ich meine Zähne behalten will.«

Jerry war häufig unterwegs und schüchterte im Auftrag von Bobby die Leute ein. Armstrong musste mit seinen Fragen zum Wagen meines Dads also an einem wunden Punkt gerührt haben. Hatte mein Vater deswegen Newcastle verlassen müssen? Weil er Jerry Lemon gegen sich aufgebracht hatte oder Bobby auf die Zehen getreten war? Es konnte nicht sonderlich gravierend gewesen sein, aber doch ernst genug, um eiligst aus der Stadt zu verschwinden und sich eine ganze Weile nicht mehr blicken zu lassen.

»Du hast die Fragen also seinlassen?«

»Sicher doch. Ist mich ja auch nichts angegangen.«

»Ja«, sagte ich. »Wahrscheinlich nicht. Aber Jerry Lemon ist jetzt schon lange tot.«

»Ja. Na ja, wenn nicht, würde ich jetzt nicht hier stehen und mit dir reden.«
»Da hast du recht. Gibt's noch was, was du mir erzählen möchtest?«
»Na ja, das liegt doch auf der Hand, oder? Sie müssen ihn umgebracht haben.«
»Ja, so könnte man das sehen«, räumte ich ein. Aber ich wusste einige Dinge, die ihm offensichtlich nicht bekannt waren. Mein Dad hatte die Stadt verlassen, und möglicherweise kam ich seinen Gründen dafür nun etwas näher, aber er hatte danach noch jahrelang Kontakt mit meiner Ma gehabt. Ich war noch gar nicht geboren, als mein Dad in den Zug sprang und in den Süden abdampfte.
»Fällt dir irgendwas ein, warum er es sich mit Jerry versaut haben könnte?«
Er wollte zu einer Antwort ansetzen, aber dann blieb ihm wieder die Luft weg, und er wurde von seinem Husten geschüttelt.
Ich übte mich in Geduld, erwartete mir aber nicht mehr viel, um ehrlich zu sein. Die Sache mit dem Auto war interessant, aber der Alte hatte nicht die ganze Geschichte auf der Platte, daher bezweifelte ich, dass er mehr Licht ins Dunkel bringen konnte.
Als er sich endlich ausgehustet hatte, sagte er: »Klar weiß ich das.« Es schien ihn zu erstaunen, dass ich es nicht wusste.
»Na«, sagte ich, »dann heraus mit der Sprache.«
»Es war wegen dem Job, den sie zusammen gemacht haben. Der, der schiefgelaufen ist.«
»Der schiefgelaufen ist?«, wiederholte ich überrascht. »Was war das für ein Job?«
»Der Überfall auf die Lohngelder von Stuart & Brown«,

sagte er. »Mann, davon musst du doch gehört haben. Du weißt schon, dieser Maschinenbauer.«
Ich schüttelte den Kopf. »Du sagst, mein Dad hat bei einem Überfall mitgemacht?« Er nickte. »Und der ging schief?«
Wieder nickte er. »Ja, so kann man das sagen.«
»Was soll das heißen?«
»Es war wegen deinem Dad«, sagte er.
»Wie? Was hat er gemacht?«
»Er ist abgehauen«, sagte mir der Alte. »Und hat die ganze Kohle mitgenommen.«

21

Danke, das hilft mir weiter«, brachte ich gerade noch so heraus.

»Reicht das?«, fragte er mit unterwürfigem Blick.

»Schon klar, du willst was dafür«, sagte ich. »Ich hab nichts dabei, aber ich lass dir was zukommen. Wenn dir noch was einfallen sollte, du hast ja meine Nummer.«

»Gebongt.«

Ich hatte noch so viel Geistesgegenwart, ihm zu sagen, an wen er sich wegen des Geldes wenden sollte. Damit schien er zufrieden und schlurfte davon. Mit einem Nicken gab ich Palmer zu verstehen, dass alles in Ordnung war, setzte mich in Bewegung und überquerte die Brücke zur anderen Seite nach Gateshead. Palmer würde in diskretem Abstand folgen. Er wusste, wann er mich allein lassen sollte.

Langsam ging ich auf das Baltic-Kunstmuseum zu. Ich mochte das liebevoll restaurierte Gebäude, hatte jetzt aber keinen Blick dafür. Ich kaufte eine Eintrittskarte, trödelte durch die Räume und tat so, als würde ich die Bilder betrachten, während ich meinen Gedanken nachhing.

Dass mein Vater für Bobby Mahoney an einem Job beteiligt gewesen war, hatte mich überrascht, ein noch größerer Schock aber war es zu hören, dass er mit der Beute abgehauen sein soll. Wenn das stimmte, konnte es keinen wundern, dass er Hals über Kopf die Stadt verlassen musste. Aber warum hatte Bobby ihn nicht suchen lassen, wenn er von ihm beklaut worden war? Warum hatte er später meine Mutter bei sich angestellt? Es sei denn, er glaubte, meinem Dad eine Falle

stellen zu können, falls der eines Tages doch noch heimkommen sollte. Scheiße, warum hatte Bobby mir jemals vertraut? Hatte er sich nie Sorgen gemacht, dass ich nach meinem Alten geraten könnte? Es ergab alles keinen Sinn.
Ich wusste, mein Vater hatte zwei Jahre vor meiner Geburt mit dem Zug Newcastle verlassen, und jetzt wusste ich auch, warum. Außerdem wusste ich, dass er den Kontakt zu meiner Mutter noch insgesamt vier Jahre aufrechterhalten hatte, bevor er für immer abtauchte. Ich hatte ihn immer für einen Loser gehalten, dem mein Bruder und ich scheißegal waren, aber vielleicht steckte hinter seinem endgültigen Verschwinden mehr, als ich bislang gedacht hatte. Hatte Bobby meiner Ma eine Adresse abgeschwatzt, oder hatte sich mein Vater dummerweise bei einem seiner Besuche hier im Norden zu weit aus der Deckung gewagt, so dass Bobby schließlich mit ihm abrechnen konnte? Das alles hatte ich nicht erwartet, als ich im Leben meines Vaters herumzuwühlen begann. Jetzt hatte mir mein alter Herr verdammt viel zum Nachdenken gegeben.

»Hast du dir mein Angebot durch den Kopf gehen lassen?«, fragte Henry Baxter, als wäre das, was er mir vorgeschlagen hatte, eine durch und durch vernünftige Verhandlungsgrundlage. Ich hatte mich zu einer weiteren Privataudienz im Besuchsraum eingefunden. Der Gefängniswärter beäugte mich nervös. Baxters Nase war grün und blau geschwollen.
»Ja.« Es war zum Kotzen, dass ich gegenüber diesem Kinderficker Kreide fressen musste.
»Und?«
»Ich tue mein Bestes«, sagte ich. »Aber ich hol dich nur raus, um an mein Geld zu kommen. Damit wir uns verstehen.«

Er schien darüber nachzudenken.
»Keine Entschuldigung, wie ich sehe«, entgegnete er missbilligend, als hätte er wirklich geglaubt, ich würde mich dafür entschuldigen, ihm den Zinken blutig geschlagen zu haben. »Es gibt noch eine letzte Sache. Die nicht ganz unwichtig ist.«
»Was?«
»Du glaubst doch nicht, dass ich mit dir und Kinane aus dem Gerichtssaal marschiere, damit ihr mich so lange in die Mangel nehmen könnt, bis ich euch die Kontonummern und Passwörter verrate, und ihr mich dann um die Ecke bringt? So wird das nicht funktionieren. Du wirst mich gehen lassen, und erst, wenn ich außer Landes bin, werde ich dir die Informationen schicken für den Zugang zu den …«
»Auf keinen Fall. Auf keinen Fall werde ich dir erlauben, das Land zu verlassen, du wirst noch nicht mal diese Stadt verlassen, ohne mir Zugang zu meinem Geld zu verschaffen. Ich will Beweise sehen, dass wir die Kohle haben, bevor ich dich laufenlasse. Dann kannst du meinetwegen verschwinden, es ist mir egal.«
»Dann haben wir ein Problem. Ich trau dir nämlich nicht. Ich fürchte, wenn du erst das Geld hast, wirst du Kinane auf mich loslassen.«
»Mit diesem Risiko wirst du leben müssen, wenn du meine Hilfe willst.«
»Nein.«
»Dann wirst du hier drin versauern.«
»Und du verlierst fünf Millionen Pfund. Wie lange wirst du deine Lieferanten noch bezahlen können oder die Männer, die für dich arbeiten, wenn deine Konten ein so großes Loch aufweisen?«

»Dann haben wir beide ein Problem.«
Er verstummte, schien hin und her zu überlegen, dann sagte er: »Bist du abergläubisch, Blake?«
»Nicht besonders.«
»Aber du bist ein Vater und liebst deine Tochter? Ich meine, du wärst kein Mensch, wenn du es nicht tätest. Schau mich nicht so an. Ich sage nur, was auf der Hand liegt. Wenn du willst, dass ich, wenn das alles vorbei ist, mit dir den Gerichtssaal verlasse und dir die nötigen Informationen gebe, dann musst du mir einen Eid schwören.«
»Was für einen Eid?«
»Du schwörst, dass weder du noch einer deiner Männer mich umbringen oder mir irgendeinen Schaden zufügen wird, dass du mich freilassen wirst, wenn du die Informationen hast, und mich nicht weiter verfolgst.«
»Das sollte nur fair sein.«
»Und ich will, dass du das beim Leben deiner kleinen Tochter schwörst, Blake. Wenn du bereit bist, das zu tun, dann kommen wir vielleicht ins Geschäft.«

Als ich das Gefängnis verließ, sehnte ich mich nach einer langen, heißen Dusche. Fühlt man sich so, wenn man einen Pakt mit dem Teufel eingeht?
Und noch etwas machte mir Sorgen.
Ich hatte nicht die geringste Ahnung, wie ich Baxter von seiner Mordanklage loseisen sollte.
Nicht den leisesten Schimmer.

22

Wir saßen in Susan Fitchs Edelkanzlei in der Grey Street, umgeben von ledergebundenen Gesetzesbüchern, deren schwerer Geruch im Raum hing. »Sie wollen, dass meine Kanzlei Mr. Baxter vertritt?«, fragte sie.

»Nein, Mrs. Fitch, ich will nicht, dass Ihre Kanzlei Baxter vertritt.«

Ihr erleichterter Stoßseufzer kam überraschend.

»Dem Himmel sei auch für kleine Wohltaten Dank«, sagte sie. »Der Name dieses Mannes ist Gift. Aber wenn wir ihn nicht vertreten sollen, was wollen Sie dann?«

»Ich will, dass Sie mir jemanden besorgen, der ihn vertritt. Das muss unabhängig von uns geschehen«, erklärte ich.

Meine Anwältin lehnte sich zurück und dachte nach. Susan Fitch gab einiges Geld für ihre Kleidung und ihre Frisur aus, trotzdem nagte mittlerweile auch an ihr der Zahn der Zeit. Ihr Gesicht war faltig und blass, weil sie zu viel Zeit hinter geschlossenen Türen verbrachte und über ihren fesselnden Büchern brütete. »Könnte schwierig werden«, sagte sie. »Aber vielleicht finde ich jemanden, der für so was verzweifelt genug ist.«

»Nicht nur irgendjemanden. Baxter muss freigesprochen werden.«

»Schwieriges kann ich leisten, aber Wunder sind nicht unbedingt meine Stärke, Mr. Blake.«

»Warum ist es so schwierig, für ihn einen Freispruch zu bekommen?«

»Aus mehreren Gründen.« Sie zählte sie an den Fingern ab.

»Ihr Angestellter hat das Mädchen gekannt, das kann die Polizei beweisen. Er hat zum Tatzeitpunkt in ihrer Nähe gewohnt und auch anderen Mädchen aus der Gegend Klavierunterricht gegeben. Die Polizei kennt den Stundenplan und hat herausgefunden, dass er nebenher weitere Mädchen bei sich hatte, unter anderem einige Freundinnen des Mordopfers sowie angeblich auch das Mordopfer selbst, Leanne Bell. Nachdem er jetzt in Untersuchungshaft sitzt, wird die Polizei jedes Mädchen befragen, mit dem er auch nur einen Augenblick allein war, und irgendwas wird dabei rauskommen, geben Sie sich da keinen Illusionen hin. Wenn Baxter ihnen Süßigkeiten oder Alkohol gegeben hat, damit er auch nur einen kurzen Blick auf ihre Hemdchen erhaschen durfte, ist er unwiderruflich und verdientermaßen geliefert. Hat er ihnen Geld oder Gras versprochen, hat er ein Mädchen auch nur komisch angeschaut und ihm sacht aufs Knie gepatscht für seine wundervolle Debussy-Interpretation, dann ist er am Arsch.«

»Da könnten Sie recht haben.«

»Dann noch er selbst. Ich bin Ihrem Buchhalter bei mehreren Anlässen begegnet. Er gehört nicht zu den Menschen, die Vertrauen erwecken, ich kann mir auch nicht vorstellen, dass er die Geschworenen becirct. Baxter ist ein unhöflicher, arroganter, bigotter und einzigartig unattraktiver Mann. Mir kam er immer ordinär und ungepflegt vor, und er schwitzt sehr stark. Offen gesagt, er sieht genauso aus wie einer, der Kinder umbringt, oder wie die Geschworenen sich so einen vorstellen, und genauso werden sie ihn auch behandeln. Aber das ist nur meine Meinung, und das alles ist auch gar nicht so wichtig, denn wir haben ja noch den einen, entscheidenden Faktor.«

»Die DNA?«

»Die DNA«, stimmte sie zu. »Die meisten müssen nur hören, dass jemand aufgrund eines DNA-Abgleichs mit dem Tatort oder dem Opfer in Verbindung gebracht werden kann, und das war es dann. Die Staatsanwaltschaft bekommt ihre Verurteilung. Die meisten Geschworenen haben absolut keine Ahnung von den wissenschaftlichen Grundlagen. Sie wissen nichts darüber, und sie wollen auch nichts wissen. Es muss nur ein Professor im Zeugenstand stehen und ihnen sagen, dass die mathematische Wahrscheinlichkeit für die Richtigkeit eines DNA-Abgleichs immens sei, schon nicken sie alles ab.«

»Und die Wahrscheinlichkeit ist?«

»Hundert Millionen zu eins«, versicherte sie mir.

»Wie geht man gegen so einen Nachweis vor?«

»Gar nicht. Soweit ich weiß, ist das nicht möglich, und ich würde es auch nicht versuchen wollen. Wenn es einen Fall gibt, der nicht zu gewinnen ist, dann dieser.«

»Und die guten Neuigkeiten?«

Sie zuckte mit den Schultern. »Buchhalter gibt's wie Sand am Meer.«

»Wie Anwälte?«

Sie schenkte mir ein freudloses Lächeln. »Wie Gangster.«

»Der ist aber ein besonderer«, sagte ich, worauf sie mich fragend ansah. »Nicht der Mann an sich. Baxter selbst ist ein widerlicher Drecksack und hätte jede Strafe verdient, die man ihm aufbrummt, aber die Informationen, die er in sich trägt, sind … kostbar für mich. Ich will sie zurückhaben. Ich brauche sie. Ohne sie ist meine gesamte Organisation äußerst gefährdet.«

»Ich verstehe.« Sie schien verblüfft.

»Das hoffe ich.«
»Dann brauchen Sie wirklich einen sehr guten Anwalt.«
»Einen von diesen nüchternen Typen mit rasiermesserscharfem Verstand, die sich für den Messias halten und daran glauben, dass jeder ein Recht auf einen fairen Prozess hat«, schlug ich vor.
»Ja«, sagte sie. »Und die mit einem Riesenego gesegnet sind.«

Die Beziehung zu Sarah war angespannt, seitdem sie mich gebeten hatte, ihr von den letzten Augenblicken ihres Vaters zu erzählen. Sie hatte sich für ihren Überfall entschuldigt, aber wenn ich glaubte, das Thema wäre damit vom Tisch, so hatte ich mich gewaltig geschnitten. Sie kam immer wieder darauf zu sprechen, mehr als einmal, erklärte mir, wie wichtig es für sie sei, zu erfahren, was genau mit ihrem Dad geschehen war. Sie zog Parallelen zu meinen eigenen Nachforschungen über meinen vermissten Vater, was bei mir gar nicht gut ankam.
»Ich will nur wissen, ob mein Vater noch am Leben ist, Sarah, das ist alles«, gab ich zurück. »Ich will bloß verstehen, warum er damals abgehauen ist, damit ich irgendwann Emmas Fragen beantworten kann. Aber du willst Details wissen, über die ich mit keinem gern reden möchte, am allerwenigsten mit dir.«
Ich schaffte es, das Thema so weit wie möglich zu vermeiden, bis es eines Tages so richtig zwischen uns krachte.
»Ich verstehe nicht, warum du noch nicht mal mit mir darüber reden willst. Ich habe das Recht, es zu erfahren.«
»Und ich habe das Recht, mich zu weigern, damit ich den schlimmsten Tag meines Lebens nicht noch mal durchleben muss.«

»Du musst mir nicht alles haarklein erzählen, Davey, ich will nur, dass du die Lücken ausfüllst.«

»Welche Lücken?«

»Ich weiß es nicht!«, schrie sie mich an. »Genau darum geht es doch, verdammt noch mal!«

»Ich rede mit niemandem darüber, mehr gibt es dazu nicht zu sagen.«

Sarah sah aus, als wollte sie jeden Moment hochgehen, und auch ich war drauf und dran, loszubrüllen. Emmas Weinen, das von oben zu hören war, brachte uns beide zur Besinnung. Wahrscheinlich dachten wir beide, wir hätten sie mit unserem Geschrei geweckt, augenblicklich verstummten wir und lauschten unserer Tochter.

»Ein Alptraum«, sagte ich. Sie wollte aufstehen. »Ich geh schon«, sagte ich. »Du hattest sie den ganzen Tag.« Die verheulte Emma hatte sich in ihrem Bett aufgesetzt, als ich in ihr Zimmer trat. Sobald sie mich sah, streckte sie die Ärmchen aus, als könnte nur eine Umarmung von ihrem Daddy alle Ungeheuer aus ihrer Welt vertreiben.

»Komm her, meine Süße.« Sie sah erschöpft aus. Ich nahm sie auf den Arm und trug sie in unser Schlafzimmer.

»Jetzt darfst du für eine Weile in Mummys und Daddys Bett schlafen.« Ich legte sie unter die Decke, packte sie gut ein, und noch im selben Moment war sie wieder eingeschlafen. Ich streckte mich neben ihr aus und schloss kurz die Augen. Als ich sie wieder aufschlug, merkte ich, dass ich eingedöst war. Ich sah auf die Uhr. Ich hatte fast drei Stunden gepennt. Emma schlief noch neben mir. Sarah hatte uns beide wohl abgeschrieben und sich im Gästezimmer hingelegt.

Aber ich schlief nicht gut, und sobald es draußen hell wurde, war ich wieder wach. Ich stand auf, achtete darauf, Emma nicht zu wecken, und machte mich auf den Weg. Zwei Stunden später, als ich in meinem Büro im Cauldron saß, rief Susan Fitch an.
»Sie erinnern sich an unser Gespräch über den Anwalt, den Sie brauchen, den Messias mit dem Riesenego?«
»Ja.«
»Ich glaube, ich hab ihn gefunden.«

Julian Aimes war ein arroganter Privatschulabsolvent mit einem durch nichts zu erschütternden Vertrauen in die grenzenlose Vollkommenheit seiner eigenen Fähigkeiten. Er war sehr groß, was hieß, dass er die meiste Zeit buchstäblich auf die anderen herabsehen konnte. Wenn er Fragen stellte, runzelte er die Stirn, was ihm etwas Herausforderndes verlieh, auch wenn er das gar nicht beabsichtigte. Baxter würde ihn mögen.
Seine Kanzlei lag in Durham, aber wir trafen uns mit ihm im Kaffeehaus vor der Kathedrale, damit ich nicht zu ihm in die Kanzlei musste. Ich redete leise, die Touristen mussten nicht unbedingt mitbekommen, dass wir über einen Mädchenmörder sprachen, während sie ihren Tee schlürften und Walnusskuchen aßen. Mit der Hilfe von Susan Fitch skizzierte ich die wichtigsten Punkte des Falls. Wir beschrieben den schwierigen Charakter des potenziellen neuen Mandanten, die über den Stellenwert von Indizien kaum hinausreichenden Tatumstände, wozu die räumliche Nähe von Baxters Wohnung zu der des Mädchens gehörte sowie die Tatsache, dass er in der Zwischenzeit aufgrund von anderweitigen Anklagepunkten eine Haftstrafe abgesessen hatte, was wir von

den Geschworenen fernzuhalten versuchten. Dann, als hätten wir uns das Schlimmste bewusst bis zum Schluss aufgespart, erzählten wir vom DNA-Nachweis.

»Ich bin nicht billig, Mr. Blake«, war alles, was er mir sagte, als ich damit fertig war.

»Dessen bin ich mir bewusst, Mr. Aimes.«

»Gut«, antwortete er. »Ich finde es ganz praktisch, wenn das vulgäre Thema Geld gleich am Anfang aus dem Weg geräumt wird. Das erspart mir Zeit und dem Mandanten einiges an Verlegenheit.« Er legte die Fingerspitzen vor dem Gesicht zusammen und sah mich nachdenklich an. »Aber haben Sie mir wirklich alles gesagt, was ich wissen muss?«

»Es gibt etwas, was Sie mich nicht gefragt haben«, sagte ich und wusste nicht recht, ob mich seine schonungslose Offenheit beeindruckte oder nicht.

»Und das wäre?«

»Ob Baxter schuldig ist.«

Fragend lüpfte er eine Augenbraue und starrte mich irritiert an.

»Ah, ich verstehe. Sie wissen es, oder sollte ich eher sagen, Sie glauben es zu wissen? Mr. Blake, waren Sie dabei, als das Mädchen ermordet wurde?«

»Nein«, räumte ich ein.

»Sie haben also nicht mit eigenen Augen gesehen, wie die Tat begangen wurde?«

»Ich denke, ich habe Ihre Frage hinreichend beantwortet.«

»In der Tat. Dann müssen wir, was Mr. Baxters Schuld betrifft, wenigstens ein Körnchen Zweifel in Betracht ziehen. Ihren Aussagen zufolge gab es keine Augenzeugen für den Mord?«

»Das stimmt.«

»Daher ist es völlig irrelevant, ob Sie den Angeklagten für schuldig oder unschuldig halten.«
Allmählich kam ich mir vor wie ein abgekanzelter Schulbub.
»Wenn Sie ihn für unschuldig halten, ist das für mich von keinerlei praktischem Nutzen. Richter und Geschworene werden Sie aufgrund Ihrer beruflichen Beziehung als voreingenommen einstufen. Offen gesagt, nicht einer wurde wegen Mordes verurteilt, der nicht wenigstens einen Freund, einen Lebensgefährten oder eine Mutter hatte, die nicht Stein und Bein geschworen haben, er sei niemals zu einer solchen Tat fähig gewesen. Letztendlich haben ihnen diese Aussagen nicht im Geringsten genutzt.«
Ich wollte darauf etwas erwidern, aber er schnitt mir das Wort ab: »Umgekehrt, wenn Sie ihn für schuldig halten, liegt auch diesem Urteil einzig Ihre völlig voreingenommene Bewertung seines Charakters zugrunde, die Sie sich zu eigen gemacht haben, solange er in einem Arbeitsverhältnis zu Ihnen stand. Die einzige Alternative wäre, wenn der Angeklagte seine verwerfliche Tat gestanden, gegenüber den entsprechenden Behörden seine Aussage später aber widerrufen hätte und entschieden auf seiner Unschuld beharrt. Dann muss ich ebenfalls auf ihr beharren. Daneben könnte es natürlich auch sein, dass er nicht ganz bei sich war, als er dieses rein hypothetische Geständnis ablegte, von dem ich nichts zu wissen wünsche. Haben Sie das verstanden?«
»Voll und ganz. Ich habe nur gefragt, um sicherzugehen, dass Sie keine Skrupel haben, jemanden zu vertreten, dem Vergewaltigung und Mord an einem jungen Mädchen vorgeworfen wird. Andernfalls wäre nämlich jetzt der Zeitpunkt, sich dazu zu äußern.«
Wieder sah er mich von oben herab an. »Ob ich dem Opfer

dieses Verbrechens persönliche Gefühle entgegenbringe, ob jetzt oder in Zukunft, ist völlig gegenstandslos angesichts des übergeordneten Gebots, das Rechtssystem dieses Landes und sein oberstes Prinzip zu wahren, das da lautet, dass jedem, mag er noch so verkommen sein, ein faires Gerichtsverfahren mit der besten ihm verfügbaren Verteidigung zusteht. Wäre das nicht gegeben, könnte man einem Richter einfach die Fakten vorlegen, auf jedes vernünftige Argument zu Schuld oder Unschuld des Angeklagten verzichten und den Richter ohne die zusätzliche Erschwernis durch eine Jury ein Urteil sprechen lassen.«

»Da haben Sie recht«, sagte ich. »Sie übernehmen den Fall?«

»Ich werde Ihrem Ansuchen nachkommen«, antwortete er in seiner grenzenlose Güte. »Jetzt aber entschuldigen Sie mich. Ich muss zu einer Konferenz in meine Kanzlei. Wir werden uns zu gegebener Zeit wieder sprechen.«

»Danke«, sagte ich. »Sie werden die Unterredungen zu diesem Fall mit Mrs. Fitch …« Aber ich sprach bereits zu seinem Rücken. Er verließ schon das Kaffeehaus und überquerte mit langen, zielstrebigen Schritten den Platz.

»Ich sagte doch, ein Messias«, sagte Susan Fitch, als er fort war.

»Mit einem Riesenego«, erinnerte ich sie.

Nach dem Treffen mit Aimes ging ich direkt zum Gefängnis, wo Henry Baxter schon auf mich wartete. Es war an der Zeit für einen neuerlichen Plausch im Besuchsraum.

»Der Gefängnispfarrer hat mir eine Bibel geborgt«, sagte mir Baxter. »Netter Kerl, mit dem man gut reden kann. Nicht wie die anderen hier. Wenn du also deine Hand drauf legen willst, können wir anfangen.«

»Ich bin noch nicht mal entfernt religiös, Baxter.«
»Tu mir den Gefallen.«
»Warum?«
»Weil ich davon ausgehe, dass sogar ein areligiöser Verbrecher wie du davor zurückschreckt, seinen Eid zu brechen, wenn er seine Hand auf die Heilige Schrift gelegt und beim Leben seiner kleinen Tochter geschworen hat. Ich denke mir sogar, dass du ein wenig abergläubisch bist.«
Stimmt. Ich war es. Baxter war vielleicht ein kindermordender Psycho, aber er hatte mich ganz richtig eingeschätzt. Nie und nimmer würde ich das Schicksal herausfordern und einen Eid brechen, den ich beim Leben meiner Tochter geschworen hatte, egal, ob dabei die Bibel mit im Spiel war oder nicht.
»Schwöre, dass du alles in deiner Macht Stehende unternimmst, mich hier rauszuholen, damit du im Gegenzug Zugang zu deinem Geld bekommst.«
Ich legte die Hand auf die Bibel. »Ich schwöre es.«
»Schwöre, dass du, nachdem du mich freibekommen hast, mich weder selbst töten noch mich von jemandem aus deiner Organisation töten lassen wirst, und dazu rechne ich auch Auftragsmörder und jeden, den du zu diesem Zweck anheuern könntest.«
»Ich schwöre es.«
»Und schwöre, dass du mir keinen Schaden zufügst noch anderen in der Organisation erlaubst, mich zu foltern oder in jeder erdenklichen Art zu verletzen.«
Ich seufzte. »Ich schwöre es.«
»Nimm das nicht auf die leichte Schulter, Blake.« Seine Wut blitzte auf. »Ich jedenfalls tue es nicht.«
»Und ich auch nicht, Baxter, glaub mir.«

»Und schwöre, dass du mich innerhalb von vierundzwanzig Stunden nach meiner Freilassung gehen lässt, was, wie du weißt, mehr als genügend Zeit ist, um die Summe auf deine Konten zu übertragen.«

»Ich schwöre es.«

»Und schwöre das alles auf das Leben deiner Tochter Emma Blake.«

»Das tue ich.«

»Dann sage es.«

»Ich schwöre das alles auf das Leben meiner Tochter Emma Blake.«

Baxter musterte mich für eine Sekunde, als fürchtete er, ich hätte ihn irgendwie hintergangen, dann nickte er.

»Gut. Dann sind wir wieder im Geschäft.«

23

Mir war klar, dass Joe Kinane ausrasten würde, wenn wir einem Pädophilen halfen. Allerdings wusste ich keinen anderen Ausweg, um Henry Baxters Erpressung zu entgehen.
»Ich fass es einfach nicht!«, brüllte Kinane. »Wie kannst du dich an einen Eid gebunden fühlen, den du einem Kinderficker gegeben hast? Wenn er die Kleine wirklich umgebracht hat, und es sieht ganz danach aus, dann hol ihn da raus, beschaff dir deine Kohle, und dann machst du den kranken Arsch kalt.«
»Ich kapier es auch nicht«, gestand Palmer.
»Du hast keine Kinder.« Das brachte ihn zum Schweigen.
»Aber du bist selbst Vater«, erinnerte ich Joe. »Ich würde gern sehen, wie leicht du es nimmst, wenn du einen Eid auf das Leben deiner Söhne abgelegt hättest.«

Jede weitere Diskussion wurde durch die Ankunft von Fallon unterbrochen. Er hatte ein Treffen einberufen, und ich konnte nur hoffen, dass er uns mit weiteren Problemen verschonen würde – aber genau darum, um weitere Probleme, ging es natürlich.
»Jemand hat einen von meinen Jungs gestern ins Krankenhaus geschickt.«
Er ging im Büro im Cauldron auf und ab und machte dabei ein Gesicht, als wollte er dem Nächstbesten den Arm abreißen. Fallon gehörte zu den Glasgower Vollstreckern der alten Schule und sah aus, als wäre er schon mit sämtlichen Narben und Schrammen und mit einer Eisenstange in der

Hand auf die Welt gekommen. Gott sei Dank waren wir heutzutage Verbündete. Wir griffen Fallon in Glasgow finanziell unter die Arme, als er die Stadt von den Gladwells übernahm, und wir teilten den Drogenhandel in Edinburgh zwischen uns auf, nachdem dort durch die lebenslange Haftstrafe von Dougie Reid ein Machtvakuum entstanden war.

»Wen?«, fragte ich.

»Tommy Law.«

Ich kannte Tommy oder, besser, ich hatte von ihm *gehört*. Wer immer ihn verprügelt hatte, musste ein hammerharter Brocken gewesen sein oder Unterstützung von der Mafia gehabt haben, möglicherweise beides.

»*I fought the law and the law won*«, zitierte ich. »Aber nicht diesmal.«

Er fand das nicht lustig.

»Ging es um Gebietsansprüche?«, fragte ich. Tommy Law beaufsichtigte einen Großteil unserer Edinburgher Geschäfte.

»Ja, er ist gewarnt worden«, bestätigte Fallon. »Während sie ihm beide Arme und Beine gebrochen und den Kiefer eingeschlagen haben.«

»O Scheiße. Wer war es? Wissen wir das wenigstens?« Ich konnte mir nicht vorstellen, wer den Nerv hatte, auf Fallons Gebiet Tommy Law dermaßen auseinanderzunehmen.

»Osteuropäer, laut Tommy.«

»Osteuropäer? Er kann das nicht etwas eingrenzen?«

»Doch, doch, ist nicht schwer, Tommy spricht ja fließend Serbokroatisch, und ihrem Akzent nach waren es entweder Russen, Polen, Tschechen, Serben, Kroaten, Ukrainer oder Albaner. Nach allem, was er zwischen seinen gebrochenen Kiefern herausbringt, bin ich mir ziemlich sicher, dass sie von irgendwo östlich von Newcastle kommen, kapiert?«

»Schon gut, ich hab's kapiert. Dämliche Frage. Wir sollten uns also auf die Überlegung beschränken, wie wir darauf reagieren wollen.«

»Einverstanden«, sagte er. »Aber ich würde in der Sache noch ein bisschen warten.«

So viel Zurückhaltung überraschte mich. »Das sieht dir gar nicht ähnlich, Fallon.«

»Ich hab meine Gründe.«

»Die wären?«

»McGlenn ist verschwunden.«

»Oh.«

»Und mit ihm sein Stoff und das ganze Geld.«

McGlenn war ein Dealer, der für Tommy Law arbeitete. »Du glaubst, da stecken die gleichen Typen dahinter, bist dir aber noch nicht sicher. Du fragst dich, ob McGlenn mit denen unter einer Decke steckt und ihnen einen Tipp gegeben hat?«

»Ich kenne McGlenn noch nicht so lange wie meine Glasgower Mannschaft. Er stammt aus Edinburgh. Vielleicht ist er so dummdreist und hat sich mit dem ganzen Zeug nach Ibiza abgesetzt. Wenn das so ist, werden wir ihn finden und uns gesondert um ihn kümmern.«

Für McGlenn selbst würde es keinen Unterschied machen, ob er von den Osteuropäern umgebracht wurde oder mit ihnen einen Deal abgezogen und Tommy Law ans Messer geliefert hatte, um mit Fallons Kohle zu flüchten. Fallon beklaute man nicht. So oder so, McGlenn war ein toter Mann. Aber für Fallon machte es sehr wohl einen Unterschied. Er wollte genau wissen, was seinem Dealer zugestoßen war, weil er sich fragte, ob wir uns in einem offenen Krieg befanden. Und ich? Ich könnte es einfach nicht fassen. Alles war so lange so ruhig gelaufen, und plötzlich, mit einem Mal, flog mir hier alles um die Ohren.

»Halt mich auf dem Laufenden«, sagte ich. Fallon musste sich allein darum kümmern. Ich hatte genug mit meiner eigenen Scheiße zu tun.

»Klar.«

Palmer war währenddessen ans Fenster getreten.

»Was ist, Palmer?«, fragte ich beunruhigt.

»Ist vielleicht gar nichts«, sagte er so leise, dass ich ihn kaum hörte. »Nur ein Typ, der mir jetzt schon zweimal aufgefallen ist. Er ist gestern am Mitre vorbeigelaufen, als wir gerade herausgekommen sind, und jetzt, als wir das Gebäude betreten haben, war er wieder da.«

»Kannst du dich immer an jeden erinnern, der an einem unserer Lokale vorbeiläuft?« Das klang in meinen Ohren eher unglaubwürdig.

»Nicht an jeden. Aber an den.« Sein Ton legte nah, dass man die Sache ernst nehmen sollte.

»Wie sieht er aus?«

»Groß, kräftig, mittleres Alter, dunkelbraune Haare, bekleidet mit einer alten grünen Militärjacke, wie sie vor Jahren in Mode waren.«

»Mal abgesehen vom Schmuddel-Look, was hat dich an ihm gestört? Dass du ihn zweimal in zwei Tagen gesehen hast?«

»Die Stadt ist groß«, sagte er. Und die Wahrscheinlichkeit, ihm zweimal über den Weg zu laufen, also eher klein.

»Ein Profi?«

»Sah mir nicht wie einer aus, was aber vielleicht daran liegen könnte …«

»Dass er einer ist?«

»Genau.«

Für Kinane war das alles zu hoch.
»Du sagst, er sieht wie ein Profi aus, weil er nicht wie ein Profi aussieht?«
Mit einem Schnauben bestätigte Palmer die scheinbare Absurdität seines eigenen Arguments. »So kann man das sagen.«
»Meine Fresse!« Kinane schüttelte den Kopf. »Du siehst an jeder Ecke Spione.«
»Vielleicht hat es ja auch gar nichts zu bedeuten«, hielt ich entgegen.
Palmer zuckte die Achseln. »Vielleicht hat es aber durchaus was zu bedeuten.«
»Du kannst es nicht erwarten, rauszukommen«, sagte ich. »Also, los!«
»Mach ich. Ich seh mich nur mal um.«
Nachdem Palmer fort war, besprachen Kinane, Fallon und ich, was zu tun sei, wenn Fallon herausfand, wer hinter dem Angriff auf Tommy Law stand. Aber es fiel mir schwer, mich auf die Edinburgher Sache zu konzentrieren. Insgeheim wartete ich auf Palmers Rückkehr, möglicherweise mit einem bewusstlosen Kleinganoven in einer Militärjacke über der Schulter.
Als Palmer schließlich nach einer Viertelstunde kam, wirkte er besorgt. »Keiner draußen«, beantwortete er meinen stummen Blick.
»Du bist dir sicher?«, fragte ich.
»Ganz sicher.«
»Er könnte also da draußen sein«, kam es von Kinane. »Aber er ist eben einfach besser als du.«
»Danke für den tröstlichen Einwand, Joe«, sagte ich.

Ich saß mit Palmer im Strawberry Pub und wartete auf Kevin Kinanes neuesten Bericht, als mit seinem unvergleichlichen Timing plötzlich Maggot auftauchte. Ich mag das Strawberry, das seine unmittelbare Lage am Stadion zum Vorwand nahm, die Wände mit gerahmten und signierten Porträts von Toon-Legenden zu tapezieren. Ich komme hierher, seitdem ich mich als Teenager in das Lokal geschnorrt hatte, noch zu einer Zeit, als die Fenster fast immer mit Brettern vernagelt gewesen waren. Wie ich hatte auch das Lokal im Lauf der Zeit einen beachtlichen Aufstieg hingelegt. Ich mochte das Pub; wen ich nicht mochte, war Maggot.

»Verdammt«, stieß ich hervor. »Der hat mir gerade noch gefehlt.«

»Was zum Teufel will er?«, fragte Palmer.

Maggot tat zunächst so, als hätte er uns nicht bemerkt, obwohl er uns sofort registrierte, sobald seine Frettchenaugen um die Ecke schielten. Den Blick ostentativ auf den Boden gerichtet, ging er an die Theke, patschte sich auf die Taschen seiner zerknitterten Jeansjacke, tastete nach Zigaretten, Feuerzeug und Brieftasche und holte alles der Reihe nach heraus, als wollte er sich versichern, dass alles noch da war. Dann blieb er stehen, sah zur Seite, entdeckte uns, gab sich über alle Maßen überrascht und kam mit einem falschen Grinsen im Stoppelgesicht zu uns herüber.

»Ha, Davey!«, frohlockte er, als kriegte er sich vor Freude über meinen Anblick gar nicht mehr ein. »Alles im Lack?«

»Bestens«, antwortete ich. »Bis jetzt.«

Das ignorierte er. »Noch so eine Runde gefällig?« Mit einem Nicken deutete er auf unsere fast vollen Gläser.

»Ja, bitte, Maggot«, erwiderte Palmer. »Das ist sehr nett von dir.«

Aber so hatte Maggot das natürlich nicht gemeint. Wir wussten es alle. So stand er also vor uns, hoffnungsfroh und gleichzeitig enttäuscht.
Ich zog einen Zwanziger aus der Brieftasche und schob ihn über den Tisch zu ihm hin. »Dann hol sie doch mal.« Seine Frettchenäuglein hellten sich auf.
Maggot bestellte die drei Pint und zitterte sich damit an unseren Tisch, hielt die drei Gläser mit seinen nikotingelben Fingern umfasst und verschüttete dabei einiges von unserem Bier. Ich fragte ihn nicht nach dem Wechselgeld, und ihm schien es auch entfallen zu sein.
»Also, komm schon, heraus damit«, forderte ich ihn auf, nachdem er den ersten tiefen Schluck genommen hatte. »Was willst du?«
»Wie?«, entgegnete er in aller Unschuld. »O nein, bin nur zufällig hier.«
»Fick dich, Maggot, du hast mich gesucht, du hast herausgefunden, dass wir hier sind, du hast uns gesehen, worum geht's also?«
Er zuckte zusammen, was ihn aber nicht davon abhielt, mir Honig ums Maul zu schmieren. »Ah, man kann dich nicht hinters Licht führen, Davey Blake, voll ausgebufft, deswegen bist du auch der Boss, es geht bloß um ein kleines Darlehen.« Das alles haspelte er tonlos runter.
»Schon wieder? Was diesmal? Pferde oder Stickys Kartenrunde?«
»Na ja, von beidem etwas.«
Wir zahlten Maggot nicht schlecht, wenn man bedachte, dass er für uns bloß die Klinik für Sportverletzungen am Laufen hielt, unseren nicht ganz astreinen Massagesalon am Stadtrand, trotzdem haute er den Großteil seines Lohns für

Bier und Wetten auf den Kopf. Maggot gehörte zu den untersten Konsorten in der Firma, Bobby hatte ihn nur deshalb auf der Gehaltsliste gelassen, weil er sich immer loyal den Mitgliedern der Mannschaft gegenüber verhalten hatte. Allerdings zeichnete er sich durch eine Fertigkeit aus, und die hatte nichts mit seinem Job zu tun. Er hatte das unheimliche Talent, nahezu alles zu wissen, was in der Stadt ablief. Das machte ihn gelegentlich ganz nützlich.

»Wie viel diesmal?«, fragte ich.

»Fünf Riesen«, sagte er und zuckte entschuldigend die Achseln.

»Das heißt, du bist mit ungefähr drei in den Miesen und willst zwei Riesen, um sie zurückzugewinnen.«

Nach seiner Miene zu schließen, lag ich nicht weit daneben.

»Ich geb dir also dreieinhalb. Dann kannst du deine Schulden zahlen und kommst bis zur nächsten Lohnzahlung über die Runden.«

Was dachte ich mir bloß? Maggot war einer von denen, die sich von Bohnen aus der Dose und Spiegeleiern und billigem Weißbrot zum Auftunken ernährten. Jeder übrige Penny ging für seine Buchmacher oder seinen Suff drauf. Bevor der Tag zu Ende war, würde er die übrigen fünfhundert verwettet haben.

»Cheers, Davey, ich bin dir was schuldig.«

»Das bist du«, antwortete ich. »Aber erst musst du es dir verdienen.«

»Oh, hey, Mann, bitte. Sticky ist hinter mir her, er sagt, wenn ich ihm heute nicht sein Geld …«

»Bricht er dir einen Arm.«

»Genau das sagt er.« Maggot wirkte verängstigt und hatte allen Grund dazu, wenn er wirklich bei Sticky in der Kreide stand. Bei ihm liefen illegale Pokerrunden mit hohen Einsätzen, für die wir Provision kassierten. Da ging man nur rein, wenn man richtiges Geld hinter sich hatte, es sei denn, man war so blöd wie Maggot.

»Er lässt dich von der Leine, wenn ich es ihm sage«, sagte ich, und Maggot grinste. »Aber vielleicht sag ich es ihm auch nicht.« Das Grinsen zerbröselte. »Wie gesagt, du musst es dir erst verdienen. Also, was hast du über die Tochter von diesem Bullen gehört?«

»Nur das Übliche«, antwortete er.

»Verarsch dich selbst, Maggot. Ich kenne dich. Du weißt Dinge, die keiner von uns weiß, also raus mit der Sprache.«

Er dachte lange nach. Ich kannte Maggot gut, er wollte mir auf jeden Fall zu Diensten sein, um an die Kohle zu kommen, aber er würde es nie wagen, etwas zu erfinden. »Nur Folgendes ...« Er zögerte.

»Sag schon.«

»Sie hat, du weißt schon, was genommen.«

»Was?«

»Na ja, du weißt schon, ein bisschen gekokst.«

»Und von wem hast du das?«

»Von einem, den ich kenne«, murmelte er. »Er kennt die Fußballer, meint, die hing bei denen immer auf den Partys rum und so.«

Maggot fürchtete, ich würde ihm nicht glauben. Die junge Polizistentochter war in der Presse als jungfräuliches Schneewittchen hingestellt worden, und jetzt behauptete er das genaue Gegenteil. Aber die Verbindung zu den Fußballern bestätigte, was Golden Boots uns gesagt hatte. Wenn man mit ihm zu tun hatte, musste man sich anscheinend unweigerlich ein bisschen Koks reinziehen.

»Und wie konnte sie sich das leisten, frag ich mich«, gab ich zu bedenken.
»Na, ich glaub nicht, dass die dafür zahlen musste. Sie war ein Partygirl. Die wusste, wie das lief.«
»Aber so was, Maggot!«, brüllte urplötzlich Kevin Kinane und wuchtete ihm auch schon seine Pranke auf die Schulter. »Wann bist du denn aus dem Gully gekrochen?«
Maggot, der nicht bemerkt hatte, dass sich Kevin Kinane von hinten angeschlichen hatte, fuhr zusammen.
»Fick dich, Kevin!«, gab er zurück, ohne richtig nachzudenken. Wie ich Kevin kannte, würde er das nicht auf sich beruhen lassen. Er würde warten, bis er eines Tages Maggot allein antraf, und ihm dann eine mitgeben.
»Mach du es mir doch, du Schmierlappen! Schau dich an!« Kevin spitzte die Lippen. »Du schäbige kleine Schweineschwarte auf Stelzen.«
»Ihr haltet beide den Mund«, befahl ich. »Wir sind hier nicht auf dem Bolzplatz … sondern in einem Schrein.« Ich deutete zu den Bildern an den Wänden. »Und jetzt zeig etwas Respekt. Was hast du für mich, Kevin?«
Kevin Kinane sah besorgt zu Maggot.
»Schon gut, er gehört doch zur Familie.« Maggot war vieles, aber keiner, der einen verpfiff, außerdem waren das alles kaum sensible Informationen. Wir beschäftigten uns mit dem Fall sowieso auf Bitten der Polizei. Aber Maggot stürzte so schnell wie möglich sein Pint hinunter, rülpste und sagte: »Muss sowieso los. Du legst für mich bei Sticky ein Wort ein?«
Ich nickte, und Maggot verzog sich. Nachdem er fort war, brachte uns Kevin auf den neuesten Stand.
»Okay, ich hab mich mit einigen Jungs von Golden Boots

getroffen. Die gehören praktisch zur Einrichtung vom Cachet, wir kennen sie alle. Sie können sich an Gemma erinnern und haben sie am Freitagabend auf der Party gesehen. Sie ist da am Arm von Golden Boots aufgetaucht, gleich darauf hat er sie in sein Schlafzimmer geschafft, aber nur kurze Zeit später ist er wieder rausgekommen, und dann hat er sie so gut wie nicht mehr beachtet. Wir wissen ja, wie er ist.«

Kevin nahm einen Schluck von seinem Pint und fuhr fort: »Sie hing noch etwas rum, irgendwann ließ er sie und ihre Freundin Louise von einem der Jungs nach Hause fahren, und wir wissen, dass sie da sicher angelangt sind. Und jetzt kommt das Interessante. Ich hab mit allen seinen Freunden geredet, einige sagen, sie war am Samstag nicht auf der Party, zwei aber meinen, sie könnte doch da gewesen sein. Sie wollte noch mal Golden Boots sehen, aber der war beschäftigt.«

»Er hat eine andere gevögelt?«

»Genau.«

»Wie hat sie das aufgenommen?«

»Nicht gut, anscheinend. Sie war angearscht und hat so Sachen über ihn gesagt.«

»Was für Sachen?«

»Winzpimmel, Blindgänger im Bett, so halt.«

»Und dann?«

»Irgendwann ist sie abgezogen, aber keiner weiß, wann oder mit wem. Ich hab alle gefragt. Die meisten können sich überhaupt nicht an sie erinnern. Du weißt ja, wie solche Partys laufen. Ein Haufen Leute, alle stoned oder besoffen, dazwischen unzählige Fremde, die ganze Nacht ein ständiges Kommen und Gehen. Wir haben nur zwei Leute, die sich an ein brünettes Mädchen erinnern können, das verdammt schlecht auf Golden Boots zu sprechen war. Die eine Minute ist sie da, die nächste ist sie verschwunden.«

»Was ist mit seinen Leuten? Hat einer von denen sie an dem Abend nach Hause gefahren?«

»Alle sagen, nein. Und ich hab nicht nett gefragt. Sie hätten es mir erzählt. Das heißt aber nicht, dass nicht doch jemand sie mitgenommen haben könnte. Er hat neun Wagen, die Schlüssel liegen einfach so rum, außerdem stand ein Dutzend andere Autos in der Anfahrt oder auf dem Grundstück, dazu die Taxis, die die ganze Nacht gekommen sind. Wer erinnert sich da schon an irgendein Mädchen?«

»In Ordnung, danke, Kevin. Lassen wir das Sharp zukommen, er kann dann mit den Nachforschungen weitermachen.« Kevin nickte und ging aufs Klo.

Ich war zufrieden. Das war genau das, was ich brauchte: eine plausible Erklärung für den Tod eines jungen Mädchens, ohne dass ich selbst darin verstrickt war. Sie war auf der Fete, sie war sauer, vielleicht kam es zu einem Streit, sie war betrunken und verwundbar. Vielleicht wollte sie allein zu Fuß nach Hause, und irgendjemand hat ihr angeboten, sie mitzunehmen, ohne dass die anderen es mitgekriegt haben. Das sollte reichen, um mich aus der Schusslinie zu nehmen und die Polizei dazu zu animieren, in andere Richtungen zu ermitteln. Alles Übrige konnten sie dann selbst herausfinden.

»Die kleine Gemma Carlton hat also gern gekokst und Fußballer gevögelt«, sagte ich, als Kevin fort war. »Doch nicht das unschuldige Polizistentöchterchen, für die wir sie gehalten haben.« Palmer schien mir aber gar nicht zuzuhören.

»Schweinschwarte auf Stelzen«, sagte er leise. »Das ist nicht zu toppen.«

»Trink aus«, sagte ich. »Es steht Arbeit an.«

24

Ich hatte den Typen noch nie gesehen, aber wir fanden ihn ganz schnell auf den Aufnahmen der Überwachungskameras. Es war Palmers Typ in der Militärjacke. Meine Leute hielten ihn auf, bevor er dem Haupteingang zum Cauldron zu nahe kam. Vince hatte ihren Anruf entgegengenommen, lauschte, nahm dann das Handy vom Ohr und sagte:

»Unten ist einer, der will mit dir reden. Die Jungs haben ihm gesagt, er soll sich verziehen, aber er meint, er weiß, dass du hier bist, und will nicht eher gehen, bis er mit dir geredet hat. Sie haben ihm mit Prügel gedroht, aber er hat nur gelacht und gesagt, es sei ihm egal, was sie mit ihm anstellen.«

»Da soll mich doch …«, kommentierte Kinane. »Entweder ist er ein ganz Harter, oder er tickt nicht sauber.«

»Wer ist er?«, fragte ich.

»Sagt, er heißt Bell, Matt Bell«, antwortete Vince.

»Kennst du den?«, fragte Kinane.

»Ja«, sagte ich schließlich, als es mir dämmerte. »Er ist der Vater von Leanne Bell, dem Mädchen, das Baxter umgebracht hat.«

»Heilige Scheiße«, sagte Kinane.

»Was soll ich machen?«, fragte Vince.

Eigentlich wollte ich den armen Kerl nicht abweisen, andererseits wollte ich mir aber auch ganz sicher nicht anhören, was er mir zu sagen hatte. Schließlich sagte ich: »Sollen sie ihn hochbringen.«

Zwei unserer Leute begleiteten Matt Bell herein. Sie wichen ihm nicht von der Seite, aber neben den beiden Jungs von der Tür waren noch Palmer, Kinane und Vince da, ich kam mir also wenig gefährdet vor. Der Mann, der vor mir stand, musste Ende vierzig sein, seinen Augen nach zu schließen, hatte er aber die Hölle auf Erden hinter sich. Unsere Jungs waren alles große, harte Brocken, trotzdem wirkte er nicht im Geringsten eingeschüchtert. Sein Blick schweifte über Kinane, Palmer und Vince, schließlich blieb er an mir hängen.

»David Blake?« Ich nickte. »Ich heiße Matt Bell. Wissen Sie, wer ich bin? Warum ich hierhergekommen bin?«

»Ich denke doch, ja.« Er senkte leicht den Kopf, als wüsste er meine Aufrichtigkeit zu schätzen. »Setzen Sie sich«, sagte ich.

»Ich stehe gern, danke«, erwiderte er und kam ohne Umschweife zur Sache. »Im Gefängnis in Durham sitzt ein Henry Baxter in U-Haft. Soweit ich weiß, kennen Sie ihn.«

Auch hier sah ich keine Veranlassung, ihn anzulügen. »Ich kenne ihn. Er hat für mich eine Weile gearbeitet.«

»Dann wissen Sie, weswegen er in Haft sitzt?«

»Ich weiß, was die Polizei ihm vorwirft, ja.«

»Baxter hat meine Tochter ermordet, Mr. Blake.« Er sagte es, als wäre er absolut davon überzeugt, dann brach seine Stimme. »Mein kleines Mädchen.« Er räusperte sich. »Tut mir leid. Ich habe mir vorgenommen, alles zu sagen, was ich sagen möchte, und dann werde ich verschwinden, um mich nicht ganz zum Narren zu machen. Aber es fällt mir nicht leicht. Es ist jetzt zehn Jahre her, und ich denke jeden Tag daran, mir kommt es nicht wie zehn Jahre vor.« Er ballte die Hand zur Faust und legte sie sich an die Brust. »Mein Schmerz ist immer noch frisch.«

»Das verstehe ich.«

»Wirklich?«, fragte er. »Ich gehe davon aus, dass die Polizei uns beiden das Gleiche erzählt hat. Es gibt keinen Zweifel, Henry Baxter ist der Mann, der Leanne umgebracht hat. Baxter hat ein dreizehnjähriges Mädchen vergewaltigt und erwürgt und dann hinaus aufs Land gefahren. Er hat am Feldrand eine Grube ausgehoben und sie reingeworfen, damit wir sie nicht finden. Zwei Monate, Mr. Blake. So lange hat die Polizei gebraucht, um die Leiche meiner Tochter zu finden. Acht Wochen haben sich meine Frau und ich an die vage Hoffnung geklammert, dass sie vielleicht noch am Leben, dass sie nur weggelaufen ist, aber mit jeder Nacht schwand unsere Hoffnung mehr, bis man sie schließlich gefunden hat.« Meine Mannschaft hörte schweigend zu, so viel Respekt hatte er ihrer Meinung nach verdient. »Die lange Zeit, in der wir wussten, dass unsere Tochter wahrscheinlich für immer fort, dass sie tot ist, und wir trotzdem hofften, sie könnte vielleicht noch irgendwo am Leben sein und wieder zu uns zurückkommen. Und dann teilte uns die Polizei mit, dass man sie gefunden hat. Nach zwei Monaten.« Er musterte mich eindringlich. »Ich musste sie identifizieren. Das konnte ich meiner Frau nicht zumuten.«

»Das tut mir sehr leid«, sagte ich.

»Ich nehme nicht an, dass Sie sich vorstellen können, wie das ist«, sagte er mir.

»Nein, das kann ich nicht.«

»Sie wollen sich das auch nicht vorstellen.«

»Nein«, stimmte ich zu. »Ich will es mir nicht vorstellen.« Ich wollte ihm nichts vormachen, und er schien erleichtert darüber. Er seufzte. »Niemand kann es sich vorstellen. Ich nehme es keinem übel. Man brachte uns Mitgefühl entgegen,

aber niemand wusste, was er sagen sollte. Was gibt es auch zu sagen? Wir wurden danach nicht mehr zu vielen Partys eingeladen.
Aber sie waren alle da bei der Beerdigung. Das muss ich ihnen lassen; alle Freunde, die Verwandten. Die Kirche war brechend voll. Viele, die ich noch nicht mal kannte, waren an diesem Tag erschienen. Meine Frau war sehr angetan davon. Viele Fremde vor der Kirche, die uns ihr Beileid aussprachen. Ich habe sie für Leichenfledderer gehalten, Trauertouristen, die sich an unserem Schmerz weideten. Am liebsten hätte ich sie alle zum Teufel gejagt, aber damit hätte ich meiner Frau nichts Gutes getan, also hab ich alles schweigend über mich ergehen lassen. Die Beerdigung meiner Tochter war sogar in den Abendnachrichten. Der Moderator sprach mit sehr ernster, sehr feierlicher Stimme, etwa eine Minute lang, dann kamen die Fußballergebnisse, als wäre damit alles wieder in Ordnung. Es wollte mir nicht in den Kopf, dass sich jemand noch für Fußball interessieren kann, wenn meine Leanne in ihrem Grab liegt und ihr Mörder noch frei herumläuft.«
Ich sagte nichts. Ich wusste, das war noch nicht alles.
»Nach der Beerdigung ging der Kontakt zu unseren Freunden und Nachbarn allmählich verloren. Sie wollten uns nicht mehr besuchen. Wer selbst Kinder hat, musste sich schuldig fühlen, weil es nicht ihren Sohn oder ihre Tochter getroffen hat, vielleicht glaubten sie aber auch nur, dass das Unglück auf sie abfärben würde. Aber wissen Sie, was das Schlimmste war? Ich lag in der Nacht wach und wünschte mir, das alles wäre nicht uns, sondern ihnen passiert. Ist das nicht schrecklich? Ich wünschte mir, dieser Kranke hätte sich die Tochter von jemand anderem geschnappt, irgendeine andere, aber

nicht meine. Ich sehe Mädchen im selben Alter wie Leanne, und ich hege einen Groll gegen sie, weil sie immer noch herumlaufen, während Leanne das jetzt verwehrt ist, und manchmal stelle ich mir vor, die Beerdigung, auf der wir waren, war die eines Nachbarkindes, aber nicht die meiner Tochter.
Nach einer Weile wollte meine Frau es noch mal probieren ... dass wir ein neues Kind bekommen, meine ich, aber ich konnte nicht. Für mich war das, als würden wir Leanne ersetzen, als würden wir sie verraten, und das wollte ich nicht. Irgendwann wollte meine Frau alle Sachen von Leanne entsorgen, sie in Kisten packen und ›weitermachen‹, wie sie es nannte. Sogar unser Eheberater meinte, das wäre das Beste, dann würde ich vielleicht aufhören, in der Vergangenheit zu leben. Allein dafür hätte ich ihn am liebsten erwürgt.
Danach ging es nicht mehr zwischen mir und meiner Frau. Einmal, nach der Scheidung, hat sie mir gesagt, wenn sie mich ansieht, fühle sie sich immer an Leanne erinnert, und das breche ihr das Herz.« Er lächelte traurig. »Was blieb uns denn noch?«
»Mr. Bell, ich kann mir nicht vorstellen, was Sie durchgemacht haben, wirklich nicht. Keiner von uns kann das. Aber Sie sind aus einem bestimmten Grund hier, also, was wollen Sie von mir?«
»Henry Baxter hat für Sie gearbeitet.«
»Ja, aber ich habe davon natürlich nichts gewusst ... bitte glauben Sie mir. Ich hätte ihn sonst nie ...«
»Sie meinen, Sie haben nicht gewusst, dass er ein Kind ermordet hat?«
»Ja.«
Er zuckte mit den Schultern. »Woher sollten Sie auch? Die

sind nicht so wie die Durchgeknallten in den Filmen, nicht wahr? Kinderschänder sehen wie ganz normale Menschen aus. Sonst würden wir ja auch unsere Kinder vor ihnen warnen, damit sie ihnen aus dem Weg gehen. Aber wir haben es nicht kommen sehen. Er hat ein paar Straßen weiter gewohnt, und wir hatten keine Ahnung, was für ein Ungeheuer er ist. Die Polizei hat sich damals noch nicht mal die Mühe gemacht, ihn zu befragen. Und ich lag nachts wach und wusste, dass er irgendwo da draußen ist, dass er sein Leben genießt und möglicherweise vorhat, so was wieder zu tun.«

Ich hätte ihm sagen können, dass Baxter für ein völlig anderes Vergehen eine Gefängnisstrafe abgesessen hatte, aber das hätte er wahrscheinlich kaum als gerechte Strafe angesehen. Ich hielt den Mund.

»Baxter ist kein Freund von mir, davon können Sie ausgehen.«

»Aber er hat ein neues Anwaltsteam angeheuert«, sagte er. »Teure Anwälte, die Besten. Die Polizei war darüber überrascht. Sie meinten, vielleicht hätten Sie was damit zu tun.«

»Ich weiß nicht, woher die Polizei das hat. So lange war er nicht bei mir.«

»Können Sie mir in die Augen schauen und mir sagen, dass Sie nicht derjenige sind, der seine Anwälte bezahlt, Mr. Blake? Können Sie das?«

»Mr. Bell, ich will Ihre Gefühle nicht verletzen. Sie haben eine Menge durchgemacht, und jeder in diesem Raum bringt Ihnen viel Mitgefühl entgegen, aber ich habe es nicht nötig, Ihnen in die Augen zu schauen oder irgendetwas zu sagen.«

»Nein«, räumte er ein. »Wahrscheinlich nicht. Aber ich würde Sie gern um etwas bitten … ich weiß, Sie müssen nichts machen, was Sie nicht wollen, trotzdem …«

»Ich helfe Ihnen, soweit das möglich ist.«
»Schützen Sie nicht Henry Baxter. Er hat meine Tochter umgebracht. Die Polizei weiß es, die Staatsanwaltschaft weiß es, ich weiß es, und Sie wissen es auch. Der DNA-Abgleich beweist es, und ich will Gerechtigkeit für meine Tochter. Sie war dreizehn Jahre alt, als Baxter sie ermordet hat, jetzt wäre sie dreiundzwanzig, vielleicht wäre sie verheiratet, vielleicht hätte sie schon eigene Kinder. Ich könnte Großvater sein. Soweit ich weiß, sind Sie auch Vater, Mr. Blake. Die Polizei hat mir erzählt, Sie haben eine Tochter, daher appelliere ich an Sie, von Vater zu Vater, dass Sie Henry Baxter nicht helfen. Bitte, ich flehe Sie an.«
Alle Augen im Raum waren auf mich gerichtet. Ich spürte, wie Kinane mich eindringlich anstarrte, wie Matt Bell seinen Blick nicht von mir wandte.
»Das Geld seiner Familie«, sagte ich, »dadurch kann er sich seinen tollen Anwalt leisten, Mr. Bell. Henry Baxter wird von mir keine Hilfe erhalten.« Das versicherte ich ihm, und als dem armen Mann vor Erleichterung die Schultern nach unten sackten und er mir dankte, wusste ich, dass ich der Hölle wieder einen Schritt näher gekommen war.

25

Selten hatte ich einen Drink nötiger als an diesem Abend. Wir fingen im Bigg Market an und arbeiteten uns zur Quayside durch, statteten allen Pubs einen Besuch ab, in denen ich in meiner Jugend abgehangen hatte. Ich wollte nicht nachdenken müssen. Ich wollte saufen und über irgendwas reden, nur nicht über den Mann, der mich aufgesucht hatte. Palmer musste es gespürt haben, denn er mied das Thema tunlichst.

»Wie war es, wenn man hier in der Gegend aufgewachsen ist?«, fragte er, während wir zwei Drinks im Duke of Northumberland versenkten. »Muss hart gewesen sein, wenn deine Ma auf sich allein gestellt war.«

»War es. Meine Mum hat nie viel gehabt, materiell, meine ich. Später hat es ihr dann an nichts mehr gefehlt, dafür hab ich gesorgt.«

»Sie muss froh gewesen sein, dass sie dich hatte«, sagte er.

»Sie war manchmal eine schwierige Frau, und sie hat sich nie gern helfen lassen. Ich durfte ihr nie Geld geben, und wenn ich ihr was schenkte, wollte sie es nicht, noch nicht mal zu Weihnachten oder zum Geburtstag. Eines Tages hatte ich eine tolle Idee. Dachte ich. Ich stellte eine Putzfrau ein, damit sie ihr im Haus hilft, weil Mum davon immer ziemlich erledigt war. Ich dachte, sie wäre froh darüber. Erst kam von ihr nicht viel dazu, ich nahm an, na ja, sie würde sich an die Aushilfe erst gewöhnen müssen, aber irgendwann würde sie es schon zu schätzen wissen, dass sie nicht mehr so viel tun musste. Ein paar Wochen später rief mich dann aber die

Putzfrau an und sagte, es sei völlig sinnlos, zu meiner Mum zu gehen, weil immer alles blitzsauber sei. Ich stellte meine Mutter also zur Rede: ›Warum soll ich eine Putzfrau bezahlen, wenn du alles selber machst?‹ Sie stutzte kurz, dann blaffte sie mich an: ›Also ich will doch nicht, dass sie denkt, ich würde in einem Saustall leben!‹«

Palmer lächelte. »Wie ist so eine Frau bei Bobby Mahoney gelandet?«

»Na ja, es klingt schlimmer, als es war. Sie hat nie jemanden umgebracht. Bobby hat sie nur als Türsteherin bei den ganz üblen Clubs eingesetzt und sie hin und wieder mit einem bewaffneten Raubüberfall beauftragt.«

Er lachte. »Du weißt, was ich meine.«

»Ja, doch.« Ich hatte selbst oft darüber nachgedacht, ohne jemals zu einer befriedigenden Antwort gelangt zu sein. »Meine Mutter hatte immer zu kämpfen, sie hatte immer mehr als einen Job, auch als mein Vater noch da war. Der hatte sich nie irgendwo länger gehalten, man konnte gar nicht zählen, wie oft der die Stelle gewechselt hat. Irgendwann musste sie jedenfalls Bobby kennengelernt haben oder jemanden, der für ihn arbeitete, und so bekam sie in einer seiner Kneipen einen Job hinter der Theke. Im Lauf der Jahre hat sie dann immer mehr für ihn und immer weniger für andere gemacht, bis sie irgendwann ausschließlich für ihn tätig war. Vermutlich mochte er sie, sie hatte ja was an sich, und sie ließ sich nichts gefallen, von keinem. Die Leute hatten Respekt vor ihr.«

»Und wie bist du in die Firma gekommen?«, fragte er. »Über deine Mum?«

»Großer Gott, nein. Allein beim Gedanken, ich könnte so werden wie die Jungs, wäre sie ausgeflippt. Natürlich wusste sie, dass ich für Bobby arbeitete, aber ich konnte es immer irgendwie kaschieren. Wegen ihr hatte ich ständig eine Visitenkarte mit ›Verkaufs- und Marketingdirektor – Gallowgate Leisure Group‹ bei mir. Das verlieh mir den Anschein von Seriosität.«

»Und du glaubst, sie ist darauf reingefallen?«

»Nein, aber es half ihr, sich damit anzufreunden. Außerdem wusste sie, dass ich nicht fürs Grobe zuständig war, daher dachte sie vielleicht, ich könnte nicht in Gefahr geraten. Klingt vielleicht naiv, war es vielleicht auch, aber ich hab's ja auch selbst geglaubt, du erinnerst dich.«

»Ich erinnere mich.«

»Ich hab nicht bei Bobby angeheuert, als ich noch klein war. Aber keiner hatte was dagegen, wenn ich mich außerhalb der Öffnungszeiten im Pub rumtrieb, wenn meine Mum da gerade beim Putzen war oder dem Geschäftsführer half. Sie kannte sich mit solchen Sachen besser aus als die meisten Männer. So saß ich nachmittags, wenn die Kneipe zuhatte, oft an einem der Tische und malte oder spielte mit Soldaten. Bobby und seine Leute wussten, dass sie mich mitnehmen musste, es gab ja sonst niemanden, der auf mich aufgepasst hätte. Bobby störte sich nicht daran. Er war ein imposanter Typ, der einem eine Höllenangst einjagen konnte, vor allem so einem kleinen Scheißer wie mir. Aber wenn er mich da sitzen sah, kam er manchmal zu mir rüber, sah mich scharf an und sagte, ›deine Mutter hat zu tun, also gib Ruhe und mach nicht rum‹.«

»Was meinte er damit?«

»Na, dass ich mich benehmen soll. Ich nickte brav, und er sagte, ›guter Junge, hol dir eine Tüte Chips, aber nur eine, verstehst du‹, und ich sauste hinter die Theke und holte mir meine Chips. Im Nachhinein, wenn ich daran denke, was ich seitdem alles getan habe, Gutes wie Schlechtes, dann kommt es mir vor, als wäre das das Tollste überhaupt gewesen. Ich meine, der große Bobby Mahoney schenkt mir in seiner eigenen Kneipe Chips. Kann man jemals mehr wollen?«

»Und wie hast du für ihn angefangen zu arbeiten?«

»Das war ein paar Jahre später. Es fing damit an, dass ich etwas sah, was ich nicht hätte sehen sollen. Er hatte damals diese alte Snooker-Halle, die es schon lang nicht mehr gibt. Da war es billig, jeder konnte da spielen. Ich war mit einem Kumpel da, wir alberten eigentlich nur rum, weil wir noch so klein waren, dass wir uns auf eine Kiste stellen mussten, um überhaupt an den Tisch zu kommen. Wir konnten kaum eine Kugel einlochen, aber wir lernten, und wir hielten uns für wahnsinnig cool und erwachsen. Eines Tages spielten wir an dem Tisch, an dem auch gern Harry Cassidy spielte. Das war so ein Lackaffe und Kleinganove, der nicht für Bobby arbeitete. Kaum kam er reinmarschiert, scheuchte er uns auch schon weg, und das nicht unbedingt freundlich. Mein Kumpel war so dämlich und beschwerte sich, wir hätten doch für den Tisch bezahlt, Cassidy scheuerte ihm eine, und mein Kumpel nahm flennend Reißaus. Der Alte, der den Schuppen leitete und dem die Muffe ging, machte sich ebenfalls rar. Aber aus irgendeinem Grund blieb ich da. Am hinteren Ende des Ladens stand eine massive Kommode, in der das ganze Zeugs verstaut war, alte Queues, Dreiecke, zerschlissene Teile von den Banden, und auf die setzte ich mich. Ich dachte mir, ich warte, bis sie fertig sind, dann kann ich später vielleicht wieder an den Tisch. Dabei warf ich Cassidy böse Blicke zu und stellte mir vor, ich wäre der nächste Hurricane Higgins, den noch nicht mal Harry Cassidy aufhalten

konnte. Allmählich aber leerte sich die Halle wegen Cassidy, bis nur noch er und sein Kumpel da waren, der war so eine Art Vollstrecker für den armen Mann.
Und dann tauchten zwei Typen auf. Von meiner Ma wusste ich, dass sie für Bobbys Firma arbeiteten. Jerry Lemon und Jinky Smith. Beides harte Jungs, nur Jerry, der war ein verdammter Psycho. Nicht groß, aber er hatte so etwas Irres an sich, du weißt schon.
Gut, Harry Cassidy war zwar ein Arsch, aber er war nicht blöd. Er weiß, wer die Jungs sind, also überlegt er, ob sie was von ihm wollen, aber die beiden nicken bloß, grunzen ihm ein Hallo zu und bauen auf dem Tisch daneben auf, um einen Frame zu spielen, und das Gleiche macht Cassidys Gorilla. Sie spielen also, so geht das etwa eine Viertelstunde, Cassidy und sein Gorilla an dem einen Tisch, Jerry Lemon und Jinky gleich daneben, und selbst in meinem Alter – ich war damals erst acht oder neun – spürte ich, dass bald was abgehen würde. Cassidy hatte dieses Gefühl anscheinend nicht, und das ist einer der Gründe, warum du von ihm wahrscheinlich nie gehört hast.
Gut, Jerry Lemon beugt sich also über seinen Queue, und ich konnte sogar von meinem gemütlichen Plätzchen am anderen Ende der Halle hören, wie er Jinky zubrummelt, ›he, Mann, du verdammter Duselbauer, du hast ja schon das meiste versenkt‹, so in der Art. Er beugt sich zu seinem Stoß runter, richtet sich wieder auf, visiert noch mal an, schüttelt den Kopf, beugt sich wieder runter, richtet sich wieder auf. Und währenddessen beugt sich Cassidys Gorilla zu seinem Stoß über den Tisch, und plötzlich wirbelt Jerry seinen Queue herum und drischt dem Typen mit dem dicken Ende auf den Hinterkopf. Der sackt zusammen, als hätte ihm

jemand den Stecker gezogen. So was hatte ich noch nie erlebt. Ich hatte ein paar Prügeleien auf dem Schulhof mitbekommen, klar, aber nie so einen unvermittelten Gewaltausbruch. Es war unheimlich, aber irgendwie auch spannend. Und noch bevor der Typ auf den Boden kracht, schreit Jerry zu Cassidy, ›komm her, du!‹, und Cassidy versucht abzuhauen, kann aber nicht, weil Jinky von der anderen Seite kommt. Er sitzt also in der Falle, nämlich auf der hinteren Seite des Tisches, wo ich ihn nicht mehr richtig sehen kann, aber Jerry und Jinky vermöbeln ihn nach Strich und Faden, und Jerry erklärt ihm die Gründe für die Abreibung. Ich konnte nicht alles hören, ich kann mich aber noch deutlich an die Wörter ›Bobby‹ und ›Mahoney‹ erinnern, während die Schläge und Tritte auf ihn einprasseln. Als sie fertig sind, sieht er ziemlich zermatscht aus, und weißt du, was ich mir die ganze Zeit gedacht habe?«

»Was?«

»Gut, du hast meinen Kumpel geschlagen, geschieht dir also verdammt noch mal recht. Mein unausgegorener jugendlicher Verstand glaubte sogar, sie hätten ihn verprügelt, weil er meinem Kumpel eine gescheuert hatte, so, als wäre Bobby der tolle Typ, der einen Schurken verkloppen lässt, weil er sich an einem Kind vergriffen hat, als wäre er Batman oder so, nur dass er dafür eben seine Leute schickt. Jedenfalls, als alles vorbei ist, dreht sich Jerry um und entdeckt mich auf der Kommode, wo ich alles mit angesehen habe.«

»O Scheiße!«

»Genau, o Scheiße. Ich war der einzige Zeuge, und mir ging gewaltig der Arsch auf Grundeis. ›Was machst du hier?‹, brüllt er mich an, aber Gott sei Dank war Jinky mit dabei, der sagt, ›das ist der Junge von Tina Blake, oder?‹, was Jerry

sofort den Wind aus den Segeln nimmt, denn meine Ma gehörte zur Familie, und er wusste, dass Bobby sie mochte. Sie sagen, ich soll da runterkommen, und erklären mir, dass Cassidy ein ganz böser Mensch ist und schlimme Dinge macht und Menschen weh tut, weshalb sie ihm weh tun mussten, damit er damit aufhört. Das nahm ich ihm natürlich sofort ab, weil es zu meiner Theorie von Bobby Mahoney, dem Rächer der Unterdrückten, passte. Und als Nächstes zieht Jinky einen Ein-Pfund-Schein aus der Hosentasche und gibt ihn mir. Das war damals eine Menge Geld. Weil ich so tapfer gewesen sei, sagte er mir, außerdem sei das meine Belohnung, damit ich niemandem ein Sterbenswörtchen erzähle. Dann trägt er mir eine Botschaft auf und sagt, ich soll zum Club laufen, und wenn ich sie richtig übermittle, würde Bobby mir noch ein Pfund geben. Ich laufe also los und richte die Botschaft aus. An den Wortlaut kann ich mich nicht mehr erinnern, irgendwas wie ›Problem gelöst‹. Ich sehe Bobby und richte die Nachricht aus, und er lächelt mich an, strubbelt mir durch die Haare, sagt, ich sei ein guter Junge, und gibt mir ein Pfund, genau wie Jinky es gesagt hat. Es war ein sehr ertragreicher Tag.«
»Verstehe, dass damit was seinen Anfang nahm«, sagte Palmer.
»Danach wussten sie, dass sie mir trauen konnten. Ich machte Botengänge, einfache Sachen, überbrachte Nachrichten an Mitglieder der Mannschaft. Die Botschaften verstand ich anfangs nicht, später, als ich älter wurde, klamüserte ich sie mir zusammen. Es spielte keine Rolle. Ich gehörte praktisch zur Familie, und ich würde der Polizei nichts ausplaudern, nicht wahr?
Bobby bleute mir immer ein, dass ich auf jeden Fall auf der

Schule bleiben sollte, damit ich später von hier weg und mit meinem Leben etwas anfangen konnte. Wenn ich in den Ferien nach Hause kam, gab er mir Arbeit in der Bar, und ich war immer ziemlich froh darüber. Erst später, als ich mit dem College fertig war und in den Nordosten zurückwollte, zog ich ernsthaft in Betracht, für ihn zu arbeiten. Die Zeiten hatten sich geändert, ich wusste, dass er jemanden brauchen konnte, der ein bisschen Grips hatte. Ansonsten wurde er von Typen wie Jerry Lemon und Finney beraten, die nicht gerade die hellsten Kerzen am Leuchter waren. Bobby war gerissen, aber er brauchte einen, dem er vertrauen konnte, der sich anhörte, was er zu sagen hatte, und ihm eine zweite Meinung präsentierte.
Damals war mir klar, dass ich bei Bobby mehr verdienen konnte als in jedem Blue-Chip-Unternehmen, in dem ich mich nach der Uni erst jahrelang die Karriereleiter hätte hochmühen müssen, bevor ans Geldverdienen überhaupt zu denken gewesen wäre. Außerdem konnte ich dann im Nordosten bleiben, wo es für einen Kerl mit Hirn nicht viele Arbeitsmöglichkeiten gab. Ironischerweise war er damals dagegen, ich musste ihn erst davon überzeugen, dass es der richtige Schritt sei. Und jetzt überlege ich oft, was passiert wäre, wenn er mir einfach gesagt hätte, ich soll mich verpissen.«
»Hat keinen Sinn, auf diesem ›was wäre, wenn‹ herumzureiten«, riet mir Palmer. »Jeder bedauert gewisse Dinge, aber man kann nur das Blatt spielen, das einem ausgeteilt wurde.«
»Da hast du recht.« Ich wollte Palmer gegenüber nicht als sentimentales Weichei dastehen, also riss ich mich zusammen. »Gut, wollen wir jetzt endlich mal was Richtiges trinken, oder wie?«

In dieser Nacht ließ ich mich bis zur Oberkante volllaufen. Anders konnte ich es nicht ertragen, was ich Matt Bell gezwungen war, anzutun. Ich würde dem Mörder seiner Tochter helfen, sich der Gerechtigkeit zu entziehen – andernfalls wäre ich selbst erledigt. Ohne die fünf Millionen würde ich nicht überleben können. Jeder in meiner Mannschaft schaute deswegen auf mich herab, keiner verstand, wieso ich einen Eid halten konnte, dem ich einem Kindermörder geschworen hatte. Aber es ging hier nicht um irgendeinen dämlichen Pakt oder um meine Ehre. Emma war das Kostbarste, was ich hatte, und ich hatte bei ihrem Leben geschworen, Baxter kein Haar zu krümmen. Daran führte jetzt kein Weg mehr vorbei. Ich würde nicht das geringste Risiko eingehen, wenn meine Tochter mit im Spiel war. Nie und nimmer wollte ich riskieren, dass mich in den kommenden Jahren die Worte meines gebrochenen Eids verfolgten und ich mich schuldig fühlte, falls irgendein Unglück passierte. Das würde ich mir nie verzeihen. Wenn meiner Tochter irgendetwas zustoßen sollte, wäre mein Leben so gut wie gelaufen – davon war ich überzeugt. Ohne sie wäre ich am Ende; kaputter noch als Matt Bell.

Palmer hielt sich mit dem Alkohol mehr zurück, um noch ein Mindestmaß an Wachsamkeit aufbringen zu können. Aber ich pichelte ungehemmt vor mich hin, als würde am nächsten Morgen die Prohibition ausgerufen. Palmer ritt nicht sehr auf Leannes Vater herum. Er wusste, in welcher Zwickmühle ich steckte, auch wenn er es wahrscheinlich noch nicht mal in Ansätzen begreifen konnte, weil er kein Kind hatte. Ich weiß nicht mehr viel von dieser Nacht, nur, dass Palmer tatkräftig mithalf, mich in einen von unseren Jungs gesteuerten Wagen zu verfrachten, nachdem ich mich nicht mehr auf den Beinen halten konnte. Er musste mich irgendwie nach Hause geschafft haben, denn am nächsten Morgen wachte ich im Gästezimmer auf, das Sonnenlicht versengte mir das am Abend zuvor schon abgefackelte Gehirn. Ich ruckte aus dem Schlaf hoch und schaffte es gerade noch ins Bad, um mich gepflegt zu übergeben.

26

Zwei Tage, nachdem wir Sharp erzählt hatten, dass Gemma Carlton mit Golden Boots geschlafen hatte und in der Mordnacht höchstwahrscheinlich auf seiner Party gewesen war, führte die Polizei im Haus des Fußballers eine Razzia durch. Dutzende Polizisten und Zivilbeamte fielen frühmorgens über das Anwesen her und zerrten den schlaftrunkenen Hausherrn aus dem Bett. Sie hielten ihm den Durchsuchungsbeschluss unter die Nase und ließen ihn auf einem seiner großen Ledersofas Platz nehmen, während sie die ganze Bude auf den Kopf stellten.

»Ich hab nichts gemacht«, war alles, was Golden Boots herausbrachte, als sie um ihn herum alles eintüteten, unter anderem kleinere Mengen erstklassigen Dopes, die das Edelfüßchen der Premier League zu blöd oder zu faul gewesen war wegzuschaffen, nachdem ich ihn auch noch gewarnt hatte, dass die Polizei bei ihm auftauchen würde.

»Das gehört mir nicht«, protestierte er. »Ich hab sie bloß gefickt. Das ist nicht verboten.« Damit aber fing er sich nur vernichtende Blicke der beiden Polizistinnen ein, die als Babysitter für ihn abgestellt waren.

»Sie verschwenden hier meine Zeit«, stöhnte er, nachdem die Polizei gerade mal zehn Minuten lang am Suchen war, »und Ihre auch. Wohin wollen Sie damit?«, fragte er, als sie mit seinem Computer an ihm vorbeimarschierten. Dann informierte man ihn, dass alle seine Autos sichergestellt seien.

Das machte Golden Boots nun wirklich wütend. »Nicht meine Autos! Was soll ich ohne sie machen?«

»Mit dem Bus fahren«, erwiderte eine wenig beeindruckte Polizistin.
»Ich möchte meinen Anwalt sprechen«, schnauzte er. »Sofort.«
»Könnten Sie bitte mitkommen?«, fragte ein höflicher Detective Inspector. Golden Boots blinzelte ihn an, erhob sich langsam und folgte dem Polizisten hinauf in eines der Gästeschlafzimmer. Vier Zivilbeamte hatten sich dort versammelt, auf dem Bett lag ein Kasten. Nichts Tolles nach Golden Boots' Maßstäben, nur eine schlichte Aufbewahrungsbox aus einem Schrank.
»Gehört die Ihnen?«, fragte der Detective Inspector.
»Na, es ist mein Haus, also!«, antwortete der zunehmend gereizte Fußballer.
»Sie gehört also Ihnen?«, blieb der Detective hartnäckig.
»Ja.«
»Wofür haben Sie sie?«
»Um Dinge reinzulegen.« Das Offensichtlichste der Welt.
»Was für Dinge?«
Golden Boots zuckte mit den Schultern. »Turnschuhe, Werkzeuge, alte DVDs, keine Ahnung. Ich räume doch nicht hinter mir her. Ich habe Leute, die so was für mich machen.«
»Es gibt hier drinnen also nichts, worüber Sie uns was erzählen möchten, bevor wir einen Blick darauf werfen?«
»Nein.«
Der Detective Inspector streifte sich einen Handschuh über, hob den Deckel der Box ab, und Golden Boots beugte sich vor und spähte hinein. Drinnen lagen eine Handtasche und ein Handy.
»Die Handtasche hab ich bereits geöffnet«, sagte der Detective Inspector. »Sie gehört Gemma Carlton, und ich möchte

wetten, dass das Handy ebenfalls ihr gehört. Wenn Sie uns also erklären wollen, wie das alles in diese Schachtel gekommen ist, die hier im Schrank unter einer Decke versteckt war!«

Jetzt drehte Golden Boots durch.

»Die habt ihr da reingepackt! Ich hab damit nichts zu schaffen! Ihr Schweine, die wollt ihr mir unterjubeln!« Zwei stämmige Detectives packten seine Arme und hielten ihn zurück.

»Tun Sie mir einen Gefallen«, sagte der Detective. »Glauben Sie wirklich, wir würden Ihnen Beweise unterschieben? Wir sind nicht mehr in den Siebzigern, wir hängen niemandem was an. Wir wollen nur den Richtigen verhaften, und im Moment sieht es ganz danach aus, als wären Sie das.«

»Fickt euch!«, schrie Golden Boots und wand sich im festen Griff der Polizisten, aber keiner achtete mehr auf ihn.

Tam war erst elf, aber der Kurze war bereits mit allen Wassern gewaschen. Er hatte Männer in die Garage gehen sehen: Fünf gingen rein, aber nur vier kamen wieder raus. Das hätte normalerweise gereicht, um die »Five-O« zu kontaktieren, wie die Polizei in diesem Edinburgher Viertel genannt wurde. Aber die konnten ihn mal. Wenn hier einer in eine Garage ging und nicht mehr rauskam, dann hatte er es entweder verdient, weil er ein Spitzel oder zu habgierig geworden war, oder er hatte einfach nur Pech gehabt, weil er sich mit einem Stärkeren angelegt hatte.

Aber der Typ, der nicht mehr rauskam, war was ganz Besonderes, wie sich herausstellte. Ein paar Tage später erfuhr Tam, dass einer von Tommy Laws Leuten vermisst wurde, und an seine Leute traute man sich sonst nicht ran, weil dieses Gebiet Tommy Law gehörte und jeder wusste, dass er für einen Irren aus Glasgow arbeitete, der Fallon hieß. Tam dachte sich, dass Tommy vielleicht erfahren wollte, wo sein Mann abgeblieben war, und dass Tommy dafür möglicherweise auch was springenließ. Tam erkundigte sich nach Tommy Law, und man sagte ihm, dass der im Krankenhaus lag, aber Fallon wäre in der Stadt, also ging er zu Fallon.

Fünf Minuten später stand Tam neben dem legendären Fallon, der von einem halben Dutzend seiner Mannschaft flankiert wurde, und sie alle starrten auf eine Reihe heruntergekommener Garagen.

»Welche?«, fragte Fallon, und Tam deutete auf die mittlere der drei. Fallon ruckte mit dem Kopf, und zwei riesige Männer knackten das Schloss und schwangen das Garagentor auf.

»Er bleibt hier«, befahl Fallon und deutete auf Tam.

Fallon ging in die Garage. Es stand kein Auto drin, nur alte Möbel; einige schwere, verschlossene Aktenschränke, in denen McGlenn dieses und jenes aufbewahrte, für den Fall, dass die Bullen mal unangekündigt an seine Wohnung klopften, dazu ein altes Sofa, davor ein Tisch mit zwei Stühlen, damit McGlenn nicht auf eine gewisse Bequemlichkeit verzichten musste, wenn er seinen diskreten Geschäften nachging und dabei von anderen nicht beobachtet werden wollte. Auf diesem Sofa saß McGlenn jetzt auch und starrte mit ernster Miene hinaus zu Fallon. Fallons Augen mussten sich erst an die Dunkelheit gewöhnen, bis er den klaffenden Schnitt an McGlenns Hals bemerkte und das Blut, das aus der breiten Wunde auf das Hemd des Mannes geflossen und seine Hose und auch noch das alte Sofa durchtränkt hatte. Aufgeregte Fliegen sirrten in engen Kreisen um McGlenns Leichnam.

Fallon kehrte um und ging hinaus.

»Räumt hier auf«, sagte er zu seinen Männern. »Und kümmert euch um ihn.« Mit einem Nicken wies er auf den Jungen. Einer der Männer zählte eine großzügige Anzahl Scheine ab, und der kleine Tam lief mit der reichen Beute in der Tasche nach Hause.

Dann sahen die Männer zu Fallon, warteten auf sein Wort, aber er zündete sich erst eine Zigarette an, nahm einen langen Zug, damit er den widerlichen Blutgeruch aus der Nase bekam, dann sagte er: »Irgendein Hurensohn wird mir das büßen.«

27

Fallon nahm den nächsten Zug von Edinburgh nach Newcastle. Die pittoreske Strecke führte an der Küste entlang, aber für die Nordsee hatte er keinen Blick. Wir trafen uns heimlich in unserem Hotel an der Quayside, wo er mich über McGlenn in Kenntnis setzte. Ich fragte ihn, ob er herausfinden könnte, wer hinter dem Mord steckte.

»Serben«, verkündete er fassungslos, so, als hätte er auch »Marsianer« sagen können, »verfluchte Serben, hier auf unserem Gebiet. Also wirklich, was soll der Scheiß?« Das Letzte war eine rein rhetorische Frage.

»Ich kapier's auch nicht so recht«, sagte ich ihm. »Wir bezahlen Amrein, damit er uns solchen Mist vom Leib hält. Warum kümmern sich die Bullen nicht um diese Serben?«

»Genau das wollte ich in Erfahrung bringen. Es sind ziemlich viele, ja, aber angeführt werden sie von drei Brüdern, die sich ganz offen in einem großen Altbau in Pilton eingerichtet haben. Die ziehen knallhart ihr Ding durch.«

»Dann werden sie geschützt?«

»Wie sollte es sonst gehen?«

»Aber wer deckt sie?«

»Ich habe gehofft, du könntest mir mehr erzählen.«

»Ich werde ein Treffen mit Amrein vereinbaren«, sagte ich.

»Gut. Ich will nämlich wissen, wen ich umlegen muss, damit das ein Ende hat.«

»Haben diese serbischen Brüder einen Namen?«

»Stevic«, sagte er.

Bei der Befragung durch die Polizei hielt Golden Boots an der Geschichte fest, die er bereits Kevin Kinane aufgetischt hatte. Er wurde auf Kaution freigelassen, während noch die forensischen Untersuchungen liefen, die den erwünschten Durchbruch liefern sollten.

Das aufschlussreichste Ergebnis kam von der Untersuchung des Kofferraums eines der neun Fahrzeuge, des Aston Martin Vanquish. Fasern, die man darin sichergestellt hatte, bewiesen, dass Gemma Carlton im Kofferraum transportiert worden war. Es musste sich also um das Fahrzeug handeln, mit dem das Mädchen zum Waldstück gebracht worden war, dem Fundort der Leiche.

Gemma hatte in der Nacht vor ihrer Ermordung mit Golden Boots geschlafen und ihn vierundzwanzig Stunden später, als er sich mit ihr nicht mehr abgeben wollte, wüst beschimpft. Laut Kevin waren sich mehrere Augenzeugen einig, dass sie sich an diesem Abend im Haus aufgehalten hatte, Golden Boots aber stritt vehement ab, sie gesehen zu haben. Ihre Handtasche und ihr Handy waren, in einem Schrank versteckt, in seinem Haus gefunden, sein Wagen war zum Transport der Leiche verwendet worden. Darüber hinaus gab es mehrere längere Zeitabschnitte an diesem Abend, wo weder er noch seine Entourage überzeugend darlegen konnten, wo er sich aufgehalten hatte. Er behauptete, mit einem anderen Mädchen im Bett gewesen zu sein, aber entweder gab es dieses Mädchen nicht, oder es hatte Schiss, sich zu melden. Dass er nicht den geringsten Schimmer hatte, wie sie vielleicht heißen könnte, war ebenfalls nicht unbedingt hilfreich, und so konnte die Polizei ihren Namen nicht ermitteln. Golden Boots wurde daher des Mordes an Gemma Carlton angeklagt. Die Presse war aus dem Häuschen.

Immer mehr Indizien legten nahe, dass Golden Boots in Gemma Carltons Tod verstrickt war. Das war zum großen Teil das Verdienst von Sharp und Kevin Kinane, die wunderbar zusammenarbeiteten, unermüdlich jeder Spur nachgingen, Zeugen ausfindig machten und sie befragten. Es gab Zivilisten, wie wir sie nennen, die am zugänglichsten sind, wenn man sie ganz, ganz sachte rannimmt; die besuchte Sharp. Dann gab es die örtlichen Ganoven, die die Zähne nicht auseinanderbekamen, wenn die Polizei ins Spiel kam, also war es vernünftig, Kevin zu ihnen zu schicken. Wenn Big Kev sie sich ein bisschen zur Brust nahm, überdachten sie ganz schnell ihr Schweigegelübde. Zusammen erreichten die beiden das gewünschte Resultat: Für die Polizei war ich nicht mehr der Hauptverdächtige. Sharp zufolge kam sogar Carlton, als man ihm die Indizien vorlegte, zu der Ansicht, dass Golden Boots der Mörder sein musste.

Es sah sehr danach aus, dass Golden Boots in dem Fall irgendwie mit drinsteckte, aber irgendetwas störte mich. Vielleicht hatte ich als Junge zu viele amerikanische Krimis gesehen, denn was Golden Boots nun mal völlig fehlte, war ein Motiv – jedenfalls ein starkes Motiv. Er hatte Gemma Carlton gevögelt, sie hatte sich gegen seine Avancen nicht gewehrt, und wie bei jedem Mädchen, das er kennenlernte, hatte er sie sofort abgeschrieben. Das hatte ihr nicht sonderlich gefallen, aber, na ja, was soll's? Golden Boots jedenfalls war es egal. Er machte sich schon an das nächste Vögelchen ran. Die Anklage könnte ihm rasende Eifersucht attestieren, nachdem er sie am darauffolgenden Abend in den Armen eines anderen gesehen hatte, oder ihm unterstellen, ihm habe ihre Behauptung zugesetzt, dass er über einen Pimmel wie ein Marshmallow verfüge und über die sexuelle Raffinesse

eines Pavians. Aber auch das, glaubte ich, war ihm alles scheißegal, außerdem würde sich keine einzige der jungen Dinger von solchen Unterstellungen abschrecken lassen. Die Staatsanwaltschaft könnte behaupten, er sei bei einem Streit in seinem Schlafzimmer ausgerastet und habe sie erwürgt, habe danach aber noch so viel Geistesgegenwart besessen, um ihre Sachen zu verstecken und die Leiche zu entsorgen oder jemanden damit zu beauftragen. Die Geschworenen könnten dem Staatsanwalt das vielleicht abkaufen, vor allem, wenn die Theorie mit Beweisen wie der in seinem Haus sichergestellten Handtasche und dem Handy untermauert würde. Aber mir wollte das alles nicht einleuchten. Sie würden ihn als verzogenes Bürschchen hinstellen, das immer alles bekam, was es wollte, und nicht mehr wusste, wo die Grenzen waren. Das alles und noch viel mehr traf auf ihn sicherlich zu, aber warum sollte ihm ein Mädel wie Gemma Carlton so nahegehen, dass er sich zu so einer Tat hinreißen ließ?
Aber was wusste ich schon über Golden Boots? Vielleicht war er wirklich der Täter, vielleicht war er wirklich so blöd, und offen gesagt, es war mir auch ziemlich egal, Hauptsache, die Polizei machte nicht mehr mich für den Mord verantwortlich. Ich bekam sogar ein »Dankeschön« von Detective Superintendent Austin.

Ich traf mich mit Amrein in Durham, knapp dreißig Kilometer und eine ganze Welt von Newcastle entfernt. So hätte es sich jedenfalls anfühlen können, hätte nicht Henry Baxter in der U-Haft in Durham auf seinen Prozess gewartet. Es war ein schöner, sonniger Tag, der die üblichen älteren Busausflügler und studentischen Liebespärchen auf den Platz vor der Kathedrale oben auf den Berg gelockt hatte. Wir marschierten durch die Besuchermenge und schlugen den steilen, von Bäumen überschatteten Weg hinunter zum Fluss ein, wo es schwieriger war, uns zu belauschen. Palmer folgte uns in diskreter Entfernung, begleitet von Amreins Bodyguard. Es hatte sich alles etwas entspannt nach dem Tiefpunkt unserer Beziehung, als ich den abgetrennten Kopf eines Glasgower Gangsters auf dem Fensterbrett seines Sommerhäuschens deponiert hatte, als Warnung an ihn, nicht noch einmal gegen mich vorzugehen. Weder er noch ich vergaßen jemals, dass es in unserer Geschäftsbeziehung für keinen von uns von Vorteil wäre, den anderen umbringen zu lassen.

Amrein war ein drahtiger kleiner Mann mit Nickelbrille, der aussah wie ein Uni-Professor – und nicht wie der Vertreter einer der gefährlichsten Organisationen der Welt. Ich hatte ihm einen Namen genannt und erwartete jetzt Informationen.

»Sie wollen eine Geschichtsstunde?«, fragte er.

»Ja.«

»Die serbischen Brüder sind schon lange im Geschäft. Sie heißen Dusan, Sreten und Marko Stevic. Angefangen haben sie in einer Hooligan-Gang im Umfeld von Roter Stern Belgrad. Schon da waren sie mehr als Kleinganoven, dealten nebenbei mit Drogen, nicht viel, aber es reichte, um die Aufmerksamkeit der Nationalisten auf sich zu ziehen. Sie wurden für eine der paramilitärischen Einheiten angeworben, die während des Bosnienkriegs gegründet wurden; extrem rechts, ultra-nationalistisch, kaum kontrollierbar. Ihre Einheit war in Greueltaten verwickelt, aber die Zahl der Fälle war so klein, dass sie nie offiziell belangt wurden. Die Behörden brauchten schon lange genug, um die Großen wie Arkan oder Milošević anzuklagen. Es wurde nicht jeder zur Rechenschaft gezogen, der Zivilisten abgeschlachtet hatte.«

»Und nachdem der Krieg vorbei war, wandten sie sich dem organisierten Verbrechen zu?«

»Was machen gewaltbereite Männer, wenn der vorgebliche Zweck ihres Kampfes nicht mehr existiert? Sie kämpfen um Geld und Macht. Die Brüder gehörten keinem Clan an, aber wenn jemand einen Rivalen ermorden lassen wollte, ohne Spuren zu hinterlassen, die auf ihn selbst zurückführten, dann wurden die Stevic-Brüder angeheuert. Sie arbeiteten für die Zemun- und Surčin-Clans sowie für den Voždovac-Clan, und ihr Unternehmen florierte, weil sie zu keinem von denen eine feste Verbindung hatten.«

»Sie haben für andere die Drecksarbeit gemacht?«

»Ja, die Geschäfte gingen gut.« Er verstummte, bis eine entgegenkommende Frau mit Kinderwagen an uns vorbei war, dann fuhr er fort: »Aber dann änderte sich alles. Vor zehn Jahren ermordete die serbische Mafia den Ministerpräsidenten Zoran Đinđić, und der Staat schlug zurück. Bei der Operation Sablja wurden an die zehntausend Personen verhaftet, darunter der Stellvertretende Generalstaatsanwalt des Landes. Die Anführer der federführenden Clans wurden zu langen Haftstrafen verurteilt oder von der Polizei getötet – oder sie brachten sich gegenseitig um. Die serbische Mafia war allerdings nicht zerrieben worden. Neue Anführer tauchten auf, und der Einfluss der Stevic-Brüder wuchs.«

»Und was machen sie jetzt hier?«

Amrein zögerte, als suchte er nach den richtigen Worten. »Sie nehmen Orte in Augenschein, wo sie expandieren können.«

»Was sind ihre Kriterien?«
Amrein ließ sich lange Zeit für seine Antwort. »Sie expandieren dort, wo sie glauben, Schwächen entdeckt zu haben, entweder bei den Behörden oder …«
»Bei Männern wie mir?«, schlug ich vor.
»Das ist ein Urteil, zu dem *sie* kommen, nicht ich«, sagte er. »Serbische Kriminelle sind für ihre Brutalität bekannt. Das Erbe der ethnischen Säuberungen im Krieg. Folter und Verstümmelung gefangener Soldaten oder Zivilisten wurden so alltäglich, dass man sie kaum noch zur Kenntnis nahm. Natürlich schreckt man mit solchen Methoden Geschäftskonkurrenten ab. Angst ist eine mächtige Waffe«, erinnerte er mich.
Amrein hatte recht. Wir kannten beide die Macht der Angst. Hatte ich Angst vor den serbischen Brüdern? Den Kriegsverbrechern, die mich liebend gern zu Hackfleisch verarbeiten würden, wenn sich die Gelegenheit dazu bot? Wer hätte sie nicht?
»Warum werden sie nicht gestoppt?«
»Anscheinend werden sie auf höchster Ebene als Informanten geführt.«
Der älteste Trick, aber immer noch äußerst effektiv, und schwer dagegen anzugehen.
Wäre ich ein umgedrehter Bulle, der bezahlt wurde, um ein Auge zuzudrücken, würde ich genau das Gleiche machen. Ich würde den Verbrecher, der mich bezahlt, als meinen Spitzel anwerben. Egal, was er auf dem Kerbholz hätte, ich würde mir einreden, dass das alles sehr viel weniger wichtiger wäre als die Informationen, die er mir liefert. Man vergisst oft, dass ein Großteil der polizeilichen Erkenntnisse über Verbrecher von anderen Verbrechern stammt – sie liefern

Informationen aus einer ganzen Reihe von Gründen. Manche machen es des Geldes wegen, andere, damit man bei ihren eigenen Straftaten nicht so genau hinsieht oder ihnen die Haftstrafe reduziert. Wieder andere, um ehemaligen Kumpanen eins auszuwischen oder die Konkurrenz auszuschalten. Ich habe es früher schon gesagt und sage es jetzt wieder: Es gibt keinen Ehrenkodex.

»Also, wer schützt sie?«

»Das geht bis ganz nach oben. Wir glauben, ein Assistant Chief Constable.«

»Verdammte Scheiße. Das würde einiges erklären. Sind Sie sich sicher?«

»Unsere Leute haben gehört, sie hätten was gegen ihn in der Hand. Höchstwahrscheinlich bezahlen sie ihn auch.«

»Die klassische Kombination aus Bestechung und Erpressung. Welcher ACC ist es?«

»Brinklow.«

»Was können wir machen?«

»Das wird schwierig«, sagte er. »Mit seiner Unterstützung sind sie innerhalb der Lothian and Borders Police so gut wie tabu, es geht da viel um Befindlichkeiten. Sie mögen es nicht, wenn sich jemand von außen einmischt.«

»Was ist mit der SOCA?«

»Dürfte sich nicht dafür interessieren, es sei denn, wir liefern eindeutige Beweise, dass Brinklow bestechlich ist.«

»Und diese Beweise haben Sie nicht?«

»Noch nicht.«

»Amrein, wir zahlen Ihnen eine Menge Geld, um solche Dinge in Ordnung zu bringen.«

»Ich bin überzeugt, dass wir das hinkriegen«, sagte er. »Mit der Zeit. Überlassen Sie die serbischen Brüder uns.«

Wir hatten die steinerne Fußgängerbrücke über den Wear erreicht. »Es gibt da noch etwas«, sagte er auf der Brücke, »und ich nehme an, es wird Ihnen nicht gefallen.«
An diesem Punkt konnte ich mir eigentlich nicht vorstellen, dass es noch schlimmer werden könnte. Irrtum. »Jaroslaw Wasnezow besteht auf einem Treffen.«

28

Haben Sie sich schon mal überlegt, wie es wäre, Geld zu haben? Ich meine richtig viel Geld, nicht ein paar lumpige Tausender von einem vergessenen Onkel, den Sie niemals gekannt haben und der Sie zum Alleinerben bestimmt hat. Wenn Sie sich schon mal vorgestellt haben, wie es sich anfühlt, wenn man fünfzig Riesen zur Seite geschafft hat, hundert vielleicht, wenn Sie sogar über so viel Fantasie verfügen und darüber nachdenken, was sich mit einer Million anfangen lässt, dann wissen Sie, wie sehr das Ihr Leben verändern kann. Keine Hypotheken, ein großes Haus, alles abbezahlt, die schicke Karre, die die meisten nur im Rückspiegel zu sehen bekommen, bevor Sie auf der Überholspur an ihnen vorbeirauschen. Und wenn Sie so viel Kohle haben wollen, damit Sie sich alles leisten können, was Ihr Herz begehrt, inklusive affenscharfer Nutten für drei Riesen pro Nacht, dazu Berge von Koks und literweise Cristal Roederer, dann kommen Sie möglicherweise zu dem Schluss, dass Sie mindestens zwei Millionen brauchen, vielleicht auch mehr.

Ich veranschlage an die vier Millionen, damit Sie Ihren Boss mit seinem miesen Job zum Teufel schicken können, damit Sie nie wieder in Ihrem Leben einen Penny verdienen müssen und sich in einer Position befinden, die es Ihnen erlaubt, für den Rest Ihrer Tage für sich und Ihre Familie zu sorgen. Und jetzt stellen Sie sich vor, Sie haben nicht vier Millionen, sondern hundert- oder zweihundertmal so viel? Richtiges Geld. Das wäre dann Ihr eigener Learjet, der Sie auf Ihre

Karibikinsel bringt, auf der Sie reihenweise Playboy-Bunnys einfliegen lassen, bis Sie ihrer überdrüssig sind und die nächste Ladung anfordern. Sagen wir also, Sie haben zweihundertfünfzigmal vier Millionen, Sie sind also Milliardär. Sie finanzieren Kunstgalerien, Museen, Hollywood-Filme, Präsidentschaftswahlkämpfe.
Und jetzt stellen Sie sich vor, Sie haben zwanzigmal so viel. Zwanzig Milliarden Dollar. Was sind Sie dann? Dann sind Sie Jaroslaw Wasnezow.

Der Rasen vor dem Haus hatte die Ausmaße eines Kricketfelds, die Anfahrt vom Haupttor war so lang, dass uns ein Chauffeur abholte. Das Haus selbst war riesig, eines dieser neugotischen Gebilde mit steinernen Scheusalen, die mit ihren Fratzen von den Brüstungen herunterspähen; der Kasten sah überhaupt so aus, als wäre er direkt von Aleister Crowleys Erben erworben worden: die ideale Kulisse für einen Horrorfilm, mitten im grünen Surrey gelegen.
Wir durchquerten die marmorne Eingangshalle, in der auffallend viele Leute geschäftig herumwuselten. Das hier war nicht nur ein Privathaus, sondern das Zentrum des Wasnezow-Imperiums.
Jaroslaw Wasnezow war nicht mit einem goldenen Löffel im Mund geboren worden, sondern stammte aus einer bitterarmen Familie in Georgien, die ihn kaum ernähren konnte, geschweige denn die übrigen Kinder. Er war noch klein, als sein Vater mit der Familie ins damalige Leningrad umsiedelte und die Gelegenheiten ergriff, die eine Großstadt ihm bot. Wasnezows erste Erfahrungen mit der Privatwirtschaft bestanden aus dem Verkauf von Spielzeug auf einem Marktstand. Mittlerweile, im Alter von nur fünfundvierzig Jahren,

hatte er eines der größten Vermögen weltweit angehäuft. Abhängig davon, welchen Zeitungen man Glauben schenkte, belief es sich auf fünfzehn bis zwanzig Milliarden Dollar. Um zu begreifen, wie er das geschafft hatte, muss man die Lage in Russland am Ende des Kalten Krieges verstehen. Als Boris Jelzin an die Macht kam, wurde die alte kommunistische Ordnung hinweggefegt, und der Staat versank in beispielloser Korruption. Man musste nur ein paar Politiker bestechen, schon konnte man das Volksvermögen plündern und riesige Staatsunternehmen zu einem Bruchteil ihres wahren Werts aufkaufen. Wasnezow hatte da bereits eingehende Erfahrungen, wie Geld zu verdienen war, wenn man sich politischen Einfluss erkaufte und örtliche Verbrecherbarone bestach, nun schwang er sich mit seinem Know-how einfach auf die nächsthöhere Ebene. Er investierte klug, Ölunternehmen und Aluminiumfabriken in Staatsbesitz wurden privatisiert, modernisiert und warfen bald die Milliardengewinne ab, die er jetzt genießen konnte.
Natürlich war die Bevölkerung nicht glücklich darüber, dass eine Handvoll Einzelner den Wohlstand des Landes abschöpfte. Als Präsident Putin das Ruder übernahm, soll er angeblich einen Deal mit den Oligarchen ausgehandelt haben: Haltet euch, falls ihr nicht auf meiner Seite seid, aus der Politik raus, dann dürft ihr euren Reichtum behalten, andernfalls müsst ihr mit Konsequenzen rechnen. Männer wie Abramowitsch hielten sich daran, kauften Jachten und Fußballvereine und lebten glücklich und zufrieden. Andere wie Beresowski oder Chodorkowski taten es nicht und mussten bald darauf ins Exil oder wanderten in den Knast. Der Oligarch aber, der sich am lautesten aus dem Fenster lehnte, war möglicherweise Jaroslaw Wasnezow, was ihn bald zu Russ-

lands Staatsfeind Nummer eins machte. Zuvor aber war ihm die Flucht außer Landes gelungen, wobei er den Großteil seines Vermögens mitnehmen konnte. Er ließ sich in England nieder und kaufte sich daraufhin in die britische Gesellschaft ein, spendete ganze Kunstsammlungen, richtete Oxford- und Cambridgestipendien ein und ließ einen ganzen Krankenhausflügel errichten. Mal ehrlich, wie konnte ein solcher Mann danach noch ausgewiesen werden? Wasnezows Aufenthalt in diesem Land war für Russland ein ungeheuerlicher Affront. Das allein genügte, dass sich die Beziehung der beiden Länder auf ein Niveau fast wie während des Kalten Krieges abkühlte.

Und was hatte das alles mit mir zu tun? Ich hatte keine Ahnung, ging aber davon aus, dass ich es bald erfahren würde.

»Bevor Sie Mr. Wasnezow persönlich treffen, sollten Sie sich mit einigen Dokumenten vertraut machen.«

Der junge Mann in seinem topmodischen Anzug begleitete uns in die Bibliothek und führte uns an einen großen Tisch mit Papieren. Palmer ging schon mal darauf zu, während ich noch auf eine Erklärung wartete. »Nehmen Sie erst die von uns zusammengetragenen Informationen zur Kenntnis, dann wird sich Mr. Wasnezow zu Ihnen gesellen.«

Palmer studierte bereits das Material. Ich konnte noch nicht erkennen, worum es sich handelte, seinem Blick nach zu schließen, musste man es aber ernst nehmen.

»Was ist das?«, fragte ich. Als er nicht sofort antwortete, ging ich zu ihm. Auf dem Tisch lagen mehrere Ordner, die ich vorerst ignorierte. Stattdessen konzentrierte ich mich auf die sorgfältig der Reihe nach ausgelegten, 20 mal 25 Zentimeter großen Schwarzweißaufnahmen. Die Fotos waren von äußerst hoher Qualität, wenn man bedachte, dass sie ge-

schossen wurden, ohne dass es einer von uns mitbekommen hatte. Es gab eine Aufnahme von mir mit dem Türken in einem seiner Cafés, die wir als geheime Treffpunkte verwendeten. Die nächste zeigte uns beide beim Verlassen des Gebäudes, gefolgt von Palmer und einem der Leibwächter des Türken. Auch unsere Autos waren fotografiert worden, aber es gab noch mehr Material, unter anderem Bilder der Lastwagen, mit denen wir das Heroin transportierten.
Ich drehte das Bild um und fand auf der Rückseite Notizen eines Observierungsprotokolls. Aufgeführt waren Typ und Kennzeichen einiger der Lkws, dazu die Beschreibung der Route durch den Balkan und darüber hinaus. Manche der Lastwagen waren bis nach Amsterdam verfolgt worden, wo ihre Fracht in Container umgeladen wurde. Diese kamen dann per Schiff über die Nordsee und wurden in Hull gelöscht. Andere Lkws waren für den Osten bestimmt und gelangten über einen kleinen ukrainischen Grenzposten östlich von Charkiw nach Russland. Remzi hatte mehr als ein Jahrzehnt gebraucht, bis er nach zahllosen Auseinandersetzungen das Land für seinen Handel hatte erschließen können.
Die nächsten Fotos zeigten hübsche Nahaufnahmen von Personen, die uns halfen, den Stoff aus der Türkei zu schaffen und in Europa zu verteilen. Einige unserer Schlüsselleute waren neben den Lkws und Tanklastzügen oder im Beisein von Beamten abgelichtet, die von uns geschmiert wurden, damit sie beide Augen zudrückten. Ich war auf genügend Fotos zu erkennen, um nachweisen zu können, dass ich sehr viele sehr zweifelhafte Freunde hatte. Allein das war belastend genug, aber es gab noch mehr. Ich hatte genügend mit Amreins Organisation zu tun, um zu wissen, wie solche

Operationen abliefen, aber selbst ich war erstaunt, wie viele Details Wasnezow über unsere Drogenrouten zusammengetragen hatte. Es war ihm gelungen, nahezu jeden Zentimeter unserer Routen zu kartieren, vermutlich mittels einer enormen, technisch hochentwickelten Überwachungsoperation, die selbst die CIA nicht jeden Tag finanzieren könnte. Er wusste so ziemlich alles über unsere Warensendungen: Zeitpunkt, Ort und geschätzter Ertrag. Ich würde sagen, er wusste bis aufs letzte Kilo über uns Bescheid. Palmer und ich lasen dann noch eine gute Viertelstunde im vorliegenden Material, aber schon davor war mir klar, dass das happige Haftstrafen bedeuten würde. Es lagen genügend Beweise vor, um mich in Großbritannien für über zwanzig Jahre hinter Gitter zu bringen, falls die Unterlagen in die falschen Hände gerieten. Plötzlich war ich froh, dass Wasnezow dieses Material besaß und nicht die Staatsanwaltschaft, gleichzeitig war ich sehr besorgt, denn es gab natürlich nur einen Grund, warum jemand wie Wasnezow so viel Zeit, Energie und Geld auf eine so gründliche Operation verwendete. Er wollte etwas von mir, und es ging hier nicht um irgendwelche Lappalien.

»Diese Überwachung …« Palmer schüttelte den Kopf. »Ich verstehe nicht, dass uns nie was aufgefallen ist. Es sei denn, er hat eine ganze Armee verdammt guter Leute drangesetzt. Aber wenn das der Fall ist, dann würde ihn das eine Wahnsinnsstange Geld …«

»Ich glaube, du hast da einiges nicht begriffen. Er würde es gar nicht merken, wenn ihn so eine Operation ein paar Millionen Dollar kostet. Er könnte hundert Millionen Dollar dafür ausgeben, er könnte Dutzende ehemalige Mitarbeiter von FSB, CIA, Mossad und MI5 beschäftigen, und sein Vermögen hätte noch nicht mal eine Delle bekommen. Seine Ressourcen sind so gut wie unerschöpflich, und er ist keinem Regierungsausschuss und keinem US-Kongress Rechenschaft schuldig. Es muss sich an keinerlei Regeln halten. Er ist niemandem und nichts verantwortlich, außer sich selbst. Er macht, was ihm gefällt. Will dir das jetzt endlich in den Kopf?«

Wir drehten uns beide um, als die Tür aufging. Der Mann, der eintrat, kam uns sofort bekannt vor. Die Bodyguard-Phalanx sah aus, als käme sie direkt vom Casting, und entsprach genau dem, was sich ein Oligarch unter Leibwächtern vorstellte: absurd große, durchtrainierte Schränke mit kahlgeschorenem Schädel, wodurch sie sich als Ex-Militärs oder FSB-Leute zu erkennen gaben, die sich ihr ehemals staatliches Gehalt gern multiplizieren ließen, solange sie dafür sorgten, dass der Mann in ihrer Mitte nicht zu Schaden kam.

Nach meinem Briefing durch Amrein erkannte ich zwei weitere Männer. Evgeny Gorschkow, ein großer Mann in den Vierzigern. Er war Wasnezows Sicherheitschef, persönlicher Leibwächter und Kammerjäger, der jedes Komplott gegen seinen Boss ausräucherte und mit den Übeltätern keine Gnade kannte. Den anderen kannte ich von den Fotos, die Amrein mir gezeigt hatte: Michail Dazik, Wasnezows Banker, der auf Geheiß seines Bosses Geld um den Globus jagte. Dazik war ein kleiner, rundlicher Mann von multiethnischer Herkunft, Sohn einer amerikanischen Mutter und eines russischen Emigranten und mit zwei Staatsangehörigkeiten ausgestattet. Angeblich war es Dazik gelungen, Wasnezows gewaltiges Vermögen in nicht ganz zehn Jahren glatt zu verdoppeln.

Wasnezow trug ein schlichtes, weißes, maßgeschneidertes Hemd, das vermutlich mehr gekostet hatte, als ein Arbeiter in einem Monat nach Haus brachte, dazu eine schwarze Hose und Lederschuhe, die höchstwahrscheinlich in Mailand handgefertigt worden waren. Er war nicht besonders groß und auch sonst eine eher unauffällige Erscheinung; von durchschnittlicher Größe, durchschnittlicher Statur, ansonsten aber war in seinem Leben nichts durchschnittlich. Er warf mir einen Blick zu, als wäre ich irgendein Gegenstand, der ihm zufällig im Weg herumstand, dann blaffte er einem Gehilfen etwas auf Russisch zu, dieser senkte sofort den Kopf und verließ den Raum. Wasnezow schien verärgert, dass er für das Gespräch mit mir aus den Kulissen treten musste, hinter denen er sonst agierte.
»Sie wissen, wer ich bin.«
Das war keine Frage.
»Natürlich.«
»Dann werden Sie das, was ich Ihnen zu sagen habe, ernst nehmen.«
»Sicherlich.« Der Mann konnte mich, Amrein und jeden, mit dem wir jemals zu tun hatten, an einem Nachmittag kaufen und wieder verkaufen. Verglichen mit ihm waren wir kleine Jollen, die auf dem Meer herumdümpelten, während er als Queen Elizabeth II durch die Wellen pflügte.
»Gut. Wenn Sie zuhören, werden Sie viel Geld verdienen, wenn nicht ...«, er schnippte mit dem Finger, »werden Sie alles verlieren.«
Er trat an den Tisch, beachtete das Überwachungsmaterial aber gar nicht. Vielleicht war er der Meinung, dass es für sich selbst sprach. Er legte mir eine Zeitung vor und klopfte mit dem Finger darauf. »Ich stehe bei den Verhandlungen kurz

vor dem Durchbruch und muss noch heute Abend weg. Sie haben von meinem neuesten Projekt gehört?«

»Afrikanisches Öl.« In der Zeitung, die er auf den Tisch gelegt hatte, fand sich ein längerer Artikel darüber, auch in den Fernsehnachrichten war davon berichtet worden.

Er nickte. »Fünf Milliarden Barrel Rohöl warten im Boden eines kleinen ostafrikanischen Landes, das von meinen Bohr- und Fördertürmen von Grund auf verändert wird.«

»Sie wissen das mit Bestimmtheit?«

»Ich beschäftige zahllose Experten, Landvermesser, Geologen, Ölfachleute, und sie sagen mir alle dasselbe.«

»Das Problem mit den Experten, denen man viel Geld zahlt, ist oft, dass sie sich verpflichtet fühlen, das zu sagen, was man hören möchte.«

»In Uganda holt man jetzt schon hundertfünfzigtausend Barrel pro Tag aus dem Großen Afrikanischen Graben. Richtiges Öl. Meine Fördertürme werden größer sein, es wird mehr von ihnen geben, und ich baue dort eine eigene Raffinerie. Ich werde alles kontrollieren.«

»Und Sie glauben, die Regierung wird Ihnen das einfach so erlauben?«

»Dafür ist schon gesorgt. Ich habe schon jetzt viele reich gemacht, und sie werden weiterhin von meiner Anwesenheit im Land profitieren. In einem Monat werden wir mit den Bohrungen beginnen, dann werden Öl und Geld nur so sprudeln.« Ich hatte keine Ahnung, warum er mir das alles erzählte, bis er hinzufügte: »Mit diesem Öl werde ich pro Jahr fünf, vielleicht sogar zehn Milliarden Dollar beiseitelegen können, um mich meiner Leidenschaft widmen zu können. Wissen Sie, wem oder was meine Leidenschaft gehört, Mr. Blake?«

»Den Menschenrechten?«
Kurz wirkte er verwirrt, dann wischte er den Kommentar beiseite. »Meinem Land, meinem Heimatland, wohin ich nie mehr zurückkehren kann. Cowboys und Gauner haben dort jetzt das Sagen. Sogar laut offiziellen EU-Berichten ist die sogenannte Regierung nicht mehr als ein Verbrecherregime …« Er schüttelte den Kopf und mimte den Erstaunten. »Ein Verbrecherregime? Können Sie sich das vorstellen?«
Konnte ich problemlos.
»Als die Kommunisten noch an der Macht waren, als man so tun musste, als wäre man auf ihrer Seite, als sogar jemand wie ich gezwungen war, in die verfluchte kommunistische Partei einzutreten, damit man überhaupt irgendwelche Geschäfte treiben konnte, da war es schlimm. Aber jetzt? Es gibt keine Hoffnung mehr. Der Präsident, der Ministerpräsident, der FSB, die sogenannte Rote Mafia – alles ein einziger korrupter Laden. Die Scheiße türmt sich mittlerweile so hoch, dass man sie überall auf der Erde riechen kann. Das alles will ich zum Einsturz bringen, damit nichts mehr übrig bleibt. Dann können wir ganz von vorn anfangen und alles neu aufbauen. Was wir brauchen, Blake, ist eine neue Revolution.«
Ich traute meinen Ohren nicht. Er mochte ja einige Milliarden schwer sein, aber er war nur ein Einzelner, trotzdem redete er davon, die Regierung des größten Landes der Erde zu stürzen. Unmöglich. Welcher Wahnsinn hatte sich während seines Londoner Exils bei ihm eingeschlichen? Was geschah mit jemandem, der von Speichelleckern umgeben war und nie das Wort *nein* hörte?
»Das hat schon Chodorkowski versucht.«

»Chodorkowski war ein Idiot. Er wollte Russland von innen heraus verändern, er wollte das politische Denken fördern und Oppositionsparteien finanzieren. Er glaubte, er könnte Putin in aller Öffentlichkeit ans Bein pinkeln, er hielt sich für zu reich und zu berühmt für den FSB. Jetzt schauen Sie ihn sich an.«

Der FSB, der Inlandsgeheimdienst der Russischen Föderation, Nachfolger des berüchtigten KGB, untersteht direkt dem Präsidenten. Vor knapp zehn Jahren war Michail Chodorkowski noch der reichste Mann Russlands gewesen, bevor er zu einer vierzehnjährigen Haftstrafe wegen Steuerhinterziehung und Betrug verurteilt wurde, und das nur, weil er sich nicht aus der Politik herausgehalten hatte. Chodorkowskis Gerichtsverhandlung war weltweit als politischer Schauprozess verdammt worden.

Da ich mir nicht noch länger einen Monolog über die korrupten russischen Politiker anhören wollte, fragte ich rundheraus:

»Was genau wollen Sie von mir?«

»Ihre Handelsroute, zumindest einen Teil davon; die, die von den britischen Häfen an der Ostküste nach Amsterdam und dann durch Europa nach Russland führt. Ich weiß davon, ersparen Sie es uns beiden also, es abzustreiten.«

Stimmt, jegliches Leugnen war zwecklos. Er wusste alles, was es über unsere europäische Operation zu wissen gab.

»Wozu brauchen Sie unsere Handelsroute?«

»Für Männer und Material«, sagte er, als ginge es um ein gewöhnliches Bauvorhaben.

»Was für Männer und was für Material?«

»Das müssen Sie nicht wissen.«

»Falsch. Wenn Sie mich für die Überlassung unserer Handelsroute bezahlen, muss ich wissen, was darüber transportiert wird.«

Er schüttelte den Kopf. »Lassen Sie es mich erklären. Ich werde Sie bezahlen, sicher, aber ich lasse Ihnen keine Wahl. Ich werde über Ihre Handelsroute Männer und Material nach Russland schaffen. Wenn Sie mit mir kooperieren, werden Sie großzügig entlohnt; wenn nicht, werde ich Sie entfernen lassen und Ihre Handelsroute trotzdem nutzen.«

Bereits jetzt war ich fest entschlossen, dass ich mich dieser Vereinbarung entziehen würde, aber nicht sofort, sondern später, wenn ich Amrein auf meiner Seite hatte und mir seine Unterstützung sichern konnte, um den verrückten Russen in die Wüste zu schicken. Vorläufig würde ich mich also darauf einlassen.

»Sie müssen mir nichts erklären«, sagte ich, »es geht nicht um Drogen, damit haben Sie ja nichts am Hut. Was wollen Sie also über die russische Grenze schaffen, was Sie nicht einfach auch per Luftfracht anliefern könnten, während Ihre Leute in einer Passagiermaschine einfliegen? Sie haben etwas vor, Sie haben gesagt, den Männern an der Führungsspitze des Landes fehlt das Verständnis für Demokratie, es mangelt an Reformen und politischer Freiheit, worum geht es also? Wenn Sie unter Verwendung meiner Handelsroute den Kreml in die Luft jagen wollen, haben Sie keine Chance. Man wird Ihnen den Krieg erklären. Und mir auch.«

»Die russische Regierung hat mir schon vor Jahren den Krieg erklärt. Es wurden mehrere Attentate auf mich verübt. Vor meinem Weggang aus Russland habe ich es auf politischem Weg versucht. Ich war sogar Gouverneur einer Provinz. Eines Tages wollte ich mit meiner Familie per Hubschrauber verreisen, ich wurde aber aufgehalten und musste noch Vertragsverhandlungen zu Ende führen, also schickte ich meine Frau und meinen kleinen Sohn schon mal voraus. Der Hubschrauber wurde von einer Rakete abgeschossen, sämtliche Passagiere an Bord wurden getötet. Niemand konnte eine zufriedenstellende Erklärung für die ›Tragödie‹ liefern. Ich habe bei diesem Kampf meine Frau und meinen Sohn verloren, und die russischen Behörden werden nicht eher ruhen, bis ich ebenfalls tot bin.«

»Das alles hat nichts mit mir zu tun.«

»Was ein guter Grund ist, dies zu nutzen«, sagte er. »Sie haben keinerlei Verbindungen zu mir. Sie bestechen korrupte Beamte, damit Sie russische Verbrechersyndikate, zu denen Ihr Partner, der Türke, den Kontakt hergestellt hat, mit Heroin und Kokain beliefern können. Diese Beamten werden auch wegsehen, wenn meine Männer und mein Material über Ihre Route angeliefert werden. Die Männer, die ich in mein Heimatland schicken möchte, können nicht einfach einen Linienflug nehmen. Sie würden sofort nach der Landung verhaftet. Das Material wird mich in die Lage versetzen, den Krieg zu meinen Feinden zu tragen.«

»Dann sind Sie schlicht und einfach ein Terrorist?«

Er knallte die Faust auf den Tisch.

»Nein!«, brüllte er. »Ich bin die eine Seite eines Krieges, und wenn ich überleben will, muss ich diesen Krieg gewinnen. Ich bin kein Terrorist, ich bin ein Freiheitskämpfer. Ich bin der Führungsoffizier, und die Männer, die ich rekrutiere und ausbilde, sind alles Patrioten. Meine Leute, die bereit sind, nach Russland zurückzukehren, setzen ihr Leben aufs Spiel, um gegen Ungerechtigkeit und Korruption zu kämpfen. Das ist der einzige Weg, alles andere haben wir schon probiert.«

»Aber das ist doch lächerlich. Was kann schon ein Mann mit

einem Sprengsatz erreichen? So können Sie keine Regierung stürzen.«

»Mit einem Mann nicht, nein, da haben Sie recht. Aber mit tausend, zweitausend, zehntausend. Wenn die Regierung nicht verhindern kann, dass ein Sabotageakt nach dem nächsten geschieht, dass immer wieder Unruhen unter der Bevölkerung ausbrechen, dann verliert sie jegliche Autorität.«

»Sie wollen zehntausend ausgebildete Männer über meine Handelsroute nach Russland schleusen, ohne dass jemand was bemerken soll? Das ist Wahnsinn.«

»Anfangs nicht, natürlich nicht.« Er hatte sich jetzt wieder im Griff. »Ihre Route ist nur für die ersten Männer gedacht, die Vorhut der neuen Revolution. Was sie tun, kann die Geschichte Russlands verändern, glauben Sie mir, ich weiß es. Wenn der erste Mann bereit ist, werde ich Sie zu mir bestellen. Das kann überall in der Welt sein, nur nicht hier in Großbritannien, niemals hier. Ich werde meine guten Beziehungen zu Ihrer Regierung nicht aufs Spiel setzen. Wenn Sie unseren ersten Mann treffen, erhalten Sie ein Honorar von zwei Millionen Dollar und reisen mit ihm nach Amsterdam. Dort schicken Sie ihn dann los.«

»Sie müssen sich nach einer anderen Route umsehen«, sagte ich. »Ich kann Ihnen nicht helfen.«

»Wir haben bei der Ausarbeitung unserer Strategie mehrere Möglichkeiten in Betracht gezogen. Ihre Route ist mit Abstand die beste. Wir werden Ihre Route nutzen, Ende der Diskussion. Ich gebe Ihnen ein wenig Zeit, um sich das alles zu überlegen und sich die Konsequenzen klarzumachen, für den Fall, dass Sie mir eine Absage erteilen wollen. Es gibt keinen Ort auf der Welt, an dem ich Sie nicht finden würde.«

»Sie spaßen nicht, oder?«

»Kennen Sie das Konzept der *Kryscha?*« Ich schüttelte den Kopf. »Das Wort bedeutet Dach, in Russland steht es aber auch für Schutz. Die Person, die aufgrund ihrer Beziehungen anderen *Kryscha* gewährt, ermöglicht erst, dass diese anderen Geschäfte betreiben können. Im Gegenzug wird dafür aber auch etwas erwartet. Sie stehen unter meiner *Kryscha*. Wenn Sie geschäftliche Probleme haben sollten, kann ich diese für Sie lösen, alle. Denken Sie darüber nach.«

»Und wenn ich mir das alles gut überlege und trotzdem ablehne?«, forderte ich ihn heraus.

»Es gibt in Georgien ein altes Sprichwort, Mr. Blake. Wenn du es dem Fuchs nachsiehst, dass er deine Hühner stiehlt, holt er sich beim nächsten Mal dein Schaf. Ich sehe niemandem etwas nach. Ich verzeihe nie.«

29

Was meinst du?«, fragte Palmer, als wir durch das Haupttor fuhren.

»Der tickt doch nicht ganz sauber, der hat komplett den Verstand verloren.« Ich war wütend. »Der führt sich auf wie ein James-Bond-Schurke. Sitzt in einem ausgehöhlten Vulkan, streichelt seine weiße Katze und schmiedet Pläne, wie er die Welt in die Luft jagen kann. Was für ein Schwachsinn.« Ich versuchte, runterzukommen. »Aber er weiß es nicht, und es gibt keinen, der ihm auf den Kopf zusagt, dass er verrückt geworden ist. Er glaubt, er wäre im Krieg mit einem Land, und, schlimmer noch, er glaubt, er könnte ihn tatsächlich gewinnen.«

»Er hat Milliarden in der Hinterhand. Mit der Kohle kann er ganz schön Unruhe stiften.«

»Vielleicht, aber zu mehr wird es nie reichen. Niemand kann ein Land wie Russland so einfach in die Knie zwingen. Wasnezow hat keine Chance. Früher oder später werden sie ihn schnappen.«

»Das versuchen sie schon seit Jahren, bislang erfolglos«, sagte Palmer.

Damit hatte er recht, und so befand ich mich in einer unmöglichen Lage, eingekeilt zwischen dem russischen Staat und einem Verrückten.

»Was wirst du also machen?«, fragte er.

Nicht zum ersten Mal in letzter Zeit war ich um eine Antwort verlegen. »Ruf Amrein an. Sag ihm, er soll mir diesen durchgeknallten Russen vom Leib schaffen.«

Als ich Susan Fitchs Kanzlei betrat, las sie bereits in der bereitgelegten Akte, um sich auf unser Treffen vorzubereiten. Das Schriftstück enthielt die »Highlights« von Golden Boots' bisheriger Karriere. Sie lüpfte die Augenbrauen, als ich ihr gegenüber Platz nahm.

»1999«, sagte sie, ohne mich zu begrüßen, »kommt er zum ersten Mal mit dem Gesetz in Konflikt. Damals, noch als Teenager in London, rammt er bei einer Auseinandersetzung in einem Nachtclub einem anderen *angeblich* ein Glas ins Gesicht.« Sie las weiter. »Die Anklage wird fallengelassen, nachdem sich der Geschädigte in Widersprüche verheddert und nicht mehr ganz sicher ist, wer ihm das Gesicht zerschnitten hat.« Sie sah zu mir auf. »Er wurde finanziell entschädigt, oder?«

»Vom berühmten Londoner Club, für den Golden Boots damals gespielt hat – nach allem, was ich gehört habe. Sie wollten sich seinen Marktwert nicht durch einen Knastaufenthalt kaputtmachen lassen.« Sie widmete sich wieder der Akte. »2001 dann der erste einer ganzen Reihe von Transfers.«

»Allesamt für mehrere Millionen.«

»Und im gleichen Jahr verpasst ihm eine junge Frau erneut in einem Nachtclub aus unbekannten Gründen eine Ohrfeige, und er schlägt zurück und bricht ihr die Nase. Wieder kommt die Sache nicht vor Gericht, die Zeugenaussagen sind widersprüchlich, und die junge Frau zieht ihre Anzeige zurück.«

»Das hat ihn fünfundvierzig Riesen gekostet«, sagte ich. »Nur für das Mädchen.«

»Fünfundvierzigtausend.« Sie runzelte die Stirn. »Viel Geld für eine Nase.«

»Für ihn war das damals ein Wochenlohn. Und das war zu der Zeit, bevor er *richtig* abkassierte. Außerdem strebte sie eine Modelkarriere an.«

»Treiben sich Fußballer jemals mit Frauen herum, die das nicht tun?«

Die nächsten Passagen quittierte Susan Fitch lediglich mit einem trockenen Kommentar. »Hier steht wohl nichts zu befürchten, wenn man von der angeblichen rassistischen Beleidigung eines asiatischen Taxifahrers absieht. Gleiches gilt für die zahlreichen Anschuldigungen wegen häuslicher Gewalt, darunter zwei polizeilichen Verwarnungen wegen tätlicher Angriffe auf die jeweilige Freundin, die sich beide weigerten, Anzeige zu erstatten; für das halbe Dutzend Körperverletzungen auf und abseits des Spielfelds, die Verurteilungen wegen tätlicher Bedrohung und Störung der öffentlichen Ordnung mit anschließender Strafaussetzung zur Bewährung; für den Alkoholentzug, Drogenentzug, den Aufenthalt in einer Entzugsklinik wegen Sexsucht und für das Online-Porno-Video von ihm beim Geschlechtsverkehr mit einem nicht identifizierten, aber höchstwahrscheinlich minderjährigen Mädchen …« Sie schüttelte den Kopf und klang herrlich entrüstet, als sie sagte: »Was für ein umwerfender Charmebolzen!«

»Lässt sich nicht bestreiten«, antwortete ich. »Er ist ein Kotzbrocken, aber damit ist er nicht allein. Nicht alle Fußballspieler sind so drauf, nur die meisten, unter ihnen mindestens die halbe englische Nationalmannschaft, falls auch nur ein Zehntel der Geschichten zutrifft, die so im Umlauf sind. Trotzdem bin ich mir ziemlich sicher, dass Golden Boots das Mädchen nicht umgebracht hat.« Susan Fitch musterte mich eindringlich. Ich wählte meine Worte mit

Bedacht. »Außerdem haben wir mit ihm hin und wieder Geschäfte gemacht.«
»Geschäfte sensibler Natur, die er sich möglicherweise gezwungen sieht, offenzulegen, falls er vor Gericht über Gebühr angegangen wird?«
»Genau.« Ich zuckte mit den Schultern. »Ich halte mich im Hintergrund. Ich habe nur gesagt, wir helfen ihm, einen Anwalt zu finden, das ist alles – er soll uns gegenüber ja keinen Unmut hegen.«
Es folgte eine lange Pause, bevor sie sagte: »Dann müssen wir ihm einen sehr guten Anwalt besorgen. Jammerschade, dass Julian Aimes im Moment so viel zu tun hat.«

Am nächsten Morgen kam Fallon mit einem frühen Zug aus Edinburgh. Wir trafen uns am Bahnhof und ließen uns über einem herzhaften Frühstück im Bahnhofscafé auf den neuesten Stand seines Kriegs gegen die Serben bringen. »Es geht nichts voran«, sagte uns Fallon. »Sie verprügeln zwei von unseren Jungs, wir schnappen uns einen von denen, aber das führt zu nichts.«
»Warum nicht?«
»Weil wir an die wichtigen Leute nicht rankommen«, erklärte er. »Jedenfalls nicht, ohne ihr Hauptquartier in die Luft zu jagen und den Krieg anzufangen, den du nicht willst.«
»Ich steh schon genug unter Beobachtung, ich kann gut darauf verzichten, dass du in einem Haus voller Serben, die von den Polizeioberen gedeckt werden, eine Bombe hochgehen lässt.«
»Was machen wir *dann?*«
»Wir schlagen einen Deal vor.« Ich musste beschwichtigend die Hand heben. »Lass mich ausreden. Ich spreche nicht da-

von, das Gebiet oder den Gewinn zu teilen. Ich spreche davon, ihnen eine einmalige Zahlung zukommen zu lassen, damit sie verschwinden. Sie kehren mit der Kohle nach Belgrad zurück, und wir machen weiter wie bisher.«

»Soll das ein Witz sein?« Ich hatte Fallon noch nie so wütend erlebt. Einige Leute sahen zu uns herüber, wandten sich aber schnell wieder ab.

»Ich komme mit meinem Anteil dafür auf, du bist völlig außen vor.«

»Ich glaub es einfach nicht. Die tauchen hier auf, spucken uns in die Suppe, und du bietest ihnen einfach Geld an? Gut, *du* kannst ja mit ihnen reden, ich jedenfalls werde es verdammt noch mal nicht tun!«

»Lasst mich mit ihnen reden«, sagte Palmer.

Palmer kannte keine Angst. Ich hatte miterlebt, wie er ohne äußere Anzeichen von Nervosität in ein Gebäude voller Killer reinmarschierte. Er ist offensichtlich ganz anders verdrahtet als ich. Ich habe Angst und würde mich niemals solchen Gefahren aussetzen, wie er das tut.

»Gut«, sagte ich, froh darüber, dass er die Sache in die Hand nahm.

Es war ein langer Tag, an dem ich scheinbar endlose Berge voller Müll weggeräumt hatte. Neben dem Briefing mit Susan Fitch und dem Treffen mit Fallon waren noch ein paar Probleme wegen Henry Baxters anstehendem Gerichtsverfahren und einigen kurzfristigen Geldtransfers aufgetaucht, die getätigt werden mussten, damit ich meine Lieferanten bezahlen konnte. Es war spät, ich war müde, und am folgenden Tag standen in York eine Reihe von Konferenzen an. Ich wollte nur noch ins Bett.

Bei meiner Rückkehr nach Hause lag die Küche in Dunkelheit, Sarah allerdings saß allein am Tisch, beleuchtet vom hereinscheinenden Mond. Im Dämmerlicht erkannte ich eine halbvolle Flasche Wein vor ihr und das halbleere Glas daneben.

»Was ist los?«, fragte ich.

»Das weißt du.« Sie verschliff die Worte. »Du weißt, was los ist. Ich will, dass du mit mir redest.«

»Worüber?« Uns war beiden klar, dass ich abwiegelte.

»Über Dad. Ich will, dass du mit mir über Dad redest. Ich will wissen, was mit ihm passiert ist.« Sie sprach langsam und überdeutlich, als hätte sie Angst, die Sätze durcheinanderzubringen. Erst jetzt bemerkte ich die zweite leere Weinflasche auf der Küchentheke.

»Und ich will darüber nicht reden. Nicht jetzt«, sagte ich. »Ich war dabei, das solltest du wissen.«

»Natürlich weiß ich das!«

»Dann solltest du auch wissen, warum ich das alles nicht noch mal durchmachen möchte. Hab ich dich gefragt, was mit dem Russen geschehen ist?«

»Du hast mich gefragt«, erwiderte sie. »Und ich hab es dir erzählt. Er wollte mich vergewaltigen, und ich hab ihn umgebracht.«

Nachdem ich Bobby getötet hatte, wollte ich Sarah aus dem Haus ihres Vaters abholen. Starr vor Schock saß sie dort im Schlafzimmer auf dem Boden und stierte auf den toten Russen, dem sie mit dem Klappmesser ihres Vaters in den Hals gestochen hatte.

»Er war mein Vater. Ich habe ein Recht darauf, es zu erfahren.«

»Und ich hab dir gesagt, ich will darüber nicht reden.«

Ich drehte mich um, und sie rief mir nach: »Genau das hat er auch gesagt.«
Ich blieb stehen, wandte mich ihr zu und sah, wie sie sich ihr Glas bis zum Rand füllte.
»Wer?«, fragte ich.
Sie ging darauf nicht ein, griff nach ihrem Weinglas, nahm einen großen Schluck, dann wandte sie sich mit dem Überschwang der Betrunkenen an mich. »Der Polizist.«
»Welcher Polizist?«
»Der, der vorbeigekommen ist. Der Detective.«
Ich war wie vom Donner gerührt. »Ein Polizist war bei dir, und du hast mir nichts davon erzählt? Was verdammte Scheiße hast du mir noch alles nicht erzählt?«
»Du warst nicht da«, sagte sie, was, wie wir beide wussten, ein Scheißargument war. »Und er wollte nicht über dich reden. Er ist gekommen, um über meinen Dad zu reden.«
»Trotzdem, Sarah, du hättest es mir erzählen müssen. Wer war er, und was wollte er?«
»Er hieß Carlton, DI Carlton. Und er wollte mich warnen.«
»Warnen? Wovor?«
»Vor dir«, sagte sie und wiederholte ihre Worte langsam und deutlich. »Er wollte mich ... vor dir ... warnen. Er meinte, du hättest irgendwas mit Dads Verschwinden zu tun.«
»Das ist dummes Gerede, das weißt du.«
»Ich weiß es«, sagte sie, bevor sie sich korrigierte. »Ich *wusste* es, aber seit der Rückkehr von deiner letzten Reise kannst du mir nicht mehr in die Augen schauen und willst mir nicht erzählen, was passiert ist. Da bin ich ins Nachdenken gekommen.«
»Worüber?«
»Über das, was er noch gesagt hat, bevor er gegangen ist.«

»Und das war?«
Sie wich meinem Blick aus, als sie die Worte aussprach, die alles zwischen uns veränderten.
»Fragen Sie sich selbst, Miss Mahoney, wer profitiert am meisten vom Tod Ihres Vaters? Wer profitiert davon?«
Eine gefühlte Ewigkeit stand ich nur da, sah sie an und versuchte einzuschätzen, ob sie nur besoffen war und vor sich hin plapperte oder wirklich glaubte, dass ich ihren Vater umgebracht hatte, um die Firma übernehmen zu können.
»Und was hast du darauf geantwortet?«, blaffte ich.
»Ich hab ihm gesagt, er soll sich verpissen«, erwiderte sie und sah mir dabei in die Augen. »Und das hat er dann auch getan, aber vorher hat er noch klargestellt, dass er hinter dir her ist.« Sie nahm einen weiteren Schluck von ihrem Wein. »Und dann ist was Komisches passiert.«
»Ach ja?« Ich versuchte, meine Wut auf die Frau, die ich liebte, im Zaum zu halten. »Was ist so Komisches passiert? Los, wenn du mir was zu sagen hast, dann rede!«
»Ein paar Tage später sah ich in der Zeitung seinen Namen, weil seine Tochter ermordet wurde.« Nach einem weiteren Schluck sagte sie: »Und jetzt frage ich mich, wer diesmal davon profitiert.«

Ich fuhr in die Innenstadt zurück und quartierte mich in einem Zimmer in unserem Hotel ein, setzte mich an die Bar und bestellte einen Doppelten. Der Barkeeper sorgte für ständigen Nachschub. Ich konnte nur an Sarah und ihre Worte denken. Wie zum Teufel sollte es mit uns jetzt weitergehen?
Es war nicht das erste Mal, dass ich mich davonmachte, aber es konnte gut und gern das letzte Mal sein. Und nicht nur

Sarah ging mir durch den Kopf. Ich konnte die Vorstellung nicht ertragen, dass ich Emma verlieren könnte. Jedes Mal, wenn ich daran dachte, nahm ich einen weiteren Schluck.

Es wurde Mittag, bis ich wieder einigermaßen beieinander war. Ich rief Peter Kinane an und verließ das Hotel. Er holte mich ab, und wir fuhren nach Süden. Ich war froh, dass er sich einen Kommentar über mein Aussehen sparte. Ich hätte auf die Fahrt nach York getrost verzichten können, aber das Treffen mit dem Architekten war schon einmal verschoben worden.

Wenigstens lieferte mir das einen Vorwand, um nicht nach Hause fahren zu müssen. Ich wollte Sarah in diesem Zustand nicht gegenübertreten. Ich wollte eigentlich noch nicht mal an sie denken.

30

An diesem Nachmittag parkte Palmer zwei Straßen vom provisorischen Hauptquartier der Serben in Edinburgh entfernt. Sie hatten sich in einem heruntergekommenen Altbau in Pilton eingerichtet; nicht gerade das beste Viertel der Stadt, aber damit vermieden sie, allzu viel Aufmerksamkeit auf sich zu ziehen. Die Hände tief in den Taschen vergraben, marschierte Palmer langsam durch die Straße. Aus den Augenwinkeln heraus registrierte er die Hausnummer, die geparkten Autos und die Männer, die herumstanden und die Umgebung im Auge behielten.

Zwei stämmige Bodyguards waren für die Sicherheit außen zuständig; einer stand am Tor, der andere an der Haustür. Es war anzunehmen, dass beide bewaffnet waren. Insgesamt wurde Palmer dreimal abgetastet, bevor man ihn in die Nähe der Brüder ließ. Beide Männer vor dem Haus durchsuchten ihn der Reihe nach, daraufhin wurde er eine Treppe hinaufgeschickt, wo oben ein weiterer Typ wartete. Ein Riese, der, wie Palmer vermutete, zu den Vollstreckern der Brüder gehörte. Er trug eine schwarze Lederjacke, und als er die Hände hob und Palmer andeutete, es ihm gleichzutun, damit er ihn abtasten konnte, zeichnete sich deutlich das Schulterholster unter der Jacke ab.

Das Zimmer war mit einer stahlverstärkten Tür gesichert. Hätte man sie aufbrechen wollen, hätten die Personen dahinter genügend Zeit gehabt, sich vorzubereiten oder Unterstützung zu holen. Nach der Durchsuchung Palmers rief der Typ etwas auf Serbisch durch die Tür, kurz darauf ertönte

ein Summen, und die verschlossene Tür ging einen Spaltbreit auf. Der Typ schob Palmer voran.
Palmer musste die Tür ganz aufdrücken, bevor er in den großen Raum treten konnte, das Hauptquartier der Brüder. Drei Männer erwarteten ihn dort, die aufgrund ihrer Ähnlichkeit die Stevic-Brüder sein mussten. Und da sich sonst niemand im innersten Heiligtum aufhielt, schloss Palmer, dass die wichtigsten Entscheidungen innerhalb der Familie erfolgten. Die Brüder kleideten sich sogar gleich: Jeans, T-Shirt und die gleichen schweren Goldketten um den Hals, als wären sie eine Art Dienstmarke.
An einer Wand, bequem in Reichweite, lehnten eine Maschinenpistole und zwei Gewehre. Zwei der Brüder trugen Handfeuerwaffen in Schulterholstern. Sie machten sich noch nicht mal die Mühe, sie unter einer Jacke zu verbergen. Was ziemlich unverfroren war, aber sie wurden ja auch gedeckt, sie konnten Gewehre und Maschinenpistolen offen herumliegen lassen, weil sie keine Razzia befürchten mussten.
»Skorpion vz.61«, war das Erste, was Palmer sagte.
»Was?«, erwiderte der Bruder, der der Älteste zu sein schien. Vermutlich also Dusan.
»Von denen sind mir bislang nicht viele untergekommen«, sagte Palmer und deutete auf die Maschinenpistole. »Zumindest in letzter Zeit. Aus tschechischer Produktion. In den letzten dreißig Jahren wurden keine mehr hergestellt, oder? Woher habt ihr die?«
»Die hab ich einem muslimischen Dreckschwein im Kosovo abgenommen«, sagte Dusan stolz. »Der hat sie nicht mehr gebraucht. Funktioniert immer noch«, versicherte er Palmer.
»Glaub ich gern, die halten ewig. Achthundertfünfzig Schuss pro Minute.«

»Du bist nicht hier, um über Waffen zu reden«, schaltete sich der anscheinend jüngste Bruder barsch dazwischen.
»Nein. Ich bin hier, um darüber zu reden, dass ihr alle aus Edinburgh verschwinden sollt«, sagte er in aller Ruhe. »Und über die Bedingungen für eure Rückkehr nach Belgrad.«
Entschlossen, ebenfalls sein Sprüchlein aufzusagen, ergriff nun der mittlere Bruder Sreten das Wort. »Ihr stellt uns keine Bedingungen. Wir stellen Bedingungen, und in diesem Fall lauten sie: nichts. Das bekommt ihr, wenn ihr uns die Stadt überlasst. Wir verjagen eure Leute jetzt schon.«
»Und wir haben uns ein paar von euren Jungs vorgenommen«, entgegnete Palmer. »Wir können beliebig viele Leute auf die Straße schicken. Könnt ihr das auch von euch behaupten?«
Dusan Stevic, der bislang nur zugehört hatte, schaltete sich jetzt mit ein. »Ich könnte morgen hundert Männern Bescheid geben, und sie würden einfliegen, ohne von eurer Polizei behelligt zu werden, das solltet ihr wissen.«
»Es reicht nicht immer, ein paar Bullen umzudrehen. Ihr könnt nicht jeden kaufen. Glaubt mir, das haben schon andere probiert. Noch nicht mal in eurem Land ist euch das gelungen.«
»Was bietet ihr uns also, damit wir die Stadt verlassen? Ich frage aus reiner Neugier.«
»Eine halbe Million Euro.« Palmer wartete, damit sich seine Worte setzen konnten. »Plus das, was ihr schon verdient habt. Das ist kein schlechter Schnitt für ein paar Wochen im Ausland.«
»Und dann?«
»Dann lasst ihr euch woanders nieder. Marseille, Hamburg, Riga?« Palmer zuckte mit den Schultern.

»Und wenn wir nicht gehen?«
»Dann werdet ihr nie mehr von hier weggehen.«
Der jüngste Bruder, Marko, schien seine Einwände zu haben, jedenfalls zückte er die Waffe, worauf Dusan ihn auf Serbisch anfuhr. Marko lief rot an und steckte widerstrebend die Waffe weg.
»Du bedrohst uns, das macht Marko wütend. Würde es nach ihm gehen, würden wir für diese Beleidigung Hundefutter aus dir machen.«
»Das könntet ihr drei schon versuchen«, räumte Palmer ein, »aber nicht alle von euch dreien würden das überleben.«
Dusan riss die Augen auf. »Mann, der Typ hat Eier.« Dabei lachte er trocken. »Ich sag dir, was passiert: Ich lass dir deine Eier, und du verschwindest von hier. Geh zu Blake – ja, ich weiß, wer dein Boss ist – und sag ihm, dieses Angebot riecht nach Angst und Schwäche. Wenn er meint, er könnte uns vertreiben, dann würde er es versuchen, aber nein, er will uns rauskaufen und bietet uns eine Summe, die ihm die Stadt anscheinend wert ist. Aber das reicht uns nicht. Sag ihm, die Stadt gehört uns. Und jetzt geh, bevor ich Marko und Streten freie Hand lasse.«

Ich reise nur selten allein und habe normalerweise immer einen Bodyguard dabei. Ich habe mich daran gewöhnt, für Männer in meiner Position ist das üblich, und die damit verbundenen Unannehmlichkeiten nimmt man gern in Kauf, wenn man sonst damit rechnen muss, entführt oder von einem Rivalen oder Möchtegern-Gangster umgelegt zu werden. In der Regel begleitet mich Palmer; ist er verhindert, nehme ich Joe oder einen seiner Söhne. Diesmal war es Peter Kinane, in dessen Gegenwart ich mich genauso sicher fühlte wie in der der anderen. Alle von Joes Söhnen verstanden ihr Handwerk. Zum Teil lag ihnen das in den Genen, zum Teil ging das auf die Ausbildung durch Palmer und ihren Dad zurück.

Es war spät, als wir auf dem Rückweg von York an einer schmuddeligen Tankstelle auf einen Kaffee anhielten. Dort war kaum noch was los. Der Zeitungskiosk hatte schon geschlossen, an der Kaffeebar waren wir die letzten Gäste. Der Typ dort wuchtete bereits die Stühle auf die Tische, verabschiedete sich und überließ uns uns selbst. Sonst war niemand mehr zu sehen bis auf zwei Alte in Overalls, die gedankenverloren mit ihren Wischmopps über die grauen Bodenfliesen fuhren, die jede Nacht, wenn keiner mehr da war, für kurze Zeit in wunderbarem Glanz erstrahlten, bevor sie trockneten und wieder so matt und zerschrammt aussahen wie zuvor. Ein gelbes Plastikschild wies darauf hin, dass das Betreten ihres Wirkungsbereichs mit Gefahren verbunden sein konnte; ein gezeichnetes Männchen, das die Füße hoch in die Luft warf und hintenüberkippte, legte einem nah, einen weiten Bogen um die Stelle zu machen. Wir leerten unseren Kaffee und marschierten zum Ausgang, nur Peter machte einen etwas zappeligen Eindruck.

»Was ist denn?«, fragte ich.

»Na ja, ich müsste mal.«

»Na, dann mach doch. Ich halte dich nicht auf.«

»Ja, aber ich weiß doch, du willst los.«

»Dein Pinkeln kann nicht die Ewigkeit dauern, Peter, außerdem ist es allemal besser, als wenn du auf der A1 ständig hin und her ruckelst«, sagte ich. »Wir treffen uns im Wagen.«

Ich ging in die kühle Nacht hinaus. Niemand war zu sehen. Die meisten Leute lagen schon im Bett. Ich sah hinüber zum

Parkplatz für die Fernfahrer, wo ungefähr ein Dutzend Lkws mit abgedeckter Windschutzscheibe herumstanden. Die Fahrer hauten sich für ein paar Stunden aufs Ohr, bevor sie in der Früh wieder aufbrachen, damit sie die leere Autobahn noch für sich hatten. Mein Blick war immer noch auf die Lastwagen gerichtet, als ich ganz nah eine Stimme mit schwerem Akzent hörte.

»Komm mit, oder ich bring dich um!«

31

Langsam drehte ich mich zu dem Typen um. Er hatte ein jungenhaftes Gesicht, in seinen kalten Augen aber lag eine Entschlossenheit, die nahelegte, ihn ernst zu nehmen. Von der Waffe in seiner Hand mal abgesehen.

»Komm mit«, wiederholte er und schwenkte den Lauf, um anzudeuten, dass ich ihm folgen sollte. Sie sah wie eine russische Makarow aus. Eine Weile lang hatten diese Dinger, weil sie so spottbillig waren, den gesamten Markt überschwemmt. Den Typen schätzte ich auf etwa zwanzig, er war muskulös und trug ein weißes Sweatshirt unter seiner schwarzen Lederjacke. Um den Hals hatte er eine dicke Goldkette. »Komm«, befahl er mit seinem slawischen Akzent. Ich tippte auf Serbisch.

Ich sah in Richtung der Toiletten, aber von Peter oder irgendeinem anderen keine Spur. Der Typ hatte genau den richtigen Zeitpunkt abgepasst. Ich überlegte, ob wir von einer Überwachungskamera erfasst würden oder ob er so gründlich gewesen war und dies vorher ebenfalls überprüft hatte. So oder so, ich würde wenig davon haben, falls er tatsächlich wegen Mordes an mir vor Gericht kommen sollte.

»Wohin bringst du mich?« Ich wollte Zeit gewinnen. Hoffentlich war Peter mit dem Pinkeln fertig, bevor ich weggebracht wurde.

Der junge Bursche ging darauf nicht ein, machte dafür einige schnelle Schritte in meine Richtung und rammte mir den Pistolenlauf in den Magen. Ich krümmte mich vor Schmerzen, aber bevor ich wieder Luft bekam, schleifte er mich schon zu einem Auto, das nur wenige Meter von unserem entfernt stand. Es war ein großer silberfarbener BMW mit getönten Scheiben. Die Türen waren unverschlossen. Er öffnete die Fahrertür und schob mich hinein.

»Du fährst«, sagte er. Der Zündschlüssel steckte. Kurz überlegte ich, ob ich den Wagen anlassen und sofort Vollgas geben sollte – ich könnte durch die Glastüren der Toiletten brechen und eine Menge Aufmerksamkeit erregen. Aber er warnte mich schon: »Erst anlassen, wenn ich drin bin, oder ich knall dich auf der Stelle ab. Und wenn du abhaust, knall ich dich auch ab.«

Man muss kühl und abgeklärt bleiben, wenn einer wie er eine Waffe auf einen richtet. Man muss vergessen, dass man so gut wie tot ist, wenn man eine falsche Entscheidung trifft oder voreilig handelt, sonst wird man nervös und fahrig und erhöht die Chance, dass man alles versaut und ins Gras beißt. Man sollte nicht an die geliebten Menschen in seinem Leben denken, auch wenn natürlich nichts näherliegt. Man muss sich auf jedes noch so kleine Detail konzentrieren. Ich schnallte mich an. Nein, es war ausgeschlossen, dass ich den Wagen starten und ihm davonbrausen konnte, ohne von ihm erschossen zu werden. Als er um den Wagen herumging, entdeckte ich schließlich Peter. Er kam aus der Toilette, hatte aber den Blick gesenkt, weil er bemerkt hatte, dass sein Reißverschluss noch offen stand. So zerrte er am Hosenstall, statt sich nach mir umzusehen. Da ich ihn brauchte, nahm ich das Risiko in Kauf.

Ich stieß die Tür auf und schrie: »Peter! Peter! Hier bin ich!« Weiter kam ich nicht. Ein sengender Schmerz fuhr mir in den Schädel. Der Youngster hatte mich mit seiner Pistole an der Schläfe erwischt – er hatte sich auf den Beifahrersitz geworfen, mir einen Schlag verpasst, sich an mir vorbeigebeugt und die Tür zugezogen.

»Motor anlassen!«, befahl er. Beide sahen wir, wie Peter Kinane über den leeren Parkplatz hinter uns herlief. Der Serbe richtete die Waffe auf mich. »Fahr schon!«, schrie er. Seinem Ton nach zu schließen, würde er es kein zweites Mal sagen. Ich gehorchte, ließ den Motor an und fuhr los. Ich konnte nur hoffen, dass Peter, der noch einige Meter von seinem Wagen entfernt war, uns folgen und uns irgendwann einholen würde. Ich beschleunigte, und als sich der junge Serbe anschnallte, verwarf ich die Idee, gegen ein Hindernis zu brettern und zu hoffen, dass es den Jungen beim Aufprall schwerer erwischte als mich.

»Schneller«, rief er, als ich den Beschleunigungsstreifen verließ und auf die leere Autobahn auffuhr. Ich kam seinem Drängen nur zögerlich nach und nahm den Blick nicht vom Rückspiegel, bis ich endlich Peter Kinane sah, der jetzt ebenfalls auf die Autobahn einbog und wie der Teufel hinter uns herraste.

»Du hast es versaut«, sagte ich schließlich zu dem Serben und hoffte, mit ein paar gezielten verbalen Schlägen sein jugendliches Selbstvertrauen ins Wanken zu bringen. »Du hättest bei unserem Wagen die Reifen zerstechen müssen, das weiß doch jeder Schuljunge. Jetzt sitzt dir mein Mann im Nacken und wird dich umbringen.«

»Maul halten!«, befahl er, aber es war ihm anzusehen, dass er ins Grübeln gekommen war. Er hätte wirklich unsere Reifen zerstechen müssen. »Fahr«, sagte er und spähte zwischen den Sitzen nach hinten, wo Peter schnell zu uns aufschloss.

»Schneller«, befahl er, und ich trat aufs Gas.

»Wohin willst du mit mir?«

»Edinburgh.« Die Stadt, die seine Bosse übernehmen wollten, mit seinem slawischen Akzent brachte er aber nur eine Verballhornung des Namens zustande. »Ich bringe dich zu Dusan Stevic.«

»Das wird nicht passieren«, sagte ich und drückte das Gaspedal noch weiter durch. »Ich lasse mich von dem doch nicht verhackstücken. Auf keinen Fall.«

»Dann wirst du jetzt sterben«, sagte er sehr zuversichtlich.

»Und dich zerlegt es bei dieser Geschwindigkeit gleich mit«, klärte ich ihn auf. »Das war nämlich dein zweiter Fehler: mich ans Steuer zu lassen. Du kannst mir jetzt das Gehirn wegballern, aber bei hundertfünfzig km/h gebe ich dir keine große Chance, dass du unverletzt aus dem Wrack kommst, und selbst wenn, wartet dann mein Mann auf dich. Und wenn du ihm in die Hände fällst, wirst du dir wünschen, du hättest nie gelebt.«

»Halt die Fresse und fahr«, zischte er, und jetzt war ihm wirklich anzusehen, dass er ernsthaft verunsichert war.

»Du brauchtest einen Partner«, belehrte ich ihn. »So macht man das nämlich. Das ist ein Job für zwei Leute, einer fährt, der andere hält mit der Knarre den Typen in Schach. Du hast so was noch nie gemacht, oder? Sieht man dir an. Jammerschade, aber bei dem Job gibt es kein Trial and Error.«

»Halt die Fresse und fahr«, wiederholte er und sah ständig nach hinten, wo Peter in seinem Mercedes kontinuierlich näher kam.

»Schneller!«, rief er. Ich kam seinem Wunsch nach und jubelte den Wagen auf über hundertsechzig Sachen hoch. Dabei musste ich aufpassen, denn es gab nur zwei Fahrspuren, und auf der langsameren Spur tummelten sich mittlerweile Lastwagen und nächtliche Gelegenheitsfahrer.

»Soso«, sagte ich zu dem jungen Serben, »er weiß also gar nicht, dass du hier bist. Dusan Stevic weiß nicht, was du hier abziehst. Er würde so eine Ein-Mann-Show auch nie genehmigen, schon gar nicht so einem Grünschnabel wie dir. Du bist also auf eigene Faust losgezogen, du willst dir einen Namen machen. Aber bei uns gibt es ein Sprichwort: ›Geh nicht los, bevor du nicht laufen kannst.‹ Die Bedeutung ist dir sicherlich klar.«

Damit hatte ich offensichtlich einen Nerv getroffen, denn ich erhielt einen weiteren Schlag seitlich gegen den Kopf. Für einen Moment konnte ich nichts mehr sehen. Der Wagen scherte nach links weg, bevor ich ihn auf die Überholspur zurückbrachte. Noch immer nahm ich alles nur sehr undeutlich wahr, aber als sich mein Sichtfeld wieder aufklarte, hörte ich den Serben fluchen, und gleichzeitig bemerkte ich direkt vor uns etwas Großes, Schwarzes – das Heck eines riesigen Lastwagens. Wieder fluchte der Serbe, und ich riss das Lenkrad nach rechts. Um Millimeter schrammten wir am Lkw vorbei, und irgendwie gelang es mir, wieder die Herrschaft über den Wagen zu gewinnen, und dann sah ich aus dem Augenwinkel heraus, dass Peter im Mercedes während unserer Beinahekollision beschleunigt und sich neben uns gesetzt hatte. Ich sah ihn den Serben beschimpfen und verfluchen, aber der Junge ließ nur die Seitenscheibe nach unten und richtete die Waffe auf ihn. In dem Augenblick aber, in dem er aus nächster Nähe abdrückte, trat mein Bodyguard auf die Bremse, wir schossen an ihm vorbei, und die Kugel verlor sich irgendwo in den Sträuchern am Straßenrand.

Peter ließ sich zurückfallen. Der junge Serbe drehte sich in seinem Sitz nach hinten und zielte durch die Heckscheibe.

Ich beschleunigte, und als er abdrückte, rüttelte ich am Lenkrad. Er stieß einen serbischen Fluch aus, während die Heckscheibe in einem Glasschauer zerbarst, aber die Kugeln hatten ihr Ziel verfehlt. Peter war nach wie vor hinter uns.
Der Serbe fluchte vor sich hin, schimpfte auf Peter, auf mich, auf seine Unfähigkeit, das Ziel zu treffen, und ich wusste, noch so ein Manöver würde er mir nicht mehr durchgehen lassen. Ich raste mit knapp hundertachtzig Stundenkilometern über die Autobahn und überlegte fieberhaft, suchte nach einem Ausweg, und dann hatte ich einen Moment der Klarheit: Plötzlich wusste ich felsenfest, dass alles, was ich gesagt hatte, stimmte. Dieser Typ war auf eigene Faust losgezogen und hatte jetzt alles vermasselt. Er konnte mich nicht erschießen, weil er sonst Sekunden später selbst tot gewesen wäre. Ebenso unwahrscheinlich war es, dass wir uns noch sehr viel länger diese Verfolgungsjagd liefern konnten, die unweigerlich in einer Schießerei enden würde. Es konnte nicht mehr lange dauern, bis die Polizei spitzbekam, was hier los war, und sich der Sache annahm. Doch auch dann konnte ich mich keineswegs darauf verlassen, dass es für mich gut ausging. Plötzlich hatte ich eine Stinkwut im Bauch. Was bildete sich dieser kleine Scheißer überhaupt ein, mir in meiner eigenen Stadt nachzustellen?
Ich trat das Gaspedal durch und ließ den Tacho auf über hundertneunzig klettern. Im Moment waren keine weiteren Fahrzeuge vor mir zu sehen. Ich wartete, bis der Serbe erneut abdrückte und Peter im Mercedes zwang, in die Eisen zu steigen und sich noch weiter zurückfallen zu lassen. Der Typ hatte sich auf seinem Sitz ganz nach hinten gedreht, hielt mit beiden Händen die Waffe umklammert und visierte sein Ziel an, ein letzter, endgültiger Schuss, wie er sicherlich

hoffte – da fasste ich mit der linken Hand zu ihm hinüber und drückte auf den roten Knopf seitlich an seinem Sitz. Im Rauschen des Fahrtwinds und im Dröhnen des Motors konnte er nichts hören, aber er spürte, wie sich der Sicherheitsgurt löste und von ihm wegglitt.
Und dann trat ich mit aller Kraft auf die Bremse, der Wagen vibrierte, als wäre er gegen eine Wand gekracht. Der Serbe hatte noch nicht mal mehr Zeit, einen Schrei auszustoßen. Er wurde mit voller Wucht nach vorn geschleudert, knallte mit dem Rücken gegen das Armaturenbrett und wurde von dort mit dem Kopf voran direkt durch die Windschutzscheibe katapultiert.
Kein Auto ist darauf ausgelegt, mit hundertneunzig Stundenkilometern eine Vollbremsung hinzulegen, dieser Wagen war keine Ausnahme. Er geriet erst ins Schlingern, dann drehten wir uns um volle dreihundertsechzig Grad, während ich den stechenden, vom Sicherheitsgurt herrührenden Schmerz in der Brust zu ignorieren versuchte und schon jetzt in Hals und Rücken das Schleudertrauma spürte, dann explodierte der Fahrer-Airbag in meinem Gesicht. Ich konnte mich nur noch festhalten, als wäre ich auf einem Rummel-Fahrgeschäft, das irgendwann zur Ruhe kommen musste. Dann krachte ich gegen die Leitplanke des Mittelstreifens.

Peter zerrte mich aus dem Wrack. Der Wagen hatte seinen Teil dazu beigetragen und an den genau richtigen Stellen nachgegeben. Trotzdem spürte ich jeden Knochen im Leib. Aber ich war am Leben, und nur das zählte; das und die Tatsache, dass der junge Serbe regungslos und unnatürlich verdreht weit hinter mir mitten auf der Fahrbahn lag. Er war bestimmt schon tot gewesen, als er auf die Fahrbahn knallte,

aber nachdem Peters Wagen ihn mit hoher Geschwindigkeit überrollt hatte, konnte es keinen Zweifel mehr geben.
Peter zog mich nicht nur aus dem Wagen, sondern besaß auch so viel Geistesgegenwart, Lenkrad, Schaltknüppel, Handbremse und Türgriffe abzuwischen, um meine Fingerabdrücke zu entfernen. Er trug mich zum Wagen, und wir fuhren los, bevor mich irgendjemand mit diesem tragischen Unfall in Verbindung bringen konnte, bei dem ein junger Mann aus ungeklärter Ursache die Herrschaft über seinen Wagen verloren, durch die Windschutzscheibe geschleudert wurde und auf dem kalten Teer des Motorways sein Leben ausgehaucht hatte.

32

Nach unserer Rückkehr rief ich Palmer an und erfuhr, dass es mit den Stevic-Brüdern keinen Deal geben würde. Wir telefonierten mit Prepaid-Handys, daher konnte ich das Risiko eingehen und ihm von dem jungen Serben erzählen, der versucht hatte, mich zu Dusan zu bringen. Er stimmte zu: Es hatte sich wahrscheinlich um eine nicht autorisierte Aktion gehandelt. »Die müssen dich gar nicht umbringen«, sagte er. »Die legen sich ins gemachte Nest und übernehmen Stück für Stück unser Gebiet.«

Ich spürte ein paar Prellungen, war mir aber ziemlich sicher, dass ich mir nichts gebrochen hatte, trotzdem vereinbarte ich für den nächsten Tag einen Termin bei einem befreundeten Arzt. In der Zwischenzeit betäubte ich die Schmerzen mit Alkohol. Erneut stürzte ich in unserem Hotel ab. Am nächsten Morgen fuhr ich nach Hause, stellte den Wagen ab und schleppte meinen zerschundenen Körper ins Haus. Jeder Schritt tat mir weh. Sarah und Joanne saßen im Wohnzimmer, wo Emma mit ihren Sachen auf dem Boden spielte. Ich ging zu meiner Tochter, hob sie hoch und gab ihr einen Kuss. Sarah sah mich nur an, ließ mein zerschlagenes Gesicht unkommentiert und wartete, dass ich etwas sagte.

»Willst du es jetzt hören?«, fragte ich. Joanne sah zu Boden. Langsam stand Sarah auf.

»Kannst du auf sie aufpassen?«, fragte sie ihre Freundin.

»Klar«, antwortete Joanne und schenkte Emma ein Lächeln. »Komm, meine Kleine. Wir gehen zu Tante Jo und backen einen Kuchen.«

Ich ließ sie runter. Sie griff nach Joannes Hand, und die beiden zogen ab. Sarah nahm wieder Platz. Ich setzte mich ihr gegenüber.
»Sicher?«, fragte ich. »Du willst wirklich alles erfahren?«
Sie schien kurz zu zögern. »Ja.«
»Manches weißt du schon, anderes nicht. Dein Dad hat vieles kontrolliert, was in dieser Stadt abgeht, vieles davon war legal, aber nicht alles.«
»Ich weiß, er war kein Heiliger, Davey, aber das bist du auch nicht. So naiv bin ich nicht.«
Vielleicht war es ihr Ton, der mich irritierte, vielleicht hatte ich auch in letzter Zeit zu viel durchgemacht, um schonend mit ihr umzugehen, ungerührt fuhr ich jedenfalls fort: »Schutzgeld, Security – damit meine ich die Türsteher vor Nachtclubs –, Prostitution, Drogenhandel, Raubüberfälle, Geldwäsche, und wenn es sein musste, schreckte er auch nicht vor Gewalt gegen Personen zurück.«
Ihr Blick sagte mir, dass sie das alles seit langem wusste, trotzdem schien es für sie ein Schock zu sein, das nun von mir bestätigt zu bekommen. »Woher meinst du, ist das viele Geld gekommen? Dein Vater hat über eine ganze Stadt geherrscht, er war ein mächtiger Mann, aber damit schaffte er sich auch Feinde. Eines Tages tauchte Alan Gladwell aus Glasgow auf und wollte ihm alles wegschnappen. In der Folge davon starben Männer, und einer davon war dein Vater. Ich musste die Stadt von Alan Gladwell zurückholen. Die Einzelheiten, wie das alles vonstattenging, musst du nicht erfahren.«
»Ich hoffe, du hast den Dreckskerl ganz langsam sterben lassen, Davey«, sagte sie. Das hatte ich, aber das wollte ich nicht bestätigen, noch nicht mal ihr gegenüber.

»Bevor ich die Stadt zurückerobern konnte, haben Gladwell und seine russischen Schläger deinen Dad und Finney entführt.«

»Ich war dabei, schon vergessen?«

»Nein, hab ich nicht. Sie brachten sie beide in ein Versteck, in eine leerstehende Fabrik am Stadtrand. Mich haben sie auch dorthin geschafft. Finney war zu diesem Zeitpunkt schon tot. Sie hatten ihn an einen Stuhl gefesselt, ihn gefoltert und dann mit Draht erdrosselt. Northam, unser Buchhalter, war ebenfalls dort. Vom ihm erpressten sie alle Informationen, die sie brauchten, dann verpassten sie ihm eine Kugel in den Kopf. Dein Vater war der Einzige, der noch am Leben war. Sie wollten, dass ich ihn sehe. Gladwell wollte, dass alle erfuhren, dass dein Dad am Ende war.«

»Haben sie ihn auch gefoltert?«, fragte sie. »Haben sie ihm weh getan, bevor sie …« Sie konnte den Satz nicht zu Ende bringen. Tränen traten ihr in die Augen.

»Sie schlugen ihn«, sagte ich. »Heftig, aber dein Dad war der zäheste Knochen, dem ich jemals begegnet bin. Es war nicht das erste Mal, dass er ein paar Schläge einstecken musste. Damit kam er zurecht.«

»Was haben sie mit ihm gemacht, Davey? Sag es mir. Ich muss es wissen.«

»Dein Dad war an einen Stuhl gefesselt, und ich musste zusehen, wie einer, er hieß Vitali, eine Waffe zog und auf deinen Vater richtete. Dann sagte Gladwell, dass er ihn töten werde, und ich nahm an, dass er mich ebenfalls töten würde. Er gab deinem Dad zehn Sekunden, wahrscheinlich wollte er, dass dein Vater um sein Leben bettelt, aber das tat er nicht, ganz im Gegenteil, er sagte Gladwell, er soll sich ins Knie ficken. Gladwell zählte die zehn Sekunden runter.« Ich zögerte.

»Und dann, als er mit dem Zählen fertig war?«
»Hat Vitali deinem Vater in den Kopf geschossen.«
Die Tränen liefen ihr übers Gesicht. Sie nickte schweigend, und nach einer Weile sagte sie: »Aber wie bist du von dort weggekommen, Davey? Warum haben sie dich laufenlassen? Du hast gesehen, wie sie meinen Vater umgebracht haben, du warst Zeuge, warum haben sie dich gehen lassen?«
»Sie hatten keine Angst vor mir«, erklärte ich. »Sie sahen in mir keine Bedrohung. Sie dachten, ich wäre bloß so ein harmloser Anzugträger, der ihnen nicht gefährlich werden könnte. Alle, die ihnen hätten schaden können, waren ja schon tot: Jerry Lemon, Finney, Geordie Cartwright, dein Dad, alle umgebracht. Sie hielten mich für den letzten Überlebenden, aber sie wussten nichts von Palmer, Danny oder Kinane. Ich weiß immer noch nicht, warum sie mich am Leben ließen, wahrscheinlich wollten sie jemanden, der der ganzen Welt erzählen konnte, dass Bobby Mahoney wirklich tot war. Dein Vater war eine Legende in dieser Stadt. Keiner hätte geglaubt, dass einer wie Alan Gladwell ihn zu Fall gebracht hatte, wenn ich die Geschichte nicht bestätigt hätte.«
Ich konnte ihr nicht erzählen, dass sie gefilmt hatten, wie ich Bobby für sie erschoss – ich war also in ihrer Hand, sie hätten mich jederzeit als seinen Mörder hinstellen können, wenn ihnen die Polizei zu sehr auf die Pelle gerückt wäre.
»Sie hätten mich umbringen können, wenn sie es gewollt hätten, für sie wäre es egal gewesen, ob ich tot oder noch am Leben war. Am Ende setzten sie mich in einen Zug nach London, sie sagten mir, ich sollte mich hier nicht mehr blicken lassen, ich hätte in Newcastle nichts mehr verloren, aber ihnen war nicht klar, was ich für dich empfinde, Sarah. Deinetwegen bin ich zurückgekommen.«

Vor lauter Tränen brachte sie kaum ein Wort heraus. »Ich weiß«, schniefte sie, und dann brach es aus ihr heraus: »Es tut mir leid. Ich war doch so durcheinander wegen Dad, ich wusste doch nicht, was mit ihm passiert ist, und dann taucht dieser Bulle auf und sagt, du hättest was damit zu tun, und alles war so verwirrend, und dann ist seine Tochter umgebracht worden ...«

»Damit hatte ich nichts zu tun.«

»Das weiß ich jetzt. Ich hätte es damals auch schon wissen sollen. Es tut mir alles so leid.« Sie rang nach Luft und versuchte, ihr Schluchzen zu unterdrücken. »Hat er irgendwas gesagt? Vor seinem Tod, hat mein Dad noch irgendwas gesagt?«

»Ja«, antwortete ich. »Er hat mir gesagt, ich soll von hier verschwinden. ›Finde Sarah und kümmere dich um sie‹, das hat er gesagt, und das habe ich gemacht. Das mache ich seitdem.«

»O Davey.« Schluchzend fiel sie mir in die Arme. »Es tut mir so leid ... es tut mir ja so leid ... ich schäme mich so sehr, dass ich an dir gezweifelt habe.«

»Schon gut«, sagte ich. »Es ist nicht mehr wichtig.«

Ich wollte darüber nicht mehr reden, weil ihre Scham nichts war im Vergleich zu meiner.

33

Da sowieso alle von meiner Beziehung zu Henry Baxter wussten, spielte es keine Rolle, dass ich auf den Besucherrängen saß. Mir gegenüber lauschte Matt Bell aufmerksam den Vorgängen im Gericht und machte sich Notizen. Interessant wurde es erst am dritten Prozesstag, als unser Anwalt die Bühne betrat.

Detective Chief Inspector Argyle, der damals die Ermittlungen im Mordfall von Leanne Bell geleitet hatte, wurde aufgerufen. Argyle konnte nicht mehr weit von der Rente entfernt sein. Er trat in seinem verknitterten grauen Anzug und seiner Kaufhauskrawatte in den Zeugenstand, und als er von unserem Anwalt ins Kreuzverhör genommen wurde, stierte er vor sich hin wie ein geblendeter Hase im Scheinwerferlicht.

»Detective Chief Inspector, im Mordfall Leanne Bell wurden damals äußerst umfangreiche Ermittlungen durchgeführt«, begann Julian Aimes. »Insgesamt waren mehr als dreißig Polizeibeamte beteiligt, die alle Ihnen unterstanden.«

»Das ist richtig«, antwortete er in seinem schnarrenden Bristoler Akzent.

»Im Lauf der Ermittlungen hat Ihr Team sehr viele Personen vernommen, nicht wahr?«

»Das haben wir.«

»Wie viele denn genau?«

»Wie viele genau, das weiß ich nicht mehr, aber es waren eine ganze Menge.«

»Einhundertsiebzehn«, kam Aimes ihm zu Hilfe.

»Wenn Sie das so sagen.«

»Egal, ob ich das sage, das ist die exakte Zahl laut den von der Staatsanwaltschaft bereitgestellten Unterlagen. Wollen Sie etwa andeuten, dass diese Zahl nicht stimmt?«

»Natürlich nicht. Ich sage nur, ich erinnere mich nicht mehr, aber sie klingt plausibel. Wenn diese Zahl von der Staatsanwaltschaft genannt wird, gibt es für mich keinen Grund, daran zu zweifeln.«

»Für mich auch nicht. Einhundertsiebzehn Personen wurden im Lauf der umfangreichen Ermittlungen im Mordfall Leanne Bell vernommen«, referierte Aimes den Geschworenen. »Ich habe hier die Namen aller Befragten, aber ein Name fehlt auf dieser Liste, nicht wahr, Detective Chief Inspector?«

»Ist dem so?«

»Ja, dem ist so«, versicherte ihm Aimes. »Henry Baxters Name steht nicht auf dieser Liste. Warum nicht?«

»Nun ja.« Der Detective Chief Inspector wirkte etwas verlegen. »Wir haben ihn nicht zum Verdächtigenkreis gerechnet … damals.«

»Warum nicht, frage ich mich. Das klingt für mich nach einem schwerwiegenden Versehen. Wir haben also jemanden, der nur wenige Straßen von der Toten entfernt wohnt, und er wird von Ihnen nicht zum Verdächtigenkreis gerechnet, obwohl er aufgrund des bereits erwähnten Klavierunterrichts persönlich mit Leanne und ihren Freundinnen zu tun hatte. Und Sie haben sich noch nicht einmal die Mühe gemacht, ihn zu befragen? Das lässt sich doch nicht nur mit polizeilicher Inkompetenz erklären, oder?«

»Ganz und gar nicht. Uns lagen keinerlei Beschwerden der Eltern vor, deren Kinder bei Henry Baxter Klavierunterricht erhielten. Erst im Nachhinein kam uns vieles verdächtig vor.

So wussten wir nicht, dass er jungen Mädchen kostenlose Unterrichtsstunden gab oder ihnen Belohnungen zusteckte. Es gab keinerlei Hinweise, dass er den Mord begangen haben könnte.«

»Wirklich? Keinerlei Hinweise? Überhaupt keine? Das kann ich nicht so recht glauben.«

»Es gab nichts. Nichts, das uns zu der Annahme geführt hätte, er könnte Leanne Bells Mörder sein.«

»Sehr geehrte Geschworene, Sie haben es soeben aus dem Mund des leitenden Polizeibeamten gehört: Es gab keinerlei Hinweise, dass Henry Baxter der Mörder von Leanne Bell sein konnte.«

»Damals«, rief der DCI, dem zu spät aufging, dass er in eine Falle gelockt worden war, indem er sich genötigt sah, jeglichem Vorwurf der polizeilichen Inkompetenz entgegenzutreten.

»Und es gibt sie immer noch nicht«, sagte Aimes mit Nachdruck.

»Es gibt den DNA-Beweis«, erwiderte der Polizeibeamte.

»Ja, nun, wir werden zeigen, dass DNA-Beweise alles andere als zuverlässig sind, und da er der Eckpfeiler der Anklage gegen Mr. Baxter ist, erwarte ich die Einstellung des Verfahrens. Vorerst soll aber festgehalten werden, dass *außer* der DNA-Probe kein einziger weiterer Beweis gegen Henry Baxter vorliegt. Oder?«

»Äh, nein«, räumte der DCI ein. »Aber der DNA-Beweis ist völlig ausreichend.«

»Ach ja?«, fragte unser Anwalt. »Das werden die Geschworenen entscheiden müssen.«

Nach der Mittagspause beharkte unser Anwalt weiterhin den DCI.

»Sie haben Henry Baxter festgenommen und wegen Mordes an Leanne Bell angeklagt, und Sie wollen uns weismachen, dass das nicht leichtfertig geschehen ist?«
»Nein. Ich meine, ja, natürlich ist das nicht leichtfertig geschehen. Die Polizei nimmt in schwerwiegenden Fällen die Leute nicht einfach so zum Spaß fest.«
»Mit anderen Worten, wenn Sie jemanden in einem Mordfall verhaften, dann geschieht das nach gründlicher und reiflicher Überlegung. Aus der Tatsache, dass Sie Mr. Baxter wegen Mordes festgenommen haben, dürfen wir also schließen, dass er Ihr wichtigster und tatsächlich auch Ihr einziger Verdächtiger in diesem Fall ist?«
»Genau.«
»Aber er ist nicht der Erste, der im Mordfall Leanne Bell verhaftet wurde, oder?«
Erst nach langer Pause antwortete der DCI: »Nein, er ist nicht der Erste, nein.«
»Wie viele wurden in diesem Mordfall vor Henry Baxter noch verhaftet?«
Der DCI ließ sich lange Zeit mit seiner Antwort. Man hörte fast, wie es in ihm arbeitete und er um Worte rang, die am wenigsten belastend klangen. Schließlich entschied er sich für ein einziges Wort, ganz leise sagte er: »Vier.«
Er war gerade noch so im Gerichtssaal zu verstehen, unser Anwalt aber gab sich damit natürlich nicht zufrieden. »Würden Sie das bitte wiederholen, und lauter, bitte, damit die Geschworenen es auch hören!«
»Vier.« Es kam jetzt laut und klar, aber nicht weniger widerstrebend.
»Vier?« Unser Anwalt gab sich fassungslos. »Aber ich dachte doch, Sie nehmen in schwerwiegenden Fällen keine leicht-

fertigen Verhaftungen vor, und trotzdem ist nach Ihrer eigenen Aussage Henry Baxter nunmehr die fünfte Person, die in diesem Mordfall festgenommen wurde. Wie kann das sein?«

»Na ja, jetzt gibt es Beweise … hinreichende Beweise für einen Haftbefehl … hören Sie, es geht doch nicht einfach nur … man muss die Indizien gegeneinander abwägen, und manchmal verhaftet man einen Verdächtigen, auch wenn man das ganze Bild noch nicht kennt, aber im Verlauf des Verhörs tauchen neue Fakten auf, und diese können eine Mordanklage nach sich ziehen und später zu einer Verurteilung, genauso gut aber zu einer Situation führen, in der man keine weiteren Maßnahmen mehr ergreift.«

»Hmm.« Aimes hielt inne, als grübelte er über die letzte Aussage nach. »Würden Sie bitte dem Gericht den Namen des ersten Verdächtigen nennen, den Sie im Mordfall von Leanne Bell verhaftet haben.«

DCI Argyle sah aus, als hätte er sich lieber einen Zahn ziehen lassen, als uns den Namen zu nennen. Schließlich sagte er: »Matthew Bell.«

»Und erklären Sie uns bitte, in welcher Beziehung Matthew Bell zu dem toten Mädchen stand.«

»Ihr Vater.«

»Er ist Leannes Vater?«

»Ja.«

»Welche Beweise lagen vor, die Sie zu der Annahme verleitet haben, Matthew Bell könnte seine Tochter ermordet haben?«

Die Verzögerung, mit der der DCI zu seiner Antwort ansetzte, sprach Bände. »Es gab Aussagen, wonach die Beziehung zwischen der Toten und ihrem Vater angespannt war.«

»Aussagen von wem?«
»Von Nachbarn.«
»Wie vielen Nachbarn?«
»Mehr als einem.«
»Also von zweien?«
Mit zusammengebissenen Zähnen: »Ja.«
»Können Sie diese Aussagen näher erläutern? Was genau haben diese Nachbarn gehört oder gesehen, was Ihren Verdacht erregt hat?«
»Auseinandersetzungen, der Vater hat gebrüllt, die Tochter hat zurückgebrüllt. Solche Sachen eben.«
»Mit anderen Worten, die beiden haben sich gestritten?«
»Ja, sie haben sich gestritten.«
»Eine Teenagerin und ihr Vater haben also eine Auseinandersetzung, mehrere vielleicht sogar, und Sie verhaften den Vater, weil Sie ihn des Mordes an seiner Tochter verdächtigen. Inspector, kennen Sie eine Familie in diesem Land, in der sich der Vater und seine pubertierende Tochter nicht gelegentlich scharfe Worte an den Kopf werfen? Was lässt sich daraus schlussfolgern?«
»Es beweist, dass der Vater wütend war – außerdem hat er in den Streitkräften gedient, in einem äußerst nervenaufreibenden Umfeld.«
»In Nordirland?«
»Richtig.«
»Mr. Bell hat seine Tochter also gelegentlich angebrüllt, und sie hat sich das nicht gefallen lassen, dazu hat er loyal seinen Dienst in den Streitkräften Ihrer Majestät versehen, und deshalb muss er sie umgebracht haben?«
»Ich habe nicht gesagt, dass er sie umgebracht haben *muss*. Es hat ihn nur zu einem Verdächtigen gemacht, das ist alles.«

»Nicht in meinen Augen, und ich nehme an, auch nicht in den Augen der Anwesenden in diesem Gerichtssaal. Inspector, können Sie sich vorstellen, welche seelische Qualen Sie damit Mr. Bell bereitet haben? Dem Mann, dem durch den Tod seines einzigen Kindes das Leben zerstört wurde, wie wir aus seinem eigenen Mund im Lauf seiner äußerst bewegenden Aussage hier am Gericht bereits gehört haben.« Unser Anwalt hob eine Augenbraue. »Und wenn man meint, sein Leid könnte nicht noch größer werden, verhaften Sie ihn und werfen ihm während eines stundenlangen Verhörs vor, die eigene Tochter ermordet zu haben. Warum glaubten Sie, das tun zu müssen?«

»Ich bedauere das mittlerweile sehr, aber damals standen wir alle unter großem Druck und …«

»Sie meinen den Druck, Leannes Mörder zu finden?«

»Ja.«

»Dieser Druck hat niemals nachgelassen, oder?«

»Der Fall wurde bislang nicht abgeschlossen, was uns allen schwer im Magen lag, aber wir waren alle fest entschlossen, den Mörder eines Tages zu finden.«

»Sie geben also zu, dass Sie verzweifelt darum bemüht waren, den Fall zu lösen?«

»Ja«, antwortete er. »Aber ich würde nicht das Wort ›verzweifelt‹ verwenden, ich sagte: fest entschlossen.«

»Aber es war doch schon auch ein wenig peinlich, oder? Sie verhaften vier Personen und sind dann gezwungen, eine nach der anderen wieder freizulassen, während die Presse Ihren Kopf fordert und sämtliche von Ihnen anberaumte Maßnahmen ins Lächerliche zieht.«

»Ich kann mich nicht erinnern, dass die Presse meinen Kopf gefordert hätte. Im Großen und Ganzen hat sie uns unterstützt und das gleiche Ziel verfolgt, nämlich Leannes Mörder zu finden.«

»Wirklich?«, fragte unser Anwalt wenig beeindruckt.

»Ja, wirklich.«

Aimes nahm ein Blatt Papier zur Hand und las aus seinen Notizen vor.

»Ich zitiere aus einer bekannten Zeitung. ›Die Polizei klammert sich an die Verdächtigen wie ein Ertrinkender an einen Strohhalm.‹«

»Das war sensationslüsterner Quatsch.«

»Sie haben sich also nicht an Strohhalme geklammert?«

»Ganz und gar nicht.«

»Hmm.« Wieder hielt Aimes inne, als würde er über die Aussage nachdenken. »Würden Sie so freundlich sein und dem Gericht den Namen der zweiten Person nennen, die Sie im Mordfall Leanne Bell verhaftet und verhört haben?«

DCI Argyle machte keinen besonders glücklichen Eindruck. Schließlich sagte er: »Darren Bell.«

»Und in welcher Beziehung stand Darren Bell zu dem toten Mädchen?«

»Ihr Onkel.«

»Er ist Leannes Onkel?«

»Ja.«

»Ach Gott, Chief Inspector«, sagte unser Anwalt in mitleidigem Ton und schüttelte gemächlich den Kopf. »Ach, Gott … ach Gott … ach Gott. Sagen Sie mir, gibt es irgendein Mitglied in der Familie, das Sie in diesem Fall nicht verhaftet haben?«

»Einspruch!«, rief der Staatsanwalt.

»Ich ziehe die Frage zurück, Eurer Ehren«, sagte unser Anwalt.

Aber der Satz war im Raum, und die Geschworenen hatten ihn laut und deutlich vernommen.
Endlich durfte Detective Chief Inspector Argyle den Zeugenstand verlassen, und er sah dabei aus wie ein geprügelter Hund.

34

Julian Aimes brauchte nur wenige Minuten, um die beiden wichtigsten Zeugen der Anklage nach allen Regeln der Kunst zu zerlegen: zwei junge Frauen, die als Teenager mit Henry Baxter zu tun hatten. Beide hatten behauptet, während der berüchtigten kostenlosen Klavierstunden von ihm ungebührlich angegangen worden zu sein.

Aimes bat die Erste, von ihrem damaligen Leben zu erzählen, und nachdem sie von ihrem Zuhause berichtet hatte, von ihren Eltern, die sie vernachlässigt hatten, den Pflegefamilien, bei denen sie untergekommen war, ihren Konflikten mit der Polizei und ihrer Flucht aus dem Jugendheim, da hatte er es geschafft, sie als das letzte Flittchen hinzustellen. In Tränen aufgelöst verließ sie den Zeugenstand.

Die zweite Frau wurde von Aimes' Behauptung erledigt, sie würde nur des Geldes wegen gegen Henry Baxter aussagen, und als sie das vehement bestritt, fragte er sie, ob sie bereit sei, auf alle künftigen zivilrechtlichen Ansprüche gegen ihn zu verzichten, sollte er für schuldig erklärt werden. Die Staatsanwaltschaft legte Einspruch ein, die Zeugin aber zögerte so lange mit ihrer Antwort, dass sie schließlich, als sie sich doch noch zu einer Erwiderung aufraffte, wie eine verlogene geldgeile Schlampe klang.

Als Nächstes war Professor Raymond Harris an der Reihe, der Gutachter der Staatsanwaltschaft und jemand, der sich ganz offensichtlich für die intelligenteste Person im Raum hielt und kaum erwarten konnte, das sogleich unter Beweis zu stellen.

»Professor, können Sie mir zunächst mitteilen, wie hoch der Anteil an der DNA ist, der bei allen Menschen gleich ist?«, fragte Aimes.
Der stattliche Professor verströmte das Selbstvertrauen eines Gerichtsveteranen. »Das könnte ich, aber das wäre bei der Ermittlung eines genetischen Fingerabdrucks kaum relevant – man konzentriert sich dabei nun mal auf jenen Prozentsatz, der für jedes Individuum einzigartig ist.«
Aimes betrachtete den Professor, als hätte dieser etwas zu verbergen. »Tun Sie mir den Gefallen«, forderte er ihn auf, bevor er sich an die Anwesenheit der Geschworenen erinnerte und noch ein »bitte« anfügte.
»Also gut. Es handelt sich um etwa neunundneunzig Prozent.«
»Sind es nun neunundneunzig Prozent oder mehr als neunundneunzig Prozent? Könnten Sie das etwas genauer ausführen? Und falls Sie noch mal an die Frage erinnert werden wollen: Wie hoch ist der DNA-Anteil, der bei allen Menschen auf diesem Planeten gleich ist?«
Der Professor hatte bereits etwas von seiner Selbstsicherheit eingebüßt, sein pausbäckiges Gesicht hatte sich gerötet, dabei war ihm erst eine Frage gestellt worden. »Ich kann mich an die Frage sehr gut erinnern. Es sind neunundneunzig Komma neun Prozent.«
»Neunundneunzig Komma neun Prozent. Können Sie sich das vorstellen?« Die Frage war zwar rein rhetorisch gemeint, trotzdem spürte man die Unruhe unter den Geschworenen. »Bei der Analyse eines genetischen Fingerabdrucks muss man sich also auf dieses null Komma ein Prozent konzentrieren. Ist das richtig?«
»Ja.«

»So ein winziger Prozentsatz«, sinnierte unser Anwalt, als wäre er allein im Saal.
»Aber völlig ausreichend, um eine Person von einer anderen zu unterscheiden.«
»Behaupten Sie.« Aimes flüsterte nur, aber sämtliche Geschworenen spitzten aufmerksam die Ohren. Ein oder zwei beugten sich sogar interessiert vor, wie es vermutlich von unserem Anwalt beabsichtigt war.
»Würde es Ihnen etwas ausmachen, den Geschworenen und mir zu erklären, wie ein genetischer Fingerabdruck in der Praxis erstellt wird?«
»Nun, wir arbeiten dabei mit tandemartigen Wiederholungen bestimmter DNA-Sequenzen, die wir in sogenannte *Variable Number Tandem Repeats*, kurz VNTR genannt, und *Short Tandem Repeats*, STR, unterteilen.«
»Ach, was Sie nicht sagen.« Aimes klang fast gelangweilt. »Wie faszinierend.«
Der Professor wollte sich nicht aus dem Konzept bringen lassen. »Dabei ist es nahezu unwahrscheinlich, dass zwei Individuen an einem VNTR- oder STR-Locus eine gleiche Anzahl von Wiederholungen haben.«
»Aber auszuschließen ist es nicht?«
»Die Wahrscheinlichkeit liegt bei einigen Millionen zu eins.«
»Aber … auszuschließen … ist … es … nicht«, wiederholte Aimes. »Wie groß ist die Bevölkerung des Vereinigten Königreichs, Professor?«
Der Professor seufzte. »Ich schätze, es sind ungefähr fünfundsechzig Millionen Einwohner nach der letzten Zählung.«
Unser Anwalt zuckte mit den Schultern. »Das sind einige Millionen, oder?«
»Ach, kommen Sie«, erwiderte der Professor. »Schon klar,

worauf Sie hinauswollen. Aber das ist ein abgedroschenes Argument.«

»Wirklich? In dem Fall will ich Ihnen eine ganz andere Frage stellen.« Er schritt im Saal auf und ab, als würde er sich seine Worte in diesem Augenblick erst überlegen. »Wie kam es überhaupt dazu, dass Sie die DNA meines Mandanten untersucht haben?«

»Die Probe ist der Mundschleimhaut Ihres Mandanten entnommen worden, nachdem er wegen Trunkenheit am Steuer festgenommen wurde.«

»Wegen *angeblicher* Trunkenheit am Steuer. Der Fall kam noch nicht zur Verhandlung, Ihre Kommentare könnten daher als höchst voreingenommen gewertet werden, Professor. Ich muss Sie daran erinnern, dass es nicht Ihre Aufgabe ist, über die Schuld oder Unschuld eines anderen zu entscheiden. Dies ist einzig und allein den Geschworenen vorbehalten.«

»Dann möchte ich mich dafür entschuldigen«, erwiderte der Professor. »Meines Wissens wurde besagte Anhörung zurückgestellt, weil sich Ihr Mandant der sehr viel schwerwiegenderen Anklage wegen Vergewaltigung und Mord an einem Mädchen zu stellen hat.«

»Jeder hier im Saal weiß, wessen mein Mandant angeklagt ist, Professor. Was hier entschieden werden muss, ist die Frage, ob er schuldig oder unschuldig ist«, erwiderte Aimes. »Also, eine Probe aus der Mundschleimhaut meines Mandanten, die von der Polizei entnommen und dann wo genau aufbewahrt wurde?«

»Sie wurde versiegelt in ein Labor gebracht.«

»Ins Labor des Forensic Science Service?«, fragte Aimes leichthin.

»Nein, nein«, entgegnete der Professor. »Den Forensic Science Service gibt es nicht mehr. Es überrascht mich, dass Sie das nicht wissen. Analysen von DNA-Proben werden mittlerweile von Privatunternehmen vorgenommen.«
»Ja, natürlich, entschuldigen Sie«, antwortete Aimes, »wie dumm von mir, zu vergessen, dass die Regierung aus Kostengründen das weltweit renommierte, staatlich finanzierte Institut geschlossen hat, das jahrelang bahnbrechende Studien und Analysen von an Tatorten zurückgelassenen DNA-Proben durchführte. Stattdessen werden mit dieser Aufgabe nunmehr unbekannte Privatfirmen betraut, deren Hauptmotiv der Profit ist. Firmen wie DeoxyNuc Forensics zum Beispiel mit ihrem heftig kritisierten Labor in Birmingham. Nun, Professor, in welches Labor wurde die DNA-Probe des Angeklagten geschickt?«
Es folgte eine Pause, lang genug, damit der Professor erkennen konnte, dass er aufs Glatteis geführt worden war. »DeoxyNuc Forensics«, antwortete er schließlich mit flacher Stimme.
»In Birmingham?«
»In Birmingham«, bestätigte der Professor.
»Verstehe. Und handelt es sich bei DeoxyNuc Forensics – lassen Sie uns das Labor der Einfachheit halber mit DNF abkürzen – um dieselbe Firma, die auch die DNA-Probe im Fall von Andrew Cox bearbeitet hat?«
»Ich denke, sie haben die Probe in diesem Fall bearbeitet, ja.«
»Es überrascht mich nicht, dass Sie sich an den Fall erinnern. Die Anklage wurde nämlich fallengelassen, oder?«
»Ja.«
»Andrew Cox wurde vorgeworfen, ein vierzehnjähriges Mäd-

chen in Glasgow vergewaltigt und ermordet zu haben. Die Anklage basierte auf einer DNA-Probe, die angeblich eindeutig seine Täterschaft bewies – so Ihre damalige Aussage in dem Fall, bei dem Sie als wissenschaftlicher Gutachter auftraten. War dem nicht so, Professor?«

»Ja, aber meine Aussage beruhte auf den zum damaligen Zeitpunkt vorliegenden Informationen. Alle Indizien deuteten darauf hin, dass er das Mädchen vergewaltigt hat.«

»Alle Indizien? Sie meinen die DNA-Probe?«

»Ja.«

Wieder schritt Aimes scheinbar grübelnd auf und ab und steigerte damit die Spannung. Sogar die Geschworenen schienen zu erwarten, dass er Professor Harris jeden Moment den Todesstoß verpassen würde.

»Aber er war *nicht* schuldig, nicht wahr, Professor?«

»Nein, anscheinend nicht.«

»Trotz der DNA-Probe und Ihrer beeidigten Aussage? Professor, bitte erklären Sie mir, warum die Anklage gegen Andrew Cox schließlich fallengelassen wurde.«

»Es stellte sich heraus, dass die DNA-Probe kompromittiert war.«

»Die DNA-Probe war kompromittiert? Was heißt das genau?«

»Der Objektträger, auf dem die zu analysierende DNA-Probe aufgebracht wurde, war anscheinend vorher schon mal benutzt worden.«

»Ist das wirklich möglich? Ein benutzter Objektträger wurde weder entsorgt, noch wurde er eindeutig als benutzt markiert, so dass sich der DNA-Abstrich vom Vergewaltigungsopfer mit den Spuren einer früheren Probe vermischen konnte, in diesem Fall mit der DNA, die Andrew Cox nach seiner

Festnahme wegen Trunkenheit am Steuer entnommen worden war. Ich muss hier kaum auf die offensichtlichen Parallelen zu unserem heutigen Fall verweisen. Es liegt eine geradezu tragische Ähnlichkeit vor: gleiche Umstände, die zur Entnahme einer DNA-Probe führen, das gleiche inkompetente Labor, das die Probe untersucht, und der gleiche Gutachter, der als Zeuge vor uns steht und im Brustton der Überzeugung behauptet, es sei so gut wie ausgeschlossen, dass der Angeklagte unschuldig ist. Aber Andrew Cox war unschuldig, oder, Professor? Und für Henry Baxter gilt dasselbe.«
Als der Professor darauf nicht antwortete, fuhr Aimes fort: »Professor, wie viele Verfahren wurden eingestellt, weil DNF Schlampereien nachgewiesen werden konnten?«
»Ich habe darüber wirklich keine …«
»Zwölf«, unterbrach Aimes. »Zwölf Verfahren. Ein Dutzend Bürger des Vereinigten Königreichs, die kurz davorstanden, zu einer längeren Haftstrafe verurteilt zu werden, nur weil DNF nicht klinisch korrekt arbeitete.«
»Ja, möglich, aber das sind alles alte Fälle.«
»Zwölf Fehler, zwölf Justizirrtümer aufgrund von Pfusch und Schlendrian im Labor. Wer kann, Hand aufs Herz, noch guten Gewissens behaupten, dass Henry Baxter nicht der dreizehnte Fall sein wird?«
»Aber die Abläufe im Labor werden mittlerweile überwacht. Die Möglichkeit eines Justizirrtums ist so gut wie ausgeschlossen, bei DNF wurde zwischenzeitlich ein umfangreiches Kontrollsystem eingerichtet.«
»Dann sind Sie also von Henry Baxters Schuld überzeugt?«
»Ja. Ja, ich würde sagen, sie ist so gut wie bewiesen.«
Aimes lächelte, und seine Freude kam von ganzem Herzen. »Das haben Sie schon mal behauptet, Professor.«

»Was hab ich schon mal behauptet?«
»Dass die Schuld des Angeklagten so gut wie bewiesen sei.«
»Was? Nein … ich glaube nicht … Bestimmt nicht …«
»Doch, doch, glauben Sie mir.«
»Wann?«
»Vor zwei Jahren, im Prozess gegen Andrew Cox. Ich habe mir die Gerichtsprotokolle angesehen, jedes Wort Ihrer damaligen Aussage, und ein Satz blieb mir besonders im Gedächtnis haften. Sie sagten: ›Ich würde sagen, die Schuld dieses Mannes ist so gut wie bewiesen.‹ Aber das war sie nicht. Nicht wahr, Professor?«

35

Aimes besaß so viel gesunden Menschenverstand, Henry Baxter nicht länger als unbedingt nötig im Zeugenstand zu belassen. Baxter leugnete, irgendein Verbrechen begangen zu haben, und brachte seinen innigen Wunsch zum Ausdruck, sich von allen Verdächtigungen reinzuwaschen. Er habe keine Ahnung, warum er von der Polizei festgenommen wurde, erklärte er, dabei könne es sich nur um einen Irrtum handeln, der bestimmt bald aufgeklärt werde. Natürlich versuchte die Staatsanwaltschaft, ihn festzunageln, aber aufgrund von Baxters souveränem Auftreten plus Aimes' eingehender Unterweisung, wie jede Frage zu parieren sei, glitten die Angriffe mehr oder minder folgenlos an ihm ab.

Julian Aimes fasste zum Ende des Prozesses alles noch einmal hübsch zusammen. Die beiden jungen Frauen seien alles andere als vertrauenswürdig, die Polizei unfähig und verzweifelt darum bemüht, eine Verhaftung vorzunehmen, und der Gutachter der Staatsanwaltschaft habe sich schon einmal geirrt.

»Die DNA-Probe hat in diesem Fall keinerlei Aussagekraft, sie könnte bereits auf der Polizeidienststelle oder später im Labor durch einen Objektträger kontaminiert worden sein, der bereits zur DNA-Analyse einer ganz anderen Person eingesetzt wurde – so wie es in einem Dutzend anderer Fälle geschehen ist, an denen DeoxyNuc Forensics beteiligt gewesen war und die zu gravierenden Justizirrtümern hätten führen können. Wenn Ihr Vertrauen in diese Unternehmen weiterhin ungebrochen ist, dann könnten Sie möglicherweise auf schuldig plädieren. Wenn Sie aber so wie ich leicht nervös werden bei der Vorstellung, dass das Leben eines Menschen von einem Unternehmen abhängt, dem man noch nicht einmal zutrauen kann, dass es seine Objektträger sauber hält, dann sollten Sie meinen Mandanten aller Anklagepunkte freisprechen.«

Die Geschworenen berieten sich keinen Tag lang, bevor sie zu ihrem Urteil gelangten:

Nicht schuldig.

Leannes Vater verließ unmittelbar darauf den Gerichtssaal.

Henry Baxter konnte nicht anders. Sobald er aus dem polizeilichen Gewahrsam entlassen war, machte er genau das, wovon ich ihm dringend abgeraten hatte. Er marschierte durch das Hauptportal und sprach noch auf den Eingangsstufen mit der natürlich hocherfreuten Presse. »Ich stehe als freier Mann vor Ihnen, aber ich habe eine schreckliche Leidenszeit hinter mir, da sich sowohl die Polizei als auch die Staatsanwaltschaft stets geweigert haben, meine Unschuld auch nur in Betracht zu ziehen. Allerdings habe ich nie den Glauben an die britische Justiz verloren, sie ist die beste der Welt, und die Geschworenen haben mich der schrecklichen Straftaten, die mir zur Last gelegt wurden, für nicht schuldig befunden. Ich verlasse dieses Gericht als freier und unschuldiger Mann und wünsche nun in Ruhe gelassen zu werden. Ich beabsichtige, einen längeren Urlaub zu genießen, und bitte Sie, mein Recht auf Privatsphäre zu wahren. Über das sträfliche Vorgehen der Polizeibeamten und der Staatsanwaltschaft, die mich mit dieser fadenscheinigen Anklage unter nicht unbeträchtlichen Kosten für den Steuerzahler vor

Gericht gebracht haben, sollen sich andere Gedanken machen. Danke.«
Damit trat er erhobenen Hauptes von der Bühne ab, während die Fotografen wie irr knipsten, als wäre er ein Filmstar.
Palmer folgte Baxter durch die halbe Innenstadt, um sicherzugehen, dass ihn keiner beschattete. Er war sauber. Die Polizei befand sich durch den Freispruch sowieso schon in einer peinlichen Lage, die sie nicht noch verschlimmern wollte, indem sie sich dem Typen an die Fersen heftete, der sie vor den Medien bloßgestellt hatte. Baxter war allein, als er ein Hotel an der Quayside betrat und eincheckte. Er ging auf sein Zimmer und überprüfte, ob alles zu seiner Zufriedenheit war, blieb aber nicht lang. Er verließ das Zimmer und ging über die Hintertreppe nach unten. Wir hatten das Hotel sorgfältig ausgewählt, so dass er von der Rezeption unbeobachtet ein und aus gehen konnte. Palmer wartete in einem Wagen. Baxter stieg ein, und Palmer fuhr los.

Das von uns gewählte Versteck, ein Lagerhaus, lag ein gutes Stück außerhalb der Innenstadt. Wir nutzten es, um dort alles mögliche Zeug zu verstauen, das nicht unbedingt für fremde Augen bestimmt war, und wir konnten dort auch Baxter unterbringen, damit er mein Geld loseiste.
Baxter wirkte ganz ruhig, als er mit Palmer in den Raum kam. Offensichtlich war er überzeugt, dass ich meine Zusage hielt, und damit hatte er recht. Ich bin vielleicht ein eiskalter, harter, verkopfter Drecksack, aber ich würde keine Vereinbarung brechen, auf die ich beim Leben meiner Tochter geschworen hatte. Was jetzt zählte, waren die fünf Millionen, die ich zurückhaben wollte.
Baxter sah mich an, als wären wir alte Kumpel, die Zoff mit-

einander gehabt hatten, jetzt aber wollte er bei mir wieder gut Wetter machen. »Danke«, sagte er. »Wirklich. Der Anwalt …«

»Spar dir das, Baxter«, blaffte ich ihn an. »Ich will nichts hören. Mich interessiert nur das Geld. Halt dein Versprechen, und ich halte meins.«

»Hast du nicht was vergessen?«, sagte er.

Ich zog das Flugticket, das ich ihm besorgt hatte, aus der Tasche und reichte es ihm. Er überprüfte, ob es auch wirklich echt war, und wollte es schon wegstecken, aber ich schnappte es mir. »Noch nicht, Baxter. Erst, wenn ich mein Geld habe.« Ich legte das Ticket auf einen Tisch an der Wand.

Palmer schob Baxter zu einem Stuhl in der Mitte des Raums, dann fesselte er Baxters Handgelenke mit Handschellen an die Stuhllehnen.

»Oh, kommt schon«, protestierte Baxter. »Ist das wirklich nötig?«

»Ja«, antwortete ich. »Ich will nicht, dass du auch nur mit dem Gedanken spielst, von hier abzuhauen.«

Kinane in der Ecke sah Baxter finster an, aber ich hatte die strikte Anweisung gegeben, nicht einzugreifen. In der Welt des Verbrechens gibt es eine ganze Latte an ungeschriebenen Gesetzen, die erste und wichtigste aber ist mit Abstand, dass man keine Kinder vergewaltigt oder tötet. Kinane hätte so einiges dafür gegeben, Baxter in aller Seelenruhe langsam zu Tode zu quälen.

»Sollen wir dann mal anfangen?«, kam es gereizt von Baxter. »Ich muss am Morgen zu meinem Flieger.«

Robbie notierte sich jedes Wort, als Baxter erklärte, wie wir Zugang zu unseren Geldern auf den Cayman Islands erhielten. Dann verließ Robbie den Raum und gab Vince Bescheid, unserem Mann auf den Caymans, der die Transaktion in die Wege leitete. Dann warteten wir. Und warteten. Baxter hätte den Mund halten sollen, aber so schlau war er nicht. Er konnte eben nicht anders.

»Wenn ich endlich draußen bin, werde ich als Erstes ein langes, heißes Bad nehmen.«

Kinane sah aus wie ein Hund, der von einer unsichtbaren Leine zurückgehalten wurde; eine Leine, die ich in der Hand hielt.

»Du wirst nirgendwohin gehen, solange ich nicht sicher sein kann, dass wir Zugang zu unserem Geld haben«, erinnerte ich ihn.

»Reine Formalität«, antwortete er. »Ich habe nicht die geringste Absicht, dich um deine Millionen zu bringen.« Er lächelte verhalten. »Andernfalls würde ich wohl nicht sehr ruhig schlafen können. Meinst du nicht auch, Joe?«

Das war zu viel für Kinane. Er erhob sich, trat vor Baxter, beugte sich zu ihm hinunter und sah ihm finster ins Gesicht.

»Lass mich ihn trotzdem fertigmachen«, beschwor er mich, ohne den Blick von Baxter zu nehmen. »Auch wenn er uns Zugang zur Kohle verschafft. Wir geben ihm die gleiche Chance, die er dem Mädchen gegeben hat. Das wäre doch nur fair, oder?«

Schweiß bildete sich auf Baxters Gesicht. Ich ließ mir Zeit mit meiner Erwiderung und genoss seine Angst. Letztlich aber war ich gezwungen, Joe zurückzupfeifen. »Nein, ich hab ihm beim Leben von Emma mein Wort gegeben. Das weißt du.«

»Das war *dein* Wort«, protestierte Kinane. »Nicht meins.«

»Und ich bin der Boss. Ich habe geschworen, dass keiner, der für mich arbeitet, ihm zu nahe kommt.«

»Himmel noch mal!«, schrie Kinane und knallte vor Baxter die Faust auf den Tisch. »Vielleicht nicht heute, aber eines Tages. Eines Tages, Baxter, werden wir uns irgendwo in einer dunklen Gasse begegnen, und dann wirst du alles bitter bereuen.«

»Ich an deiner Stelle würde jetzt still sein, Baxter«, warnte ich ihn. Das fruchtete. Die nächste Stunde, die wir warteten, kam tatsächlich nichts mehr von ihm.

Irgendwann kam der Anruf von Robbie. Er bestätigte, dass wir Zugang zum Geld hatten und es nach Belieben auf ein anderes Konto schaffen konnten, falls wir das wünschten. Ich versuchte, meine Erleichterung nicht allzu deutlich zu zeigen. Wir waren so knapp bei Kasse, dass wir ohne substanziellen Zuschuss von außen keinen Monat mehr durchgehalten hätten.

»Geschafft«, sagte ich zu Baxter.

»Dann kannst du mich jetzt gehen lassen«, sagte er scharf. »Ich habe mein Wort gehalten, halte du jetzt deins. Oh, und vergiss das Geld nicht.«

»Das ist im Wagen«, sagte ich. »Behaltet ihn im Auge«, wies ich Kinane und Palmer an. »Aber passt auf, dass er nicht blöd stolpert und sich noch weh tut, solange ich weg bin.« Palmer nickte, von Kinane handelte ich mir nur einen bösen Blick ein.

Ich verließ den Raum, ging zum Wagen und nahm die Reisetasche mit der großzügigen Summe heraus, die Baxter mir für die Wiederbeschaffung meiner fünf Millionen abgepresst hatte, dann nickte ich den Männern zu, die vor dem Lagerhaus standen, um ihnen mitzuteilen, dass die Sache gelaufen war. Einer von ihnen folgte mir ins Gebäude und wartete draußen vor der Tür zu dem Raum, in dem die anderen versammelt waren. Ich trat ein, stellte die Tasche auf den Tisch neben das Flugticket, und in Baxters Augen kam Leben.

»Wie ausgemacht«, sagte ich. »Es ist alles drin. Ich habe es versprochen, und ich habe versprochen, dass weder ich noch jemand, der für mich arbeitet, dir etwas antut, solange du das Geld lieferst.«

Baxter nickte. »Dafür bin ich dir dankbar, wirklich«, sagte er und sah auf die Handschellen. »Dann könntest du mich jetzt doch gehen lassen!«

»Noch nicht«, sagte ich. »Es ist ausgemacht, dass ich dich noch am selben Tag gehen lasse.« Ich sah auf meine Uhr. »Aber wir haben noch fünf Stunden, bevor ich dich freilassen muss.«

»Ach, komm schon, das kann doch nicht dein Ernst sein«, sagte Baxter. »Wer wird denn so kleinlich sein? Willst du mich wirklich noch fünf Stunden hierbehalten, bis du mir die Handschellen abnimmst? Im Ernst?«

»Ja, im Ernst. Aber keine Sorge, einer der Jungs wird wieder vorbeikommen und dir die Handschellen aufschließen, bevor der Tag zu Ende ist.«

»Herr im Himmel noch mal«, entfuhr es ihm, nun doch äußerst verärgert, aber dann schien er sich zu fassen. »Gut, spiel dein Spielchen, wenn es unbedingt sein muss. Aber sorge dafür, dass ich die beiden hier nicht mehr sehen muss, und vergiss nicht, auch wirklich jemanden zu schicken, der mich gehen lässt. Denk an deinen Schwur.«

»Den vergesse ich nicht«, sagte ich. »Kein Wort davon. Kommt, Jungs.« Ich setzte mich in Bewegung, Palmer und Kinane folgten zögernd. An der Tür drehte ich mich noch einmal zu Baxter um, der über die kleine Unannehmlichkeit nun mehr als verärgert wirkte. »Ein Letztes noch, Baxter.«

»Was?«
»Draußen steht jemand, den du noch mal treffen solltest.«
Verwirrt sah er mich an, also öffnete ich die Tür und bedeutete dem Mann, der draußen gewartet hatte, einzutreten. Ich kostete den Augenblick aus, als es Baxter dämmerte, wer vor ihm stand, und ihm vor Schreck die Augen übergingen.
»Hier ist Matt Bell, der Vater des Mädchens, das du vergewaltigt und ermordet hast, aber das weißt du wohl schon. Er war ja auch im Gerichtssaal.«
»Was macht der hier?«, krächzte Baxter und zerrte instinktiv an den Handschellen.
»Er würde sich gern mit dir unterhalten«, sagte ich. »Unter vier Augen.«
Matt Bell machte einen weiteren Schritt in den Raum hinein. Baxter starrte ihn an, dann ging sein Blick nach unten, und er bemerkte, was Bell in der Hand hielt: einen großen, schweren Werkzeugkoffer. Bell stellte den Koffer auf den Tisch und begann ihn auszuräumen: Bügelsäge, Klauenhammer, Akkubohrer, Nägel, kleiner Holzhammer. Baxter riss die Augen auf, während Bell die Utensilien sorgfältig auf dem Tisch ausbreitete. Schließlich holte Bell eine Rolle Gaffer Tape heraus.
»Du hast es mir geschworen!«, flehte Baxter. »Du hast einen Eid beim Leben deiner Tochter geschworen! Du darfst nicht zulassen, dass er mich anfasst.«
»Ich habe geschworen, dass ich dich nicht umbringe oder dir was antue«, erwiderte ich. »Ich habe geschworen, dass keiner meiner Männer oder jemand, der von mir angeheuert wurde, dich umbringt oder dir was antut. Weder arbeitet Mr. Bell für mich, noch habe ich ihn angestellt, um für mich zu arbeiten. Ich habe lediglich seiner Bitte entsprochen, ihm die

Möglichkeit zu verschaffen, mit dir allein zu sein, nur ihr beide.« Immer noch war Matt Bell damit beschäftigt, Werkzeuge aus dem Koffer zu holen und auf dem Tisch abzulegen. Baxter wand sich und zerrte an den Handschellen, aber es war ein aussichtsloses Unterfangen. »Ich meine, der Mann hat das verdient, meinst du nicht auch? Er sollte die Möglichkeit haben, dem Mörder seiner Tochter in die Augen zu schauen und ihn leiden zu lassen. Das nenne ich Gerechtigkeit.«

Bell sah zu mir. »Sie haben fünf Stunden, keine Minute länger. Meine Jungs räumen weg, was dann noch übrig ist.«

»Neiiiiiin!«, schrie Baxter. »Bitte, neiiiiiin!«

Bell ignorierte ihn. »Wird nicht länger dauern. Danke.«

»Es wird ihn keiner finden«, sagte ich zu Leannes Vater. »Sie werden noch nicht mal nach ihm suchen. Wir werden trotzdem dafür sorgen, dass nichts mehr gefunden werden kann.« Wir würden Baxters Leichnam zur Schweinefarm schaffen. Das wusste auch Baxter, und seine Augen weiteten sich noch mehr. Der Schweiß lief ihm nur so übers Gesicht.

»Nein!«, kreischte Baxter. Nach dem Geruch im warmen Raum hatte er sich bereits eingekotet, aber Bell war das egal. Ihn kümmerte nichts mehr, außer dass er mit dem Mann allein sein konnte, der seine Tochter umgebracht hatte.

Ich ging zum Tisch und nahm das Flugticket. »Das wirst du nicht mehr brauchen«, sagte ich zu Baxter, bevor ich mich an Matt Bell wandte.

»Nehmen Sie, wenn alles vorbei ist, Baxters Geld, und verschwinden Sie für eine Weile ins Ausland.« Er nickte, als hätte er mich gehört, aber es war ihm anzusehen, dass er jetzt nur noch allein gelassen werden mochte. Er konnte es kaum erwarten, endlich anzufangen.

Baxter fluchte und flehte, Schaum stand ihm vor dem Mund, während er hin und her ruckte und sich verzweifelt befreien wollte.
»Es ist an der Zeit, dass wir dich zum Schweigen bringen, Baxter«, sagte ich. Bell griff zum Gaffer Tape, wickelte es Baxter straff um den Mund und erstickte damit seine Schreie. Obwohl ihn hier draußen sowieso keiner gehört hätte.
Kinane, Palmer und ich sahen zu, wie Bell langsam zum Tisch ging und den Klauenhammer auswählte. Ich hatte den Eindruck, dass er sich schon so einige Gedanken gemacht hatte. Baxters schreckgeweitete Augen wurden noch größer, als Bell vor ihn trat, ausholte und den Hammer gezielt auf seine Kniescheibe niedergehen ließ. Der gedämpfte und trotzdem laute Aufschrei war selbst für mich fast zu viel.
»Du hast es nicht anders verdient, Baxter«, sagte ich. »Vergiss das nicht, solange du hier bist, und übrigens, der Werkzeugkasten war meine Idee. Dich vor deinem Tod noch zu kastrieren, das stammt von ihm. Auf Wiedersehen, Baxter.«
Damit drehte ich mich um und verließ mit Kinane und Palmer den Raum. Im gesamten Lagerhaus hörten wir noch die erstickten Schreie, sie wurden immer verzweifelter und verstummten erst, als die massive Außentür hinter uns zufiel.

»Warum hast du mir nicht gesagt, dass du den Alten des Mädchens auf Baxter loslässt?«, fragte Kinane, als wir im Wagen zur Innenstadt unterwegs waren.
»Weil Baxter sehen sollte, wie wütend du bist«, antwortete ich ihm. »Sonst wäre er sofort misstrauisch geworden und hätte möglicherweise die fünf Millionen nicht freigegeben. Auf diese Weise gewinnt jeder.«

»Bis auf Baxter«, schaltete sich Palmer ein. »So wie es sein sollte.«

Amrein hatte jemanden besorgt, der Henry Baxter verblüffend ähnlich sah. Wir trafen uns mit ihm in Newcastle und übergaben ihm das Flugticket sowie Baxters Pass, den wir aus seiner Wohnung geholt hatten. Am nächsten Tag flog er von Newcastle nach Luton, fuhr mit dem Zug nach London und nahm die U-Bahn zum Flughafen Heathrow. Dort stieg er in eine Maschine nach Bangkok. Mit Baxters Pass schritt er durch den Zoll. In der thailändischen Hauptstadt checkte er für ein paar Nächte in einem Hotel ein und aß in mehreren Restaurants, hinterließ dabei eine eindeutige Spur, der jeder folgen konnte, wenn er es darauf anlegte, dann, eines Morgens, checkte er aus und tauchte unter. Henry Baxter verschwand für immer. Keiner sah ihn jemals wieder, keinen kümmerte es. Er gehörte zu den vielen zweifelhaften Gestalten aus dem Westen, die in den Amüsierbetrieben Bangkoks verlorengingen.

Der Tod von Leanne Bell wurde als einer der zahlreichen ungelösten Fälle zu den Akten gelegt. Das war die beste Lösung für alle, und nachdem Baxter scheinbar im Ausland abgetaucht war, konnte keiner gegenüber Leannes Vater irgendeinen Verdacht hegen, als auch er für eine Weile verschwand. Einer unserer Leute räumte die Überreste auf und entsorgte die Leiche. Er war ein altgedienter Mitarbeiter unserer Firma und erzählte nicht viel, aber eines konnte er bestätigen: Henry Baxter hatte in den letzten fünf Stunden seines Lebens unerträgliche Qualen gelitten.

36

Kaum hatten wir den einen Mordprozess hinter uns, wurden wir in den nächsten hineingezogen, nur vermutete ich diesmal, dass der Angeklagte wirklich unschuldig war. Ich mochte Golden Boots nicht – da ging es mir wie den meisten –, aber das hieß nicht, dass ich ihn für ein Verbrechen, das er nicht begangen hatte, unbedingt lebenslänglich hinter Gittern sehen wollte. Trotzdem war es mir natürlich lieber, wenn es ihn traf und nicht mich.

Sein Anwalt schien Mühe zu haben, der Staatsanwaltschaft etwas entgegenzusetzen.

»Die Staatsanwaltschaft hat lediglich Indizien und kann sich ausschließlich auf den Charakter beziehungsweise die Charakterschwächen des Angeklagten berufen«, hatte Susan Fitch angemerkt. »Ein Motiv aber hat sie nicht zu bieten. Darauf müsste sich sein Anwalt konzentrieren. Soweit ich es beurteilen kann, gibt es überhaupt kein schlüssiges Motiv für den Mord an Gemma Carlton, und wenn die Verteidigung zeigen kann, dass er nicht den geringsten Grund hatte, das Mädchen zu töten, ist das meiste schon gewonnen.«

In einem hatte sie recht: Die Staatsanwaltschaft stürzte sich sofort nach Prozessbeginn auf Golden Boots' Persönlichkeit.

»Schauen Sie Pornos im Internet?«, fragte der Staatsanwalt. Golden Boots, der wahrscheinlich zum ersten Mal in seinem Leben Anzug und Krawatte trug, zuckte mit den Schultern.

»Macht doch jeder, oder?«

»Aber Sie schauen sehr viel, nicht wahr?«

Der Fußballer rümpfte die Nase. »Wahrscheinlich auch nicht mehr als Sie.«
Das brachte ihm eine Zurechtweisung des Richters ein, bevor der Staatsanwalt fortfuhr.
»Die Polizei hat sich Ihren Internetverlauf angesehen. Man fand viele Seiten pornografischen Inhalts. Tatsächlich dürfte es keine Übertreibung sein, wenn man sagt, dass es die einzigen Seiten waren, die gefunden wurden.«
»Ich spiele auch gern Angry Bird«, rotzte er dem Gericht entgegen. »Aber vielleicht waren die Bullen ja so von der Rolle, dass sie das auch für eine Porno-Site gehalten haben.«
Er lachte über den eigenen flachen Witz. Niemand mochte sich ihm anschließen. Auch der Staatsanwalt ging nicht darauf ein.
»Ich kann durchaus verstehen, dass es in unseren liberalen Zeiten nichts Ungewöhnliches ist, wenn junge, erwachsene Männer online Pornos schauen.«
»Was Sie nicht sagen«, maulte der Fußballer.
»Aber nur wenige dürften den von Ihnen betrachteten Seiten einen Erholungs- oder Unterhaltungswert zuschreiben.«
»Wie meinen Sie das?«
»Junge Frauen werden gezüchtigt und bestraft, heranwachsende Mädchen werden gezüchtigt und bestraft, Schulmädchen werden gezüchtigt und bestraft«, zählte der Ankläger auf.
»Ach Gott, das ist doch bloß so ein Scheiß, das sind doch keine richtigen Schulmädchen, ist doch alles bloß gestellt und so, oder? Da wird ein bisschen rumgemacht mit Stöcken und so, bevor es richtig zur Sache geht, aber das ist alles harmlos, bloß gespielt und so.«
Ungerührt fuhr der Ankläger fort und leierte eine Liste ex-

tremer Hardcore-Sites herunter. »Frauen, die gezüchtigt, Ex-Freundinnen, die entwürdigt werden, junge Frauen, die man in aller Öffentlichkeit entkleidet, Frauen, die man auf der Straße begrapscht. Das ist alles harmlos?«

Golden Boots brauchte etwas, bevor er eine Antwort stammelte. »Hören Sie, man weiß doch nicht immer, wo man landet, wenn man so eine Site ansurft, oder? Und wenn man es mit Pornos hat, und das so oft wie ich, wie Sie sagen, da ist man dann schon etwas abgetörnt, da macht einen das normale Zeugs nicht mehr so an.« Zumindest zwei Geschworene, wie ich sah, brachten blinzelnd ihr Unverständnis über den letzten Satz zum Ausdruck. »Na ja, dann probiert man eben mal speziellere Sachen.«

»Ja, verstehe, und Ihre spezielleren Sachen scheinen sich alle darum zu drehen, dass Frauen gefesselt, gezüchtigt und erniedrigt werden. Sie mögen Frauen nicht besonders, oder?«

»Natürlich mag ich sie. Ich mach mit denen doch ständig rum, haufenweise.« Auch dieser Kommentar traf im Gerichtssaal auf eisiges Schweigen.

»In der Tat«, sagte der Ankläger, und sein Ton gab zu verstehen, dass er sich das Beste bis zum Schluss aufgehoben hatte. Er enttäuschte uns nicht. »Und was ist mit den Vergewaltigungsvideos?«

»Äh?«, war alles, was Golden Boots herausbrachte.

»Die Vergewaltigungsvideos«, wiederholte der Ankläger, und man hätte in diesem Augenblick die sprichwörtliche Stecknadel auf den Boden fallen hören können. »Die, die Sie über eine Suchmaschine gefunden haben – die ekelhaften Videos, die es auf konventionellen Porno-Sites nicht gibt. Ich habe mir eines dieser Videos, die Sie sich zu Ihrem persönlichen Vergnügen heruntergeladen haben, angesehen, und ich muss sagen, sie sind abartig und krank. Aber ich gestatte Ihnen zu antworten, damit wir Ihre Sicht der Dinge erfahren. Sagen Sie uns bitte, warum Sie ein Video heruntergeladen haben, auf dem fünfzehn Minuten lang eine Frau in ihrer eigenen Wohnung von zwei Männern vergewaltigt wird, während ein dritter alles filmt.«

»Ich hab das nur zufällig gesehen«, protestierte der Spitzenspieler.

»Sie sind durch Zufall auf diese Seite gestoßen?«

»Ja!«

»Siebzehnmal?«

»Hören Sie, ich hab das nicht für echt gehalten. Ich hab gedacht, das sind bloß Schauspieler, die spielen das alles auf dem Video nur.«

»Gut, dann sehen Sie sich also gern Videos an, auf denen Männer so tun, als würden sie Frauen vergewaltigen. Warum in aller Welt tun Sie das?«

Golden Boots antwortete darauf sehr kleinlaut: »Das war doch alles nur Spaß, mehr nicht. Das hat doch nichts zu bedeuten.«

»Es war nur Spaß?«, wiederholte der Ankläger. »Keine weiteren Fragen.«

Susan Fitch hatte mir gesagt, Golden Boots habe kein Motiv für den Mord an Gemma Carlton, was die große Schwachstelle in der Argumentation der Staatsanwaltschaft sei, weshalb der Ankläger verständlicherweise auch kaum darauf einging. Er gab zu, dass es um das Motiv schlecht bestellt sei, allerdings sei es seiner Meinung zufolge sowieso völlig sinnlos, nach einem Motiv zu suchen, wenn man es mit einem gestörten Menschen wie Golden Boots zu tun habe. »Wir werden vielleicht nie verstehen, was diesen Fußballspieler mit dem fragwürdigen Charakter zu diesem Gewaltakt getrieben hat«, sagte er den Geschworenen. »Wurde er von der jungen Frau, mit der er geschlafen hatte und anschließend ablegte, als wäre sie ein Stück Fleisch, gekränkt oder beleidigt? Hatte sie mit einem Mannschaftskameraden geflirtet und ihn eifersüchtig gemacht, hatte sie Gerüchte in Umlauf gebracht über seine Leistung im Bett, was ihn der Lächerlichkeit preisgab, wollte sie sich nicht auf seine niedrigen sexuellen Gelüste einlassen? Wir werden es nie erfahren, aber es genügt, um zu erkennen, dass wir einen jungen Mann vor uns haben, dem niemals etwas verweigert wurde, seitdem er seinen ersten Profivertrag als Fußballspieler unterzeichnet hat. Er meint, er könnte alles haben, was er will, wann immer er will. Die Staatsanwaltschaft ist der Ansicht, dass Gemma Carlton wahrscheinlich aufgrund irgendeiner Nichtigkeit den Zorn eines Mannes auf sich zog, der bereits in der Vergangenheit durch häufige Gewalttätigkeit aufgefallen war und sich nun so sehr gekränkt oder gedemütigt fühlte, dass er sie tätlich angriff und tötete. Dabei besaß er allerdings noch so viel Geistesgegenwart, sich Handschuhe überzustreifen, bevor er sein unschuldiges Opfer erdrosselte. Anschließend fuhr er den Leichnam hinaus aufs Land und legte ihn in einem Waldstück ab, als wäre er ein Stück Müll.«

Nach dieser kleinen Rede war Golden Boots wahrscheinlich unwiderruflich am Arsch.

37

Ich war überzeugt, dass Golden Boots wegen Mordes an Gemma Carlton verurteilt würde. Alles passte zusammen, sämtliche Indizien deuteten auf ihn als Mörder: Er hatte mit ihr geschlafen und sie dann abgewimmelt, sie hatte daraufhin über ihn hergezogen, er hatte sich mit ihr gestritten, sie wurde am Abend ihres Todes auf seiner Party gesehen, und laut DNA war sie in einem seiner Autos zum Wald gebracht worden, entweder von ihm oder von jemandem, der ihn deckte. Dass ihre Handtasche und ihr Handy in seinem Haus gefunden wurden, war der letzte Beweis, der für die Sicht der Staatsanwaltschaft sprach. Aber jedes Mal, wenn ich darüber nachdachte, hatte ich das Gefühl, dass das alles viel zu einfach war.

Ich weiß, es hätte mir egal sein können, ich war nicht mehr im Visier der Bullen, aber es ging mir jetzt wie Detective Superintendent Austin. Ich wollte nicht, dass der Täter frei in unserer Stadt herumlief, während der Falsche für den Mord an Gemma einsaß. Immer wieder dachte ich darüber nach, und irgendwann erinnerte ich mich an die Überwachungsvideos, auf denen Gemma mit ihrer Freundin im Cachet zu sehen war, bevor sie mit Golden Boots aufkreuzte. Wir hatten nie eine zufriedenstellende Erklärung von Gemmas bester Freundin auf die Frage bekommen, warum sie in der Mordnacht nicht auf der Party war. Laut Sharp hatte Louise Green dem Polizisten, der sie befragte, zu verstehen gegeben, dass er sich ins Knie ficken könne, und sie war auch nicht sehr zuvorkommend gewesen, als Kevin sie aufsuchte,

jetzt aber war ich mir nicht sicher, ob er die richtigen Fragen gestellt hatte.
Eigentlich gab es keinen besonderen Grund, warum ich die ganze Sache so unbefriedigend fand. Ich hatte selbst genug um die Ohren, klar, aber ich war in Gemma Carltons Fall involviert, ob ich es wollte oder nicht, und das war wahrscheinlich auch der Grund, warum ich meinen Wagen in die schmale Straße mit den Reihenhäusern lenkte, in der Gemmas und Louise Greens Studentenbude lag.

Das Mädchen, das an die Tür kam, war nicht unattraktiv, hielt sich aber offensichtlich dafür. Man sah es an ihrem ausgebeulten Sweater, der alle Rundungen vorbildlich verhüllte. Auch ihre Leggings waren so ausgeleiert wie eine schlabberige Schlafanzughose. Sie war nicht viel älter als achtzehn, sah aber aus, als hätte sie schon mit sich abgeschlossen. Vielleicht war das so, wenn man sich eine Wohnung mit zwei aufgestylten Geschlechtsgenossinnen wie Gemma Carlton und Louise Green teilte. Wahrscheinlich erzählte sie aller Welt, es würde sie nicht die Bohne interessieren, sexy und girlyhaft zu sein, also echt. Und so sah sie auch aus, wie eines dieser Mädchen, die sich spätabends, wenn sie allein sind, lange Herzschmerz-Gedichte abringen, sie aber nie jemandem zu lesen geben.
»Ich wollte mich mal kurz mit Louise unterhalten«, sagte ich. Wortlos drehte sie sich um, rief den Namen ihrer Mitbewohnerin die Treppe hinauf und ließ mich auf den Stufen stehen.
Schließlich kam Louise Green die Treppe herunter und musterte mich bestürzt. »Was ist?«, fragte sie, bevor sie von der letzten Stufe trat.

»Ich würde mich gern mit Ihnen unterhalten, über Gemma«, erklärte ich.
»Aber ich hab doch schon alles erzählt«, antwortete sie und verschränkte abwehrend die Arme. Sie trug Jeans und ein Sweatshirt, war aber voll geschminkt, ihre Haare waren glatt gekämmt. »Sind Sie von der Polizei?«
Weder bestätigte ich das, noch leugnete ich es, ich sagte nur mit autoritärer Stimme: »Ich war die ganze Woche im Gericht, ich hab noch ein paar Fragen zu der Nacht, in der Gemma gestorben ist. Stört es Sie, wenn ich reinkomme?« Ich trat bereits über die Schwelle, bevor sie etwas erwidern konnte.
»Gut«, kam es von ihr argwöhnisch, »wir können uns in meinem Zimmer unterhalten.« Wahrscheinlich wollte sie nicht, dass uns ihre mausgraue Mitbewohnerin belauschte. Ich folgte ihr die Treppe hinauf. Sie führte mich in ein winziges Zimmer mit einem Bett, einem Tisch und einem Schrank. Sonst gab es nicht viel. Auf dem Bett lag ein Haufen Klamotten, von Studienunterlagen war nichts zu sehen.
»Ich mach uns was«, sagte sie. »Tee oder Kaffee?«
»Tee wäre nett, danke. Milch, keinen Zucker.«
Als sie fort war, sah ich mich um, konnte aber nichts Auffälliges entdecken. Ich ging ans Fenster und sah hinaus zu den Dächern. Ein grauer Tag, über dem drohende Wolken schwebten. Kurz darauf hörte ich, wie die Hintertür geöffnet wurde und Louise Green ins Freie eilte. Sie hatte ihren Mantel übergeworfen und sah nicht aus, als wollte sie kurz mal den Abfall rausbringen. Dann stürmte sie auch schon durch das Tor an der Rückseite und war fort.
»Dieses Miststück!«, fluchte ich, drehte mich um und wollte ihr schon hinterher. Auf dem Treppenabsatz traf ich auf die unscheinbare Mitbewohnerin. Sie sah mich eindringlich an.

»Sind Sie von der Polizei?«, fragte sie. »Oder irgendein Privatdetektiv.«
»Privat«, sagte ich. Ich hätte sie einfach zur Seite stoßen, die Treppe hinunterstürzen und Louise Green hinterherjagen können, aber irgendwas in ihrem Blick, eine Andeutung von Interesse und nervösem Zögern, ließ mich innehalten. Sie sah aus, als hätte sie was zu erzählen.
»Ich bin übrigens David. Meine Kumpel nennen mich Davey.« Ich streckte ihr die Hand hin. Ein lahmer Handschlag.
»Theresa«, sagte sie.
Ich lächelte sie an. »Ich wollte Ihrer Freundin ein paar Fragen stellen, und sie sagte, sie würde Tee aufsetzen und ... na ja, sieht nicht so aus, als würde sie gleich wiederkommen.«
»Ich mach uns Tee«, sagte sie. Ich folgte ihr nach unten. »Sie werden aus Louise nichts herauskriegen«, sagte die graue Maus. »Sie hat zu viel Angst.«
»Angst wovor?«
»Dass man ihr die Schuld gibt.«
»Für was?«
»Für das, was sie mit Gem abgezogen hat.« Plötzlich hatte ich den Eindruck, als könnte sie es gar nicht erwarten, dem Mädchen, das mich gerade versetzt hatte, das Messer in den Rücken zu rammen.
»Sie meinen die Drogen?«
So konkret wollte sie es nicht ausdrücken. »Alles. Abend für Abend ausgehen, das Studium sausenlassen, sich mit Profispielern in den Clubs rumtreiben, nicht nach Hause kommen, das alles.«
In der vollgestopften Küche nahm sie zwei saubere Tassen vom Regal und machte Tee. Wir nahmen am kleinen Tisch Platz.

»Muss für Sie ja ganz schön einsam gewesen sein, wenn die beiden nie da waren.«
»Das war mir egal.« Hätte ich gewollt, hätte ich die trostlose Einsamkeit dieser jungen Frau ausnutzen können.
»Dann hat also Louise Gemma auf Abwege geführt? Nicht umgekehrt, wie manche sagen.«
»Wer sagt das? Gemma war wirklich nett.« Nachdenklich nahm sie einen Schluck von ihrem Tee. »Am Anfang jedenfalls.«
»Bis Louise sich nur noch auf Feten rumtreiben wollte?«
»Es ging ihr nur darum, sich vollaufen zu lassen und mit Jungs rumzumachen, die ganze Zeit. Ich nicht. Ich bin zum Studieren hier. Bei Gemma war es ursprünglich auch so. Sie ist bei ihren Eltern ja nur ausgezogen, weil die so streng waren. Die wollten nicht, dass sie ausgeht, sie sollte immer früh zu Hause sein, Sie wissen schon.« Klang wie der klassische Fall eines streng erzogenen Mädchens, das sich plötzlich austoben konnte und kein Ende mehr fand. »Und Louise kann so …«
»Überzeugend sein?«
»Ja«, stimmte Theresa zu. »Wir sind alle ein paarmal zusammen weg gewesen, aber sie gibt sich immer die Kante, und das mag ich nicht.«
»Verständlich«, sagte ich. »Vor allem, wenn man am nächsten Morgen in die Vorlesung muss.«
»Louise geht nicht in Vorlesungen.«
»Louise war also jeden Abend weg und hat Gemma immer zum Mitkommen überredet.«
Theresa äffte Louises Stimme nach: »Du bist nur einmal jung, Gemma, sei doch nicht so eine Langweilerin, das Leben ist zu kurz, du musst es genießen.« Kurz sah sie aus, als

würde sie gleich in Tränen ausbrechen. »Ist das nicht zum Lachen? Das Leben ist zu kurz.«
»Sind die beiden immer in die gleichen Clubs gegangen?«
»Meistens schon. Vor allem in den einen, wo sie umsonst Drinks bekommen, weil Louise die Fußballspieler kennt. Mit *kennen* meine ich *vögeln*. Sie lernte sie kennen, als sie in den VIP-Lounges im Stadion gearbeitet und irgendwelchen Geschäftsleuten Drinks serviert hat.«
Meine Frage, ob sie auch Partys bei Golden Boots besucht hatten, bestätigte sie; ja, bei mehreren Gelegenheiten.
»Sie haben damit angegeben, ›Trees‹, so nennt sie mich, was ich hasse, ›Trees, du hättest mitkommen sollen, es war fantastisch, die trinken Champagner wie andere Leitungswasser‹. Für mich klang es immer eher so, als wären das alles Dumpfbacken.«
»Haben Sie der Polizei nicht erzählt, dass Louise diejenige war, die Gemma jede Nacht zum Weggehen überredet hat?«
»Nein.«
»Warum nicht?«
»Weil mich nie jemand gefragt hat. Ich bin überhaupt nicht befragt worden.«
»Die Polizei hat nicht mit Ihnen über den Mord gesprochen?« Das konnte doch nicht wahr sein.
»Am Tag, nachdem Gemma umgebracht wurde, bin ich für eine Woche zu meinen Eltern gefahren. Ich ging davon aus, dass Gem die Nacht bei irgendeinem Fußballspieler verbringt. Ich wusste noch nicht mal, dass sie tot war … ich war ja nicht da. Erst Tage später hab ich es aus der Zeitung erfahren. Als die Polizei hier war, um mit Louise zu reden, hat die wahrscheinlich von mir nichts erzählt. Sie wollte nicht, dass ich mit denen rede.«

Der DC, der Louise befragt hatte, musste ein selten dämlicher Loser gewesen sein. Ihm hätte auffallen müssen, dass noch eine dritte junge Frau mit im Haus wohnt, er hätte noch mal kommen sollen, um auch mit ihr zu reden. Aber Theresa hatte wahrscheinlich recht, Louise hatte ihn getäuscht und damit vermeiden wollen, dass unbequeme Fakten auf den Tisch kamen.

»Aber Sie haben, bevor Sie zu Ihren Eltern gefahren sind, Gemma und Louise noch gesehen? An dem Wochenende, meine ich. Sie haben gesehen, wie sie abends fort sind?«

»Ja. Am Freitagabend waren sie zusammen unterwegs, am Samstag zog Gem dann aber allein los. Sie wollte noch mal zur Party von diesem Spieler, aber Louise nicht mitnehmen.«

»Warum nicht?«

»Sie haben sich gezofft.«

»Worüber?«

»Über irgendeinen Typen, was sonst? Bei Louise geht es immer um irgendeinen Typen. Irgendein berühmter Kerl war hinter Gem her … der, der sie anscheinend auch umgebracht hat. Louise wurde eifersüchtig, daher der Streit. Gem wollte diesen Typen am nächsten Abend wiedersehen, aber Louise sollte nichts davon wissen. Ich hab sie dabei ertappt, wie sie sich spätabends rausgeschlichen hat.«

»Sie haben gesehen, wie sie aufgebrochen ist?«

»Ich war noch auf, ich wollte die Nacht durcharbeiten. Es stehen Prüfungen an.« Es klang wie eine Entschuldigung, damit ich nicht auf die Idee kam, sie würde ihren Wohnungsgenossinnen hinterherschnüffeln. »Ich bin in die Küche runter und wollte mir einen Tee machen, da bin ich ihr übern Weg gelaufen.«

»Und sie hat Ihnen erzählt, was sie vorhat?«

»Sie sagte, ich soll still sein, damit Louise nicht hört, dass sie wieder weggeht. Sie war ziemlich aufgebrezelt.«

»Aber sie ging nicht in den Club? Sie ging sofort zum Haus von diesem Spieler?«

Sie nickte. »Sie war ganz aufgeregt. Sie sagte, er muss sie richtig mögen, weil er ihr einen Fahrer schickt.«

»Ja, das machen die so.«

»Wenn sie ein Mädchen wollen?«

Ich nickte.

»Aber das hat doch nichts zu bedeuten, oder? Jedenfalls nicht so, wie Gemma sich das dachte, oder?«

»Nein, es hat nichts zu bedeuten.«

»Er wollte sie bloß benutzen und dann wegwerfen, aber dann müssen sie sich gestritten haben, und jetzt ist sie tot.«

Jetzt fing sie doch noch an zu weinen und betupfte sich die Augen mit einem zusammengeknüllten Taschentuch.

Ich wollte mich nicht auf eine Diskussion über Golden Boots' Schuld oder Unschuld einlassen, also fragte ich: »Haben Sie ihn gesehen? Den Typen, der sie abgeholt hat?«

»Nein, er hat um die Ecke geparkt. Sie hat ihn darum gebeten, damit Louise nichts mitbekommt.«

Das war schlecht. Hätten wir eine Beschreibung von ihm, könnten wir uns auf die Suche nach ihm machen, ihn aufspüren und zum Reden bringen und vielleicht erfahren, was später im Haus wirklich geschah. »Sie haben ihn also gar nicht gesehen?«

»Nein. Aber ich weiß, wer er war.«

»Sie wissen es?«

»Ja.«

»Woher wissen Sie das, wenn Sie ihn nicht gesehen haben?«

»Gem hat mir erzählt, wer sie abholt. Sie hat Witze über ihn gemacht, weil er so komisch aussieht. Er war auch immer auf diesen Partys, es hat ihm also nichts ausgemacht, sie abzuholen.«

»Sie kennen nicht zufällig seinen Namen?«

»Nein. Aber Gemma hat ihn ›den Beißer‹ genannt?«

»Den Beißer? Ein Vampir?«

Sie schüttelte den Kopf. »Nein, wie der in den alten James-Bond-Filmen, die im Fernsehen laufen. Ein Typ mit so komischen Zähnen.«

»Ach ja, ich erinnere mich. So ein Riesenkerl.«

»Ja«, sagte sie.

»Und dieser Typ war auch groß, nehme ich an.«

Sie nickte. »Ich hab ihn mal vom Fenster aus gesehen, als er die beiden abgeholt hat.«

»Sie haben ihn gesehen?«

»Ja.«

»Und er war groß?«

Sie nickte.

»Meinen Sie, Sie könnten ihn etwas besser beschreiben?« Ich versuchte, so beiläufig wie möglich zu klingen.

»Er war richtig groß, und er hat so komische Zähne gehabt, genau wie der Beißer.«

»Metallzähne?«

»Nein, nur komische Zähne.«

»Was meinen Sie damit?«

»Die Vorderzähne fehlen.«

Sie zeigte mit dem Zeigefinger auf die Mitte der oberen Zahnreihe. »Genau hier, wo die Zähne sein sollen, da hat er eine Lücke.«

38

Kevin Kinane wirkte entspannt, als er mit seinem Vater in den Cauldron kam, offensichtlich freute er sich, dass ich ihn hatte holen lassen. Er hatte sich bei den Ermittlungen zu Gemma Carltons Tod ganz gut angestellt, das hatte ich ihm bereits mitgeteilt, und jetzt wartete er auf seine Belohnung.

»Hast du in der Schule auch Geschichte gehabt, Kevin?«, fragte ich ihn, als er mit einem Drink in der Hand mir gegenüber Platz genommen hatte. Sein Vater saß neben ihm und ließ einen guten Whisky im Glas kreisen. Ich hatte dafür gesorgt, dass Palmer ebenfalls mit im Zimmer war.

»Ich war, um ehrlich zu sein, nicht so arg viel in der Schule.« Er lächelte unsicher.

»Er war mit seinen Kumpels eher auf Einbruchstouren oder hat Autos geklaut«, sagte Joe Kinane.

»Ich jedenfalls hab mich ein bisschen mit Geschichte beschäftigt«, sagte ich. »Es gab da mal einen König, der hatte einen fürchterlichen Streit mit seinem Erzbischof, der zufällig auch ein guter Freund von ihm war, aber in seiner Wut brüllte er den Höflingen zu: ›Man schaffe mir diesen aufrührerischen Pfaffen vom Hals!‹ Zwei Ritter nahmen ihn beim Wort, suchten den Erzbischof auf und brachten ihn um die Ecke, weil sie dachten, sie würden ihrem König damit einen Gefallen tun. Natürlich war der König entsetzt, als er davon erfuhr. Er konnte einfach nicht glauben, dass eine so beiläufige Bemerkung zum Tod seines Freundes führen konnte. Schlimmer noch, jetzt glaubten alle sogar, dass er den Mord angeordnet hätte, weshalb dadurch auch sein Ruf zerstört worden war. Ganz egal, was er wirklich getan oder gesagt hatte, alle hielten ihn jetzt für einen skrupellosen Mörder.«

»Blöde Sache«, kam es von Kevin Kinane, der ein wenig zu gelassen an seinem Whisky nippte.

»Ja, eine blöde Sache«, sagte ich und schwieg, weil ich sehen wollte, wie er darauf reagierte. Als er nichts erwiderte, fragte ich: »Hast du das auch getan, Kevin? Hast du gehört, wie ich gesagt habe, dass dieser Carlton die reine Pest sei, und hast du dir daraufhin überlegt, wie du den Bullen kaltstellen kannst, ohne ihn gleich umzubringen? Und ist dir dann vielleicht die Idee gekommen: Ja, dann bring ich eben seine Tochter um?«

»Was zum Teufel redest du da?«, schaltete sich Joe Kinane dazwischen.

Von Kevin immer noch keine Reaktion, nicht ein Augenzwinkern, also fuhr ich fort: »Ein hochrangiger Polizist hat mir zu verstehen gegeben, dass er unsere Organisation nicht sonderlich mag, mich aber eigentlich nicht für so dämlich oder so verkommen hält, ein junges Mädchen umbringen zu lassen, weil uns das möglicherweise Vorteile verschafft. Du bist doch ein harter Junge, Kevin, oder?«

»Was hast du da gesagt?«, fragte Joe Kinane und beugte sich vor, als wollte er mich jeden Augenblick anspringen. Ich spürte regelrecht, wie Palmer sich anspannte und bereitmachte.

»Er war es, Joe, dein Sohn. Er hat Gemma Carlton umgebracht. Dein Ältester hat gehört, wie ich über DI Carlton geschimpft habe, weil er uns in die Quere kam. Ich habe mir gewünscht, dieser lästige Bulle würde einpacken und sich verpissen, weil mir sein Eifer mächtig auf den Sack ging. Also hat dein Sohn beschlossen, das Problem selbst zu lösen, wenn auch auf etwas sonderbare Art. Ich kann verstehen, Joe, dass dich das entsetzt, aber Kevin ist der Täter.«

»Das ist doch völlig hirnrissig«, erwiderte Joe Kinane. »Du musst da einiges durcheinanderbringen …«

»Kevin hängt ständig im Cachet ab, er trifft dort eine Menge Mädchen, er plaudert mit ihnen, wer wird sich da schon erinnern, dass er sich auch mit diesem hier unterhalten hat? Die Überwachungskameras decken die VIP-Bar nicht ab, nur den Aufzug, dort oben kann er sich also mit jedem treffen, wie er gerade will. Eines Tages hört er also von einer Gemma Carlton. Vielleicht hat sie gegenüber irgendjemandem erwähnt, dass ihr Vater ein Bulle ist, Kevin interessiert sich jedenfalls für sie, und dann wird ihm klar, wer sie ist. Er glaubt, wenn er sie aus der Welt schafft, würde das ihren Alten außer Gefecht setzen, und genauso war es dann ja auch. Also muss er sie kennenlernen, wenigstens ein bisschen, damit er ihr verstohlen einen VIP-Ausweis zustecken und sie später auch nach Hause fahren kann. Dabei wurde er aber gesehen. Hast du sie auch mit Golden Boots bekannt gemacht, Kevin, oder hat das Louise für dich übernommen? Davon gehe ich eigentlich aus. Sie war sein Typ, oder? Jung, hübsch, ein bisschen naiv, genau so, wie er es mag. Und als er sie fickte, hattest du den perfekten Sündenbock, einen Verdächtigen, über den keiner überrascht war.«

»Ich warne dich«, sagte Joe Kinane und stand auf. Palmer machte einen Schritt auf ihn zu. Die beiden starrten sich an.

»Lass mich ausreden, Joe, wenn du klug bist. Wir haben nach dem Fahrer gesucht, der Gemma Carlton in den Wald gebracht hat, und ich habe ihn gefunden. Ich habe Kevin nach dem Täter suchen lassen, und dabei war er es selbst. Deshalb hatte er sich auch sofort freiwillig gemeldet, mit

Sharp den Mörder aufzuspüren. Er war es. Er fuhr sie am Mordabend auch nicht zur Party, das war gar nicht mehr nötig. Er holte sie an ihrer Wohnung ab, kutschierte sie irgendwohin und brachte sie noch im Wagen um. Deswegen konnte sich an dem Abend auch keiner richtig daran erinnern, sie im Haus gesehen zu haben. Nicht weil alle bis über beide Ohren in irgendwelchen Titten steckten oder zu stoned waren, sondern weil sie einfach nicht da war. Kevin erzählte allen, sie sei an dem Abend gesehen worden, aber das war nicht möglich. Sie war schon tot.«

»Du bist doch völlig übergeschnappt!«, rief Joe Kinane. Er sah zu seinem Sohn, aber Kevin sagte nichts. Er hörte sich nur an, was ich gegen ihn vorbrachte.

»Kevin hat sie in den Kofferraum eines Wagens von Golden Boots gepackt und dabei Spuren von ihr und ihrer Kleidung hinterlassen. Wahrscheinlich auch von sich, aber danach hat niemand gesucht, außerdem hätte er sagen können, dass er den Wagen schon mal gefahren hat, es waren ja ständig eine Menge Leute mit Golden Boots' diversen Autos unterwegs. Wichtig war nur, Spuren von Gemma zu hinterlassen, damit die Polizei Indizien gegen Golden Boots findet.

Kevin fuhr sie also aus der Stadt und deponierte die Leiche in einem Wald. Es sollte so aussehen, als hätte jemand sie überstürzt abgeladen, aber Kevin wollte, dass man sie findet. Und dann kam er sich unheimlich clever vor, weil er später noch ihr Handy und ihre Handtasche in Golden Boots' Haus versteckte. Zusammen mit der DNA aus dem Kofferraum war somit alles beisammen, damit die Staatsanwaltschaft einen Fall gegen den Spieler konstruieren konnte.

Gemmas Dad war nach dem Mord so gut wie aus dem Rennen, und es gab einen, der dafür den Kopf hinhalten musste

und von der Polizei liebend gern in den Knast gesteckt würde. Das Problem war nur: DI Carlton verdächtigte sofort mich, seine Tochter umgebracht zu haben. Er hielt seine Tochter nämlich für eine zarte Unschuld, die nachts mit ihren Schulbüchern brav ins Bettchen ging und dabei höchstens ihre Wärmflasche mitnahm. Er wusste nichts von Golden Boots und seinen Partys, daher dachte er, ich wäre für ihren Tod verantwortlich – und damit hatte er auch nicht unrecht, nicht wahr, Kevin? Denn indirekt war ich es auch.«
»Warum erzählst du das alles?« Joe Kinanes Ton hatte sich verändert. Es war schwer zu sagen, was ihn mehr beunruhigte, meine Worte oder das Schweigen seines Sohns.
»Weil wir einen Zeugen haben, Joe. Mehr als einen, um genau zu sein. Zum einen hat jemand in Gemmas Straße den Mann gesehen, der sie am Abend ihres Todes abgeholt hat. Dein Kevin ist nämlich kaum zu verwechseln, Joe, er hat ein Gesicht, das man so schnell nicht vergisst.« Ich sah Kevin unverwandt in die Augen. »Du hättest dir die Zähne richten lassen sollen, Kevin. Dann wäre das alles vielleicht nicht herausgekommen.«
Kevin Kinane sah aus, als wäre ihm übel. Ich hatte absichtlich im Unklaren gelassen, wer unser Zeuge war, damit er nicht auf die Idee kam, bei Theresa vorbeizuschauen und sie zum Schweigen zu bringen.
»Dein Dad erwartet, dass du alles abstreitest, Kevin, aber das tust du nicht. Ich möchte nur wissen, warum. Was zum Teufel ist in dein dämliches, krankes Hirn gefahren, damit du meintest, die Tochter von einem Bullen umlegen zu müssen?«
Kevin Kinane starrte mich nur an, dann wandte er sich seinem Vater zu. Joe Kinane sah ihn an, als würde er seinen Sohn zum ersten Mal wirklich wahrnehmen.

»Es ist nicht wahr«, sagte Joe, »sag ihm, dass das alles nicht wahr ist, Kevin, bitte. Sag ihm und mir, dass er sich irrt. Keiner von meinen Söhnen kann …«

»Wir haben doch schon mal ein Mädchen umgebracht, weißt du?«, sagte Kevin. »Die war auch unschuldig, oder hast du das vergessen?«

»Mein Gott, das war kein … das war ein Unfall«, entgegnete Joe Kinane. »Und, nein, ich hab es nicht vergessen. Ich denke jeden Tag an sie. Es vergeht keine Nacht, in der ich mir nicht wünsche, ich könnte die Zeit zurückdrehen und eine Möglichkeit finden, Braddock kaltzumachen, ohne das arme Mädchen umzubringen. Das frisst mich noch auf.« Ich glaubte ihm. »Und du? Was tust du? Liegst du nachts wach und denkst an sie? Nein, du treibst dich rum und machst viel üblere Sachen. Was, verdammte Scheiße, ist nur in dich gefahren, Kevin? Wie kannst du damit nur leben?«

Darauf hatte Kevin Kinane keine Antwort.

»Joe, du hast mir gesagt, wenn wir diesen Mistkerl finden, der das Mädchen umgebracht hat, dann sollten wir ihn kaltmachen. Du hast mir gesagt, er hätte es verdient. Ich sagte, nein, wir müssen ihn der Polizei übergeben, damit ich mich von dem Mordverdacht reinwaschen kann, und wenn er zu lebenslänglich verurteilt würde, wäre das Strafe genug. Gut, jetzt weißt du, dass es Kevin war, was willst du also machen? Ihn töten oder lebenslänglich hinter Gitter bringen? Sag es mir, Joe, ich weiß nämlich keine Antwort.«

Ich hatte noch nie erlebt, dass Joe Kinane irgendwas umhaute, aber jetzt war er deutlich angezählt. Er machte einen Schritt zurück, seine Beine schienen unter ihm nachzugeben, dann fiel er auf die Couch und begrub das Gesicht in seinen riesigen Händen.

39

Die Geschworenen brauchten elf Stunden, um ein Urteil zu fällen. Es war ein großer Tag für die Premier League. Endlich hatte sie ihren ersten verurteilten Mörder.

Die Medien hatten ihren großen Tag, sie schalteten in den moralischen Overdrive und erinnerten uns alle daran, dass Golden Boots das Ungeheuer war, das sich die Gesellschaft selbst geschaffen hatte. Freilich vergaßen die Journalisten, wie viel sie selbst zu seinem aufgeblasenen Ego beigetragen hatten. Unangemessene Beweihräucherung, völlig überzogene Vorstellungen von der Bedeutung der Celebritys hätten Gemma Carlton umgebracht, sagte man uns. Wir seien mitschuldig an ihrem Tod geworden, weil Golden Boots in seinem verhätschelten Leben immer Nachsicht erfahren, weil nie einer nein gesagt habe, immer Entschuldigungen für sein Verhalten gefunden worden seien, er immer eine zweite, eine dritte, eine letzte Chance bekommen habe, jedenfalls mehr, als jedem vernünftigerweise zugestanden hätte. Man sagte uns, es sei bloß eine Frage der Zeit gewesen, bis ein Fußballprofi ein solches Ego entwickeln und sich selbst und sein Leben für so wichtig halten würde, dass er sich nichts dabei denke, einem Mädchen ihres zu rauben.

Wie vieles, was heutzutage als Journalismus durchgeht, war das natürlich alles Bullshit. Golden Boots hatte Gemma Carlton nicht ermordet. Ich wusste es, wäre aber nicht in der Lage gewesen, ihm seine wertlose Haut zu retten, selbst wenn ich es gewollt hätte.

Er weinte im Gerichtssaal, als die Geschworenen ihr Urteil

sprachen. Am nächsten Tag wurde seine Strafe verkündet, und er brach erneut in Tränen aus, als wäre lebenslänglich, die einzige zulässige Strafe für Mord, eine Überraschung. Vielleicht glaubte er immer noch, dass es ein Gesetz für ihn und ein anderes für den Rest von uns Normalsterblichen gäbe.

Besonders kritisierte der Richter fehlende Einsicht und Reue sowie das verweigerte Schuldeingeständnis, obwohl die Indizien gegen ihn so überwältigend seien; damit, so der Richter, habe er Gemma Carltons Familie zusätzliches Leid zugefügt, weil er ihnen dieses Gerichtsverfahren aufgezwungen habe. Die abschließenden Worte galten dem krankhaften Verhalten des Angeklagten, der den guten Namen der Polizistentochter auch noch in den Schmutz zu ziehen versucht habe, indem er sie als promiske Drogenkonsumentin verunglimpft habe. Der Richter deutete an, das allein reiche aus, um eine erste Eingabe um Haftaussetzung abzulehnen. Da Golden Boots dann bei seiner möglichen Entlassung aus der Haft mindestens vierzig wäre, würde es mit seiner Fußballerkarriere vorbei sein. Der Verein konnte es kaum erwarten, den Vertrag aufzulösen, damit er das horrende Gehalt nicht mehr bezahlen musste. Was Golden Boots von seinem Vermögen dann noch blieb, würde vermutlich von der von Gemmas Eltern angestrengten Zivilklage aufgefressen werden.

Nach der Urteilsverkündung wurde er in eine Zelle gebracht. Man sagte ihm, man werde ihm bald ein Beruhigungsmittel bringen, um den Schock zu mindern. Nach dem Bericht, den ich aus verlässlicher Quelle erhalten hatte, saß er nur da, weinte immer wieder und stierte mit leerem Blick vor sich hin. Dann kam das Beruhigungsmittel, überreicht von einem

Vollzugsbeamten, der auch noch eine kleine Botschaft mitbrachte.

»Ein kleiner Tipp, Mister Großkotz: Du kannst hier drinnen deine Zeit absitzen, und du kannst hier drin eine harte Zeit absitzen. Erzähl nichts von den Leuten, mit denen du draußen Geschäfte gemacht hast, und keiner wird dir im Hof ein Messer zwischen die Rippen rammen oder dich unter der Dusche vernaschen, hörst du?« Fassungslos sah Golden Boots zu unserem gekauften Vollzugsbeamten. »Wenn du vernünftig bist, wird man dich schützen, wenn nicht, wenn du meinst, du könntest deine Haftstrafe ein bisschen verkürzen, indem du der Polizei schmierige Lügen über die Jungs auftischst, die du von draußen kennst, dann, na ja, dann fängt die harte Zeit an. Du hältst dich für tough, aber die wirklich harten Typen stehen schon Schlange, um dich zu ihrer Schlampe zu machen. Hast du das kapiert?«

Golden Boots nickte eifrig. Die Botschaft war angekommen.

»Braver Junge«, sagte unser Wärter und tätschelte ihm die Wange. »Und jetzt pass auf dich auf, hörst du, wir werden jedenfalls immer ein Auge auf dich haben.«

Es entbehrte nicht einer gewissen Ironie, oder? Henry Baxter wurde freigesprochen, obwohl er das ihm vorgeworfene Verbrechen begangen hatte, während Golden Boots für einen Mord, mit dem er nichts zu schaffen hatte, eine lebenslängliche Haftstrafe antrat. Man könnte argumentieren, dass im Fall von Henry Baxter der Gerechtigkeit schließlich doch Genüge getan wurde. Meine Leute waren jedenfalls einhellig dieser Meinung. Ebenso könnte man argumentieren, dass sich Golden Boots für seine Vergehen, die sich im Lauf der Zeit angesammelt hatten, ein paar Jahre im Knast durchaus verdient hätte, und ich hätte da auch nur wenige triftige Einwände vorgebracht, aber jetzt saß er allein aus einem einzigen Grund ein. Ich musste den Sohn meines wichtigsten Vollstreckers vor einer lebenslangen Haftstrafe bewahren, um zu vermeiden, dass Joe Kinane völlig aus dem Ruder lief, falls Kevin einrücken sollte. So hatte ich Joe weiter an meiner Seite und konnte mich auf ihn verlassen, weil er mir eine Menge schuldig war. Wie schon gesagt, Loyalität ist alles in unserem Spiel.

Aber Kevin Kinane musste bestraft werden. Das wussten wir alle, sogar Joe. Vor allem Joe. Ich gab Kevin sieben Tage, um seine Angelegenheiten zu ordnen, bevor ich ihm nahelegte, die Stadt zu verlassen, in der er sein ganzes Leben verbracht hatte.

Von Joe kam kein Protest. Er verabscheute, was sein Sohn getan hatte, und er verabschiedete ihn noch nicht mal am Bahnhof. Diese Aufgabe überließen wir Peter und Chris Kinane, die an einem strahlenden Morgen ihren älteren Bruder in den ersten Zug von Newcastle nach London setzten und anschließend meldeten, dass er fort sei. Es war offensichtlich, dass sie über den Mord ebenso entsetzt waren wie ihr Dad. Abgesehen von dem Mord an einer jungen Frau, die uns nichts getan hatte – eine Sünde, die für sich allein schon schlimm genug war –, hatte er mit seinem unüberlegten Verhalten unserer Organisation auch eine Menge Bullen auf den Hals gehetzt und damit uns alle gefährdet. Das war unentschuldbar, und so gab es für ihn keine Zukunft mehr bei uns. Ich hatte keine Ahnung, was er jetzt mit seinem Leben anstellen würde, und es war mir auch egal.

40

Nachdem die beiden Mordprozesse ausgestanden waren und ich mich nicht mehr in der Schusslinie der Polizei befand, konnte ich mich den übrigen Problemen widmen. Nur einer konnte mir dabei helfen.

Amrein nahm den Nachmittagstee in seinem Hotel an der Quayside zu sich, als ich eintraf. Er saß allein an einem Tisch, den nächsten hatten seine beiden Leibwächter besetzt, die ihn nicht aus den Augen ließen.

»Amrein, ich hab es Ihnen ich weiß nicht wie oft gesagt, machen Sie diesem verrückten Russen klar, dass ich mit ihm keine gemeinsame Sache machen will, ganz egal, wie viel er mir bietet. Schrecken Sie ihn ab, kaufen Sie ihn, töten Sie ihn meinetwegen, machen Sie, was nötig ist, aber ich will ihn nicht im Nacken sitzen haben. Hab ich mich in dieser Sache deutlich ausgedrückt?«

»Ja … nur …«

»Was, nur?«

»Okay, Sie bezahlen uns dafür, dass wir solche Dinge regeln, im Normalfall, und das verstehe ich auch, Gleiches gilt für die Leute, für die ich arbeite. Sie haben wirklich Verständnis für Ihre missliche Lage, aber wir stehen in diesem Fall vor einem großen Problem, das unsere Möglichkeiten übersteigt.«

»Das kaufe ich Ihnen nicht ab.«

»Wir haben erwartet, dass Sie sich aus verständlichen Gründen nur widerstrebend auf solche Geschäfte mit ihm einlassen wollen, aber dieser Mann ist nicht bekannt dafür, abschlägige Antworten zu akzeptieren.«

»Das habe ich mir gedacht.«
»Und nachdem Sie jetzt von seinen Plänen erfahren haben, wird er noch weniger bereit sein, Sie außerhalb seiner *Kryscha* weiterarbeiten zu lassen.«
»Wollen Sie mir sagen, er hat keine Angst vor Ihrer Organisation? Noch nicht mal ansatzweise?«
»Der FSB und die GRU versuchen seit zehn Jahren, Wasnezow zu schnappen. Und da meinen Sie, er hätte Angst vor uns?«
Wasnezow hatte sich nicht nur den Zorn des FSB, sondern auch der GRU auf sich gezogen, des militärischen Nachrichtendiensts der Russischen Föderation. Er hatte sich einige mächtige Feinde gemacht.
»Dann bringen Sie den Arsch um.«
»Genau das versuchen auch die Russen. Sie haben Agenten in seine Organisation eingeschleust, deren einziges Ziel es war, ihn zu töten.«
»Und?«
»Sie wurden enttarnt und eliminiert. Er hat einige sehr clevere Leute, die für ihn arbeiten, und er zahlt ihnen eine Wahnsinnssumme.«
»Wie wäre es mit einer Art Tribut, einem Bestechungsgeld, damit er sich für seine Versorgungsroute woanders umsieht?« Es war zum Verzweifeln, und ich kannte Amreins Antwort schon im Voraus.
»Der Mann ist zwanzig Milliarden schwer. Sein Vermögen wird massiv anwachsen, wenn er sein afrikanisches Ölprojekt zum Laufen bringt. Was soll er denn mit Ihrem oder unserem Geld?«
»Und Sie können mich nicht vor ihm schützen?«
»Könnten wir«, antwortete er, »wenn Sie bereit wären, ein Leben wie unter einem Zeugenschutzprogramm zu führen;

wenn Sie Ihren Namen, Ihr Aussehen ändern, in ein anderes Land ziehen, nie mehr Ihre Freunde oder Ihre Familie sehen, dann, ja, dann könnten wir Sie vor diesem Mann schützen. Aber das würde teuer werden, und wie lange könnten Sie sich unsere Dienste leisten, wenn Sie Ihre Firma von einer verlassenen Insel aus führen müssten?«

»Nicht lange«, musste ich einräumen. »Dieses Gewerbe ist nichts für stille Teilhaber. Sie würden bald mit einem anderen in Newcastle zu tun haben, und ich wäre nur noch ein kostspieliger Hausgast.«

»So ist es, bedauerlicherweise«, antwortete er mit seiner üblichen Ehrlichkeit.

»Dann bin ich also am Arsch.«

Amrein schwieg. Es war das erste Mal, dass er mir nicht widersprach. Mehr musste er auch gar nicht sagen.

»Ich möchte Sie was fragen, Amrein. Was hat die Stevic-Brüder dazu getrieben, aus Belgrad hierherzukommen und mich auszuschalten?« Er wollte zu einer Antwort ansetzen, aber ich ließ ihn gar nicht zu Wort kommen. »Und sparen Sie sich den Unsinn, von wegen, ich wäre schwach.«

»So operieren sie aber gewöhnlich.«

»Seit wann ist es ein Zeichen von Schwäche, wenn man Newcastle, Glasgow und Edinburgh übernimmt?«

»Was ist dann der Grund?«

»Wasnezow«, sagte ich. »Er steht hinter den Serben. Er muss es sein. Ich war mir nicht sicher, bis ich ihnen Geld angeboten habe, damit sie verschwinden.«

»Geld, das Sie nicht beabsichtigten, auch auszuzahlen?«

»Ich wollte es wissen.«

»Das würde erklären, warum sie Ihr Angebot abgelehnt haben«, sagte er. »Weil sie schon sein Geld haben.«

»Sie wissen, was er mir über die *Kryscha* gesagt hat? Bei Problemen müsste ich mich bloß an ihn wenden, dann würde er dafür sorgen, dass sie verschwinden.«
»Die Serben würden nach Belgrad zurückkehren, und Sie würden glauben, er habe das bewirkt.«
»Was ja auch stimmt. Er würde sie nach Hause schicken, so wie er sie hierher beordert hat. Woher sollten sie sonst etwas gegen einen Assistant Chief Constable in der Hand haben? Er hat alles eingefädelt.«
Amrein dachte nach. »Sie haben wahrscheinlich recht. Aber was können Sie dagegen machen?«
»Ich kann ihm zeigen, dass ich ihn nicht brauche, um die Stevic-Brüder loszuwerden.«

Gleich nach dem Treffen mit Amrein nahm ich Palmer zur Seite. »Ich brauch dich und deine Kontakte«, erklärte ich. »Zu den Jungs, die du noch aus deiner Zeit beim Geheimdienst kennst.«
Er wiegelte sofort ab. »Ich war denen immer nur für kurze Zeit unterstellt …«
»Verschon mich mit dem Scheiß«, fiel ich ihm prompt ins Wort. »Ich hab keine Zeit für so was. Wie lange kenne ich dich schon? Ich hab gesehen, was du draufhast. Du warst nie irgendjemandem unterstellt. Du warst immer der, auf den es ankam, also sei so nett und streite es nicht ab.«
»Okay«, sagte er nach kurzem Nachdenken. »Was willst du?«
»Du musst für eine Weile von der Bildfläche verschwinden. Kannst du das?«
»Klar.«
»Du musst für mich was Wichtiges erledigen.«

DI Sharp spürte sofort, dass etwas nicht stimmte, als er die Dienststelle betrat. Die ganze Atmosphäre war verändert. Dann sah er, warum: Die hohen Tiere waren da. Er sah sie ganz hinten stehen, hinter den vielen Schreibtischen, aber sie hatten ihn noch nicht entdeckt. Sie unterhielten sich vor dem Büro seines Chefs, und es war ihnen anzusehen, dass sie auf etwas oder auf jemanden warteten.

Seinem ersten Impuls nach wollte er sich umdrehen, hinunter zum Parkplatz gehen, in den Wagen steigen und so schnell wie möglich losfahren. Er würde vermutlich nicht weit kommen, aber so wäre es ihm lieber, als im Beisein der anderen, mit denen er seit Jahren zusammengearbeitet hatte, verhaftet zu werden. *Zehn Jahre Minimum*, dachte er. Ihm wurde übel.

An den Tischen links und rechts saßen seine Kollegen, keiner sah zu ihm auf. Alle wussten es. Er hatte alles schon erlebt. Ein Polizist kam nichtsahnend hereinmarschiert, während das Empfangskomitee bereits auf ihn wartete; hochrangige Vorgesetzte, der Chef, einige handverlesene Kollegen, ausgewählt wegen ihrer massigen Statur und der Befähigung, ihn ohne viel Aufhebens wegzuschaffen. Alle wussten es im Voraus, mit gleichgültiger Miene würden sie zusehen, wenn er wegen Verdachts auf Korruption verhaftet und aus dem Gebäude geleitet wurde.

Sharp wollte gerade auf dem Absatz kehrtmachen, als sein Chef DCI White ihn erblickte und durch den ganzen Raum rief: »Sharp!«

Laut genug, dass alle es mitbekamen. Ausgeschlossen, noch so zu tun, als hätte er es überhört.

»Chef«, erwiderte Sharp mit angestrengtem Lächeln, spürte aber schon, wie er rot wurde.

DCI White deutete mit dem Kopf in Richtung seines Büros. »Wir würden uns gern mit Ihnen unterhalten.«

Der Anruf erreichte mich zu Hause. Er nannte seinen Namen nicht, aber das war auch nicht nötig. Die tiefen, rasselnden Atemzüge reichten auch so.
»Ich hab nicht alles erzählt«, schnaufte er, »es gibt da noch was, was du wissen möchtest, aber ich will für die Info fünf Riesen.«
»Ach?«, erwiderte ich verblüfft, weil ich ernsthaft zweifelte, dass er mir noch was Neues zu erzählen hatte. »Und was wäre das?«
»Der Name von dem Typen, der deinen Vater umgebracht hat.«

Wie in den meisten Pubs ist auch im Newcastle Arms am Wochenende eine Menge los, vor allem an Premier-League-Spieltagen. Unter der Woche ging es hingegen ruhiger zu. Ich traf mich mit meinem asthmatischen Informanten in der fast leeren Kneipe.
Er wartete schon auf mich. Ich besorgte mir ein Pint und setzte mich. »Also«, sagte ich, »die Informationen taugen hoffentlich was.«
Er lächelte verbittert. »Wieso? Willst du mich umlegen, wenn sie nichts taugen?« Er hatte einen Hustenanfall. »Dann solltest du dich beeilen. Ich hab noch drei Monate, sagen sie.« Es sah nicht so aus, als würde er bluffen.
»Wolltest du mich deswegen sehen? Um dein Gewissen zu erleichtern?«
»Wegen dem Geld«, sagte er. »Ich hab nichts, Mann.« Er schüttelte den Kopf. »Ich will fünf Riesen für meine Tochter

und ihr Kind. Für dich ist das Kleingeld. Wenn du mir die Kohle gibst, kriegst du den Namen von dem Mann, der sich um deinen Vater gekümmert hat.«

»Und woher willst du das wissen?«, fragte ich ihn. »Wenn du immer nur an der Seitenlinie gestanden und dir alles von außen angeschaut hast?«

»Na gut, ich hab gelogen. Ich hab mehr für Bobby Mahoney gemacht, als ich zugegeben habe.«

Ich hatte nicht das Gefühl, als würde er mich wieder belügen, also beließ ich es dabei.

»Und warum hast du mir den Namen nicht gleich genannt?«

»Weil der Typ noch am Leben ist. Und er ist ein mieses Schwein.«

»Und du hattest Angst, dass er sich dich schnappt?«

Er zuckte mit den Schultern. »Spielt jetzt keine Rolle mehr, oder?«

»Welche Sicherheit habe ich, dass das alles auch stimmt? Du bist am Ende, du könntest mir einfach irgendwelche Geschichten erzählen.«

»Schau ihn dir an, bild dir selber ein Urteil, bring ihn dazu, die Wahrheit zu sagen. Ich wette, das kannst du.«

»Vielleicht.«

»Und wenn du überzeugt bist, gibst du mir das Geld.«

»Auf einmal so vertrauensvoll?«

»Na ja, entweder gibst du es mir oder nicht, aber wie gesagt, für dich ist es nur Kleingeld, und ich habe gehört, du drückst dich nicht vor deinen Verpflichtungen.«

»Genau«, versicherte ich ihm, »falls die Informationen was taugen. Also, schieß los.«

Er beugte sich herüber. »Schon mal von Mickey Crowe gehört?«

»Nein.«
»Gibt auch keinen Grund dafür. Er hat nämlich Gott gefunden.« Er lachte bitter. Offensichtlich ließ sich das von ihm selbst nicht behaupten. »Hat alles an den Nagel gehängt, hat mit seinem Verbrecherleben Schluss gemacht und von da an die Seelen schlechter Menschen errettet.« Er lächelte. »Da muss er in Newcastle eine Menge zu tun haben.«
»Was genau hat er an den Nagel gehängt?«
»Auftragsmorde.«

41

Ich wusste nicht, was ich mir von der Kirche der Bibelgemeinschaft Tyneside erwartet hatte, aber das sicherlich nicht. Das Gebäude war riesig und sah wie eine Konzernzentrale und nicht wie eine Kirche aus. Wie sehr musste die Gemeinde geschröpft worden sein, damit man so was hinklotzen konnte? Wahrscheinlich war ihnen das aber egal. Schließlich waren sie alle »errettet« worden.

Auf dem Rasen vor der Kirche stand ein Schild mit der Aufschrift: »Die Bibel ist erfüllt von Gott und letztgültige Antwort auf alle Fragen.« Viel Spielraum zum Diskutieren gab es hier also nicht. Ich hatte nie verstanden, wie Zitate aus einem von Menschen verfassten Buch die Existenz Gottes beweisen sollten.

Da um diese Tageszeit niemand in der Kirche war, gingen wir an den großen Glastüren vorbei nach hinten, wo wir auf eine unverschlossene Tür stießen. Joe Kinane und ich traten ein. Wir folgten dem Gang, bis wir in einer kleinen Küche standen.

Dort saß Reverend Michael Crowe allein an einem Tisch, vor sich eine Tasse Tee. Ich erkannte ihn vom Bild auf der Website der Kirche.

»Wer sind Sie?«, fragte er, ganz offensichtlich beunruhigt über unsere Anwesenheit. »Was wollen Sie?«

»Das ist aber keine sehr christliche Begrüßung, Reverend Crowe. Joe Kinane kennst du doch von deinem früheren Leben. Und wer ich bin, ist nicht wichtig. Kinane arbeitet jetzt für mich. Das ist alles, was du wissen musst.«

Der Reverend wirkte nervös. Hatte er Angst vor Joe Kinane, oder fürchtete er, dass seine Gemeinde von seinem Vorleben erfuhr? Vielleicht beides.

»Das treibst du jetzt also, Crowe?«, fragte Kinane.

»Seitdem ich errettet wurde, ja«, antwortete er mit dem beseelten Blick des Überzeugten.

»Errettet?«, kam es von Kinane. »Du machst Witze, oder?«

»Ich wurde errettet und von Gott gesalbt, damit ich sein Wort verbreite«, sagte Crowe mit fester Stimme.

»Gesalbt? Von Gott persönlich?«, fragte Kinane. »Wie nett von ihm, dass er sich dafür Zeit genommen hat. Der muss ja sonst immer höllisch viel zu tun haben, der arme Kerl.«

Kinane ging zum Wasserkessel, nahm ihn und ließ ihn an der Spüle mit Wasser volllaufen. Crowe drehte den Kopf und sah meinem Vollstrecker zu.

Kinane setzte den Kessel wieder auf den Herd und stellte der Reihe nach alle fünf Gasfelder an. Ein Zischen, gefolgt von einem Klick, Klick, Klick, bis jeder Ring bläulich züngelnd aufflammte.

»Hübsche Nummer, die du hier abziehst, was?«, fragte ich. »Da lässt es sich gut leben, von den Schäfchen, meine ich. Oder nennt man die in deiner Kirche nicht so?«

»Sie können sich lustig machen, soviel Sie wollen«, sagte Crowe. »Aber die Zeit ist erfüllt, und das Reich Gottes ist nahe. Tut Buße und glaubt an das Evangelium. Markus, Kapitel eins, Vers fünfzehn.«

»Halt die Schnauze und hör zu, oder Kinane wird dir beide Arme brechen. Das ist aus David, Kapitel eins, Vers eins.«

Kinane zog eine Schublade auf und suchte sich einige große Küchenmesser. Er vergewisserte sich, dass Crowe ihm auch zusah, wie er die Messer mit der Klinge in einen der Flammenringe legte. Dann nahm er einen Kochtopf, füllte ihn mit Wasser und setzte auch ihn auf. Schließlich gab er Öl in eine Bratpfanne und stellte sie ebenfalls auf ein Kochfeld. Crowe ließ ihn dabei nicht aus den Augen.

»Ich muss schon sagen, ganz hübscher Sinneswandel«, sagte ich. »Kam das so nach und nach, oder ist das über Nacht geschehen? Ich meine, den einen Tag bringst du noch Leute um die Ecke, und am nächsten errettest du sie. Das steht jedenfalls auf der Website, das mit dem Erretten, meine ich. Vom Killen steht nichts da. Komisch.«

»Errettung ist ein Wunder, nur die Güte Gottes führt zur Buße«, betete er herunter.

»Dann hast du für deine Sünden also Buße getan?«

»Ich habe mit Gott meinen Frieden gemacht, ja.«

»Aber du bist nie bestraft worden, oder? Für die von dir begangenen Verbrechen, für die Menschen, die du getötet hast. Du hast einfach aufgehört, hast dein Leben geändert und bist ungeschoren davongekommen. Keine Haftstrafen, gar nichts, hast dich eines Tages nur vom Bösen losgesagt, und am nächsten Tag hast du den Leichtgläubigen das Wort des Herrn gepredigt. Ist das nicht ein komisches Gefühl, wenn man den Gehirnamputierten Märchen auftischt, während man ihnen das Geld aus der Tasche zieht? Das ist doch keine sehr anspruchsvolle Tätigkeit, oder?«

»Sie tun mir leid«, sagte er. »Offensichtlich lastet großer Schmerz auf Ihrer Seele, aber es ist nicht zu spät, es ist niemals zu spät, dem Bösen zu entsagen und das Wort Christi zu hören. Er ist die Errettung, glauben Sie mir.«

»Es lastet tatsächlich großer Schmerz auf mir«, gestand ich. »Ich krieg höllisches Zahnweh, wenn ich dich von deinen Kumpeln Jesus und dem Herrn salbadern höre.«

»Es waren auch falsche Propheten unter dem Volk, wie auch unter euch falsche Lehrer sein werden«, zitierte der Reverend wieder.
Ich ging darauf nicht ein. »Kinane hat seinen Werkzeugkoffer nicht dabei, aber den braucht er auch nicht … nicht, wenn es kochendes Wasser, rotglühende Messer und heißes Öl gibt. Küchen sind äußerst gefährliche Orte für Männer, die mir meine Fragen nicht beantworten.«
»Welche Fragen?«
»Wie viele Menschen hast du für Bobby Mahoney aus dem Weg geräumt?«
»Hab ich doch schon gesagt, ich hab mit Gott meinen Frieden gemacht.«
»Aber nicht mit mir, und ich bin jetzt der, der hier die Fragen stellt. Gott kann dich vor mir nicht schützen, Crowe. Wenn du wirklich meinst, er könnte es, dann solltest du dich jetzt an ihn wenden und darum bitten, er möge mich heimsuchen, bevor ich Joe sage, er soll eine deiner Hände in die Pfanne mit dem siedenden Öl legen. Glaubst du mir das? Ich hoffe doch. Wie viele waren es? Manche sagen, ein Dutzend, andere behaupten, es wären mehr gewesen.«
Er schwieg jetzt.
»Wenn wir hier fertig sind«, fuhr ich fort, »rufen wir vielleicht einfach die Polizei an und übergeben ihr alle Informationen über die alten Fälle aus den Siebzigern, die sie noch in ihren Akten haben. Es gibt pensionierte Bullen, die arbeiten in Teilzeit daran, und die gehen in ihrer Arbeit richtig auf. Denn ganz egal, wie alt der Fall ist, es besteht mittlerweile immer die Möglichkeit, anhand der DNA einen Verdächtigen einer bestimmten Leiche zuzuordnen. Das muss doch dein schlimmster Alptraum sein, Crowe! Ich meine, als

du die Leute umgebracht hast, hat noch keiner was von DNA gehört. Ziemlich fies von denen, auf diese Weise die Spielregeln neu aufzustellen. Nicht sehr sportlich. Ich gehe mal davon aus, wir fangen mit den vier Leuten an, von denen ich weiß, dass du sie für Bobby getötet hast. Du siehst, ich hab mich umgehört. Sollen wir den Bullen von James Connor erzählen? Oder von Martin Pearce?« Sein Blick flackerte, als ich die Namen erwähnte. »Vielleicht klingelt's bei denen auch, wenn sie die Namen Patrick Donnelly hören oder Susan Carter, die arme Frau. Ist in ihrem Bett erdrosselt worden, weil sie ein paar Gangmitglieder kannte, die an Raubüberfällen beteiligt gewesen waren, und das nicht für sich behalten wollte. Aber die Polizei hat all die Jahre über ihr Nachthemd und die Bettlaken aufgehoben.«

»Mussten sie ja«, bestätigte Kinane.

»Ich hab für Bobby Mahoney sechs Männer und eine Frau umgebracht«, sprudelte es plötzlich aus Crowe heraus. »Ich denke jeden Tag an sie und bete zu Gott, damit er mir vergibt.«

»Er wird dir möglicherweise vergeben, die Northumbria Constabulary ganz bestimmt nicht.«

»Was wollen Sie von mir?«

»Ich will, dass du mir von einem anderen Ermordeten erzählst, von Alan Blake.«

»Was wollen Sie wissen?«, fragte er. »Und warum wollen Sie es wissen?«

»Ich will, dass du zugibst, ihn ermordet zu haben. Ich weiß es bereits, aber ich will es von dir hören.« Das war geblufft. Armstrong hatte überzeugend geklungen, trotzdem wusste ich nicht, ob es auch wirklich stimmte, was er über Crowes Rolle beim Verschwinden meines Vaters erzählt hatte. »Und dann will ich wissen, warum er umgebracht wurde und wo er begraben ist.«

»Warum?«

»Ich hab meine Gründe. Die gehen dich nichts an.«

»Und wenn ich es Ihnen sage, lassen Sie mich weiter meine Arbeit hier machen?«

»Ja«, sagte ich.

Es dauerte lange, bis sich Reverend Michael Crowe dazu durchringen konnte. Er war nicht der Einzige, der nervös war. Es machte auch mir ziemlich zu schaffen, endlich zu erfahren, was meinem Vater vor so langer Zeit zugestoßen war.

»Ich war damals ein anderer Mensch«, begann er sein Handeln zu erklären oder, besser gesagt, zu rechtfertigen. »Ich war gottlos, verloren und in großer Not. Ich trank, ich nahm Drogen und machte schreckliche Dinge für Geld. Bobby Mahoney hat mir befohlen, Alan Blake zu töten, weil Blake ihn beklaut hat. Damals habe ich das nicht hinterfragt.«

»Alan Blake wollte die Lohntüten aus dem Stuart & Brown-Job für sich behalten?«

»Ja.« Crowe schien erleichtert, dass ich bereits ein paar Dinge wusste.

»Wie hat er das gemacht?«

»Bobbys Jungs haben damals was Neues ausprobiert. Früher sind sie nach einem Job alle mit der Kohle verschwunden und haben sich eine Zeitlang nicht blicken lassen. Dann meinten sie aber, es würde besser aussehen, wenn sie die Beute einem anderen übergeben und sich selbst gleich wieder in aller Öffentlichkeit zeigen. Es gab zwei Fluchtfahrzeuge; eines für die Männer, eines für das Geld. So konnten sich die Jungs nur Minuten nach dem Überfall in einem Pub im Stadtzentrum blicken lassen, was die Bullen auf die falsche Fährte lenkte.«

»Keine schlechte Idee, aber warum wurde Alan Blake das Geld anvertraut?«

»Ich bezweifle, dass er erste Wahl war, jemand muss für ihn aber gebürgt haben. Im Allgemeinen war nämlich keiner so dämlich und hat Bobby Mahoney beklaut.«

»Aber er hat es getan, und er konnte damit fliehen. Warum ist er zurückgekommen?«

»Was meinen Sie?«

Es war wahrscheinlich zwecklos, den Reverend zu fragen, warum mein Vater sich aus der Deckung gewagt hatte und nach Jahren wieder in den Nordosten zurückgekehrt war. Crowe war vielleicht von Gott gesalbt, aber er konnte keine Gedanken lesen.

»Wo hast du ihn aufgespürt?«, fragte ich daher.

»Er hat sich in der Wohnung eines Freundes in Scotswood versteckt. Der Freund war bei der Armee in Nordirland. Uns wurde gesagt, wo er sich versteckt hält, und ich bin da hin.«

»Wie hast du ihn umgebracht?«

»Mit einem Messer.«

»Und was hast du mit der Leiche gemacht?«

»Rausgeschafft und dort verscharrt, wo Bobby es mir gesagt hat.«

»Das war wo?«

»Eine Baustelle. Da war schon ein Graben ausgehoben, ein Teil der Fundamente für einen neuen Supermarkt. Sein Leichnam liegt unter dem Parkplatz.«

»Danke für die Informationen«, sagte ich.

Und er konnte es nicht lassen, er musste seine Frage loswerden.
»Warum das alles, nach so langer Zeit? Warum interessieren Sie sich so sehr für Alan Blake?«
»Ich bin David Blake. Alan Blake war mein Vater.«
»O mein Gott.«
»Wie gesagt, der wird dir nicht helfen.«

42

Der Reverend Michael Crowe musste ein längeres Gebet als sonst an seinen Herrn gerichtet haben, nachdem wir ihn unversehrt in seiner Küche sitzen ließen. Warum hätten wir ihn auch umbringen sollen? Er mochte meinen Vater ermordet haben, aber er hatte den Mord ja nicht angeordnet. Der eigentlich Verantwortliche war schon tot, er war vor Jahren von mir getötet worden, ein Umstand, dem es vielleicht nicht an einer gewissen Ironie entbehrte und der mir bislang nicht bewusst gewesen war. Wir verließen das Gebäude. Draußen lehnte ich mich gegen unseren Wagen und atmete tief durch, und plötzlich spürte ich einen heftigen Druck auf der Brust, der mir die Luft abschnürte – solche Anfälle hatte ich in letzter Zeit immer häufiger. Ich brauchte keinen Arzt, um zu wissen, dass es sich um stressbedingte Panikattacken handelte, aber was verdammte Scheiße konnte ich dagegen machen? Wer hätte an meiner Stelle keine Panikattacken?

»Alles in Ordnung?«, fragte Kinane.

»Mir geht's bestens«, erwiderte ich und stieg in den Wagen.

»Das muss früher ein Riesending gewesen sein«, sagte ich zu Joe Kinane. Wir starrten auf den roten, flachen Backsteinbau, den sogenannten Supermarkt, der wohl schon vor einer ganzen Weile dichtgemacht hatte und auf die Sanierung wartete – also auf den vollständigen Abriss und kompletten Neubau. Der Laden musste früher der ganze Stolz der Supermarktkette gewesen sein, heute schämte man sich dafür.

Wahrscheinlich war er in den Siebzigern von einer Lokalgröße, einem bekannten Fernsehmoderator oder »Komiker«, eröffnet worden, jetzt wartete er auf die Bulldozer.
»Bei uns gibt es einen Tesco um die Ecke, der ist fünfmal so groß«, sagte Kinane und bekräftigte damit, warum es das Gebäude bald nicht mehr geben dürfte.
Wir gingen über den Parkplatz. Stand ich hier wirklich auf dem Grab meines Vaters? Warum hätte Crowe lügen sollen? Vor dem mit Brettern vernagelten Eingang blieben wir stehen. Warum war ich überhaupt hierhergekommen? Ich wollte im Fall meines Tods keinen Grabstein für mich, um Emma das schlechte Gewissen zu ersparen, weil sie mich nicht jede Woche besuchte. Meinetwegen konnten sie mich verbrennen und die Asche auf dem Spielfeld des St. James' Park verstreuen, wenn gerade keiner hinsah. Als ich jetzt auf der letzten Ruhestätte meines Vaters stand, fühlte ich überhaupt nichts. Kinane verzog allerdings seltsam das Gesicht.
»Was ist?«, fragte ich.
Kinane sah zu mir, dann wieder zur Supermarktfassade. An der Wand befand sich eine ausgebleichte Holztafel, auf der eine Metallplatte mit einer Inschrift angebracht war. Ich trat näher und las sie. Ich hatte recht. Der Laden war wirklich von einem Komiker aus der Gegend eröffnet worden, aber das war es nicht, was meinen Herzschlag beschleunigte. Denn unter seinem Namen war das Eröffnungsdatum aufgeführt, und das lag vier Jahre vor dem endgültigen Verschwinden meines Vaters.
»Zurück zu dem verlogenen Schweinepriester«, sagte ich zu Kinane. »Und nimm Peter und Chris mit. Nehmt den Reverend in die Mangel, aber so, dass es sogar seinem ach so kostbaren Gott schaudert.«

Kinane brauchte mich nicht, um aus Michael Crowe die Wahrheit herauszuprügeln, außerdem wollte ich meine Zeit nicht mehr damit vergeuden. Es gab noch einiges, was in Ordnung gebracht werden musste, bevor der wahnsinnige russische Oligarch dahinterkam, dass ich ihm von keinem Nutzen sein würde. Ich war zwar weit entfernt, mein Testament aufzusetzen, aber genau so fühlte es sich an.

Ich traf mich mit Joanne im Park. Emma saß in ihrem Buggy und schleckte an einem knallroten Wassereis. Ich gab meiner Tochter einen Kuss, was sie mit einem Lächeln quittierte, bevor sie energisch weiterschleckte. Ich bat Joanne, mich ein Stück zu begleiten.

»Ich hab was für dich«, sagte ich. Joanne hatte so ihre Macken, aber sie war immer ehrlich zu mir gewesen, war Sarah eine gute Freundin und kam hervorragend mit Emma zurecht. Ich zog einen Umschlag aus der Innentasche meines Jacketts und reichte ihn ihr. Abrupt blieb sie stehen.

»Was ist das?«, fragte sie aufgeschreckt.

»Nicht deine Kündigung, falls du das denken solltest. Du kannst toll mit Emma und bist Sarah eine große Hilfe. Das ist nur ...« Ich hatte mir zurechtgelegt, was ich sagen wollte, aber jetzt fehlten mir die Worte. Joanne war keine Mitarbeiterin der Firma, sie gehörte praktisch zur Familie. »Betrachte es als eine Art Versicherungspolice ... falls sich die Umstände ändern sollten. Wenn Sarah oder mir ... und natürlich Emma ... wenn sich alles ändern sollte. Sagen wir, wenn wir von hier fortmüssen oder so.«

»Und ihr mich nicht mitnehmen könnt?«

»Genau«, sagte ich. »Natürlich würden wir das gern, aber vielleicht ist es nicht möglich.« Ich war froh, dass sie nur an einen Umzug oder temporären Auslandsaufenthalt dachte und nicht die sehr reale Möglichkeit in Betracht zog, dass ihr Arbeitgeber das Zeitliche segnen könnte. »Ich möchte, dass du eine gewisse Sicherheit hast, es ist meine Art, dir zu danken, für alles, was du für Sarah getan hast … wenn es ihr nicht so gutging, du weißt schon.«

Sie nickte. »Also, was ist das? Eine Jahreskarte fürs Stadion?«

»Die Übertragungsurkunde für deine Wohnung.«

»Was?«

»Das Apartment gehört dir, es ist alles geregelt und voll bezahlt. Von jetzt an kannst du entscheiden, ob du es behalten, verkaufen oder einen Typen bei dir einziehen lassen willst.«

»Aber das kann ich nicht …«

»Doch, kannst du«, sagte ich, und als sie mir den Umschlag zurückgeben wollte, umfasste ich ihre Hände und wiederholte eindringlich: »Doch … das … kannst … du … und ich will es so. Du tust mir damit einen Gefallen. Damit habe ich eine Sorge weniger, glaub mir, und genau das brauche ich jetzt.«

»Ich weiß nicht, was ich sagen soll.«

»Gut.« Ich küsste sie auf die Wange, winkte meiner Tochter zu und sagte: »Ich sehe euch beide heute Abend. Ich muss zu einer Konferenz.« Damit ließ ich Joanne mit dem braunen Umschlag in der Hand stehen.

Sharp kam spät zu unserem Treffen, sehr spät, aber ich wollte ihn dabeihaben, also warteten wir alle. Als Joe Kinane erschien, nahm ich ihn zur Seite und ging mit ihm in mein Büro, um mich unter vier Augen mit ihm zu unterhalten.

»Wir haben Crowe ziemlich bearbeitet, wie du gesagt hast, und er hat lautstark seinem Gott abgeschworen, bevor wir abgezogen sind, kein Scheiß.«

»Und?«
»Er bleibt felsenfest bei seiner Geschichte. Alan Blake hatte sich die Beute vom Lohnraub gekrallt, Bobby bekam spitz, dass er die Übergabe hinauszögerte, und wurde argwöhnisch. Er fürchtete, Alan Blake könnte sich ins Ausland absetzen, anscheinend hatte er bei Hunter eine Karre gekauft, und das gab den Ausschlag. Der Reverend behauptet, Blake im Schlaf im Bett erstochen, dann die Leiche zur Supermarktbaustelle gebracht und sie dort in die ausgehobenen Fundamente geworfen zu haben. So haben wir das damals immer gemacht, vor der Schweinefarm.«
»Und du bist ganz sicher, dass er nicht lügt?«
»Absolut sicher.«
»Aber das ergibt doch keinen Sinn. Meine Mutter hatte noch Jahre danach mit ihm Kontakt …« Und dann fiel es mir wie Schuppen von den Augen. Was war ich doch für ein Idiot gewesen! Ich musste mich vor Kinane zusammenreißen, aber ich spürte, wie ich rot wurde. Mir war kotzübel. »Scheiß drauf«, sagte ich so beiläufig wie möglich. »Spielt keine Rolle mehr. Das alles ist Jahre her, und die Wahrheit werden wir sowieso nie erfahren, was soll's?«
»Genau«, erwiderte er, und als ich darauf nichts mehr sagte, zog er endlich ab.

Als Kinane fort war, setzte ich mich in meinen Schreibtischsessel und sah aus dem Fenster. Ich hatte mir immer einiges auf meine Cleverness eingebildet, ich hatte mich immer für den Typen gehalten, der weit vor den anderen wusste, was abging – aber dafür hatte ich verdammt lange gebraucht, um endlich zu schnallen, was ich in meiner Blindheit die ganze Zeit nicht gesehen hatte. Reverend Crowe hatte die Wahrheit gesagt. Alan Blake hatte Newcastle nie wegen irgendeines Jobs im Süden verlassen. Er wurde 1972 ermordet und unter dem Supermarktparkplatz verscharrt. Das hieß, dass mich meine Mutter mein ganzes Leben lang angelogen hatte. Alan Blake hatte nie mein Vater sein können.

Aus dem großen Raum neben meinem Büro kam Gelächter. Widerstrebend hievte ich mich hoch und ging zu den Jungs hinüber. Sharp war endlich eingetroffen und hielt Hof.

»Ich hab mir fast in die Hosen geschissen«, erklärte er seinem aus Palmer, Kinane, Vince und Robbie bestehenden Publikum, das gebannt lauschte. »Mein DCI hat mich in sein Büro zitiert, den hohen Tieren vorgestellt, mich Platz nehmen lassen und gesagt: ›Wir haben ein Auge auf Sie, DI Sharp. Wir beobachten Sie sogar sehr genau.‹ Ich wusste nicht, was ich darauf antworten sollte, also murmelte ich bloß: ›Ah, gut.‹ Und er schaut mich wieder so komisch an, und ich sitze da und warte darauf, dass er jeden Moment sagt: ›Detective Inspector Sharp, Sie sind verhaftet.‹ Stattdessen höre ich: ›Wir wissen, was wir an Ihnen haben.‹ Ich bin keinen Deut schlauer, und er fährt fort: ›Das ist meine Meinung, und das sagen auch Ihre Kollegen über Sie, das denkt sich also auch der Chief Constable. Es gibt vielleicht Glanzvolleres, aber Sie sind genau der, den wir jetzt brauchen.‹ Ich sehe ihn an, als hätte er nicht mehr alle Latten am Zaun, aber er sagt bloß: ›Vielen Dank‹, und schließlich schaltet sich der Chief Super ein und sagt: ›Sie machen es also für uns, Sharp? Wir wissen ja, was wir an Ihnen haben.‹ Und ich sage, ›klar, Sir‹, weil ich so verdammt erleichtert bin, dass sie mir keine Handschellen anlegen, aber ich hab immer noch keinen Schimmer, was sie eigentlich von mir wollen. Dann steht er auf, also stehe ich auch auf, und er sagt: ›Herzlichen Glückwunsch, Acting Detective Chief Inspector Sharp‹, und er schüttelt mir die Hand. Fast wäre ich wieder in meinen Stuhl gesackt. Als ich reingekommen bin, hätte man die Luft mit dem Messer schneiden können, ich dachte, die anderen geben keinen Mucks von sich und ziehen den Kopf ein, weil sie wissen, was bevorsteht, dabei hatten sie alle bloß wahnsinnig viel zu tun.«

»Heilige Scheiße, das ist wirklich Gold wert«, sagte ich.

»Aber das ist noch nicht das Beste«, sagte Sharp.

»Erzähl es ihm«, sagte Palmer.

»Was sollst du mir erzählen, Sharp?«, fragte ich.

»Ich bin mit einem Sonderauftrag betraut worden. Kampf gegen das organisierte Verbrechen, alle Gangster in der Stadt zu überführen. Und rate mal, wer ganz oben auf der Wunschliste steht.«

»Ich«, sagte ich.

»Du«, bestätigte er.

»Darauf stoßen wir an«, sagte ich. Jeder bekam einen Drink eingeschenkt, und dann hoben wir die Gläser.

»Ein Toast«, sagte ich. »Auf den Acting Detective Chief Inspector Sharp. Auf dass seine Bemühungen, den berüchtigten Gangster David Blake zur Strecke zu bringen, noch lange erfolglos sind.«

»Darauf trinke ich«, sagte Sharp grinsend. »Und ich vermute stark, dass es genau so sein wird.« Wir stießen an.

Ich genoss den Moment. Das hatte ich auch bitter nötig. Eine Sache weniger, über die ich mir Sorgen machen musste, trotzdem war es mit den Problemen längst nicht vorbei.

Das von mir einberufene Treffen fand völlig außer der Reihe statt. Wir kamen zusammen, um über die größte anzunehmende Katastrophe zu reden; über ein Szenarium, in dem die Geschäfte irgendwie weiterliefen, auch wenn ich nicht mehr da sein sollte. Ich hatte sogar Amrein dazubestellt – er tauchte einige Minuten später auf –, weil jeder wissen musste, wie die Zusammenarbeit mit ihm ablief. Wir gingen sämtliche Punkte durch, angefangen von unseren Zahlungen und den politischen Beziehungen, über die Amrein zu unser aller Wohl verfügte. Nachdem Amrein wieder gegangen war, berieten wir über sämtliche anderen Aspekte unserer Geschäfte sowie über meine Vorstellungen, wie alles geleitet werden sollte, falls ich einmal aufbrechen und möglicherweise nicht mehr zurückkehren sollte. Schließlich, als wir alle Punkte besprochen hatten, die für empfindsame Seelen wie unsere Anwältin nicht bestimmt waren, lud ich auch Susan Fitch dazu, und wir unterzeichneten einen Stapel Papiere, die engsten Mitarbeitern Zugang zu Vermögenswerten, Immobilien und anderen Geschäftsbereichen verschafften, die bislang mir allein vorbehalten waren. Ich beantwortete an diesem Tag eine Menge Fragen, die schwierigste aber war, warum ich sie alle zusammengetrommelt hatte. Ich erklärte ihnen, dass wir uns jetzt im Krieg mit den serbischen Brüdern befanden und ich nicht wollte, dass sie auf dem Trockenen saßen, wenn mir etwas zustoßen sollte. Keiner schien zu argwöhnen, dass mehr dahinterstand.

Die einzige Frage, die ich nicht beantworten konnte, war die, die mich am meisten beunruhigte: Was würde ich Jaroslaw Wasnezow sagen, wenn ich ihm erneut von Angesicht zu Angesicht gegenüberstand und er mich bat, seine ersten Leute nach Russland zu schleusen?

43

Ich wollte allein sein. Ich setzte mich ins Auto und fuhr los. Es war schon spät, ich hätte zu Hause sein und etwas Schlaf nachholen sollen, aber mir ging viel zu viel im Kopf herum: Wenn mein Dad nicht mein Dad war, wer zum Teufel war es dann? Meine Mutter war keine von diesen Frauen, sie hatte, soweit ich mich erinnern konnte, nie Liebhaber oder nebenher was am Laufen gehabt. Wer also konnte ihr so nahegestanden haben, für wen hatte sie eine für sie so untypische Schwäche gehabt? Außer die Männer, die in den Club kamen, und die Mitglieder von Bobbys Mannschaft hatte sie doch mit niemandem zu tun gehabt.

Mum hatte selten von den Typen in der Firma geredet. Sie waren für sie allesamt Jungs gewesen, die nie erwachsen geworden waren und nicht für sich selbst sorgen konnten, geschweige denn für eine Frau. Ich höre sie noch, wenn sie sich über diese Gammler ausließ, die nicht wussten, wie man eine Frau behandelte. Aber, wie gesagt, sonst sprach sie nicht viel von ihnen. Bobby brachte sie widerwillig Respekt entgegen – schließlich hatte er sie angestellt –, obwohl sie wusste, wie er sein Geld verdiente, aber sie hätte sich nie auf ihn eingelassen. Sie konnte nicht wissen, dass er ihren Mann auf dem Gewissen hatte, außerdem war Bobby Mahoney damals verheiratet, und meine Ma gehörte nicht zu den Frauen, die sich als Gangsterflittchen hergaben.

Ich konnte also getrost den Gedanken abhaken, dass ich unwissentlich meinen Vater umgebracht hatte und meine Schwester vögelte. Mein Leben war ziemlich abgefuckt, aber so schlimm war es nun auch wieder nicht. Nein, Bobby kam nicht in Frage. Wer dann?

Wenn sie hin und wieder von jemandem gesprochen hatte, dann von Jinky Smith. Der hatte sich damals nicht nur zu kleiden gewusst, sondern hatte auch einen ziemlichen Schlag bei den Frauen gehabt, das legte seine Erfolgsquote zumindest nahe. War es möglich, dass sie auf sein Gesülze hereingefallen war? Hatte er ihr ein Glas Wein spendiert, seine übliche Platte aufgelegt und sie in sein Bett gequatscht? Möglich. Sie musste verdammt einsam gewesen sein so ohne Mann. Tatsächlich hatte sie, wenn ich jetzt darüber nachdachte, Jinky häufiger erwähnt als alle anderen aus Bobbys Mannschaft. Nein, dumme Idee, sie hatte nie ein gutes Haar an ihm gelassen. »Ein Gottesgeschenk für die Frauen«, so hatte sie ihn in ihrem schneidenden, sarkastischen Ton genannt … und hatte dabei *gekränkt* geklungen. Sie hatte gekränkt geklungen. Plötzlich prickelte es auf meiner Haut, dazu stellte sich eine Erinnerung ein, aber nicht an meine Mutter. Ich musste unweigerlich an Michelle denken, der ich kürzlich im Privado über den Weg gelaufen war. Und wie hatte sie mich begrüßt? Wie den letzten Arsch, so hatte sie mich begrüßt. »Sieh an, wer hat sich denn hierher verirrt?« Obwohl sie einmal ernsthaft in mich verknallt gewesen war, wie ich wusste.

Aus ihr sprach die Kränkung, sie fühlte sich zurückgewiesen und wusste: Ganz gleich, wie sehr du diesen Kerl magst, er steht nicht auf dich, und dabei hast du dich mit ganzem Herzen auf ihn eingelassen. Das alles hatte ich in Michelles Stimme gehört, und deswegen war ich schonend mit ihr umgegangen. Und erst jetzt wurde mir klar, dass meine Mutter vor langer Zeit genauso geklungen hatte. Jedes Mal, wenn ich erzählte, ich hätte Jinky gesehen oder er habe mir ein paar Pfund zugesteckt, damit ich ihm was besorge, rollte sie mit den Augen und sagte: »Ha, Jinky Smith, der hält sich für ein Gottesgeschenk«, und dann zeterte sie wieder los. Damals hatte ich das nicht verstanden, jetzt aber ging mir ein Licht auf. Es war nur so ein Gefühl, ganz tief in mir, mehr nicht, aber plötzlich wusste ich es. Ich würde jede Wette eingehen, dass Jinky Smith mein Vater war. Ich hatte es nur nie gewusst, und er ebenso wenig.

So war das also, ständig hatte ich mit Gangstern und Spitzeln zu tun gehabt, und meine Mutter legte sich eine frei erfundene Geschichte zurecht, die ich vierzig Jahre lang nicht durchschaute. Der ganze Blödsinn über Dad, von wegen, er sei der Arbeit wegen in den Süden gegangen und habe Geld gespart, um uns nachkommen zu lassen. Alles erstunken und erlogen. Es hatte nie Briefe gegeben. Keine Anrufe und auch kein tränenreiches Wiedersehen in dieser ganz besonderen Woche, in der Tante Vi auf Danny aufgepasst hatte und ich gezeugt wurde. Weiß der Himmel, wo sie da war. Aber wenn sie wirklich nach London gefahren war, dann sicherlich nicht, um Dad zu sehen. Zu diesem Zeitpunkt war er bereits seit ein paar Jahren tot, und noch nicht einmal sie hatte das gewusst. Wahrscheinlich hatte sie gedacht, er hätte die Schnauze voll gehabt von ihr und sich aus dem Staub gemacht, und sie hatte zusehen können, wie sie allein mit dem Kind zurechtkam. Wie viele Nächte hatte sie wach gelegen und darüber gegrübelt, was mit Alan Blake geschehen, wo er vielleicht gelandet war, bei der Handelsmarine, der Fremdenlegion, irgendwo als Barkeeper hinter einer Theke in London; ohne zu wissen, dass er nur wenige Kilometer entfernt unter einem Supermarktparkplatz verscharrt lag.

Natürlich gab es jemanden, der sehr genau wusste, was mit dem Mann geschehen war, den ich Dad genannt hatte. Ich meine nicht Michael Crowe, sondern Bobby Mahoney. Er hatte es gewusst, denn er hatte Alan Blake umbringen lassen. Hier endlich hatte ich die Antwort auf die Frage, warum meine gesetzestreue Mutter so lange in Bobby Mahoneys Clubs gearbeitet hatte. Er hatte sie angestellt, weil er ein schlechtes Gewissen hatte, denn immerhin hatte er sie durch die Ermordung ihres Mannes um ihre Existenzgrundlage gebracht. Bobby Mahoney, dem Gangster, blieb keine andere Wahl, als den Typen, der ihn beklaut hatte, umzulegen; als sentimentaler Familienvater allerdings fühlte er sich verpflichtet, ihr Arbeit zu verschaffen.

Als sich Mum die wüste Geschichte ausdachte, dass sie nach London fahre, um sich mit Dad zu treffen, musste Bobby sich gewundert haben, was der Quatsch soll. Als dann die ersten Anzeichen ihrer Schwangerschaft sichtbar wurden, hatte er wahrscheinlich kapiert, worum es ging. Kam er dahinter, wer der Vater war? So wie ich Bobby kannte, würde ich sagen, ja. Jinky allerdings dürfte kaum einen Gedanken daran verschwendet haben, und Bobby dürfte es nicht an die große Glocke gehängt haben, dass er Alan Blake hatte umbringen lassen. Wenn sich Tina Blake also mit ihrem Ehemann traf, ging das Jinky nichts an. Außerdem dürfte er bis dahin längst bei der Nächsten gelandet sein.

»Gäbe es die Frauen von anderen Männern nicht, wäre ich immer noch Jungfrau«, hatte er mir erzählt. Wahrscheinlich war er nur nett zu mir gewesen, weil er meine Mum mochte, nicht weil er vermutete, dass er mein leiblicher Vater war.

»Ich hab dir eine Wohnung besorgt«, teilte ich Jinky mit. Er starrte mich verständnislos an. »Ich kenne ein paar Leute von einer privaten Sozialeinrichtung, die sich um Ex-Knackis kümmern. Der Laden nennt sich Second Chances Centre. Jüngeren besorgen sie Jobs, Älteren in besonderen Fällen eine Wohnung.«

»Besonderen Fällen?« Wahrscheinlich fragte er sich, wie er sich bei seinem Lebenswandel als etwas Besonderes qualifizieren konnte.

»Na ja, du fällst eigentlich nicht unter die Kategorie, oder, Jinky?«, sagte ich. »Aber es ist eben ein System wie jedes andere auch, und wir wissen beide, wie man so was austricksen kann.« Ein wissender Schimmer in seinen Augen. »Man kann hier und dort an einem Rädchen drehen, oder jemand ist einem noch einen Gefallen schuldig, solche Sachen.«

»Richtig«, sagte er mit einem Funkeln in den Augen.

»Jedenfalls haben die eine Wohnung für dich, die um einiges besser ist als die hier.« Jinky wirkte etwas überrascht, als würde ihm zum ersten Mal auffallen, in was für einem Dreckloch er hauste. »Liegt auch in einem besseren Viertel, da hast du keine Junkies mehr vor der Tür. Du musst nur bei dem Typen aufkreuzen, der den Laden leitet, und einen vernünftigen Eindruck hinterlassen.« Er sah betrübt an sich hinunter und musterte unsicher die Klamotten, die er am Leib trug. »Keine Sorge«, sagte ich, »wir werden dich neu ausstaffieren und dir auch einen neuen Haarschnitt verpassen. Solange du nüchtern aufkreuzt, gehört die Wohnung dir.«

»Aber was ist mit der Miete?«, fragte er. »Ich bin so gut wie blank.«

»Dafür ist schon gesorgt. Das Second Chances finanziert sich durch Spenden.« Wieder runzelte er die Stirn. »Das heißt, die Kosten werden von reichen Leuten gedeckt, die einen Teil ihres Vermögens der Einrichtung vermachen.«

»Nett von ihnen«, erwiderte er zweifelnd.

»Kann man so sagen. Die meisten meinen wahrscheinlich, sie könnten sich damit ihren Weg in den Himmel erkaufen.« Er musste nicht wissen, dass der einzige Wohltätige des Second Chances Centre ich war.

Ich lehnte sein Angebot auf eine Tasse Tee ab, weil ich nicht an einer Lebensmittelvergiftung sterben wollte, scheuchte ihn aus dem Haus und fuhr mit ihm in die Innenstadt. In einem Marks & Spencer kaufte ich ihm Hemden, Hosen, Socken und Unterwäsche.

»Das ist wirklich in Ordnung?«, fragte er.

»Klar, du bist einer von Bobbys alten Jungs. So machen wir das heutzutage. Wir haben genügend, es reicht für alle.« Ungläubig schüttelte er den Kopf.

»Geld gibt es auch, später«, sagte ich. Ich wollte ihm noch kein Bares anvertrauen, damit würde er wahrscheinlich nur ins nächste Pub und dann zum Buchmacher laufen. »Aber zuerst der Haarschnitt.«

Ich gab dem armen Mädel, das Jinky die Haare waschen musste, bevor sich die Friseurin daran zu schaffen machen konnte, ein großzügiges Trinkgeld. Ich sah zu, wie mehrere Zentimeter von Jinkys wild wuchernden Strähnen der Schere zum Opfer fielen und die Friseurin ihre ganzen Künste aufbieten musste, um ihm ein respektables Äußeres zu verpassen. Sie war fast fertig, als Malcolm eintraf. Ich stellte ihn vor.

»Malcolm ist von Second Chances, er wird dich auf deinen anstehenden Termin vorbereiten.«

Er würde sich darum kümmern, dass er ein Bad nahm, bevor

er die neuen Sachen anzog. Ich hatte angewiesen, dass die alten Klamotten in den Müll wanderten. Die Friseurin fegte bereits die Haarbüschel zusammen. Jinky bemerkte nicht, wie sie eine Strähne aufhob und in einen kleinen transparenten Druckverschlussbeutel gab.

Ich zückte meine Brieftasche und bezahlte das Mädchen – wesentlich mehr, als der Haarschnitt gekostet hätte. Ich zählte die restlichen Scheine ab, die ich Jinky geben wollte. Erwartungsvoll starrte er bereits auf das Geld in meiner Hand. Schließlich reichte ich Malcolm das Bündel. »Das ist für dich, Jinky, das kriegst du *nach* dem Treffen, nicht vorher.« Er nickte dankbar, als hätte er meine Gründe durchschaut. »Entspann dich und beantworte dem Typen alle Fragen, sag ihm die Wahrheit über …« Ich suchte nach den richtigen Worten. »… deine Vergangenheit. Red keinen Scheiß und versau die Sache nicht.«

»Mach ich nicht, Davey«, versicherte er mir. »Und ich bin dir wirklich dankbar, ehrlich, Mann.«

»Schon gut«, sagte ich. Er sollte das Gefühl haben, als hinge es wirklich von dem Gespräch mit dem Leiter der Einrichtung ab. Was natürlich Blödsinn war. Die Wohnung war längst für ihn reserviert, aber Jinky sollte glauben, dass er sie sich verdienen musste. Außerdem würde er dann nicht zu sehr über die Stränge schlagen, wenn er fürchten musste, man könnte ihn jederzeit vor die Tür setzen.

»Es wird mehr Geld geben, regelmäßige Zahlungen, vorausgesetzt, du bleibst sauber. Jemand wird putzen, und wöchentlich werden Lebensmittel angeliefert.«

Er machte Anstalten, etwas zu sagen, hielt plötzlich inne und spitzte den Mund, als müsste er sich anstrengen, um die Worte herauszupressen, aber dann merkte ich, dass er im

Gegenteil etwas zurückhalten wollte. Ich sah, dass er feuchte Augen bekam.
Ich legte ihm die Hand auf die Schulter. »Vergiss es einfach, Jinky. Keine Ursache, es ist nur dein Anteil. Du hast ihn dir verdient, Mann.« Dann ging ich so schnell, wie ich konnte, hinaus.

Ich erhielt den DNA-Test in Rekordzeit. Die Probe von Jinkys Haaren bewies ohne jeden Zweifel: Er war definitiv mein Vater.

44

Man soll vorsichtig sein mit dem, was man sich wünscht. So sagt man doch, oder? Mein Leben gleicht einer beschissenen griechischen Tragödie.

Ich wollte alles über meinen Vater erfahren, damit ich meiner Tochter von ihm erzählen könnte, aber was soll ich ihr jetzt erzählen? Der Mann, den ich für meinen Vater hielt, hatte mich nicht verlassen, als ich noch klein war. Er starb zwei Jahre vor meiner Geburt, umgebracht von dem Mann, den ich später Boss nannte und den wiederum ich umbrachte. Wäre Alan Blake mein richtiger Vater gewesen, hätte man wenigstens von einer Art beschissener Gerechtigkeit sprechen können, als ich Bobby Mahoney eine Kugel in den Kopf jagte, aber nein, mein richtiger Vater war ein abgehalfterter Hochstapler und Kleinganove, einer, der teilzeit bewaffnete Raubüberfälle beging und noch nicht mal das richtig auf die Reihe bekam, ein Knastbruder, der jahrelang gesessen hatte und mit einem kaputten Herzen und einer Lunge so schwarz wie Teer wieder rauskam. Jetzt ist er alt und pleite und ist auf der Zielgeraden zu Gott, aber er ist alles, was ich noch habe – neben einem Halbbruder, der im Rollstuhl sitzt. Wenigstens kann ich mich um ihn kümmern.

Und Gott sei Dank habe ich meine Tochter Emma. Wäre sie nicht, wüsste ich nicht, was ich tun würde. Ohne sie wäre dieses Schlamassel, in das ich mich manövriert hatte, völlig umsonst. An diesem Abend betrachtete ich sie, als sie in ihrem Bettchen schlief, und sie sah so schön, so herzig, so friedlich aus, dass ich mich fragte, wie aus mir jemals etwas so Kostbares hatte hervorgehen können.

Natürlich stellte ich unseren Kleinen zur Rede.

»Du hast es gewusst, oder?« Wir stritten uns schon eine ganze Weile, und ich hatte eigentlich keine Lust, noch mal alles durchzukauen, aber ich wollte, dass er es zugab. »Warum hast du mir nichts gesagt?« Zum x-ten Mal stellte ich ihm diese Frage, bis er endlich einknickte.

Er stieß einen tiefen Seufzer aus. »Weil sie nicht wollte, dass du es erfährst, Mann. Zum Schluss habe ich ihr schwören müssen, dir nichts zu sagen. Was sollte ich denn machen? Ein Versprechen brechen, das ich ihr auf dem Sterbebett gegeben habe?« Und dann ging er richtig hoch. »Ich hab dir doch gesagt, du sollst es bleibenlassen. Ich hab dir gesagt, da kommt nichts Gutes dabei raus. Oder?«

Wir waren allein im Cachet, niemand konnte uns hören. »Ja«, antwortete ich, »das hast du.« Irgendwo in den dunklen Tiefen meines Hirns konnte ich verstehen, warum er mir nichts gesagt hatte, aber ich fühlte mich einfach zu gekränkt, um meinen Zorn auf ihn zu dämpfen. »Du hättest es mir trotzdem sagen sollen. Du wärst es mir schuldig gewesen. Ich hab mich immer um dich gekümmert, Danny, immer!«

»Was dabei herauskam, sieht man ja!«, brüllte er mich an. »Deswegen sitze ich jetzt im Rollstuhl!« Verzweifelt rüttelte er an den Armlehnen.

Irgendwie besaß ich doch noch so viel Geistesgegenwart, es nicht weiter eskalieren zu lassen. Es gab zwischen uns beiden viel zu viel unausgesprochenen Scheiß, es hätte uns beiden nicht gutgetan, wenn jetzt alles hochgekommen wäre. Die meiste Zeit seines Erwachsenenlebens war Danny völlig am Arsch gewesen, weshalb ich es als meine Aufgabe gesehen hatte, ihn zu retten. Ich hatte es in bester Absicht getan, aber jetzt war er querschnittsgelähmt, weil er für die Firma gearbeitet hatte – und dafür gab er mir die Schuld. Würden wir uns das an den Kopf werfen, würde es für uns beide kein Zurück mehr geben. Ich stürmte aus dem Raum.

Ich fuhr so lange durch die Gegend, bis ich jegliches Zeitgefühl verlor. Als ich schließlich nach Hause kam, bereitete Sarah in der Küche ein spätes Abendessen zu. Emma schlief oben. Ich trat hinter Sarah und legte die Arme um sie.

»Ich hab unsere Probleme immer gelöst, oder?«, sagte ich zu ihr. »Egal, womit wir es zu tun hatten, ich hab immer versucht, dich zu beschützen, nicht wahr?«

»Natürlich. Aber du musst dich gar nicht so viel um mich kümmern. Ich bin tougher drauf, als du denkst, Davey.« Sie wand sich aus meiner Umarmung, drehte sich um und lächelte mich traurig an. »Das muss in den Genen liegen.«

»Ich weiß. Es tut mir leid, wenn du dich mit mir manchmal eingesperrt fühlst, ich hab deinem Dad nun mal versprochen, und …«

»Was?« Sie sah mich besorgt an, und mir wurde klar, dass ich dieses Mal unvorsichtig geworden war. Meine Gefühle standen mir ins Gesicht geschrieben. Der Stress, die vielen Probleme schlugen allmählich durch. Sarah umarmte mich. »Was, Davey?«, wiederholte sie.

Ich zögerte, aber es musste sein, ich musste es ihr sagen. »Ich glaube, ich hab ein Problem, das ich nicht lösen kann. Etwas, was sich meiner Kontrolle entzieht.«

»Erzähl«, drängte sie, und das kämpferische Funkeln in ihrem Blick empfand ich als seltsam tröstlich. »Es gibt nichts, was wir nicht zusammen lösen könnten. Sonst bin ich doch immer außen vor, nie erzählst du mir alles … Ich weiß, ich weiß, du willst mich schützen, diesmal will ich aber, dass du es mir erzählst. Meinst du, ich merke nicht, wenn etwas nicht stimmt? Jedes Mal, wenn du das Haus verlässt, sehe ich es dir an. Ich bin nicht dumm, Davey. Ich liebe dich. Lass dir helfen.«

»Ich liebe dich auch. Du und Emma, ihr bedeutet mir alles. Ich weiß, ich hab das nicht immer zum Ausdruck gebracht, auch das tut mir leid. Ich weiß, du bist stark, Sarah, aber in diesem Fall kannst du mir nicht helfen.«

Ich erzählte ihr alles. Von meiner Zwangslage zwischen einem mächtigen Mann, der mich umbringen würde, wenn ich auf sein Angebot nicht einging, und einer rachsüchtigen Supermacht, die es nie hinnehmen würde, wenn ich ihm half.

»Irgendeine Lösung muss es doch geben«, sagte sie.

»Nein«, erwiderte ich. »Und du und Emma werdet nicht mehr sicher sein, solange ich am Leben bin.«

Damit zog ich sie fest an mich, damit sie mein Gesicht nicht sehen konnte.

Danny unterhielt sich mit dem DJ und zwei von unseren Tänzerinnen, als ich im Cachet eintraf. Ich drängte mich nicht dazwischen, ich gab nur zu erkennen, dass ich da war, trat aber nicht näher. Er schien sich mit den dreien verdammt viel Zeit zu lassen, ich nahm daher an, dass er mich absichtlich warten ließ, um mich abzustrafen – oder weil er nicht wusste, was er mir sagen sollte. Endlich war er mit ihnen fertig. Sie zogen ab, er drehte seinen Rollstuhl in meine Richtung, kam herüber und begrüßte mich mit seinem »Was verdammte Scheiße willst du?«-Blick.

»Alles okay für heute Abend?«, fragte ich und meinte damit den Club, nach dem ich mich so gut wie nie erkundigte.
»Ja.« Mehr kam nicht.
»Und das Gala-Dinner? Brauchst du noch was?«
»Nein.« Er schüttelte den Kopf.
»Gut«, sagte ich. »Dann will ich nicht weiter stören.« Bevor ich loswerden konnte, was mir auf dem Herzen lag, stieß er auch schon mit dem Rollstuhl zurück und wollte schwungvoll umdrehen. »Das gestern …« Er stoppte mitten in der Bewegung. »War nicht so gemeint. Das weißt du. Ich war durcheinander, ich hab alles an dir ausgelassen. Ich hab mich benommen wie der letzte Arsch.« Eine Art der Entschuldigung, die Danny verstehen sollte.
»Mach dir mal keine Sorgen«, log er. »Wir waren beide neben der Spur, wir haben beide Scheiß geredet. Vergiss es!« Das Letzte war ein Befehl. Er verstand und akzeptierte meine Entschuldigung, und das war nun seine Art, mir zu sagen, dass es ihm ebenfalls leidtat. Man musste ihn schon gut kennen, um es zu kapieren.
»Hast du Zeit für ein Pint?«, fragte ich.
»Immer«, antwortete er leise.

»Ich hab's mir irgendwann gedacht«, sagte er, als wir mit unseren Getränken in einer ruhigen Ecke zusammensaßen. »Nicht sofort. Ich war ja noch ganz klein, als du geboren wurdest. Sie hat mir erzählt, sie wäre fort gewesen und hätte sich mit Dad getroffen. Im Süden, dort hätte er einen Job, aber er könnte nicht kommen, weil es zu weit weg wäre. Aber eines Tages, da würde er vielleicht für immer nach Hause kommen. Wir müssten Geduld haben, hat sie gesagt, und abwarten, wie sich alles entwickelt. Und später hat sie erzählt, ich würde bald einen kleinen Bruder oder eine kleine Schwester bekommen. Ich habe noch nicht allzu viel kapiert, aber dass Dad zurückkommt – das habe ich ihr schon damals nicht abgenommen. Ein ganz schöner Scheiß, was?«

»Wann bist du misstrauisch geworden?«

»Als ich ein bisschen älter war. An den genauen Wortlaut kann ich mich nicht mehr erinnern, jedenfalls hab ich einen Kommentar aufgeschnappt, von einem dieser alten Weiber, das über Ma sagte: ›Die soll sich mal bloß nicht für was Besseres halten.‹ Ich hab damals nichts darauf erwidert, aber ich bin ins Grübeln gekommen.«

»Du hast sie darauf angesprochen?«

»Nein, nicht gleich, erst viel später, als ich wieder zurück war.« Von den Falklands, meinte er. Was er dort erlebt hatte, dürfte die außereheliche Affäre unserer Mutter in eine andere Perspektive gerückt haben. »Es brachte sie völlig aus der Fassung. Mir kann es doch scheißegal sein, das sagte ich ihr, aber sie schämte sich. Es war ihr richtig peinlich, und ich musste ihr schwören, dass ich dir nichts erzähle. Wahrscheinlich fürchtete sie, es würde dich zu sehr aus der Bahn werfen.«

»Sie hat dir nicht gesagt, wer der Vater war?«

»Nein, hat sie nicht. Das wollte sie mir nicht verraten, ehrlich.«

»Und du hattest nicht die geringste Ahnung?«

»Nein. Es waren ja ständig Männer um sie, das gehörte zu ihrem Job. Sie arbeitete in Bobby Mahoneys Clubs und Pubs, da kam sie dauernd mit den Stammgästen und den Jungs aus seiner Mannschaft in Berührung, aber sie hat nie einen mit nach Hause gebracht. Manchmal hat einer sie nach Hause gefahren, aber er kam nie in die Wohnung.«

»Hat auch Jinky sie mitgenommen?«

»Weiß ich nicht mehr«, sagte er, aber wahrscheinlich wollte er mir nur ausweichen. »Vielleicht, ja, ein-, zweimal, schätze ich. Aber wie gesagt, er kam nie ins Haus. Unsere Ma hat das nicht erlaubt, du weißt ja, wie sie war, ein bisschen prüde, wenn es darum ging.« Unser Kleiner lachte. »Na, anscheinend war sie doch nicht so prüde, wie wir immer gedacht haben.«

»Jedenfalls sehen wir uns beide ähnlich«, sagte ich. »Natürlich bin ich als der Jüngere auch der Hübschere, du bist nur die ausrangierte Version, aber eine Ähnlichkeit ist durchaus vorhanden.«

Er nickte. »Wir sehen beide Ma ähnlich.«

»Ist wohl so.«

»Nur in einem schlägst du nach Jinky.«

»Wie?«

»Bei den Mädels. Ich weiß nicht, wie du es anstellst, aber du hattest immer mehr, als dir eigentlich zusteht. Genau wie er.«

»Dann schau dir an, was aus ihm geworden ist«, erinnerte ich unseren Kleinen.

Ich heuerte ein junges Ding für den Gesang an, und sie war absolute Spitze; klassisch ausgebildet, mit goldenen Schallplatten, dem ganzen Drumherum. Sie hatte für das Königshaus geträllert, war in der Royal Albert Hall aufgetreten und hatte beim Pokalfinale vor neunzigtausend Zuschauern *Abide with Me* geschmettert. Sie hatte eine Stimme wie ein verdammter Engel und war noch dazu ein ziemlicher Hingucker, das größtenteils männliche Publikum lag ihr zu Füßen. Ich zahlte sie gut und bat sie, ein paar patriotische

Nummern aufzuführen, weil ich wusste, dass die Jungs an den Tischen darauf abfuhren und sich dann leichter von ihrem Baren trennten für *Help for Heroes*, die Wohltätigkeitsorganisation, die wir ausgesucht hatten. Sie sang *Jerusalem* und *I Vow to Thee My Country*, wofür sie langen, herzlichen Applaus erhielt. Unsere Gäste stopften Scheine in Umschläge und schrieben Kreditkarten-Spenden aus, als hätten sie Geld zu verbrennen.

Es war vielleicht ein bisschen dick aufgetragen, aber ich überredete sie zum Abschluss zu *Land of Hope and Glory*, und alle winkten mit den kleinen Union-Jack-Fähnchen, die wir vorsorglich auf den Tischen ausliegen hatten. Der Alkohol tat sein Übriges. Dann sprangen sie tatsächlich auf und erwiesen ihr Standing Ovations. Ich ging auf die Bühne, tupfte ihr einen Kuss auf die Wange und überreichte ihr einen großen Blumenstrauß, wobei sie lächelte, als wäre sie nie glücklicher gewesen als jetzt, Gott segne sie.

Sie legte sorgfältig den Strauß ab und schob ihren Mikroständer nach vorn an den Bühnenrand, so dass sie direkt vor der ersten Tischreihe stand. Die Band setzte die Instrumente ab.

»Ich hab noch ein letztes Lied«, sagte sie dem Publikum, »zwei eigentlich, denn mit diesem hier will ich anfangen.« Dabei sah sie zu Danny, der bis zu diesem Zeitpunkt alles ungerührt über sich hatte ergehen lassen, und sie begann leise »Ha-ppy Birth-day to you, ha-ppy birth-day to you« zu singen, woraufhin Danny große Augen bekam. Ich verzog keine Miene, während die Menge jubelte und applaudierte.

Unser Kleiner lächelte unsicher, winkte allen zu und sprach ein stummes »Danke« zu unserer Sängerin, aber die war noch nicht fertig. Sie wartete, bis der Applaus abgeebbt war, hielt sich das Mikro an die Lippen und sah zu Danny, als wäre er jetzt der einzige Mann im Saal. Dann stimmte sie ein Lied an, das natürlich jeder sofort erkannte: »*Oh, Danny Boy … the pipes, the pipes are calling …*«

Unser Kleiner kriegte den Mund nicht mehr zu. Völlig selbstvergessen starrte er sie an. Dann, nach etwa der Hälfte des Lieds, schien ihm plötzlich einzufallen, dass es mich auch noch gab. Er sah herüber, und ich zwinkerte ihm zu. Schnell wandte er den Blick wieder ab.

Beim Refrain von *Danny Boy* zog er eine komische Grimasse, und ich brauchte eine Weile, bis mir klarwurde, dass er sich genau wie Jinky Smith anstrengen musste, um nicht loszuheulen. Schließlich fasste er sich an die Augen, unterdrückte die Tränen, und mir blieb es erspart, in einer Woche zwei erwachsenen Männern beim Flennen zusehen zu müssen. Das Komische war nur, ich musste mich selbst abwenden und so tun, als würde ich einen Hustenreiz unterdrücken. Denn als dieses schmalzige irische Lied für meinen Bruder erklang und er fast in Tränen ausgebrochen wäre, bekam ich selbst einen Kloß im Hals. Reiß dich zusammen, sagte ich mir, atmete tief durch und schaffte es gerade so, trockene Augen zu behalten.

45

Es war der Auftragsmord, der Fallon erneut in den Cauldron führte.

»Der Typ gehört seit Jahren zu mir«, erzählte er uns. »Sie haben ihn abgeknallt, als er auf eine Zigarette vors Pub gegangen ist, dann sind sie losgefahren, bevor irgendjemand reagieren konnte. Die haben ihn eiskalt im Rinnstein verbluten lassen. Das können wir nicht einfach so hinnehmen.« Er meinte, *ich* könnte es nicht hinnehmen, nicht, wenn ich bei Fallon und seinen Männern meine Glaubwürdigkeit behalten wollte.

»Es gibt einen Weg, die Sache zu regeln«, sagte Palmer, bevor ich etwas erwidern konnte, »aber ihr müsst es mich allein machen lassen. Gehen wir mit Fallons Leuten rein, artet das sofort zu einer wilden Schießerei aus, und Minuten später haben wir die Bullen am Hals.«

»Was schwebt dir vor?«

»Lass mich noch mal zu ihnen. Ich rede mit ihnen und schick sie fort«, sagte Palmer nur. Er hatte seine Gründe für diese Verschlossenheit. Er wollte nicht, dass andere von seinem Plan erfuhren. Je mehr Leute davon wussten, umso wahrscheinlicher war es, dass die Polizei Wind davon bekam oder jemand die Sache vielleicht sogar an die Serben verkaufte. Es wäre nicht das erste Mal, dass wir verraten würden. Also beließ ich es dabei.

»Was brauchst du?«

Er dachte kurz nach. »Robbie. Der muss die Überwachungskameras in ihrer Straße und den Straßen in der Umgebung

abschalten, damit ich beim Eintreffen vor Ort nicht zu sehen bin.«
»Gut«, sagte ich. »Was noch?«
Er schüttelte den Kopf. »Mehr nicht. Überlass die Sache mir.«
»Wie du willst. Wann kann es losgehen?«
»Morgen schon. Hat ja keinen Sinn, noch länger zu warten.«
»Ich fahr dich«, sagte Kinane.
»Nein«, kam es sofort von Palmer.
Joe Kinane schien verblüfft.
»Er hat recht, Joe«, sagte ich. »Man kennt dich und würde dich schon auf einen Kilometer Entfernung registrieren.« Ich wandte mich an Palmer: »Such dir einen anderen, einen, den die Serben nicht kennen.«
»Ich mach es«, sagte Peter Kinane. Wir alle, auch sein Dad, drehten uns zu ihm um. Vor uns stand jemand, der so verdammt darauf aus war, uns allen zu beweisen, dass er anders war als sein älterer Bruder. Ich zögerte keine Sekunde.
»Okay«, sagte ich, und Joe Kinane schwieg.

Palmer sah auf seine Uhr und ließ die letzten Sekunden verstreichen, dann ging sein Blick zu Peter Kinane. Er stieg aus dem Wagen und schlenderte die Straße entlang.
Peter Kinane würde man kaum entdecken. Er hatte in ausreichender Entfernung vom Haus an einer Ecke geparkt und konnte das Grundstück sehen, den riesigen, kahlköpfigen serbischen Wachmann am Eingang und den dazu eher schmächtigen Palmer, der ohne große Eile auf ihn zuging.
Das serbische Schwergewicht hatte Palmer längst entdeckt und ließ ihn nicht aus den Augen. »Ich hab eine Botschaft von David Blake an Dusan Stevic«, sagte Palmer, als er vor

ihm stand. »Er will reden. Ein neues Angebot. Damit die Sache ein Ende findet.«
»Warte«, wurde ihm gesagt, und das zweite Schwergewicht an der Tür verließ seinen Posten und kündete drinnen Palmers Ankunft an. Unter Aufsicht des ersten Wachmanns wartete Palmer.
Irgendwann kehrte der zweite Wachmann zurück und rief seinem Kollegen etwas auf Serbisch zu. Der trat zur Seite, und Palmer durfte die Stufen hinauf. Vor der Tür wurde er auf Waffen abgetastet, und als die beiden Wachen zufrieden waren, wurde er ins Haus gelassen und die Treppe hinaufgeschickt. »Zoran!«, rief einer der Männer und gab damit dem Typen Bescheid, der den Eingang zum sicheren Raum der Brüder bewachte.
Wie zuvor trug Zoran seine schwarze Lederjacke offen, Palmer konnte den Griff der Waffe erkennen, die aus dem Schulterholster ragte. Auch Zoran tastete den unbewaffneten Palmer ab. Nachdem sich Zoran überzeugt hatte, dass Palmer sauber war, rief er durch die geschlossene Tür. Einer der Brüder antwortete, Zoran erwiderte etwas darauf, dann folgte eine Pause. Eindringlich starrte ihn der Leibwächter an, schweigend erwiderte Palmer den Blick.
Dann war ein Summen zu hören, mit einem Klick wurde die Tür entriegelt. Zoran trat zur Seite. Bevor Palmer die Tür aufstieß, ballte er die behandschuhte Hand, und dann ging alles blitzschnell. Palmers linke Faust traf mit voller Wucht Zorans Hals und zerschmetterte ihm den Kehlkopf. Zoran quollen die Augen hervor, röchelnd schnappte er nach Luft, wankte, Palmer stieß ihn gegen die Wand, fasste gleichzeitig mit der anderen Hand in die Lederjacke und schnappte sich die mit einem Schalldämpfer versehene Pistole. In einer ein-

zigen, fließenden Bewegung presste er sie dem Leibwächter unters Kinn und drückte ab. Das Geschoss drang durch den Schädel und hebelte ihm die Schädeldecke ab. Blut und Gehirnmasse sprühten an die Decke. Noch während der riesige Mann zu Boden sackte, stieß Palmer mit dem Fuß die Tür auf.
Zorans Röcheln, der gedämpfte Schuss und das durch den Türspalt spritzende Blut hatte die Stevic-Brüder bereits gewarnt. Mit gezückter Pistole trat Palmer in den Raum und schoss Streten, dem nächsten Bruder, der sich aus dem Armsessel erheben wollte, mitten ins Gesicht. Mit weit aufgerissenen Augen wurde der Leichnam in seine ursprünglich sitzende Position zurückgeworfen. Den zweiten Bruder Marko, der bereits ein Gewehr in der Hand hatte und auf Palmer anlegte, trafen in schneller Abfolge zwei Geschosse in der Brust. Er wurde nach hinten gerissen, warf dabei den Tisch um, Gläser und Papiere flogen zu Boden und verursachten einen Krach, der die Leibwächter im unteren Stockwerk aufschreckte. Schreiend stürzten sie die Treppe hoch.
Der letzte Bruder, Dusan, warf sich mit gezogener Waffe hinter den umgestürzten Tisch und feuerte über die Tischkante blind drei Schüsse ab, die Palmer um Zentimeter verfehlten. Palmer erwiderte das Feuer, Dusans Hand verschwand hinter dem Tisch, aber das massive Holz hielt den Geschossen stand. Hinter sich hörte Palmer bereits die beiden Serben, die die Treppe hochkamen; nur Sekunden noch, bis er zwischen ihnen und Dusan in ein tödliches Kreuzfeuer geraten würde. Wenn er den letzten Bruder nicht schnell eliminierte, war es aus mit ihm.
Palmer traf eine Entscheidung. Er warf die Pistole weg, machte einen schnellen Schritt und tauchte zu dem Gewehr

ab, das Marko hatte fallen lassen. Als Dusan erneut über die Tischkante anlegen wollte, richtete Palmer das Gewehr auf den Tisch und feuerte. Der erste Schuss durchschlug die Platte, von der anderen Seite war ein Schrei zu hören. Dusan ließ die Waffe fallen. Palmer sprintete zum Tisch, stellte einen Fuß auf die Kante und zielte auf den verletzten Dusan, der sich auf den Rücken gerollt hatte und direkt in den Gewehrlauf schaute.

Sein erschrecktes »Nein!« wurde vom Knall des Schusses erstickt, der ihn mitten im Gesicht traf.

Palmer warf sich hinter den Tisch, bevor die beiden Serben ins Zimmer stürmten. Mit Dusans Waffe in der Hand tauchte er sofort wieder auf und erledigte den ersten, bevor die zwei Leibwächter überhaupt Zeit hatten, das Blutbad in seiner Gänze wahrzunehmen; zwei Geschosse in die Brust ließen ihn zu Boden gehen. Fluchend zückte der zweite Serbe die Waffe, feuerte aber viel zu schnell und traf nur die Wand hinter Palmer. Der zielte sorgfältiger. Der erste Schuss traf den Serben in der Schulter, erstaunlicherweise blieb der Leibwächter aber auf den Beinen, fluchte lauthals und versuchte, rückwärtswankend, erneut auf Palmer anzulegen. Dieser machte einen Schritt nach vorn und pumpte drei weitere Geschosse in den Serben. Der fiel nach hinten über seinen Kameraden, der immer noch verzweifelt versuchte, sich wieder aufzurichten, trotz der Verletzungen und dem Gewicht des Toten, der auf ihm lag. Auf dem Weg nach draußen verpasste ihm Palmer eine Kugel in den Hinterkopf. Dann ging er die Treppe hinunter, als wäre nichts geschehen, und trat auf die Straße. Er hatte das Haus unbewaffnet betreten und sechs Tote zurückgelassen.

46

Einen Tag, nachdem Palmer die Stevic-Brüder erledigt hatte, verlor Wasnezow die Geduld mit mir. Zu Hause traf ein Ordner ein, darin lagen Fotos von meiner Tochter bei Spaziergängen im Park mit Joanne und einem Leibwächter. Die Botschaft war unmissverständlich: Kooperiere, oder Emma wird dafür büßen müssen.
Später an diesem Tag kam ein Anruf von einem von Wasnezows Männern. Er teilte mir ein Datum mit, Tag und Uhrzeit und eine Flugnummer. Man befahl mich zu einem Treffen mit dem ersten von Wasnezows Männern, der eingeschleust werden sollte. Der Treffpunkt war Helsinki.

Im Zuge der Ermittlungen der Lothian and Borders Police nach der Ermordung von sechs serbischen Gangstern, die sich in der Stadt niedergelassen hatten, ackerte sich Detective Sergeant Nigel Kelly durch die Dateien auf Dusan Stevics Computer. Sie gaben eine interessante Lektüre ab. Manche Dateien waren verschlüsselt, andere nicht. Anscheinend waren die Stevic-Brüder doch nicht so vorsichtig vorgegangen, wie es angebracht gewesen wäre. Ihre Arroganz, so glaubten zumindest einige, zeugte davon, dass sie sich gegenüber den Behörden für unantastbar gehalten hatten. Jetzt waren sie zwar alle tot, die zurückgelassenen Informationen aber konnten sich als unschätzbarer Fund herausstellen und umfassende Ermittlungen gegen ihr kriminelles Netzwerk ins Rollen bringen, was zweifelsohne zu weiteren Verhaftungen führen würde. Es gab sogar Auflistungen mit einge-

gangenen und weitergeleiteten Zahlungen inklusive Absender- und Empfängernamen.
Kelly wollte gerade eine Pause einlegen, als er über ein Flash-Video mit serbischem Titel stolperte. Einer Laune folgend, klickte er auf die Datei und wartete, bis sie geöffnet wurde. Das Bild, das sich ihm daraufhin präsentierte, hatte er nicht erwartet.
Das Mädchen war nach vorn gebeugt und presste das Gesicht fast in die Kamera. Sie war nackt, ihre vollen Brüste baumelten hin und her, während ein älterer Mann sie von hinten nahm. Nach ihrem Gesichtsausdruck zu schließen, hatte sie wenig Spaß an dem Sex und ließ ihn einfach über sich ergehen. Nach seinem Gesichtsausdruck zu schließen, hatte er keine Ahnung, dass sie dabei heimlich gefilmt wurden.
»Wow!«, rief Detective Constable Russell, als er zufällig den Film auf Kellys Computer bemerkte. »Kelly zieht sich einen Porno rein!« Er kam herüber. Als Erstes betrachtete er die Nackte, die von dem älteren, beleibten Typen gevögelt wurde. Sein Blick fiel auf das charakteristische Tattoo am Arm des Mädchens, erst dann konzentrierte er sich auf ihr Gesicht.
»Verdammte Scheiße, die haben wir doch unten sitzen. Das ist eine von diesen Ukrainerinnen, die die Serben eingeschleust haben. Die haben wir erst vor ein paar Stunden aufgegriffen. Ich hab sie nicht gleich erkannt, erst ihr Tattoo am Arm. Aber das ist sie, definitiv.« Detective Sergeant Kelly ging darauf aber gar nicht ein. Er hatte sich nicht so leicht von der nackten Frau und ihrem Tattoo ablenken lassen, sondern flüsterte nur dreimal das gleiche Wort: »Fuck … fuck … fuck.«

Erst jetzt riss sich Russell von dem Mädchen los und nahm auch den Mann näher in Augenschein. Er war untersetzt, hatte eine angehende Glatze, blonde Strähnen waren quer über den ansonsten kahlen Schädel gelegt, Schweiß stand ihm auf der Stirn, dabei grunzte er wie ein Ferkel, während er sich unablässig gegen das Mädchen warf.

»Verdammte Scheiße«, entfuhr es Russell, als er den Mann endlich erkannte. »Mein Gott!«

»Nein«, antwortete Kelly, »aber nah dran.«

Ihre aufmerksam gewordenen Kollegen gesellten sich zu ihnen und wollten selbst sehen, was die anderen so in Aufregung versetzte. Weitere kamen hinzu, bald darauf drängte sich eine kleine Traube von Männern und Frauen um den Computer, auf dem das kopulierende Paar zu sehen war. Der Mann war mit vollem Körpereinsatz bei der Sache, allerdings ließ sich nur schwer sagen, ob er gerade einen Orgasmus oder einen Herzinfarkt bekam. Das Finale wurde von den Zuschauern mit Schweigen quittiert.

Es war dann DC Heather Shaw, die als Erste Worte fand. »Ist das nicht ...?«

»Assistant Chief Constable Brinklow«, bestätigte DS Kelly, der schon etwas mehr Zeit gehabt hatte, sich mit dieser Tatsache vertraut zu machen. »Genau das ist er, verdammte Hacke noch mal!«

Neuigkeiten verbreiten sich schnell, vor allem, wenn es um die Verhaftung eines Assistant Chief Constable unter dem Vorwurf der Korruption geht. Wir verfolgten die Fernsehnachrichten im Cauldron.

»Es heißt, Brinklow wird mindestens fünfzehn Jahre bekommen«, erklärte Sharp. »Fünf für das, was er getan hat,

fünf für seinen Dienstgrad. Und fünf Jahre extra für dieses verdammte Video.«
Brinklows unfreiwilliger Porno galt in Polizistenkreisen schon jetzt als legendär. Wahrscheinlich lag es wirklich am Video von der Vergewaltigung der ukrainischen Sexsklavin, warum Brinklow nicht mit zehn Jahren Haft rechnen musste, von denen er dann sechs absaß, sondern mit fünfzehn Jahren, von denen letztlich zehn blieben – immer vorausgesetzt, die Kommission gelangte nicht zu der Meinung, dass er seine Strafe aufgrund des ungeheuerlichen Machtmissbrauchs bis zum bitteren Ende verbüßen müsse.

Es dauerte eine ganze Weile, bis ich mich von Sarah und Emma verabschiedet hatte. Ich wollte nicht fort, aber ich musste, ihretwegen vor allem. Es brach mir fast das Herz, meine Tochter hochzunehmen und sie zum Abschied zu küssen. Als ich davonfuhr, bleib Sarah mit Emma auf dem Arm in der Tür stehen und sah mir nach.
Ich konnte weder Palmer noch Kinane auf diese Reise mitnehmen, ich musste sie allein antreten. Bevor ich den Flughafen ansteuerte, drehte ich noch eine Runde durch Newcastle und warf einen letzten Blick auf die Straßen, die ich mein Leben lang gekannt hatte. Denn ich wusste, ich würde sie nicht mehr wiedersehen.

Es gab keinen Privatjet, der mich zu Wasnezows Anwesen in der Nähe von Helsinki gebracht hätte. Ich hatte die Anweisung, einen Linienflug von Heathrow zum Flughafen Vantaa in der finnischen Hauptstadt zu nehmen. Dort wurde ich von einem von Wasnezows Männern in Empfang genommen, einem Schrank im Anzug, der mich erkannte, sich aber

nicht die Mühe machte, sich selbst vorzustellen. Er begleitete mich zu einem großen Audi und gab mir die Schlüssel. »Halt dich ans Navi«, befahl er, »es ist so eingestellt, dass es dich zum Haus in Anjalankoski Kouvola bringt.«
Der Name sagte mir nichts. Als ich einstieg, verriet mir das Display, dass ich hundertdreißig Kilometer zu fahren hatte. Wasnezows Mann klopfte an die Seitenscheibe. Ich ließ sie runter. »Nicht anhalten«, warnte er mich. »Wir würden das mitkriegen.« Daran zweifelte ich nicht.
Das Navi brachte mich vom Flughafen über eine breite, an Wohnblocks und einzelnen Häusern vorbeiführenden Allee in die leicht verschneiten Vororte. Schließlich erreichte ich die Auffahrt zur Autobahn, auf der ich stetig vorankam – verglichen mit Großbritannien, herrschte nur wenig Verkehr. Unwillkürlich nahm ich den Fuß vom Gas, als wollte ich das Unvermeidliche hinauszögern. Ich kam mir vor wie ein Verurteilter, der zum Galgen gezerrt wurde.
Kilometer um Kilometer zogen Wälder vorbei, riesige Nadelbäume zu beiden Seiten, von nichts unterbrochen außer von Brücken, die in unregelmäßigen Abständen die Straße überspannten. Die Dunkelheit brach herein, als ich schließlich die Hauptstraße verließ – aus der Autobahn war schon vor einiger Zeit eine einspurige Schnellstraße geworden – und auf einen Nebenweg abbog, der weder beleuchtet war noch beschildert. Ich musste mich auf das Navi und die Scheinwerfer verlassen, um sicherzugehen, dass ich noch auf dem richtigen Weg war, der, je näher ich meinem Ziel kam, immer schmaler zu werden schien. Ich war froh um den Schnee, der das Licht reflektierte und mir den Weg erhellte. Nach etwa drei kurvenreichen Kilometern kam endlich das Haus in Sichtweite. Es hatte nichts von der neugotischen

Monstrosität von Wasnezows englischem Landsitz. Das farblose Herrenhaus musste aber schon lange hier gestanden haben, bevor Wasnezow es seinem Portfolio einverleibt hatte.
Ein Empfangskomitee aus einem halben Dutzend Leibwächter erwartete mich. Sie trugen ihre Waffen ganz offen; Pistolen in Holstern, Maschinenpistolen um die Schulter geschlungen. Im Haus brannten Lichter, es herrschte eine angespannte Atmosphäre.
Evgeny Gorschkow kam heraus, nachdem einer seiner Männer mich abgetastet hatte.
»Er ist sauber«, sagte der Mann.
»Natürlich ist er das«, antwortete Wasnezows Sicherheitschef. »Er ist nicht so blöd und kreuzt verkabelt oder mit einer Waffe oder einem Tracker auf, wenn er sich mit uns treffen will. Blake weiß das. Wenn nicht, würden wir ihn dort draußen verscharren.« Er sah zum Wald.
Gorschkow begleitete mich ins Haus. Wir traten in ein großes Zimmer mit einem gewaltigen offenen Kamin, in dem Scheite laut knisternd auf einem Gitter vor sich hin brannten. Wasnezow saß davor, daneben Michail Dazik, sein Banker, sowie drei Leibwächter.
»Freut mich, dass Sie Ihren Flug nicht verpasst haben«, begrüßte mich Wasnezow trocken. »Das erleichtert vieles.«
»Ich bin hier«, sagte ich, »aber ich sehe nicht, wie ich Ihnen helfen kann.«
Wasnezow runzelte die Stirn. »Sie werden mir helfen, indem Sie meine Anweisungen befolgen. Sie werden bald meinen Mann kennenlernen. Er hat sich zwei Jahre lang auf diesen Einsatz vorbereitet, und Sie werden ihn in mein Heimatland schleusen. Das alles habe ich Ihnen schon erklärt.« Er schüttelte ungeduldig den Kopf. »Sie sollten sich glücklich zeigen,

Blake. Wenn Sie am Morgen abreisen, werden Sie meinen Mann und Ihr Honorar mitnehmen. Ich habe Ihnen zwei Millionen US-Dollar versprochen, die gehören Ihnen.«

»Dann werde ich die Nacht hier verbringen?«, fragte ich.

»Ihr Flug nach Amsterdam geht am Morgen. Heute Abend essen und schlafen Sie. Und morgen reisen Sie wohlhabender ab, als Sie gekommen sind.« Er zuckte gelangweilt mit den Schultern. »Wenn Sie in Amsterdam sind, schicken Sie meinen Mann auf seinen Weg. Es ist wirklich alles ganz einfach.«

»Und wenn ich mich weigere?«

Seine Miene verhärtete sich. »Ich habe Ihnen schon gesagt, ich verzeihe nicht.«

»Das haben Sie. Also, heute Abend werde ich essen und schlafen, und morgen …« Ich zuckte mit den Schultern, als würde ich seinem Plan zustimmen.

»Gut«, sagte er, als plötzlich im Haus alle Lichter ausgingen. Im Schein des Kaminfeuers konnte ich die Gestalten im Zimmer nur noch als fahle Schemen erkennen. Einige riefen etwas auf Russisch, hektische Fragen, herrische Antworten, dann kam Bewegung in die Leute.

Wasnezow bellte etwas auf Russisch und scheuchte mit den Armen fuchtelnd seine Leute auf.

Einer der Leibwächter entzündete eine Handfackel, worauf drei der Leute zum Haupteingang liefen, aber nicht sehr weit kamen. Die Waffen mussten Schalldämpfer haben, denn Schüsse waren nicht zu hören, während alle drei Leibwächter niedergemäht wurden. Instinktiv warf ich mich zu Boden.

»Evgeny!« Panik schwang jetzt in Wasnezows Stimme mit, als er nach seinem persönlichen Leibwächter rief, der mit gezogener Pistole auf ein Knie ging und die Waffe zwischen

Tür und Fenster hin- und herschwenkte, als wäre er unschlüssig, aus welcher Richtung der Angriff kam. Rufe und polternde Schritte auf den Holzdielen waren zu hören, gleich darauf setzte ohrenbetäubendes Gewehrfeuer ein.

Auf die ersten MP-Salven folgte eine kurze Pause, in der ich russische Befehle hörte. Dazwischen die Schreie von Sterbenden, anschließend weiteres Gewehrfeuer, jetzt aber gezielter.

Evgeny redete ununterbrochen in ein winziges Funkgerät und versuchte herauszufinden, was vor sich ging. Ich spreche nicht ein Wort Russisch, aber ich kann hören, wenn jemand Panik schiebt. Die Männer, mit denen er kommunizierte, versuchten, ihn über die Ereignisse zu unterrichten, während sie selbst gleichzeitig um ihr Leben kämpften. Ich lag auf dem Holzboden und betete, dass sie jetzt mit Wichtigerem beschäftigt waren als mit mir.

Eine Weile lang wiederholte sich das immergleiche Muster; kurze Feuerstöße von Wasnezows Leibwächtern, dem das gegnerische Feuer folgte, das etwas Geisterhaftes an sich hatte; wir hörten es nicht, sondern bekamen nur mit, wenn die Hausfassade getroffen wurde, wenn Fenster zerbarsten und Steine und Mauerwerk splitterten. Es klang, als läge eine ganze Armee da draußen. Die Rufe hielten an, wurden aber immer spärlicher. Evgeny ging unentwegt seine Namensliste durch. »Lew … Iwan … Oleg … Pjotr!« Er schwitzte, wie ich im Licht des flackernden Kaminfeuers sah. Und mir wurde klar, dass sie das Gefecht verlieren würden.

Ich wusste nicht, wie lange das Feuer anhielt, es kam mir wie Stunden vor. Irgendwann, so abrupt, wie es begonnen hatte, hörte es auf. Es herrschte angespannte Stille. Nur Wasnezow, Evgeny, Michail und ich waren noch im Zimmer. Wir

hielten den Atem an und warteten, was als Nächstes geschehen würde. Ich sah zu ihnen; sie starrten alle zur Tür.
Und dann, als ich den Kopf wandte, geschah es: Das Fenster explodierte, die Scheibe barst, Glassplitter gingen über uns nieder, dann gab es einen gewaltigen Knall, eine Rauchwolke breitete sich aus, und mir klingelte es in den Ohren von der Blendgranate. Die Männer, die sich durch das aufgebrochene Fenster schwangen, nahm ich nur verschwommen wahr.
Die vier Männer, die durch das Fenster kamen, trugen schwarze Uniformen, schwarze Helme, Nachtsichtgeräte und Maschinenpistolen. Sie konnten uns im Rauch und in der Dunkelheit erkennen, worüber ich froh war, denn das minderte die Wahrscheinlichkeit, dass sie mich erschossen, wenn sie mich auf dem Boden liegen sahen, die Arme ausgestreckt, die Hände flach auf den Holzdielen, so unschuldig und zivil aussehend wie nur möglich. Einer von ihnen richtete seine Waffe auf mich. Das war es dann, dachte ich mir, er wird dich abknallen, einfach so, damit alle Augenzeugen eliminiert sind.
»Ich rühre mich nicht!«, rief ich. »Ich rühre mich nicht!« Ich hoffte, mein Englisch würde ihn daran hindern, mich zu erschießen. Vielleicht fürchtete er eine Art internationalen Zwischenfall, auf jeden Fall hatten sie es offensichtlich nicht auf mich abgesehen.
Verstohlen sah ich in Wasnezows Richtung. Sein Leibwächter hatte aufgegeben, hatte seine Waffe auf dem Boden abgelegt und hob ganz langsam die Hände. »Evgeny!«, zischte sein Chef, als erwartete er, dass der Leibwächter noch irgendetwas unternahm – obwohl die Anwesenheit der vier bewaffneten Männer im Zimmer darauf schließen ließ, dass er der einzige Überlebende aus Wasnezows Privatarmee war. Flehend sah

Evgeny zu den Spezialkräften und wollte ihnen zu verstehen geben, dass er still und leise verschwinden würde. Einer der Angreifer machte einen Schritt auf ihn zu und erschoss ihn mit drei, vielleicht auch vier Kugeln in die Brust. Evgeny wurde nach hinten gerissen.
In diesem Augenblick sprang Wasnezow auf und unternahm einen verzweifelten Fluchtversuch. Er kam nicht weit. Sofort hatten sie ihn eingeholt. Er fluchte, trat um sich, schrie, aber er wurde in einen Armsessel gedrückt und mit einem heftigen Schlag ins Gesicht zum Schweigen gebracht. Eine Sekunde später gingen die Lichter wieder an.
Ich lag immer noch mit dem Gesicht auf dem Boden. Das grelle Licht tat in den Augen weh, die immer noch vom Rauch tränten. Ich zwinkerte, um wieder einen klaren Blick zu bekommen. Ein Mann in schwarzer Kampfhose, schwarzem Armee-T-Shirt und Kampfstiefeln kam ins Zimmer, sein Gesicht war mit Tarncreme geschwärzt. Als einzige Waffe hatte er eine Pistole am Gürtel. Er sah zu mir, dann zum Banker und schließlich zu Wasnezow. Dann ergriff er das Wort. Er redete auf Englisch, damit wir ihn alle verstanden.
»Jaroslaw Wasnezow, ich bin Major Uri Nikulin von der GRU. Sie sind verhaftet. Ihnen werden Hochverrat und Terrorakte vorgeworfen, dazu weitere Verbrechen gegen den Staat.«
»Nein!«, brachte Wasnezow krächzend heraus.
Ich hörte Hubschrauberrotoren, vermutlich von mehr als einer Maschine, die näher kamen.
»Sie werden nach Russland gebracht und vor Gericht gestellt. Sie werden den Rest Ihres Lebens im Gefängnis verbringen. Das ist bereits entschieden. Ach ja, noch was, mein Präsident lässt Sie schön grüßen.«

»Ich gebe Ihnen zwanzig … dreißig Millionen Dollar …« Gehetzt sah sich Wasnezow im Zimmer um, suchte jemanden, der Anzeichen von Schwäche zeigte, der, wie alle, mit denen er sonst Geschäfte machte, bereit wäre, sein Geld zu nehmen. »Jeder … jeder von euch … dreißig Millionen Dollar!«, rief er flehentlich. Keiner rührte sich, keiner zuckte auch nur mit der Wimper.
»Du!«, schrie er den Mann an, der seine Waffe auf mich gerichtet hielt. »Erschieß deinen Major und lass mich gehen, und ich gebe dir fünfzig Millionen Dollar … das Gleiche gilt für deine beiden Freunde … nur eine Kugel … ich zahle jeden Mann draußen … wie viele sind noch da? … sagt es mir!« Er nickte wie ein Wahnsinniger. »Sagt ihnen, es liegt ein Irrtum vor … ich wäre schon tot … ich zahle jedem von euch fünf Millionen Dollar, und ihr drei bekommt jeweils fünfzig Millionen. Denkt darüber nach!«, bettelte er.
Der Major beobachtete ungerührt, wie Jaroslaw Wasnezow den letzten Rest Würde verlor.
»Wir bringen Sie mit einem Hubschrauber fort, Wasnezow«, sagte er schließlich. »Die Reise wird nicht sehr komfortabel werden, trotzdem der reinste Luxus sein verglichen mit der Zelle, die schon auf Sie wartet. Mit Ihren Milliarden werden Sie sich dort nichts mehr kaufen können. Sie ist sehr klein und sehr kalt, und man wird Sie darin verfaulen lassen.«
Wasnezow war jegliche Farbe aus dem Gesicht gewichen. Schon jetzt sah er aus wie der Tod.
Der Major wandte sich dem Banker zu, der schweigend in einer Ecke kauerte, während ein Mitglied der Spezialkräfte eine Waffe auf ihn richtete. Der Major ging zu ihm und schüttelte ihm überraschend die Hand. »Michail Dazik, Sie sind ein Held des Vaterlandes. Der Präsident entbietet Ihnen

seinen Gruß. Sie werden für Ihre Verdienste für den Staat ausgezeichnet werden.«
Michail blinzelte nur, Wasnezow aber hatte bereits die richtigen Schlüsse gezogen. »Michail, du Drecksack, du beschissener Verräter! Ich reiß dir die Eingeweide aus dem Leib!« Damit sprang er auf, einer der Spezialkräfte aber packte ihn an den Schultern und stieß ihn unsanft zurück auf den Sessel. Trotz des Schlags tobte Wasnezow weiter. »Du beschissener Judas, Michail, egal, wohin sie mich stecken, ich bring dich um. Ich setze hundert Millionen Dollar auf deinen wertlosen Kopf aus. Die bringen dich um, und dann bringen sie deine Frau um und dann deine beschissenen Kinder.«
»Was machen wir mit dem da?«, fragte einer der Männer und deutete mit dem Kopf auf mich.
»Dieses Stück Scheiße?«, sagte der Major. »Das ist ein Drogenhändler, bringt ihn in den Wald und erschießt ihn.« Dann ging sein Blick zu Michail. »Nehmt den Banker auch mit.« Michail wurde kreidebleich. »Er soll auf den zweiten Hubschrauber warten.«
Zwei Männer hielten Wasnezow fest, während der Major ein kleines Kästchen öffnete und eine Spritze herauszog. Wasnezow riss erschreckt die Augen auf, ein letztes, verzweifeltes Mal versuchte er, sich von den beiden Soldaten loszureißen. Ich sah, wie ihm die Spritze in den Arm gesetzt wurde, sah Wasnezows schreckstarres Gesicht, bis er die Augen verdrehte und schließlich das Bewusstsein verlor. Wenn er wieder aufwachte, wäre er bereits in Russland.
Ich wurde mit dem Banker aus dem Zimmer gebracht. Einer der Soldaten schob uns durch die Eingangstür, und wir überquerten den Hof. Michail murmelte ununterbrochen vor sich hin, vielleicht betete er, trotz der Beteuerungen des Ma-

jors, er sei ein Held des Vaterlands. Um uns herum waren eine Menge Soldaten, sie hatten Maschinenpistolen in der Hand oder bereiteten sich darauf vor, mit dem ersten, in etwa hundert Metern Entfernung gelandeten Hubschrauber auszufliegen. Überall waren Wasnezows tote Leibwächter zu sehen. Das Haus lag so abgeschieden, dass die Angreifer sogar schwere Artillerie hätten heranschaffen können, ohne dass die finnischen Behörden etwas davon mitbekommen hätten.

Wir ließen das Gebäude hinter uns und stapften durch den Schnee. Im Hof setzte gerade ein zweiter Hubschrauber auf. Ich drehte mich um. Drei Soldaten folgten uns mit gezückter Waffe.

»Weitergehen«, sagte einer von ihnen. Vom Major keine Spur.

Mein Gott, sie würden uns wirklich beide erschießen und unsere Leichen im Wald liegen lassen.

»Weitergehen und Mund halten.« Der Soldat meinte Michail, der mittlerweile jenseits von Gut und Böse war und in seiner Angst manisch vor sich hin brabbelte und zwischendrin erbärmlich schluchzte. Und ich? Ich schwieg und wartete auf ein Wunder.

Sie befahlen uns, bis zum Waldrand zu gehen. Dort drehten wir uns beide zu unseren Mördern um. Der erste Soldat zückte eine Pistole und deutete an, weiterzugehen. Michail schüttelte den Kopf, worauf der Mann ihm mit der Waffe einen Schlag verpasste. Der Banker heulte auf, die anderen beiden Soldaten packten ihn und schleiften ihn weiter in den Wald hinein. Sie gaben mir zu verstehen, dass ich mich in Bewegung setzen sollte. Wie betäubt folgte ich. Was blieb mir anderes übrig?

Die kalte Luft brannte in den Lungen, mit jedem Atemzug stieß ich eine weiße Wolke aus, der Schnee unter meinen Stiefeln knirschte. Ich hatte so etwas schon einmal erlebt – schon einmal war ich vorausgegangen, während mir ein Mann mit der Waffe im Anschlag zu meinem bereits ausgehobenen Grab gefolgt war. Damals hatte Palmer mich gerettet, diesmal würde er sicherlich nicht kommen. Niemand würde kommen. Ich befand mich fast zweitausend Kilometer von zu Hause entfernt in einem fremden Land. Es gab kein Zurück mehr. Und die Männer hier ließen sich nicht kaufen. Das hatte Wasnezow schon versucht.

Wir erreichten eine Lichtung. Die Äste der überhängenden Bäume teilten sich über unseren Köpfen und gaben die Sicht auf den Himmel und den ersten Hubschrauber frei, der mit seiner wertvollen Fracht, Russlands meistgesuchtem Verbrecher, davonflog. Alle sahen dem Hubschrauber nach, und mit ihm entfernte sich meine letzte Chance auf Rettung. Ich drehte mich zu den Männern um, die uns gleich töten würden.

»Wir machen es hier«, sagte der Soldat ohne die geringste Regung.

Kräftige Hände drückten mich auf die Knie. Neben mir wurde der schluchzende Michail in die gleiche Stellung gezwungen. So unablässig er bislang vor sich hin geplappert hatte, so abrupt verstummte er jetzt. Der Soldat stellte sich hinter Michail, hob in einer schnellen, geschmeidigen Bewegung die Waffe, zielte und feuerte. Das Geschoss durchschlug den Hinterkopf, trat vorn wieder aus und zerfetzte ihm das Gesicht. Der Leichnam sackte nach vorn. Sein Blut sickerte in den Schnee.

»Mein Gott!«, entfuhr es mir.

Der Soldat runzelte die Stirn. »Ein Christ?«
Ich versuchte, etwas zu sagen, bekam aber keinen Ton heraus. Gleich, wusste ich, würde auch mein Blut über den Schnee spritzen.
»Du kannst jetzt aufstehen«, sagte der Soldat zu mir und lachte, als er meinen verwirrten Blick bemerkte. »Du hast wirklich geglaubt, wir würden dich erschießen?« Jetzt lachten auch seine Männer. »Das war doch nur für ihn und für Wasnezow. Es ist besser für dich, wenn er denkt, wir hätten dich auch eliminiert.« Dem war nicht zu widersprechen, trotzdem wollte ich nicht so recht glauben, dass sie sich die ganze Mühe gemacht hatten, nur um eine Exekution vorzutäuschen. Ich atmete tief durch, dann gaben meine Knie nach. Wankend richtete ich mich auf und musste mich mit der Hand abstützen, um nicht kopfüber in den Schnee zu kippen.
»Glaubst du, wir halten unsere Versprechen nicht, Engländer?«, fragte der Soldat. »Meinst du, wir haben keine Ehre? Du hast uns geholfen, einen Mann festzunehmen, den wir seit zehn Jahren jagen. Glaubst du, wir würden dich dafür umbringen? Nein, du bist jetzt unser Freund, ein Held Russlands. Aber es wäre besser für dich, wenn das keiner weiß.« Es gelang mir tatsächlich zu nicken. Beim Anblick von Michails verspritzter Hirnmasse konnte ich nur mit Mühe den Brechreiz unterdrücken.
»Danke«, sagte ich und kam langsam, sehr langsam auf die Beine.
»Du verstehst sicher, Engländer, dass wir dir keinen Platz in unserer Maschine anbieten können«, sagte der Soldat, und wieder lachten seine Männer. »Ich glaube auch nicht, dass du dahin willst, wohin Wasnezow gebracht wird.«

»Nein«, stimmte ich ihm zu.
»Du solltest schnell verschwinden …«
Mehr musste er nicht sagen. Wenn die Finnen entdeckten, dass ein russisches Spezialkräftekommando auf ihrem Hoheitsgebiet einen Einsatz durchgeführt hatte, würde hier bald die Hölle los sein.
»Und das Geld?«, fragte der Soldat, der bislang das Reden übernommen hatte. »Die zwei Millionen im Haus?« Ich zögerte keine Sekunde.
»Behaltet sie«, sagte ich, worauf er etwas beleidigt wirkte – wie konnte ich es wagen, auch nur anzudeuten, dass er korrupt sein könnte. »Ein Geschenk an euren Präsidenten, für den nächsten Wahlkampf.«
Lächelnd nickte er. »Das wird ihn sicherlich sehr freuen.«
Es war mir scheißegal, ob er einen Teil oder die ganze Summe für sich behielt, ob er sie seinem Major, dem Geheimdienstchef oder dem Präsidenten schenkte, mich interessierte nur, dass ich am Leben war. Ich machte mich auf den Weg zum Haus zurück, sorgfältig darauf bedacht, nicht in den blutgetränkten Schnee zu treten.

Als wir das Haus erreichten, war der zweite Hubschrauber startklar. Die toten Leibwächter lagen im Haus aufgeschichtet, und ich sah, wie sie mit Benzin überschüttet wurden. Die Spezialkräfte entfernten sämtliche Spuren ihrer Anwesenheit. Als der Major mich entdeckte, kam er zu mir herüber und überreichte mir einen Autoschlüssel. »Silberner Mercedes«, sagte er. Wir sahen beide zu den neben dem Gebäude in einer Reihe geparkten Wagen, unter denen sich wirklich ein silberner Mercedes befand. Ich wandte mich wieder dem Major zu. Er gab mir einen gefütterten braunen Umschlag.

»Vom Banker«, sagte er, »wie von Ihnen gewünscht.«
»Danke«, sagte ich.
»Viel Glück, Blake«, sagte er, und dann war er schon wieder fort, ohne eine Erwiderung abzuwarten.
Ich ging zum Wagen, während die Spezialkräfte sich vom Haus entfernten und der Hubschrauber seine Rotoren warm laufen ließ. Im Gebäude wurde eine Sprengladung gezündet. Der Knall war nicht sehr laut, aber sofort brach ein Feuer aus, das sich schnell ausbreitete. Ich sah dem startenden Hubschrauber nach, der sich über die Bäume erhob und in der Dunkelheit verschwand. Ich stieg in den Mercedes, ließ den Motor an und fuhr los, als im Haus die ersten Fenster barsten.

Epilog

So schnell, wie ich es wagte, fuhr ich nach Helsinki zurück. Ich ließ den Wagen in der Parkgarage eines großen Hotels stehen und ging anschließend zum Einkaufen. Ich erstand bequeme Freizeitklamotten und einen Rucksack, dann lief ich durch die Innenstadt, bis ich das kleine, von einer Familie geführte Hotel gefunden hatte. Ich nahm das Päckchen in Empfang, das auf mich unter einem falschen Namen bereits wartete, und brachte es auf mein Zimmer. Darin lag der Pass, den Palmer für mich besorgt hatte, und etwas Geld. Ich zog mich um und erschien in Jeans, T-Shirt, einer Baseball-Kappe und der langweiligsten Jacke, die ich hatte finden können. Den Anzug stopfte ich in einen schwarzen Plastikbeutel und warf ihn in einen der Müllcontainer an der Rückseite des Hotels. Vor dem Auschecken gab ich an der Rezeption noch den gefütterten braunen Umschlag ab, damit man ihn für mich auf die Post brachte, und nahm den Bus zum Flughafen.

Ich kam mit dem gefälschten Pass ohne Probleme durch den Zoll und ging an Bord einer Maschine nach Stockholm. Von dort nahm ich den nächsten Flug nach Berlin. Ich checkte in einem Hotel ein, duschte lange und heiß und fiel ins Bett. Ich beabsichtigte, nur eine Nacht in Berlin zu bleiben. Es standen noch einige Reisen an.

Am nächsten Morgen besorgte ich mir eine englischsprachige Tageszeitung, in der zu lesen war: »Nach der angeblichen Entführung und erzwungenen Wiedereinbürgerung des in London lebenden Oligarchen Jaroslaw Wasnezow wächst

der internationale Druck auf die russische Regierung. Wasnezow, seit langem ein einflussreicher Menschenrechtsaktivist, gilt als unerbittlicher Gegner des russischen Präsidenten und wurde angeblich von Agenten des russischen Militärnachrichtendiensts GRU oder der russischen Staatssicherheit FSB auf finnischem Staatsgebiet entführt. Bei dem Feuergefecht auf Wasnezows Anwesen in der Nähe von Helsinki fanden nach übereinstimmenden Berichten mehrere seiner Leibwächter den Tod. Der finnische Ministerpräsident verurteilt die Gewalttat entschieden.
Die russische Regierung dementiert die Vorwürfe. Wasnezow soll laut ihrer Aussage aus freien Stücken nach Moskau zurückgekehrt sein, um sich den zahlreichen gegen ihn erhobenen Anklagen zu stellen. Ein Geschäftspartner von Wasnezow bezeichnete diese Darstellung als ›lächerlich‹ und meinte: ›Eine Rückkehr nach Russland war das Einzige, wovor Jaroslaw Wasnezow wirklich Angst hatte.‹
Wasnezow wurde bereits gestern in der russischen Hauptstadt in Handschellen und Häftlingskleidung dem Gericht vorgeführt, wo ihm Steuerhinterziehung in insgesamt neun Fällen, Veruntreuung, Geldwäsche, Unterstützung terroristischer Vereinigungen und Hochverrat vorgeworfen wird. Sollte er verurteilt werden, droht ihm eine lebenslange Haftstrafe in einem sibirischen Gefangenenlager. Menschenrechtsorganisationen haben das Verfahren bereits als Schauprozess bezeichnet, das Urteil soll schon im Voraus feststehen.
Rätselhaft bleibt das Schicksal eines unbekannten britischen Geschäftsmanns, der ebenfalls bei dem Treffen in der Nähe der finnischen Hauptstadt anwesend gewesen sein soll. Das britische Außenministerium ließ allerdings verlautbaren,

ihm sei nicht bekannt, dass britische Staatsbürger zu Schaden gekommen seien.
Obwohl jegliche staatliche Beteiligung an der vermeintlichen Entführung abgestritten wird, war aus Kreisen, die dem russischen Geheimdienst nahestehen, zu erfahren: ›Russland beharrt auf seinem unverbrüchlichen Recht, seine territorialen Grenzen gegen die Bedrohungen des internationalen Terrorismus zu verteidigen. Terroristen und ihre Geldgeber haben sämtliche Menschenrechte verwirkt. Jaroslaw Wasnezow ist keineswegs auf ausländischem Hoheitsgebiet gefangen genommen worden. Im Westen werden in vergleichbaren Fällen die Verdächtigen in orangefarbenen Overalls nach Guantánamo geflogen und ohne Anklage und ohne Aussicht auf ein Gerichtsverfahren jahrelang weggesperrt. Die USA haben dafür die Bezeichnung *außerordentliche Auslieferung* geprägt. Sorgt die russische Regierung hingegen dafür, dass einer seiner Staatsbürger in seine Heimat zurückkehrt und dort vor Gericht gestellt wird, sprechen der US-Präsident und der britische Premierminister von Entführung. Die Heuchelei der sogenannten westlichen Demokratien ist unerträglich.
Die USA müssen sich vorwerfen lassen, bei der Ermordung Osama bin Ladens in Pakistan mit Spezialkräften auf dem Hoheitsgebiet eines souveränen Staates operiert zu haben. Die russische Regierung würde eine ähnliche Operation auf finnischem Hoheitsgebiet zur Ergreifung des Terroristen Wasnezow unter keinen Umständen billigen. Aufgrund des von den USA geschaffenen Präzedenzfalls aber wäre sie dazu durchaus berechtigt.‹«

Ich war darüber alles andere als unglücklich, denn es machte mein nachfolgendes Untertauchen sehr viel einfacher. Wir ließen ein paar Journalisten die Information zukommen, dass ein britischer Staatsbürger in den Schusswechsel geraten sei, und sorgten sogar dafür, dass die dem Leichnam des Bankers entnommene DNA zu der des Geschäftsmanns David Blake passte. Das Päckchen, das der Major mir gegeben hatte, enthielt Blut- und Haarproben des Bankers; ich reichte es an die hübsche Rezeptionistin im Hotel weiter, die es zurück nach Großbritannien schickte. Dort nahm Sharp es in Empfang und verbuchte es in der Asservatenkammer unter meinem Namen. Daneben gab es eine Speichelprobe. Einer der Spezialkräfte war so nett gewesen und hatte sie dem Banker entnommen – von dem, was von seinem Mund noch übrig gewesen war. Auch das fand seinen Weg in Sharps Beweismittelbeutel. Deklariert wurde es als meine DNA, die mir angeblich im Zuge von Routineermittlungen vor einigen Jahren nach dem Tod eines Glasgower Gangsters entnommen worden war.
Daraufhin kam Sharp in die Gänge und erbat von seinen finnischen Kollegen die Freigabe der DNA-Proben des Leichnams mit dem zerstörten Gesicht, der auf dem Grundstück des Oligarchen Jaroslaw Wasnezow gefunden worden war. Nach dem Vergleich der beiden DNA-Proben konnte Sharp zweifelsfrei beweisen, dass der in den Wäldern bei Helsinki aufgefundene Tote kein anderer als der »Tyneside-Gangster David Blake« war.
Gegen Letzteres hatte ich verständlicherweise nichts einzuwenden. Sollte Sharp sich ruhig im Rampenlicht sonnen. Tote konnte man schlecht verleumden. Außerdem milderte meine Berufsbezeichnung die Empörung des britischen

Außenministeriums, dem sehr daran gelegen war, einen weiteren Konflikt mit Russland zu vermeiden.
Ich zahlte DCI Sharp eine halbe Million Pfund für seine Bemühungen, und ich muss sagen, er lieferte eine äußerst gute Show ab. Immerhin stand für ihn auch eine Menge auf dem Spiel.
Sogar meine Jungs glaubten die Geschichte, nach allem, was zu hören war. Anfangs waren sie darüber ziemlich wütend, aber Wasnezow war bereits ausgeschaltet, und sonst gab es keinen mehr, an dem sie hätten Rache nehmen können. Und da sie nicht so bescheuert waren und mit einem ganzen Land einen Krieg anzettelten, stellten sie sich, wie man so schön sagt, neu auf, alles beruhigte sich mit der Zeit, und nach einer Weile war alles wie gehabt; die Geschäfte liefen wie immer, genau wie ich es vorhergesagt hatte.
Um Palmer kümmerte ich mich ebenfalls. Neben Danny war er der Einzige aus meiner Mannschaft, der die Wahrheit kannte. Er hatte mir nicht nur über einen seiner alten Gefährten die gefälschten Pässe besorgt, sondern auch Kontakt mit dem FSB aufgenommen, um ihnen meinen Deal zu unterbreiten. Als Wasnezows Leute mir den Ort unseres Treffens nannten, gab Palmer ihn über einen toten Briefkasten weiter. Etwas Besseres als Helsinki hätten sich die Russen gar nicht wünschen können, denn näher wäre Wasnezow seinem Heimatland kaum gekommen.
Ein investigativer Journalist wurde später für seinen Artikel über den Wasnezow-Fall mit einem Preis ausgezeichnet. Er fand heraus, dass die Russen das Anwesen des Oligarchen mit Hilfe eines ihrer sechzig Militärsatelliten der Kosmos-Klasse lokalisiert hatten; der Satellit hatte das Gebiet um Helsinki überwacht und den Mietwagen des britischen Ge-

schäftsmanns verfolgt, der vom Flughafen Vantaa direkt zu Wasnezows Anwesen gefahren war.

Die Spezialkräfte hatten den Radar unterflogen; sie kamen von einem Stützpunkt in der Nähe der russischen Stadt Wyborg an der karelischen Landenge, gut zweihundert Kilometer im Südosten. Sie landeten einige Kilometer von ihrem Zielpunkt entfernt und legten die letzte Strecke zu Fuß zurück, damit niemand auf dem Anwesen die Hubschrauber hörte. Zum Glück ließen sich Major Uri und seine Männer darauf ein, aller Welt vorzugaukeln, dass ich bei der Aktion ums Leben gekommen war. Schließlich konnte ich mich schlecht zu dem mit ihnen ausgehandelten Deal bekennen. Auch wenn Wasnezow in einem sibirischen Lager verfaulte, hatte er immer noch eine Menge Geld und verfügte über einigen Einfluss. Nie und nimmer hätte ich mein altes Leben in Newcastle wiederaufnehmen können, außerdem wollte ich das gar nicht mehr. Es wäre nur eine Frage der Zeit gewesen, bis einer von Wasnezows Leuten bei mir aufgetaucht wäre.

Sarah spielte ihre Rolle perfekt, man kann es nicht anders sagen. Sie war die trauernde Partnerin, die alleinstehende Mutter, die nur wenige Jahre nach dem Verschwinden ihres geliebten Vaters jetzt auch noch ihren Lebensgefährten verloren hatte. Die örtliche Polizei wollte sie zum Vorzeige-Girl der Verbrechen-lohnt-sich-nicht-Lobby machen. Tagelang lungerten sie im Haus herum, machten Tee, bedienten sich bei den Keksen, während sie Sarah alle möglichen staatlichen Beihilfen anboten, damit es Emma später mal, wenn härtere Zeiten anbrachen, an nichts fehlen würde. Im Gegenzug wollten sie dafür lediglich, dass Sarah alles preisgab, was sie über meine Geschäfte wusste. Warum nicht die herrliche Gelegenheit nutzen und gleich alle verhaften, die mich gekannt oder für mich gearbeitet hatten? Dann hätten sie in der Stadt mal so richtig aufgeräumt.

Leider stellte sich Sarah als ziemliche Niete heraus; das blonde Dummchen, das absolut gar nichts über meine Geschäfte wusste. Sie räumte ein, dass das, was ich so getrieben hatte, wohl nicht ganz einwandfrei gewesen sei, aber woher das Geld komme – keine Ahnung.

»Ich hab da nie nachgefragt. Das hat mich doch überhaupt nicht interessiert.«

Alles, was sie interessierte, war laut eigener Aussage, zum Shoppen zu gehen und sich mit Freundinnen zum Essen zu treffen. Und jetzt hatte sie keinen Schimmer, was sie machen sollte. Nach zwei Wochen stellte die Polizei die Observierung ein in der Überzeugung, hier nur ihre Zeit zu verschwenden. Sie hatten sie als das doofe Püppchen eines Verbrechers abgeschrieben, dessen größte Sorge es war, wann und wo es sich die Nägel machen ließ.

Als zwei Monate später eine Polizeibeamtin zu einem Routinebesuch vorbeikam, um noch ein paar Fragen zu stellen, musste sie überrascht zur Kenntnis nehmen, dass Sarah fort war. Die Möbel waren noch da, auch der Großteil von Sarahs Besitztümern, aber sie selbst und ihre kleine Tochter waren seit Tagen nicht mehr gesehen worden.

Gerüchte machten die Runde; Sarah wolle mit dem schmutzigen Geld nichts mehr zu schaffen haben und sei in den Süden gegangen, um ein neues Leben zu beginnen und sich mit ehrlicher Arbeit ihren Lebensunterhalt zu verdienen. Andere behaupteten, sie habe nur darauf gewartet, dass sich alles abkühlte, um dann mit einem Koffer voller Geld, das sie für solche Fälle zusammengerafft hatte, abzuhauen.

Es gab auch die ziemlich abwegige Meinung, das alles sei nur vorgetäuscht und David Blake sei durchaus noch am Leben und habe aus dem Exil heraus weiterhin alle Fäden in der Hand. Aber Ähnliches war auch schon nach dem Verschwinden von Bobby Mahoney behauptet worden.

Es gab noch eine weitere Theorie. Sarah Mahoney war gar nicht abgereist, sondern mit ihrer Tochter brutal ermordet worden. Sie habe zu viel über einige mächtige Gauner am Tyneside gewusst und sei zum Schweigen gebracht worden, bevor ihr das Geld ausging und sie als eine Art Superspitzel zur SOCA überlaufen und gegen Straffreiheit und eine lebenslange Rente auspacken konnte. Die Leichen wurden nie gefunden, was der Geschichte zusätzlichen Reiz verlieh.

Das Gerücht von Sarahs Tod setzte sich schließlich fest. Detective Chief Inspector Sharp tat ein Übriges, damit sich die Northumbria Police auf diese Version der möglichen Ereignisse konzentrierte. Gegensätzliche Berichte, wonach Sarah plötzlich und aus freien Stücken den Nordosten verlassen habe, wurden von Sharp als gezielte Falschinformation abgetan, die von Kreisen in Umlauf gebracht würden, die ein Interesse daran hätten, dass sich die Behörden nicht allzu sehr mit ihrem Verschwinden beschäftigten.

Meine Abmachung mit Sharp nützte uns beiden. Er erklärte sich dazu bereit, drei weitere Jahre als DCI abzureißen, bevor er überraschend aus gesundheitlichen Gründen den Dienst quittierte; als Begründung einigten wir uns auf stressbedingte Überlastung, die sein Beruf mit sich brachte. Erst dann, wenn er die Ermittlungen in eine Reihe von Sackgassen münden ließ, würde er den gesamten versprochenen Betrag erhalten, während wir uns am anderen Ende der Welt unter einem anderen Namen ein neues Leben aufbauten.

Auckland ist eine schöne Stadt, ein abgelegener Zufluchtsort, siebzehntausend Kilometer von zu Hause entfernt, wo man trotzdem die gleiche Sprache spricht. Das Wetter in Neuseeland ist wunderbar, die Menschen sind freundlich, und es gibt eine Menge zu tun. Emma fühlt sich schon sehr wohl, und Sarah und ich sind froh, untergetaucht zu sein. Vergangene Nacht schliefen wir beide zum ersten Mal seit langer Zeit ohne Alpträume, obwohl wir in unserem gemieteten Haus keine Leibwächter haben. Um Emma nicht völlig zu verwirren, haben wir unsere Vornamen behalten, in den von Palmer besorgten Pässen aber sind neue Nachnamen eingetragen.

Ich hatte eine ganze Weile schon Gewinne abgeschöpft und Bares zur Seite gelegt, weil ich wusste, dass dieser Tag früher oder später kommen würde. Die magischen vier Millionen schaffte ich nicht, weil ich mich auch noch um Sharp und Palmer kümmern musste, aber es fehlte nicht viel, außerdem muss man hier nicht groß auf den Putz hauen. Ich will einfach nur unauffällig ein angenehmes Leben führen.

Sie sehen, ich habe immer gewusst, dass es für mich erst vorbei sein würde, wenn ich tot bin. So, jetzt bin ich tot, aber das war der einfache Teil. Wollen Sie wissen, was der schwierige Teil ist? Tot zu bleiben. Diese Nummer steht noch an; für mich, für Sarah und für unsere kleine Tochter.

Wie ich schon sagte, in unserem Gewerbe sind wir wie Zauberer, wir bringen die Leute dazu, in die andere Richtung zu schauen, während wir unsere Tricks abziehen. Genau das haben Sarah und ich getan. Darin besteht unsere Kunst, die Kunst der Ablenkung, der Täuschung, der Taschenspielertricks.

Dank

Dank an meinen Verleger Ion Mills, der an *Killer Instinct* geglaubt hat, sowie an das fantastische Team bei No Exit für ihre Hilfe und Unterstützung, besonders an Claire Watts und Alexandra Bolton. Dank auch an Alan Forster für das tolle Coverdesign und an Jem Cook für meine Website. Besonderer Dank geht an meine Lektorin Keshini Naidoo für ihre wunderbaren Vorschläge und ihre redaktionelle Unterstützung bei dem Buch.

Ich kann von Glück reden, vom engagiertesten Agenten in dem Gewerbe vertreten zu werden. Größten Dank an den legendären »Agent Phil«, Phil Patterson von der Marjacq Literary Agency für seine Hilfe und Freundschaft. Ebenfalls möchte ich Isabella Floris danken, die meine Bücher nach Deutschland gebracht hat, sowie Peter Hammans bei Droemer Knaur. Dank auch an Luke Speed bei Marjacq für seine unermüdliche Arbeit an den Fernsehrechten und an David Barron und Stevie Lee, die tollen Leute bei »Runaway Fridge« Productions.

Daneben danke ich Adam Pope, Andy Davis, Nikki Hurley, Gareth Chennells, Andrew Local und Stuart Britton für ihre Freundschaft während der Arbeit an diesem und den übrigen Büchern sowie für ihren Glauben an mich.

Schließlich ein großer Dank an die beiden Menschen in meinem Leben, die mich am meisten unterstützen, meine wunderbare Frau Alison und unsere tolle Tochter Erin. Ohne euch wäre das alles nicht möglich gewesen.

Howard Linskey
im Knaur Taschenbuch

Crime Machine

David Blake hat eine weiße Weste. Soweit man in Newcastle eine haben kann, wenn man als Berater für einen skrupellosen Gangsterboss arbeitet. Als zigtausend Pfund Schutzgeld verschwinden, kommt David jedenfalls reichlich ins Schwitzen. Er hat 72 Stunden, das Geld wieder aufzutreiben – sonst ist er ein toter Mann.

Gangland

Eigentlich könnte David Blake es sich gutgehen lassen. Er ist jetzt Newcastles Don Corleone, der oberste Pate, der Mann, der alles kontrolliert, was sich per organisierter Kriminalität zu kontrollieren lohnt. Dumm nur, dass er vorher den Vater seiner Freundin Sarah umbringen musste, um seine Haut zu retten …

»Claudio M. Mancini erzählt lebendig
und sehr spannend, sein Blick auf die Mafia
ist von schonungsloser Offenheit.«
Kriminetz.de

Claudio M. Mancini
La Nera

Für Sophia, eine junge Sizilianerin aus einfachen Verhältnissen, ist es ein Traum: Sie heiratet den schwerreichen Arzt und Unternehmer Giulio Saviani, der Schönheitskliniken für die High Society betreibt. Erst allmählich wird Sophia klar, dass sie nun der »ehrenwerten Familie« angehört. Die Kliniken sind nichts weiter als Fassade für einen höchst lukrativen Organhandel. Als ihr Mann ermordet wird, muss Sophia sich unversehens in einem blutigen Machtkampf der Mafiaclans behaupten …

Il Bastardo

In der Nähe von Palermo wird Sergio Messoni, der Sohn des italienischen Umweltministers, erschossen. Mit ihm drei Männer und ein kleines Mädchen. Für Alessandro Valverde, Mafiajäger der italienischen Spezialeinheit DIA, steht fest, dass hier ein eiskalter Profikiller ganze Arbeit geleistet hat. Das Motiv liegt allerdings völlig im Dunkeln. Erst nach und nach stellt sich heraus, dass es um Erpressung und die illegale Beseitigung von hoch toxischem Müll geht …